소설 허균, 호피와 장미
虎皮 & 薔薇

❶

소금북 소설선 002

소설 허균, 호피와 장미
虎皮 & 薔薇

①

이광식 장편소설

소금북
sogeumbook

허균이 어디서 태어났느냐 하는 질문에 서울 건천동이다, 아니다 강
원도 강릉이다, 하는 등 몇 가지 설이 있다. 그럼에도 불구하고 나는
허균 선생의 고향을 명백히 강릉이라고 말하고 싶다. 허균 스스로도
강릉 사천 마을을 고향으로 여기고 있으며, 자신의 시에서 고향에 돌
아가 살고 싶다는 심경을 술회하기도 했다.

휘이휘이 역외로 돌아다니다가 그런 강릉을 내가 다시 돌아온 지
10년의 세월이 다 되어간다. 그리하여 허균과 나는 강릉이라는 공간
성으로 다시 만나게 되는데, 내 어찌 이 오래된 인연을 다만 그대로 지
나가게 내버려 둘 수 있겠는가.

반평생의 외방 생활에서 돌아온 이후 내내 나는 의식 속에 허균과
함께 살아왔다 하여 지나치지 않을 듯하다. 내 어릴 때 허균 얘기는
들어볼 수 없었다. 아니, 사실 어른들이 조심스럽게 하는 교산 허균 집
안의 얘기를 나는 귀꿈스레 들어두길 마다하지 않았다. 조선 500년
동안 전주의 정여립과 함께 끝내 복권되지 못한 인물 중 한 사람인 교

산 허균이었으므로 마을 사람들이 말하길 꺼려하는 분위기임을 나는 진즉에 알고 있었다.

　다시 고향에 돌아왔을 때 나는 드디어 허균의 삶을 드러내놓고 말해도 좋다는, 완전히 변화된 시대 혹은 사회 분위기에 즐거워했다. 또 사실 이미 허균에 대한 소설이, 예컨대 문장이 아름답고 구성이 치밀한 소설가 김탁환의 '소설 허균, 최후의 19일'이 세상에 크게 주목받았으므로, 물론 그 이전에 이병주의 '허균'이란 소설이 나온 바도 있었으므로 더 이상 세상, 아니 내 고향 종래 분위기에 눈치 볼 까닭이 없었다.

　그리하여 나는 지난 10년 가까이 허균을 얘기하느라 고심하며 보냈다. 당 시대의 세목들을 세세히 저작해 보기 시작했다. 같은 고향 사람으로서 마땅히 고향 선배인 허균을 써야 한다는 강박관념에 시달려 왔으며, 그리하여 이제 부끄러운 소설 작품을 세상에 내놓게 된 것이다.

　그런데 문제는 허균을 어떻게 드러내느냐 하는 점이었다. 워낙 다양한 삶의 방식 및 양상으로 살아온 인물이었으므로 기본적으로 그의 정체성을 정립하기가 어려웠다. 그러다가 허균의 연역이나 전제 혹은 정체성을 논하기 어려운 것이 바로 그의 정체성일 수도 있다는 생각을 했다. 지금까지 그려낸 모든 허균의 상이 결국 사후적임으로 그렇다.

　쓰는 동안 내내 머릿속을 채운 것은 교산 허균이 시대와의 갈등, 정치적 인물들과의 대립, 그리고 동시에 자기와의 모순 속에서 살아온 인물이라는 이해였다. 그것이 허균을 정치와 사상 그리고 종교적으로 어쩔 수 없는 경계인으로서 세계와 싸우게 되는 인물로 설정하게 했다. 눈은 늘 미래로, 성리학과의 거리, 이가 아니라 서화담과 아버지 초당 허엽 집안으로 이어지는 차라리 기의 그것, 명나라 이탁오의 반예교적 생각 등이 허균의 것이라 할 수 있다. 문제는 철저히 어느 한쪽을 거부하는 것이 아니라 그것을 넘을 수 없는 한계성을 의식하면서 동시에 이를 온전히 벗어나고자 하는 그 삶의 진실 또는 핍진이 안타깝다는 것으로의 허균 이해였다. 내게 그렇게 다가온 허균이다.

이를 어떻게 그릴 것인가가 관건이었으나, 말하건대 이 경우 나는 진실로 부족한 필력을 갖는다. 개탄스럽거니와 이 무슨 용맹이던가, 그럼에도 불구하고 가벼운 유희나 조야한 수사가 난무하는 시대 풍조에 빠지지 않으려 하면서 내내 허균을 생각하고 빠르게 혹은 느리게 글을 써 왔으니! 중도에 공적 일을 맡아 5년의 세월은 날려 보내고 또 다른 5년을 집중했다 할 것인데, 겨우 이제야 세상에 얼굴을 내놓게 되어 실로 다행스럽고 또 미안한 일이다.

본디 책 5권의 분량이던 것을 이런저런 이유로 2권으로 줄이느라 또다시 한세월을 보내야 했다. 문학이란 결국 언어의 문제이므로 조선 시대의 언어를, 조정 신료들의 어휘를 골라 쓰느라 한 문장을 놓고 며칠을 싸우기도 했다. 이야기꾼이 못 되는 나로서는 지식인의 역사소설이어야 했으나, 그도 이미 이문구의 '매월당 김시습'과 예의 김탁환에 의해 이뤄진 듯하니, 허균처럼 나 또한 한국 역사소설의 한 경계에 서 있는 사람일 따름이라는 자각 혹은 자의식에 부끄러워한다.

하지만 이제부터 허균을 다시 얘기해 보자. 지금부터 혁명에 대하여 다시 논해보자. 도저한 논리와 폭력의 만연인 이 방만한 포스트모던이 서서히 저물어 가므로 다시 전혀 다른 방식으로 세계사가 굴러갈 것이 예상되고, 그리하여 허균이 또 새롭게 얘기되어야 할 바이다. 21세기가 저물어 갈 즈음에 그것이 무엇 되어 나타날 것인가? 쓰고 나서 다시 이런 질문에 젖어본다.

이 소설을 감수한 장정룡 · 김풍기 · 박도식 교수, 기획을 맡아준 문학평론가 심은섭 교수께 감사의 마음을 전한다.

2020년 여름

미산당(彌山堂)에서 지은이

차례

향기
―
이 달에게

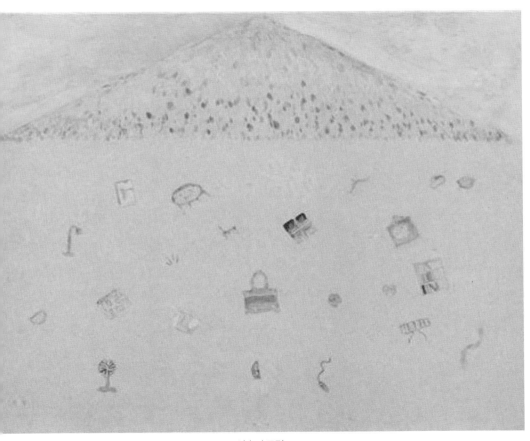

허승연 그림

향기 — 이달에게

북원(北元, 강원도 원주) 흥원창 혹은 춘천 우두에서 출발한 황포돛
배가 용진(龍津, 경기도 남양주시 조안면 양수리)을 거쳐 동작과 노량
을 지나 삼개포구(마포진, 麻浦津)로 다가오자 진은 잔칫집 모양 수선
스러워지기 시작했다. 진의 관리는 물론 상인, 거간꾼, 노비, 중인, 주
모와 중노미에 이르기까지 이리저리로 뛰어 다녔다.

이물 닻줄물레에서 닻이 내려지자마자 포제 허리띠를 동여 맨 한 사
내가 선두(船頭)에 올라 날카로운 눈초리로 방금 도착한 황포돛배의
이물에서 고물까지를 샅샅이 살폈다. 조운선(漕運船, 조세 운반선)이
아니었음에도 사내는 붉은 눈알을 굴리다가 성큼 뱃전으로 나서며 하
선하는 승객 한 사람 한 사람을 유심히 쏘아보았다.

목화송이를 단 패랭이를 쓴 이놈은 보상(褓商)이고, 저놈은 부상(負
商)일 것이 분명하다. 방립(方笠)을 쓴 이 떨거지는 시전(市廛)의 행수
요, 그 옆 저 치는 사상(私商)이다. 누비 직령포를 입은 저 인물은 과거

보러 올라온 지방 대갓집 자제일시 분명하다.

임꺽정 난 진압 이후 당국의 엄한 순작(巡綽, 순찰)이 계속되므로 불온한 물건은 없으렷다. 아니, 저 노인네가 또 왔구나! 장년인지 노년인지 구분도 할 수 없는 저 빌어먹을 꼴 하군! 올해가 신사년이니 식년(式年, 간지의 子卯午酉 자가 든 해)도 아니고, 별시(別試, 나라에 경사가 있을 때 치르는 과거 시험)가 있나? 또 떨어질 것이 분명할 터인데 저 노인네, 참 끈질기기도 하구나.

"꼴에 될 턱이 있나. 엽전 몇 푼 풀어 주고 이방 자리나 꾀어 차지 않고. 어디 사오? 남대문밖 썩 내달아 칠패 팔패 배다리 지나 애고개를 넘어 동작강 월강 승방을 지나 남타령 고개 넘어, 아니 좌로 돌아 남한강 혹은 북한강을 타고 올라 그 어디요? 춘천, 강릉? 원주라고? 말해 보소, 내 귀댁 마을 수령께 기탁해 볼 터이니."

기껏해야 포도청의 변복한 무료부장 아니면 병조 무비사 소속 순작 담당자이거나, 성의 입출 하급 관리일 뿐인 놈에게 이렇게 수모를 당하리라고는 생각지 못했다며 노인은 스스로에게 화를 내는 듯 보였다. 눈초리 날카로운 젊은 놈이 위아래 행색을 훑어보았으므로 노인의 얼굴이 확 달아올랐다. 풍찬 야숙의 모양새 그대로 남루한 도포며 땟국이 도는 얼굴 하며…. 그러했으므로 노인은 스스로 젊은 놈이 그리 말한대도 어쩔 수 없는 노릇이라 생각할 수도 있다.

"날 아시나?"

"한 십 년 됐소. 잊을 만하면 여기서 만나는 것으로 봐 당신은 과것길에 오른 것 아니것소. 매번 떨어지고도 끈질기긴 하지만, 행색이 그러고서야 어디 홍지(紅紙. 대과 합격증)는 커니와 소과(小科) 복시 입격 백패(白牌. 진사 입격증)를 단 한 번이라도 쥐어볼 수 있겠나 싶소!"

노인은 수치심으로 벌겋게 달아오른 얼굴로 어금니를 사려 물고 봄으로 가는 강변 저쪽 부연 하늘로 시선을 보냈다. 그러고 그는 용산 나루를 떠나며 봄이 오는 하늘에다 대고 소리를 냅다 질러댔다.

"이놈아, 나는 이달(李達)이다!"

순간 나는 노인의 뒤를 좇던 시선과 걸음을 딱 멈추었다. 이달이라니! 이 사람이 이달이라니! 어딘가에서 본 듯하더니! 아, 아니다. 본적은 없고 '이달'이라는 이름을 익히 들었음이라. 아버지도, 형님도, 특히 누나가 자주 얘기하던 사람이 아니던가.

"염병할 세상! 급살 맞을 놈! 시대의 대 시인을 몰라보고! 에잇, 더러운!"

그가 이런 소리를 터뜨릴 때 나는 내 기억이 옳다는 것을 다시금 확인했다. 이분은 호를 손곡(蓀谷)이라 하고, 자가 익지(益之)인 당대 제일의 시인 이달이 분명하다.

"더럽게 재수 없는 날이군. 젊은 놈에게 두 번씩이나 모욕을 당하고 말이야! 내 행색이 추하지만 넋은 누구보다도 맑은 줄 놈들이 알까!"

그리고 목멱산(木覓山, 서울 남산) 언덕배기 길에서 이달이 가슴을 털어내려 그리했는지 큰 소리로 시를 한 수를 읊는다.

이게 내가 이달 스승님을 처음 본 장면이다. 몇 년 전의 일이다. 굳이 이르자면 조선 선조 14년인 신사년(1581), 내 나이 열셋일 때의 얘기다. 그 무렵의 나는 친가인 한성부 마른내(乾川洞, 건천동). 서울 중구 인현동과 오장동 부근)에서 작은형 하곡(荷谷) 허봉(許篈)을 스승으로 모시고 친구들과 함께 열심히 공부하는 학동이었다. 그런 중에 시원한 강바람을 쐬러 나온 삼개포구에서 이렇게 이달을 초대면하게 된 것이다.

다시 몇 년의 세월이 흘렀다. 나는 허균(許筠)이다. 내 친가가 있는 건천동은 청녕공주 저택 뒤로 본방교(本房橋, 서울 중구 입정동)까지 겨우 서른네 집인데, 여기서 명인이 많이 나왔다. 김종서와 정인지가 같은 때였으며, 양성지와 김수온이 한 시대였고, 그 후 노수신과 나의 선친 초당 허엽이 다시 한 시대였으며, 현재 유성룡이 여기에 살고 있고, 근래 이순신이란 무장도 출생한 곳이 여기이며, 내 형인 허성과 허봉도 낳고, 초희라는 가녀린 여성시인도 여기서 지냈다. 이 마을은 다음에 또 누구를 빛낼 것인가.

매일 그러하듯 오늘도 '맹자'를 끼고 작은형 집에 도착했다.
"균이 왔구나."
허봉 작은형이 늘 그러하듯 되게 반긴다.
"균아, 오늘 귀한 손님을 소개하마. 여기 이달 선생님이시다."
나는 좀 놀랐다.
"이 어른의 함자는 들었지? 네가 강릉 사촌(沙村, 현 강원도 강릉시 사천면)에서 어린 시절을 보낼 때 이분은 여기서 초희를 가르쳤지. 초희 이후 네 스승으로 모시려 한다."
고개를 숙이면서 그러나 무엇보다 몇 년 전 이분을 처음 대했을 때에 들던 그 시가 먼저 생각이 났다. 나는 기억을 떠올려 거침없이 이달이 지은 시를 그대로 다시 읊었다.

가을 강물은 급히 흘러 용진으로 내려가는데	秋江水急下龍津
진리가 배 세우고 비웃다가 꾸짖는구나.	津吏停舟笑更嚬
서울에 드나들면서 무슨 일을 했기에	京洛旅遊成底事
십 년이 넘도록 벼슬 한 자리 못 얻었는가.	十年來往布衣人

"균아, 뭐지?"

"여보게 하곡, 이 녀석이 보통이 아니네. 수년 전에 내가 목멱산 길을 지나며 한 차례 읊어낸 것을 그대로 기억하고 있구만!"

"아, 그래요?"

"꼬맹이 한 녀석이 내 뒤를 졸졸 따라오더니. 그게 너였구나. 신통하도다! 녀석과 더불어 시를 공부할 만하겠어."

"익지 형님, 저 녀석이 외는 시가 수백을 넘어요. 아니, 수천이던가?"

"저는 한 번 보면 시를 그대로 외워요. 몇 년 전 그때 시풍에 조금 놀라긴 했는데, 이달 선생님, 오늘 시 한 수를 보여 주시면…."

"그래라. 기분이 좋으니 한 수 읊어 보자."

작은형이 서상을 끌어다 이달 앞으로 당겨놓고 먹을 갈며 운을 불렀다. 그러자 이달이 마치 준비해 두기라도 한 듯 서슴없이 시를 써 나아갔다. 나는 속으로 풀이했다. '날이 밝아 굽은 난간에 오랫동안 앉아 있지만, 겹문까지 닫아걸고 시도 짓지 않네. 담 구석 작은 매화 바람에 다 떨어지니, 봄빛은 살구꽃 가지 위로 옮겨 가는구나.' 아, 나는 순간 얼굴빛을 고쳤다. 종래 어디서도 보지 못한 고아한 품격의 시였음으로다. 눈물이 날 것 같은 고독이 어려 있다. 외모는 추레한데 시의 기풍은 우아하고 숭고하다. 이렇게 생각한 순간 나는 고쳐 무릎을 꿇고, 곧 다시 일어나 큰절을 올렸다.

"스승님으로 모시겠습니다."

"아암, 그래야지. 나 또한 영재를 얻어 기분이 좋구나. 하곡, 술상을 내게."

이달 스승님이 유쾌하게 웃는다. 이후 '용성창수집(龍城唱酬集)'이란 책을 펴 놓고 두 분이 대화를 나누는 중에 나는 슬그머니 밖으로 나왔다. 그날은 수업이 없는 날이라 최천건(崔天健), 임수정(任守正), 임현(任鉉), 김확(金矱), 윤계선(尹繼善) 등 친구들은 오지 않았고, 그리하여 원접사 율곡 이이의 종사관으로 의주에 다녀온 지 얼마 지나지 않은 작은형과 이달 스승님이 두주불사로 취해갈 듯한 분위기다.

유년의 꿈결 같은 시절을 넘길 즈음이다. 경상 감사이던 아버지는 2년 전에 상주 객관에서 평생 엄정하게 보냈던 당신의 세계로부터 홀연히 하직하셨다. 나는 동인(東人) 영수이던 아버지가 일찍 세상을 떠난 이후 '버릇없이 자라게 되었느냐?'고 간헐적으로 스스로 자문해 보곤 한다.

버릇없다고? 그렇다. 이달 스승 앞에서 오늘은 많이 참았지만 나는 혹은 늘 건방지다. 하여간 성(筬) 형님과 두 분 출가한 누님들, 그리고 초희(楚姬) 누나는 멀지 않은 곳에 살고, 집안의 막내인 나 허균은 9살 때 건천동 본가에 작은형 봉(篈) 가족을 남기고 어머니와 함께 명례방 상곡(明禮坊 庠谷, 서울 명동 부근)으로 이사한 뒤 내내 별 불안도 불만도 없이 청년의 문턱을 들어서는 중이다.

중문간 행랑채를 지나 대문을 막 나설 때, 누가 내 저고리를 잡고 처마 아래로 끌고 들어가는데 팔 힘이 만만치 않다. 놈은 동문수학하는 나이 아래 친구 김환이었다. 목젖이 침을 삼키느라 오르내리는 걸 보니 녀석도 이미 청년으로 들어섰구나.

"잘 들어."

"뭘?"

"늘 느끼지만 형은 대 문장가야."

"고마워, 그런데?"

"따라와 봐!"

김환이 몸을 날렸으므로 별 생각 없이 뒤를 좇았다. 해를 저만치 두고 있는 산자락을 거슬러 오르던 김환이 바위 아래에 멈춰 목소리를 낮췄다.

"저기 청룡사로 가자."

"가면?"

"누굴 만날 거야."

"누구?"

"가보면 알아."

봄을 부르는 안개 속에서 바람이 옷섶을 파고드는 구릉을 지나 암자로 다가갔다. 암자 처마 한 쪽에 시종을 대동한 여자가 인기척 소리에 몸을 돌려 바라본다.

"균 오라버니?"

"나정이?"

나는 그 순간 선친과 함께 반궁동(泮宮洞, 서울 명륜동) 김확의 집에 갔을 때, 일곱 살쯤 돼 보이던 계집아이 나정과 투호놀이를 한 기억을 건져 올렸다. 그 아이가 이렇게 성숙해 있을 줄이야. 창호의 희미한 불빛에 비친 나정이 자주 댕기를 물린 치렁치렁한 머리로 나를 맞는다. 바람이 불어 치마가 훌쩍 올라가자 나정이 얼른 잡아 내렸다.

"할 말 있어요."

"뭐?"

"오라버니를 처음 봤을 때 특별한 생각은 없었어요. 이제 나도 정혼할 나이가 돼 집안에서 여기저기 중신을 넣는 중입니다."

"응?"

"생각 끝에….”

"무슨?"

"아버지의 본관이 안동이라 특별한 언행 없으셔도 사람들이 동인(東人)으로 여기고들 있어요."

"그럴 터이지."

"아버지가 언니를 당색(黨色)이 옅은 집안으로 출가시키셨어요. 당신께서 스스로 파당적 시류에 연루되지 않음을 보이고 싶으셨던 겁니다."

"나정의 언니는 이수광 어른과 정혼했잖아."

"언니를 출가시키며 붕당에 관여치 않는다는 아버지의 뜻이 동인 어른들께 오히려 걱정을 끼쳐 드리게 된 모양이에요. 그런 중에 이번 제 혼삿말이 공교롭게도 모 서인(西人) 집안과 오가고 있어 동인 어른들로부터 노염을 불러들이게 됐어요."

"무슨 말인지 알아먹겠다만?"

"…"

"서인에게 출가하길 원치 않는다는 말 아닌가?"

"아버지가 당할 어려움도 그러하고 제 생각도."

"지금 우리 허성 형, 허봉 형 모두 동인이라는 것과 관계가 있나? 그렇다면… 아니, 지금 나와 혼인하잔 얘기야?!"

"…"

나정이 기어들어가는 목소리로 예, 하고 대답한 듯했다. 혹 잘못 들었나? 고개를 조금 까딱이기도 한 듯하다.

"사대부 집안의 여식으로서 어찌 이렇게."

이런 말이 입에서 떨어지자마자 내 눈에 번쩍, 불이 일었다. 나는 얼굴을 감싸 쥐려다가 획 돌아서서 치마를 거듬거듬 걷어 안고 떠나가는 나정의 뒷모습을 보고 그녀로부터 뺨을 얻어맞았음을 깨달았다.

주변 — 이재영과 함께

선조 18년(1585), 내 나이 17세. 나는 김확의 누나 나정과 혼인을 했다. 둘째형 허봉은 2 년 전인 계미년(癸未年, 1583)에 임금을 비판하다가 선조에 의해 멀리 함경도 갑산으로 유배를 당했다. 사람들이 '계미삼찬(癸未三竄)'이라 부르는 사건이다. 즐겁고 슬픈 일이 다양하게 서로 겹쳤음에도 나는 나름 공부에 매진하여 초시에 입격했다. 오늘 축하연을 하러 목로주점에서 동문수학 친구들과 만났다.

"운우지정은?"
"궁금하거든 혼인해 봐."
최천건이 미간을 모으며 나를 뜯어보다가 한 마디 더한다.
"장가를 가면 점잖아 지는구나."
미심쩍은 눈을 만들어 임수정이 거들었다.
"아니, 초시에 입격하면 몸에 힘이 들어가지."

나는 일단 겸손하게 받았다.

"뭘, 초시일 따름인데. 너희는 바로 진사시에 입격하여 성균관에서 공부하게 될 것인즉."

기다리기라도 한 듯 임현이 이에 맞불을 놓았지만 악의라곤 보이지 않았다.

"나는 과거를 보지 않고 그대로 은사, 둔사, 처사를 할 거야. 그들에게서 영예와 영리를 초월한 자기 수양의 높은 뜻을 찾을 수 있지 않더냐!"

내 입격에 어깃장을 놓는 말이었으므로 나는 웃음 머금은 얼굴로 반론을 폈다.

"야 이놈들아, 들어봐라! 옛 사람들은 자기 몸만 착하게 하려고 하지 않았어. 대개 이치를 깊이 공부하여 천하의 변화에 대응하려 했지. 곧 자기를 위한 공부가 아니라 남을 위한 것이라야 공부에 참뜻이 있다 할 것이야."

그러나 임수정이 건들건들 다리를 흔들며 재반론을 떠들어댄다.

"남을 위한 공부라 하며 너처럼 곧 벼슬자리를 탐하겠다는 것은 뭔가 좀 좋게 보이지 않아. 공부와 벼슬자리를 직접 연결하다니. 그야말로 너답다. 결국 상학(上學)보다 하학(下學)에 몰두하겠다는 말씀. 이는 사대부 공부의 하류화가 아닌가?"

내가 눈을 치켜뜬다. 그러나 웃음이 입가에 뱅글뱅글 도는 것으로였다.

"어이쿠, 잘났다! 너의 그 논리는 영리를 초월한 큰 포부를 품은 체하고, 속으론 명망을 낚으려 하면서도 벼슬길에는 나오지 않는 사이

비 도학자들의 변명이 아니던가?"

조금 전부터 저쪽 구석에서 나를 바라보는 날카로운 시선 하나가 있었다. 그 사내가 문득 우리 쪽으로 다가왔다. 면목을 찬찬히 살펴보자니 그에게서 호방한 기운이 흘러나왔다.

"권필(權韠)이라 하오. 그쪽이 허균인 줄 진즉에 알지요. 나로 말하자면 서강 현석촌(玄石村, 서울 마포구 현석동) 출신인데, 그 곳 섬의 갈대를 표상하여 호를 석주(石洲)로 삼았지요. 핫핫, 얘기 중이지만 나는 허 형의 친구들에게 지지를 던지고 싶소. 친구들처럼 나 또한 부귀와 영리를 일체 마음속에 두지 않고 오직 시주(詩酒)를 즐기려 하오."

"대부 집안 자제로서 마땅히 관대를 착용하고 예조에 나아가 인사를 올려야 하지 않겠소?!"

이런 내 말에 권필의 대거리가 거침없다.

"하여간 그런 일은 내가 그리 잘하는 편이 못되오. 언젠간 잠시 벼슬길에 나아갈 수도 있으나, 오늘 일단 허균 인형의 벼슬자리 논리에 조금 실망했어요."

"좋게 평해 달라고 내가 부탁한 바 있소?"

"그렇지는 않지요."

"그렇다면 한 사람에 대해 홀로 관심을 갖다가 이제 혼자 실망하는 것이 온당하다 보오?"

순간 권필은 발을 돌려 목로주점을 나서서 핫핫핫 웃으며

"허 형, 다시 볼 날이 있을 거요."

라는 뒷말을 남기고 홀연히 사라졌다. 권필, 성격이 당차고 호방한데

다 강기가 대단하다. 내 마음에 불을 지르고 홀연히 사라진 그는 무엇인가!

친구들과 헤어져 집으로 돌아왔을 때, 외별당에 거주하는 이달 스승님이 한 기이한 사내와 함께 나를 기다리고 있었다. 그는 전체적으로 체격이 작았으나 눈이 빛났고, 거리낄 것 없다는 모양새로 걸터앉았던 툇마루에서 일어서며 나에게 반갑다는 표정을 보냈다. 이달 스승님은 마루 위에 서서 그런 사내와 나를 번갈아 보며 웃었다.

"인사들 하지. 여긴 내 오랜 지인인 이재영(李再榮), 저 친구가 자네가 보고 싶어 하던 허균이야. 얼마 전에 장가도 들고 초시에도 입격했어."

"여인(汝仁)이오."

하고 사내가 말붙임을 해왔는데, 척 보아도 찢어지게 가난함을 감추기 어려운 행색이라 눈에 든다고 이를 수 없었다.

"허균이오. 여인이라 하시었소?"

"나의 자(字)요. 너 여(汝)에 어질 인(仁)을 엮었지. 괜히 여인(女人)일랑은 떠올리지 말길. 할할할."

코가 길고, 눈썹이 가늘며, 입은 찢어져 크고, 입술은 얇았다. 무엇보다 재기가 넘치고 말을 잘할 것 같은 인상이었다.

"오늘은 뭐랄까 헐벗은 각설의 불알같이 오그라들어 궁싯거리며 저잣거리를 여기저기 살피다가 그 유명한 해주 유연묵(油煙墨, 기름을 태워서 생긴 그을음으로 만든 먹)을 구하고 인신(印信, 도장)도 하나 새겨 볼까 하여 서대문 밖 난전을 그야말로 서캐 훑듯 쏘다니는데,

아, 마침 묵갑을 고르시는 익지 선생님을 만나게 됐지 뭐요."

"여기 저기 기웃거린다고요? 그럼 기웃거리다가 여기 뭘 얻어먹으러 오셨나?"

이 말이 실수였는가? 사실 농이었지만, 초면에 그리했으므로 듣는 이에 따라 심하게 비꼬는 투라 느껴지기도 할 말이었다. 이에 이재영은 마치 봉익선(鳳翼煽)을 흔드는 선비모양 손바닥을 몇 번 흔들어 얼굴을 식히다가 말고 갑자기 한 다리를 허공에다가 차올리는 품새를 잡았다. 그러나 나는 여인 이재영을 미워할 이유도 특별한 애정을 가질 까닭도 없었으므로 별 말이 없이 대문 밖으로 나가는 그를 다만 멀뚱히 바라볼 따름이었다.

그런데 잠시 뒤, 한 사내가 외별당으로 들이닥쳤다. 조금 전에 사라졌던 바로 그 이재영이다. 아니, 이재영 뒤로 네댓 사내들이 이달에게 잠깐 목례하고는 곧장 내 멱살을 잡고 밖으로 끌어내는 것이 아닌가!

"네가 우리 형님을 욕 보였다고? 그래, 이 자식아! 우린 이리저리 쏘다니며 지낸다. 여기서 자고 저기서 얻어먹는다. 그런데 그게 너와 무슨 상관이지?"

이런 외침과 함께 주먹이 날아와 내 명치끝을 들이쳤다. 이어 무릎 아래쪽 족삼리를 집중적으로 내리치는 바람에 나는 옆으로 넘어져 굴렀다. 식식거리는 숨결 속에

"아주 쌩, 절단을 내라!"

하는 이재영의 목소리가 들려 왔다. 일어나 한 사내의 멱살을 쥐려는 순간 늑골을 깨는 듯한 발길질에 땅바닥에 쓰러졌다. 미추에도 참기 어려운 통증이 왔다. 옆으로 뒤틀리다가 뒤로 벌러덩 나자빠진 모

양이다. 정신이 혼미한 가운데 곧이어 수많은 발길질이 배와 허리와 어깨와 등판에 떨어지는 것을 느꼈다. 순간 나는

"당신을 모욕 주려던 것이 아니라."

하고 외쳤는데, 이어

"허면?"

하고 이재영의 어금니 말소리가 돌아왔다.

"내 나름의 농이었지요."

"처음 보는 사람에게? 여전히 모욕적 언사야. 얘들아, 더 까라!"

"예, 형님!"

무리들이 또 다시 발길질을 하려는 순간 나는 그 중 한 놈의 다리를 잡고 늘어지다가 곧장 일어서서 놈의 관자노리를 향해 주먹을 내질렀지만, 주먹이 놈의 몸에 닿기 전에 나는 엄청난 힘의 발길질에 의해 휘청 크게 앞뒤로 흔들리다가 다리가 꼬이면서 땅바닥에 또 나자빠지고 말았다. 사실 나는 그 무렵 다리에 종기가 나 남몰래 고생하는 중이었다. 거기다가 그렇게 얻어맞고 내동댕이쳐졌으니 몸은 물론 정신까지 어질해졌다. 이달 스승이 뭐라 소리치자 사내들이 우르르 몰려 사라지는 소리를 들은 것 같다.

"가자! 손곡 선생의 제자이니 이쯤 해두자. 이젠 그도 알만 허것지."

하는 말소리가 희미하게 들려 왔다. 잠시 정신을 잃었던 내가 깨어난 다음…, 가장 먼저 눈에 들어온 사람은 걱정스러운 눈빛의 아내였지만, 이상하게도 내 눈에 지난 6월 갑산 배소에서 풀려난 허봉 작은 형이 잠깐 보였다.

갑산으로 귀양 간 지 두 해만에 해금됐으나 임금이 허락하지 않았

기 때문에 허봉 작은형은 한성부 도성 안으로 들어올 수 없었다. 따라서 잠시 혼절했다가 깨어난 내가 얼핏 작은형을 보았다는 느낌을 가졌을 따름이지 작은형은 지금 여기에 없다.

"이렇게 다쳐서 미안하오."

그러자 나정이 내 얼굴을 만진다.

"서방님, 이참에 한 마디 합니다."

"말하오."

"군자의 처신은 마땅히 엄해야 합니다. 술집이나 찻집에도 들어가지 않는 분이 있다는데, 하물며 이보다 더한 짓이야 말해 무엇 하겠습니까."

"내가 무슨 잘못이라도 했나?"

"오늘 객들과 싸운 일이 그렇고, 친구를 지나치게 좋아하고요, 특히 공부함에 있어 염려되는 게 없지 않아요. 대장부가 되어 세상에 나매 과거에 급제하여 높은 벼슬에 올라 어버이를 영광스럽게 해 드리고 자신에게도 이롭게 해야 합니다. 아버님이 돌아가시고 어머님이 연로할 뿐만 아니라 둘째 형님이 배소에서 풀렸지만 한성부에 들어오지 못하고 저렇게 떠도는 지금, 그리고 요즘 집안이 가난을 면치 못하는 중인데…. 하니, 재주만 믿고 허랑하게 세월을 보내선 안 됩니다."

등잔불에 아내 나정의 얼굴이 빛났다. 부지런하고 근실하고 질박하여 꾸밈이 없는 여자다. 나정이 조용히 미소 지으며 한 마디 더 했다.

"지금은 아파서 그렇다지만 앞으론 부디 공부에 게으름 피우지 마세요. 저의 숙부인(淑夫人, 외명부 당상관 정3품) 첩지가 늦어집니다."

그 말에 나는 아픈 줄도 모르고 파안대소했다. 아내가 아름다웠다.

"그렇구나! 허나 걱정 마오. 내 곧 벼슬길에 올라 서른 넘어 이녁을 숙부인에 앉힐 터이니. 에헤헤헤."

그러면서 나는 공부와 벼슬, 가난과 명예에 관해 스스로 그 근원적 물음을 가슴 속에 키워보았다.

등잔불이 한 번 흔들리고, 방문 밖에 인기척이 일었다.

"내 지나는 길에 한 번 보러 왔어. 조카사위도 안에 있는가?"

문을 열자 어둠 속에서 한 발짝 다가서는 한 사람, 아니 그의 뒤로 새파란 청년 서넛이 등잔불에 노출됐다.

"아, 외삼촌! 어서 오세요. 얼마만이에요. 제 혼인 때 뵙지 못해 섭섭했는데. 들어오세요. 삼촌네들도 어서 오르세요."

나는 엉거주춤 그들을 맞았다. 그들이 내 또래라 믿어져 아무 의념도 품지 않았지만, 무엇보다 나정이 그를 외삼촌이라 하지 않는가.

"신혼살림이 재미있느냐? 조카사위님은 어디 다치셨나? 아니, 우리 소개를 먼저 해야겠군. 나는 보다시피 장사치야. 저기 운종가(雲從街, 서울 종로) 육의전(六矣廛)의 상인이지. 이 친구는 난전을 보고, 이 친구는 제법 상이 커. 전국의 지방 장시를 연결하면서 물화를 교역하는 사상(私商)이야. 저쪽은 그냥 시만 짓고 술만 처마시지, 하하. 우린 모두 흉허물 없는 동배간이나 진배없어. 자네 또한 우리와 비슷한 연배이니 내 조카사위라도 우리 서로 말을 트지, 그랴."

나정의 외삼촌이 그렇게 친구들을 소개했다.

"내 누님이 자네 장인어른이신 의금부 도사 김 대(大)자 섭(燮)자의 부인인 심 씨네. 그러니까니 나정은 내 조카이고, 자넨 나 심우영(沈友

英)의 조카사위가 되지. 장악정을 지낸 심(沈) 전(銓)자 어른이 내 아버지인데 불행히도 나는 그분의 서자네."

아, 얕은 심음과 함께 나는 눈을 내리 깔았다.

"그럴 것 없어. 이 땅에 서얼자(庶孼子)가 어디 한두 명이던가. 여기 박응서(朴應犀)는 유명한 박순 대감의 서자이고, 목사 서익의 서자가 여기 서양갑(徐羊甲)일세, 병사 이제신의 서자 이경준(李慶濬). 박충간의 서자인 형 박치의(朴致毅)와 동생 박치인(朴致仁)도 여기 있구먼."

"어떻게 이렇게?"

"우리 서자들은 가끔 모이지. 언제 만나면 얘길 나눌 기회가 있겠지. 자, 여기 있다. 네 혼인에 외삼촌으로서 그냥 있을 수 있나. 여보게들, 밤이 깊어가고 또 여러 총중이 눈치 채기 전에 일어나 봄세. 갈 길이 멀어."

신혼부부에 홍미가 일어 뭉개며 앉아 있으려는 눈치의 사내들을 재촉하며 처외삼촌인 심우영이 엽전 한 꾸러미를 방안에 놓고 일행과 함께 어둠 속으로 사라졌다. 서로 간에 제대로 예의를 차릴 겨를도 없었다.

달포 뒤, 삐어진 다리와 터진 종기가 나아갈 즈음에 또 한 사람이 찾아 왔는데, 바로 초희 누님이다. 초희 누님은 열다섯에 김성립(金誠立)에게 시집가 서소문(西小門) 근처 시가에서 살고 있다. 성립의 아버지 김첨과 허봉 작은형이 두모포(豆毛浦, 서울 옥수동 강가)의 호당(湖堂, 독서당)에 드나들면서 가까워지자 혼담을 추천한 것이다. 하지만 내가 보기에 초희 누님은 정신, 의식, 문예 등에서 남편을 넘어선 여자였다. 여덟 살에 지은 '광한전백옥루상량문(廣寒殿白玉樓上樑文)'이 너무도 명문이라 그 때 이미 세상 사람들의 입에 오르내렸다. 그러나 나는 초희 누님만 보면 눈물이 앞선다. 오늘도 기운이 하나도 없는 듯 가냘픈 몸에다가 파리한 얼굴에 미소 지으며,

"네가 아프다기에 왔어."

하고 낮게 속삭일 따름이다. 누님이 지은 '곡자(哭子)'를 떠올렸다. '지난해 사랑하는 딸을 잃고, 올해는 사랑하는 아들을 잃었소. 서럽고도 서러운 광릉 땅이여, 두 무덤 마주보고 나란히 솟았구나.' 나는 더 이상 생각을 잇지 못했다. '통곡과 피눈물로 목이 메네.'라는 마지막 구절을 떠올리며 정말 울 것 같은 기분에 휩싸였기 때문이다. 누님이 딸에 이어 아들 희윤을 잃은 지 벌써 6년 세월이 흘렀다. 그때 회임 중이어서 '뱃속에 어린애 들었지만, 어떻게 무사히 기를 수 있을까.' 하고 읊었듯, 그 아이 역시 제 누나와 형의 뒤를 따르고 말았다.

"누님, 이렇게 미령(靡寧, 병으로 편치 못함)해서야. 지금도 자형은 밖으로 나도나요? 내 언제 만나면 가만 두지 않을 것을!"

"균아, 그럴 것 없다. 시집살이의 고충이나 남편과의 갈등이 조선 땅에 어디 나쁘지겠니? 그이도 나름 재주 많고 생각도 많은 사람이다."

나는 누님의 처지를 잘 알고 있었으므로 한 순간 안타까움과 연민의 정이 가슴 저 아래로부터 솟아나 하마터면 끌어안고 울음을 터뜨릴 뻔하였다.

초희 누님이 다녀간 다음날, 나는 마음속에 세워 놓은 계획을 마침내 실행하려고 저녁 무렵에 덩치 큰 처남 김확을 불렀다.

"가자!"

"다친 다리가 회복되지 않았을 텐데."

"하여간 일단 창전(倉前)으로!"

"창전이라면 한성부 서부 서강방 창전 말이오? 거긴 뭣하시려고?"

창전리는 녹봉을 담당하는 광흥창과 왕실 경비를 담당하는 풍저창 앞에 생긴 자연마을이다. 마포에서 만들어진 삼해주(三亥酒)가 넘어와 창전리 주막과 기생집 술독 수백 개에 가득 채워진다. 나와 처남은 이경(二更, 밤 9시부터 11시까지) 즈음 창천에 도착했다.

"허름한 선술집 뒷방은 아닐 것이고 여기 어느 기생집에….'

"자형, 도대체 뭘 하자는 거요?!"

대답 않은 채 나는 주막과 목로와 받침술집 그리고 몰락한 양반집의 아낙네나 과수댁이 운영하는 내외주점 등 술청들을 서캐 잡듯 뒤졌다. 거리에 거지, 노비, 갖바치, 백정, 거간꾼 그리고 왈짜패가 어슬렁거렸다. 물론 배꾼, 사상, 거상, 중인, 양인, 양반들도 보였다. 주모와 중노미들이 부산하게 몸을 놀리는 주막을 지나 검계(劍契, 조직폭력배)들이 칼자국을 낸 팔과 가슴팍을 드러내 놓고 허리에 칼을 찬 채 입구에 삼엄하게 서 있는 상화방(賞花坊, 창기집)과 색주가도 주의 깊게 살폈다.

그때 길 모퉁이 솟을대문 앞에 조방꾼(창루 등에서 남녀 사이의 일을 주선하고 잔심부름을 하는 사람)일시 분명한 사내들이 주위를 두리번거리는 것이 보였다. 여기일지도 몰라. 담 밖으로 환하게 등불이 내비추인다. 기예와 학식을 장착한 기생들에게 접대 받을 수 있는 고급 술집일 듯싶다. 기방이란 사실 양반들의 출입이 엄격히 금해진 곳이지만, 그리하여 청렴하고 금욕적인 유교 정신으로 치장한 조선 선비들이 농염한 여자들이 있는 그 기방에 출입하는 것이 규범적으로 용납되지 않았지만, 그건 어디까지 원칙적인 얘기일 따름이었다.

안동 김 씨 양반 댁 자제인 우리 자형 김성립이야말로 바로 이런 곳에서 기생을 끼고 음주 가무를 즐길 터. 비록 5대 계속 문과에 급제한 문벌 집안의 출신이지만 배필로서는 도에 넘친 아내인 우리 초희 누님에게 열등감 같은 것을 느끼며 살아가리라 믿어지는 자형으로서는 아마도 이런 곳에서 스스로 상처받은 마음을 풀어내야 할지도 모른다.

한 번은 김성립이 과거에 응시하는 유생들이 모여 이룬 동아리인 '접(接)' 모임에 간다고 하고 실제론 기생집에 갔었다. 이를 알고 있던 초희 누님이 기생집에서 즐기는 남편에게 척독(尺牘, 짧은 편지글)을 보냈다. 척독엔 '古之接有才 今之接無才(고지접유재 금지접무재).'라고 쓰여 있었다. 이는 '옛날의 접(接)은 재주(才)가 있었는데, 오늘의 접(接)은 재주(才)가 없다.'는 말이었다. 곧, 그 쪽편지에서 누님은 '오늘의 접(接)에는 재(才)가 없다, 즉 재가 빠진 결과 첩(妾) 곧 여자만 남아 있다.'며 남편을 조롱했던 것이다.

내 오늘 그를 진실로 조롱해야겠어.

이런 마음을 품고 찾은 기생집이다. 안내하는 조방꾼을 따라 안마당으로 들어섰다. 순간, 난데없는 소리. 아니다, 익숙한 목소리가 들려왔다. 나는 김확과 함께 그 방 앞에 딱 멈춰 섰다. 김성립이닷! 오랜만에 들어보는 유쾌한 웃음소리! 나는 조방꾼을 밀치고 툇마루에 올라서자마자 장지문을 확 열어젖혔다. 거기엔 생각 그대로 몇 친구들과 함께 기름진 술상 앞에서 젊은 양반 김성립이 술을 목구멍에 막 부어 넣는 중이었다.

"자형, 이런 곳에서 보게 됐지만 오랜만에 뵙습니다. 글공부는 마쳤습니까? 묻습니다만, 오늘은 진정 접(接)이오, 첩(妾)이오?"

그러면서 자리에 털썩 주저앉아 주병에서 술을 따라 마시는 나를 보고 성립은 놀라며,

"어, 처, 처남. 어떻게 여기까지? …그런데 이건 아니잖아?!"

하고 외친다.

"이젠 자형과 이런 곳에서 한 번쯤 담론을 나눌 때가 됐지요."

다른 사람을 안중에 두지 않았다. 성립과 자리를 함께 한 자들이라면 그 깊이를 능히 알 만하다 여겼기 때문이다.

"자형, 지금 시대의 흐름을 알아요? 아니, 나는 우리 작은형의 귀양살이에 분노하지만, 오늘 일단 정치 얘기는 삼갑시다. 지금은 오직 시와 문장이지요. 자형이 특히 그렇지 않나요? 당장 진사시를 위해 글공부해야 할 때 아닙니까?"

"하고자 하는 말이 그건가?"

"들어보세요. 자형은 당시(唐詩)를 알아요? 경서를 얼마나 읽었나요? 거의 매일 기방에 드나든다는 소문이 이렇게 사실로 드러난 이상 자형은 글공부에도, 가정을 지키는 데에도, 이른바 수신도 제가도 못하고 있음이 증명됐으니, 처남으로서 실로 개탄스럽다 하지 않을 수 없습니다."

"나는 송시(宋詩)를 좀 읽지."

"그게 답답하다는 겁니다. 이 시대에 '문장은 진한이요, 시는 성당이다.'는 말을 듣지 못했나요? 최경창, 백광훈 그리고 이달 선생님이

추구하는 이른바 삼당학파의 분위기는 어느 정도 파악하고 있어야 하지 않습니까?"

"처남 말도 일리가 있네만, 그래 당장 과거를 보자면 과체시(科體詩)를 익혀야 하는데, 처남은 그에 자신이 있나?"

"자형이 과체시에서 시대의 일인자라는 것은 천하가 다 알지요. 자형이 5대 계속 문과에 급제자를 배출한 조선 최고 문벌 출신이니, 특히 할아버지 홍자 도자 어른께서는 진사 장원과 문과 장원을 하셨으며, 부친 첨자 어른도 문과에 급제하고 호당에서 사가독서를 하던 문인이 아니었습니까. 그럼에도 불구하고 자형은 문리가 부족하고 경사를 읽으라면 입을 떼지 못하는 것 또한 사실이 아닙니까?"

"처남, 그건 직접 경서를 읽는 것을 봐야 알 일이고, 송시 얘기로 돌아가 말하자면, 이(理)의 길에 충실한 송나라 시풍을 알지 않고 어찌 당 시풍만을 그토록 강조하지? 송시적인 이성의 길로도 가야 하지 않나?"

"아, 그렇습니까? 자형이 말씀하는 그 이성적 인생이란 항차 기방에서 세월만 보내는, 그리하여 초희 누님이 이런 시를 짓게 하는…, 자, 자형 들어보세요. '내게 아름다운 비단 한 필이 있어, 먼지를 털어내며 맑은 윤이 났죠. 봉황새 한 쌍이 마주 보게 수놓아 있어, 반짝이는 그 무늬가 정말 눈부셨지요. 여러 해 장롱 속에 간직하다가, 오늘 아침 임에게 정표로 드립니다. 임의 바지 짓는 거야 아깝지 않지만, 다른 여인 치맛감으로 주지 마세요.' …들었지요?"

순간 내 가슴이 울컥했다. 방안의 한량들 또한 마음속에 느끼는 바 없지 않은 듯 조용히 고개 숙이고만 있다.

"이 시 기억합니까? 다시 말합니다. 자형이 말씀하는 그 이성적 인생이란 아내를 외로움에 울게 하고 여기 이 기방에서 이따위 짓을 하는 겁니까? 거듭 묻습니다. 이게 이성입니까?"

그리고 나는 김확의 손에 들린 보따리에서 책을 뽑아 주안상 너머 저쪽에 앉은 김성립에게 던졌다.

"거리가 멉니다. 여기요오. 경서를 직접 읽어 보아야 안다 하셨으니, 그걸 한 번 소리 내 읽어 보세요."

날아오는 서책을 엉겁결에 받아든 김성립은 그러나 제대로 읽지 못하고 격앙된 감정을 억지로 감추며 얼굴이 뻘겋게 돼 다만 술잔을 만지작거릴 뿐이었다. 나는 김성립에 대한 분노의 감정을 자제할 수 없어 김확에게 눈짓을 한 뒤 누구도 막을 수 없는 빠른 몸놀림으로 와장창 술상을 엎어버리고 기녀들의 자지러지는 비명소리를 들으며 밖으로 뛰어나왔다. 삼경의 끝으로 가는 시각에 창전 거리를 달리며 흐르는 눈물을 그대로 내버려 둔 채 나는 가녀린 초희 누님, 그리고 집에 돌아올 수 없어 변방만을 떠도는 허봉 작은형을 떠올렸다.

그리고 달포가 지날 무렵이었다. 이달 스승님이 기거하시는 외별당으로 다가가자 두런두런 말소리가 들려왔다. 스승님의 말소리에 섞인 다른 목소리는 놀랍게도 그 놈, 이재영의 것이었다. 나는 순간 열이 머리끝까지 솟았으나, 일단 가슴을 억눌러 참고 기침 소리를 내며 스승님 방으로 들어갔다.

"다 나았느냐?"

"예, 헌데 이자는 어찌하여 여길 또 왔습니까? 이재영, 당신 무슨 낯

짝으로 이 집에 발을 들여 놓았지? 이제 둘이서만 한 판 붙어 보자."

누런 얼굴빛의 이재영을 쏘아 보았더니, 여전히 가난이 철철 넘치는 추레한 모양새 그대로인데, 그러나 나는 그에게서 그 어떤 기세도 느낄 수 없었다. 화를 낼까 하다가 그의 말 내용에 이르러 결코 가볍다 여길 수 없어 일단 자리에 앉았다.

"그러니까 선생님, 저는 지금부터 변려문(駢儷文)을 공부한다니까요."

"변려문을 공부하자면 전고(典故)해야 하고, 전고하자면 끝없는 고전 연구가 따라야 할 것이야. 중화 사람들이 변려문을 아주 버린 것은 아니고 우리 고려에서 이어진 변려문 전통 또한 완전히 사라진 것이 아니므로 자네가 다시 날카롭게 갈아서 신선하게 써 봐."

그리고 이달 스승은 평소와 달리 전혀 새로운 얼굴이 되어 달포 만에 다시 만난 나를 바라보다가 또 잠시 뜸을 드리더니 헛기침과 함께 조용히 입을 열었다.

"균아, 지난 시절 나는 한리학관이라는, 서얼들에게 마지못해 주는 그런 벼슬자리가 애초 맘에 들지 않았어. 곧 그것을 버리고 고죽 최경창 그리고 옥봉 백광훈과 어울려 시사, 곧 시모임을 이루었어. 허나 이제 그들은 현재적 인물이 아니잖아. 그들은 저세상으로 가고 나 홀로 남았지. 나 또한 곧 시대의 흐름 뒤로 사라져야 할 인물이 아니던가."

"스승님…."

"나를 미워하는 사람들이 빽빽이 줄을 서 있고, 실제로 여러 차례 더러운 모욕을 가해서 나를 법망에 넣으려 하지 않았더냐. 내 마음은 툭 트여서 정해진 한계가 없지만, 내가 생업에 신경 쓴 적 또한 없지 않으냐. 그리하여 평생토록 몸 붙일 땅이 없이 사방을 유리걸식했으니, 사람들이 나를 천대할 수밖에."

"그러나 재액으로 늙어 가시지만, 그것은 진실로 시 때문이 아닙니까. 몸이 곤궁했어도 불후의 명시들이 있으니, 부귀로써 이름을 바꿀 수는 없는 것이라 생각합니다."

"그렇게 평하니 고맙다. 균아, 내가 말하고자 하는 것은 이제 곧 떠나야 한다는 것. 여기에 너무 오래 머물렀어. 건천동과 상곡을 오가며 한 해 이상 머물렀으니. 그리고 특히 네 중형(仲兄)인 미숙(美叔, 허봉)이 없는 이 서울 땅에 미련이 그리 많지 않아."

"스승님, 그러면 저는 어쩝니까?"

"너도 이젠 나를 떠나야지."

여름이 지나간다. 하오에 비가 내리고 밤엔 조금 차다 싶은 바람이 불었다. 서얼 얘기 뒤 '곧 떠나리라.' 하던 이달 스승은 웬일인지 열흘이 지났음에도 외별당에 그대로 머물러 있다. 조금 전 나는 대문을 나서서 담장을 따라 걸으며 비구름 지나간 밤하늘의 휘영청 가을 달 아래 오동잎이 떨어지는 모양을 감상한 뒤 외별당으로 시선을 한 번 주고 대문을 다시 들어서려다가 마침 환하게 밝히던 스승님 방의 호롱불이 막 꺼지는 것을 보았다. 스승님이 이제야 주무시는구나, 하고 눈을 돌리려는데, 방문이 열리고, 이달 스승이 밖으로 나서는 것이 아닌가!

입자(笠子)의 챙 밑으로 남의 기색을 흘겨 살피는 것은 사대부로서

떳떳하고 길한 기상이 아니라는 말을 하던 스승이 그날따라 갓을 눌러 쓰고 주위를 한 차례 살핀 다음 조심스럽게 느티나무 사이로 빠져나간다. 나는 순간 뭔가 평상시와 다르다는 느낌을 강하게 받았다. 도포, 망건, 갓 등 온전한 사인복 차림으로 나서는 사부에게서 어딘지 알 수 없는 처연한 분위기가 퍼져 나와 내게 호기심과 궁금증을 불러일으켰다.

뭐지?! 스스로 조금 엉뚱하다 생각하며 발걸음 소리를 죽여 스승의 뒤를 따랐다. 이렇게 스승님이 떠나는 것인가, 하는 생각을 해 봤으나, 괴나리봇짐을 지지 않았으므로 잠시 어딘가를 다녀오려는 것이라 판단했다.

한 마장쯤 갔을까. 아니, 두어 마장이 될지도 모른다. 꽤 시간이 걸렸다. 이경이 끝나고 삼경이 시작될 때까지 스승님은 걸음을 멈추지 않았다. 그리고 삼거리가 나오자 오른쪽 길을 잡아 한 세 바탕(한 바탕은 쏜 화살이 미치는 거리)쯤 되는 산길을 오르더니, 한 차례 쉬려는지 분묘 옆에 가 앉는다. 괴괴한 분위기에 조금 으스스했으나, 누추한 외모와는 다른 이달 스승의 정갈한 정신을 잘 알고 있으므로 귀신들이 해코지 할 까닭이 없다는 믿음을 가져 보았다.

이달 스승님이 다시 걸어 오솔길을 넘어가 고개를 돌려 뒤를 한 번 살핀 다음 달리듯이 걷는다. 급히 좇다가 하마터면 발견될 뻔했다. 분묘와 바위와 소나무 조붓한 길을 지나자 약간의 바람이 스치고 달빛만이 비취는 평지가 나타나고, 그 끝으로 한 채의 초막이 보였다. 스승이 가려는 데가 저곳이리라.

과연 이달은 서슴지 않고 초막으로 쑥 들어갔고, 곧 바로 나 또한 등골이 오싹해지는 그곳으로 들어갔다. 칠흑처럼 어두운 봉창. 그 안쪽 방안의 모양은 보이지 않았다. 시꺼멓고 음침한 느낌의 초막에서 오래된 먼지의 그 매캐한 냄새와 피 비린내와 살이 썩는 냄새에 저절로 미간이 찌푸려졌다. 시간이나 거리로 보아선 도축장이 있는 한성부 동부 인창방(仁昌坊, 서울 왕십리 부근)은 아닐 터인데, 하여간 악취가 코를 찌르는 초막 뒤로 몸을 숨겨 뚫린 봉창 구멍으로 안을 들여다보았으나 그림자가 어른거릴 따름 얼굴은 전혀 알아볼 수 없었다.

거기엔 이미 여러 사람이 앉았다가 손곡 이달이 들어오는 것을 보고 모두 일어서서 허리를 굽히는 듯했다. 이미 더 이상 냄새는 맡아지지 않았다. 워낙 캄캄했으므로 방안이 어떤 모양새인지 알 수 없고, 다만 상좌에 이달이 앉고, 그를 중심으로 열 명 남짓한 사람들의 기척을 느낄 수 있을 뿐이었다.

"자네도 앉게. 이 땅 백정의 삶이야 곤혹하지만, 이 자리에선 그럴 것 없지. 다 형제이니 허리를 펴고 편히 앉으라 했거늘 자넨 어찌 늘 그 모양인가. 천격을 스스로 넘지 않으면 생애도 항차 그러하거늘."

하고 타이르듯 하는데, 사내가 대꾸한다.

"어르신, 그게 아니라 쇤네는 단지 예로서…."

"알았네. 그러니 그만 앉고. 자, 모두 모였나?"

희미한 그림자만이 어른거리는 방안의 형국이라 정황을 알기 어려웠으므로 나는 신경을 귀로 가져갔다. 혹은 킁킁거리고 혹은 헛기침을 하다가 곧 조용해졌다.

"지난 중종 이래 재지적(在地的) 중소 지주 출신이던 사림파(士林派)는 중앙의 귀족화된 훈구파(勳舊派) 관료 세력과 정치적 사회적 입장이 다르고 하여 추구하는 생각이 상충되었지. 그 상충과 갈등의 첨예한 형태로 드러난 것이 무오, 갑자, 기묘, 을사 등의 사화가 아니었던가. 사림이 많이 희생됐지만, 그럼에도 이후 역사는 토착적 기반 위에서 성리학으로 무장한 사림파가 시대의 주역을 담당하고 있으니."

손곡 이달이 간단없이 말해 나아가자 방안의 그림자들에 움직임이 없다.

"성리학이 심화하여 퇴계, 율곡 등 탁월한 학자를 배출한 것이 사실이지만, 다른 많은 사림에게서 이제 성리학이 경직되게 내버려 뒀다는 것이 문제야. 이로부터 동서 분당이 심해지지 않았나. 이대로 가다가 세월이 지나면 다시 내부 분열이 일어나 이 땅의 정국은 걷잡을 수 없는 혼란으로 치닫게 될 듯하네."

그때 한 사내의 목소리가 들떠 나섰다.

"지금 조선은 이백 년 역사 속에서 밤하늘의 운석 같은 수많은 인물들이 명멸해간 시대이지만, 동시에 가장 비극적 시대가 될 개연성을 높이고 있습니다. 양반과 상민의 구분을 더욱 확연히 하고 서원과 향약을 통해 지배 신분으로서의 특권을 강화하는 등 성리학적 지배 질서를 절대적 도덕규범으로 확립해 가는 시대입니다. 체제 유지의 사상적 바탕이 된 성리학은 중앙집권적인 강력한 왕권의 확립을 강조하는 정치사상이지만, 이러한 성리학이 조선에 수용되어서는 파벌의 이익을 우선하는 기형적인 정치 현실을 낳고 있지 않습니까?!"

논설이 가볍지 않았다. 또 다른 사내의 외침이 숨어 듣는 내게 숨을 멎게 했다.

"시류에 편승한 무리들이 앞을 다투어 동인과 서인에 합류하고 있으니 큰일입니다."

이어 다시 또 한 사람이 끼어들었다. 나는 침을 삼키는 소리조차 죽여 가며 듣는데, 그의 목소리는 어딘가에서 들은 듯했다.

"학문적으로 영남학파인 이황의 주리론이 세를 잃어가고 기호학파 이이, 성혼, 박순 등의 주기론이 설득력을 더해가는 즈음입니다. 이이가 졸거해 사라졌지만 보세요, 이로부터 더욱 동인과 서인으로 나뉜 두 세력이 첨예하게 갈려서 명태 껍질을 얻고 당사실을 구하여 상처를 처매도 결코 낮지 아니할, 그 짙디짙은 붉고 검은 피로 얼룩진 사화를 또 불러오게 할 것이 분명합니다. 제가 장담합니다. 내기를 해도 좋습니다."

내기해도 좋다는 말에 몇 사람이 쿡쿡, 웃음을 참지 않았다. 그러나 곧 다시 엄정한 분위기로 돌아갔다.

"준비들 하고 있는가?"

"예, 그러나 늘 자금이 부족합니다. 이번 모임도 여기 심 행수가 지원했습니다만, 이런 방식으로 될 일이 아니고, 특히 시세를 늘 두고 봐야 하므로 결코 가벼이 할 일이 아니라 세력을 더 키워야 하고…."

"그건 조심할 일이지. 서류들의 움직임은 어떠한가?"

이달의 이 말에 방안은 몸을 움직이는 소리로 잠시 수선스러워졌다. 그때 탕, 하고 방바닥을 치는 소리가 났다.

"저쪽에, 지난 계미년에 여진의 이탕개가 침입했을 때 당시 병조 판서였던 이 율곡이 아뢴 계책 가운데 '자원하여 육진에 나가 3년을 근무하는 사람은 서얼이라도 과거에 응시할 자격을 주고, 공사의 천인은 양민으로 면천시킨다.'고 했습니다. 허나 저, 저쪽에, 여러 대신들이

이를 그르다 하니, 임금이 말하길 서얼을 허통하게 하자고 한 일에 대해서는 이이가 어찌 그 자신이 일찍 죽을 것을 미리 알고 자기의 서자를 위해서 한 일이겠는가, 하고 전교(傳敎, 임금이 내린 영)했지요."

또 다른 그림자가 벌떡 일어서며 역시 말하길 참지 않았다. 그의 목청은 훨씬 컸다.

"죽일 놈들! 그러므로 왕조의 지배 체제에 저항하는 민의 집단이 마땅히 있어야 한다고 보아 우리의 지금과 같은 계(契), 아니 시사(詩社)는 더 조직화 대규모화해야 한다고 봅니다."

"쉬잇, 목소리를 낮춰라. 자네 지금 너무 나서고 있음이야. 그리고 큰 모임을 지속하다간 반드시 외부로 드러날 수 있음을 간과치 말아야 할 것인즉. 고루거각을 피해 한양 중에서도 굳이 이렇게 궁벽 강촌인 도축장을 찾아 모이는 우리를 모반의 씨앗이라 주장하며 모두를 잡아들여 능지처참할 일이 생길 수도 있으니 조심할 일일지언정 그렇게 드틸 일은 아니지. 그리고 나는 알다시피 이젠 서얼로서의 분노와 개탄을 잠재우고 남은 생애를 위해 이 같은 현역으로의 활동을 접어야 한다고 생각하네. 향후는 자네들이 모색해야 할 것을. 이를 이르고자 오늘 보자 하였네. 사실 한 세대 위인 내가 의도 있어 이 시사를 꾸려 왔으나, 실제로 한 것은 별로 없어. 이젠 자네들이 나서 보게나. 거듭 강조하고 싶은 것은 이 계의 성격을 외부로 유출시켜서는 결단코 안 되이! 나는 일단 내일 한성을 떠나려 하니 그리 알고 다음 기회에 다시 만나세. 여기, 이별주를 한 잔 따르게나."

잠시 침묵이 흐르고, 술동이에서 표주박 부딪치는 소리가 나고, 꿀꺽 술이 목을 타고 넘어가고, 그리고 다시 침묵이 흐르자 예의 한 사내가 울먹일 듯 이른다.

"저쪽에, 어르신, 그러면 저희들이 언덕을 잃어."

"언덕은 무슨. 늙어가는 몸으로 감연히 발분하여 뜻을 모아 봤지만 이 또한 때에 이르렀음이야."

잠시 뒤 손곡 이달이 방문을 열고 밖으로 나와 달빛 아래 흰 도포 자락을 날리며 빠른 걸음으로 살 썩는 냄새가 진동하는 어둡고 궁벽한 초막을 떠나 저만큼 멀어져 갔다. 사내들이 다시 방으로 들어가길 기다린 다음 초막 뒤에서 스승님을 따라 잡으려고 급히 빠져나오다가 나는 무엇엔가 걸려 넘어졌는데, 그것은 바로 코앞에서 육질이 썩는 냄새를 풍기던 소대가리였다. 쿵, 하는 소리가 나자 갑자기 방안은 순간 숨소리 하나 내지 않는 긴장이 흘렀다. 잠시 뒤 봉창을 열고 밖을 내다보던 사내들이 순식간에 확, 몰려 나왔다.

"이놈은 누구야?!"

한 사내가 넘어져 버둥거리다가 막 일어서는 나의 등을 발로 내리 찍었다. 다른 사내가 허리를 걷어찼다. 또 다른 사내가 내 골통을 내리 밟았다. 그리고 한 사내가 그들을 말렸고, 사립문에 달린 등롱을 가져 다가 자신의 얼굴을 불빛에 노출시키지 않으면서 내 얼굴에 바짝 가져 다 댔다. 나는 불빛에 얼굴을 찡그렸다. 모두 단 한 마디도 말하지 않 았다. 잠시 뒤 키 작은 그림자 하나가 도끼를 들고 다가와 쳐들고 내 리치려는 순간,

"차, 참아. 저쪽에, 이자는 이달 어르신의 제자야."

하고 키 작은 사내의 손에서 도끼를 빼앗았다. 그 말이 끝나자 처음 사내가 엉거주춤 일어서는 나의 얼굴과 가슴팍을 연거푸 힘껏 걷어찼

다. 키 작은 사내가 입술을 움직이지 않고 신음하듯 말했다.

"건방진 놈!"

내 얼굴에서 붉은 피가 터져 나왔다. 가슴이 찢어질 듯했으며 숨을 쉴 수가 없었다. 허리의 통증도 참기 어려웠다. 숨이 막히고 오장육부가 뒤집히는 통증에다가 눈앞이 피로 얼룩져 갔다. 뒤로 다가온 몇 놈이 다시 짓밟는데, 그땐 이미 혼절하여 나는 저항도 외침도 몸부림도 없이 그저 하나의 주검이 되어 뒹굴기만 할 뿐이었다.

서쪽으로 기운 달빛이 교교히 내리 비추는 벌판에 던져져 그렇게 주검처럼 한 밤을 보내고 내가 다시 깨어난 것은 이슬로 온 몸이 축축이 젖어가는 새벽녘이었다. 엉금엉금 기다가 서서히 정신을 차리고, 술 취한 사람처럼 흔들거리며 겨우 집으로 돌아와 외별당의 문을 열었을 때 손곡 이달 스승님은 이미 떠나고 없었다.

흔적 — 방사들 세상

병술년(1586) 후반부터 정해년(1587) 한 해 그리고 무자년(1588) 전반기. 이 두 해 가까이 한성부에서 나를 본 사람은 없다. 사람들이 내 아내에게 캐물었지만, 결코 시원한 답을 들을 수 없었을 것이다.

나는 어디로 갔는가?

한성부에서 사라진 그날, 집 주변에서 산책하던 중 나는 느티나무 어둑한 구석으로부터 날아오는 비명 소리를 들었다. 날카로운 여자의 목소리였다. 처음 들었을 때 그것은 박쥐 우는 소리 같았다. 누군가 휘파람을 불었는데, 그것이 바람을 따라 나뭇가지 사이를 돌아다니다가 떨어져 귀에 닿았으므로 마치 여인의 비명소리처럼 들린 것이 아닌가 하는 생각도 했다. 아니면 환청일지도 몰랐다.

잘못 들은 것이라 믿고 돌아와 대문을 막 들어서려는데, 그 소리가 또 들려왔다. 이번엔 바람을 타고 비명이 더 분명히 들렸다. 그렇다, 그건 확실히 비명이었다. 여자가 내지르는 절규였다. 아주 잠깐 호기심이 일었으나, 나와 무관한 일일 것이므로 그대로 들어가려고 했다. 한 발짝 마당으로 들어서는 순간 여인의 비명 소리가 또 다시 크게 들려왔다. 그건 분명 누군가로부터 위협을 받는 위기 상황에서 어두운 공간을 찢어 내리는 단말마의 비명 소리였다.

그랬으므로 나는 몸을 돌려 소리가 들려오는 방향으로 천천히 다가갔다. 느티나무 숲이 끝나는 곳에 도랑이 있고, 흐르는 물을 따라 관목이 즐비했으며, 그 바깥쪽은 넓은 논과 밭이 저쪽 낮은 구릉까지 이어져 있다. 구릉 아래 농가들이 불을 밝히고, 사위는 늘 저녁 그대로 조용했다. 자지러진 그 비명 소리가 아니었다면.

느티나무 숲이 끝나는 지점, 관목이 늘어선 곳으로 다가가자 어둠 속에서 사람들의 움직임이 눈에 들어왔다. 한 사내가 땅바닥에 앉은 한 여자에게 발길질을 하는 것이 보였다. 마지막 느티나무 뒤에 몸을 숨기고 나는 그들의 행동을 살폈다. 식식거리는 숨소리가 들렸다. 다시 사내가 발길질을 하고 몽둥이를 내리치자 여자는 예의 그 날카로운 비명을 지르며 퍽 쓰러졌다가 다시 일어난다.

"이년아, 그렇게 좋던?!"

그러면서 사내가 또 다시 발길질과 몽둥이질을 할 때마다 여인은 몸을 들썩이고 고통에 못견뎌하며 신음을 내질렀다. 때론 낮게, 또 때론 높게 비명을 지르기를 수십 번. 나는 너무 심한 짓거리라 생각하여 어둠 속에서 용맹하게 뛰쳐나가 일갈하여 그 이해할 수 없는 잔인한 사태를 중단시키려는 마음을 먹어 보았다. 몽둥이질과 발길질을 하는 사내 옆을 둘러싸고 다른 몇 사내들이 주위를 살피는 자세를 취하지 않았다면 실제로 그렇게 했을 것이다.

사내가 그 같은 짓을 계속한다면 필시 여자는 죽음을 면치 못하리라. 여자가 발길질을 당할 때마다 손을 빌며 용서를 구했으나, 가차없는 몽둥이질과 발길질이 여자의 몸 곳곳에 가해져 어둠 속에서도 피가 튀고 살이 문드러져 마침내 가해하는 사내와 자리를 함께 한 세 사내들 외에 아무도 알지 못한 채 여자는 비명횡사할 것이 분명했다. 나는 죽음의 기운을 느꼈다.

살기, 저것은 살기, 아니 살인이야!

일단 본 이상 그대로 놔둘 수 없다고 생각한 나는 주위에 대항할 만한 무기 거리가 없나 살폈으나, 그럴 만한 막대기 하나 발견할 수 없었다. 이리 저리 살피다가 돌멩이 몇 개를 찾아 주워들고 그들에게 다가갔다. 어둠은 무기다. 이곳 지리를 안다는 것도 무기일 터. 어둠에 익숙해진 그들이지만, 나는 그들이 그곳의 지형지물을 잘 알지 못할 것이라 믿었다. 한 차례 공격하여 놈들에게 위협을 주고 나무 뒤나 관목 아래로 숨는다면 그들은 놀라 사라질 것이라 믿어 의심치 않았다.

휙, 돌 하나를 던지자 마침 그대로 정확하게 날아가 그 중 한 사내의 가슴팍을 가격했다. 억, 소리와 함께 사내들이 낮은 자세로 주위를 살핀다. 그 순간 여인이 달아나려 몇 걸음 옮겼지만, 사내가 몸을 날려 허리를 치자 여자가 저만치 나가 떨어져 더 이상 움직이지 않았다. 나는 다시 돌 하나를 집어던졌다. 휘익, 돌은 허공을 가르며 날아가 도랑에 떨어져 철벙 물소리를 낼 따름이었다.

두 번째 돌이 날아들자 놈들은 그 근원을 알아채고 다가오기 시작한다. 어떡하나? 가까이 오는 놈들의 손엔 칼자루가 들려 있었다. 일이 심각해졌다. 도망치면 노출될 것이 분명했으므로 나는 땅바닥에 몸을 대고 조금씩 기어서 관목 아래로 들어갔다. 가슴을 다친 녀석만 여자 옆에 앉아 지키고 앉았고 나머지 세 놈이 한 발짝씩 다가오며 쉬앙, 칼을 빼어 든다.

좁아드는 거리. 나는 관목 아래로 더 깊이 몸을 숨겨 보나, 이미 위치가 노출돼 이러지도 저러지도 못한 채 갇힌 꼴이 되고 말았다. 불연 아버지를 떠올려 본다. 아버지는 화담 서경덕의 학문을 독창적이라 하며, 특히 그의 기(氣)의 미묘한 측면에 대한 주장을 깊이 이해하고 계셨다. 퇴계 이황은 서경덕이 기를 이(理)로 잘못 알고 사실상 기의 불멸을 주장함으로써 불교의 미망에 빠졌다고 비판했지만 말이다. 본래부터 우주에 편재된 윤리적 원리이자 본성으로서의 이를 강조하고자 했던 유학자들의 입장에서는 이를 내재하고 있는 자연 그 자체로서의 기(氣)를 강조한 서경덕이 매우 불편했을 것이다. 퇴계 이황이 도덕주의자였다면 화담 서경덕은 자연주의자에 가까웠다. 아버지 초당 허엽도 서화담에 동조해 기의 원리와 순환을 긍정하여 몸 다스리기를 우주를 대하듯 하지 않았던가.

그 순간 어찌하여 아버지의 기 혹은 몸을 떠올리는가. 몸에 관한 집안의 동조적 분위기에 영향을 받았음인가. 나는 세상이 그것 그대로 존재하는 것이 아니라 사람의 의식에 반영된 기의 현상이라고 이해하고 있다. 바로 그 의식이 몸의 작용이기 때문에 몸에 우주의 모든 가능성이 담겨 있다고 본다. 기를 다섯 가지 형태로 풀어낸 것이 오행이요, 기가 구체적으로 구현된 것이 인간의 몸이라 믿었다. 사람살이의 근본을 수신(修身)으로 보는 유가의 생각이 잘못된 것이 아닐진대 유독 마음을 닦는 것에만 집중하여 몸을 돌보지 않는 풍조가 이어져 왔다. 그랬으므로 나는 마음을 닦는 공부만 했지 몸을 닦지는 않았음을 그 위기의 순간에 깨달았다. 몸으로 내가 할 수 있는 일이란 듣고 쓰는 일뿐이었구나. 몸으로 하는 일이 먹고 배설하는 일뿐이었도다. 지게도 지지 못하고 쟁기질도 제대로 하지 못하는구나. 내게서 사실 몸은 없구나! 몸에 대한 이 느닷없는 성찰은 그 순간 이미 너무 늦었다. 이재영 왈패들에게 당할 때에, 이달 스승이 이끄는, 비밀 결사체일 것이 분명한 계(契) 혹은 시사(詩社)에서 된통 당했을 바로 그때에 몸의 중요성을 깨달아야 마땅했거늘!

저들의 칼 아래서 어떻게 다시 살아난다면 반드시 몸을 위해 할 일을 할 것임을 순간 스스로 작심했다. 그 경우 몸을 위한다는 것은 곧 자신을 지킬 정도의 무술을, 그것이 검술일지 권술일지 도술일지는 확정할 수 없으나, 확실한 것은 그것이 무엇이든 내 몸을 위해 내 몸이 스스로 익혀야 할 것임을 마음속에 적어 뒀다. 그런데 공교롭게도 그때 구름 속의 달이 얼굴을 내밀자 관목의 그 내밀한 속이 달빛에 희미하게 드러나고 말았다.

"이놈!"

하며 칼이 하늘로 솟고 기압 소리와 함께 내려쳐 오는데, 순간 나는 관목뿌리 아래로부터 기어나가 도랑으로 몸을 날렸다. 칼은 관목을 반 토막 내고 원을 긋다가 하늘로 치올라갔다. 잘린 관목을 날렵하게 뛰어넘은 놈들이 달려들어 다시 칼을 내리치는데, 나는 낮은 도랑물 속으로 몸을 숨기느라 이미 찢어져 덜렁거리는 갓이 날아간 것도 깨닫지 못했다. 칼은 공중에 뜬 갓을 두 토막 내고 말았다.

이젠 꼼짝 없이 죽었구나. 한 여인의 비명 소리 때문에 죽음을 맞는 현실이 기막혔으나 이미 어쩔 도리가 없었다. 나는 그야말로 끝으로 물속에서 벌떡 일어나 그 자리에 꼿꼿이 앉았다.

"너는 누구냐?"

"나는 허균이다. 저기 저 집이 내 집이다. 여긴 내 동네다. 너희는 여기서 뭘 하느냐?"

"유감이지만, 우릴 본 이상 살려둘 수 없다. 잘 가라."

칼이 위로 올라가고 곧 쳐내려 왔다. 나는 눈을 감지 않았다. 아니, 눈을 부라렸다. 이 무슨 횡액이냐! 무슨 이런 따위의 운명이냐! 그것이 운명이라면 기꺼이 죽을 따름.

칼이 내려오면서 티잉, 공간을 가르는 소리를 냈다. 그러나…. 그건 칼의 소리가 아니라 누군가가 멀리서 휘익, 수리검을 날려 칼을 튕겨내는 소리였다. 뒤이어 이번엔 표창이 날아와 어깨와 등짝에 꼽혀 놈들이 달아나기 시작한다. 여자가 있는 곳을 지나 모두 줄행랑치는데, 어둠이 곧 그들을 삼키고 말았다. 나는 더 생각할 새 없이 여자에게 달려갔다. 여자는 거의 죽어 있는 상태였다. 숨도 쉬지 않고 맥도 잡히지 않았다. 사방을 돌아보니, 아무도 없고 바람과 달빛만이 공간을 휘젓고 있다.

이걸 어쩌나, 그러고 있는데 멀리 놈들을 잡으러 갔던 사람이 돌아와 나를 보지도 않고 먼저 여자를 살핀다. 그 사람은 대나무삿갓을 썼다.

"죽진 않았구먼. 갑시다."

"어딜요?"

"어디긴. 여잘 살려야 하지 않겠소?"

"물론이오. 허나 그건 내 일이 아니오."

"사람이 죽는데 내 일 네 일 따질 것 있남?"

"그렇긴 하지만 귀댁이 할 일이 아니오?"

"내 일인지 어떻게 알지?"

"이 시각에 어떻게 여길?"

"그렇게 됐지. 섣부른 행동은 금물이라 때를 기다렸거늘."

"그러다가 여자가 죽기라도 했다면."

"그러니 자네, 어서 여잘 옮기자니까!"

"자네라니?!"

"자네가 반상의 것으로 유생이지만 신분 따윈 내겐 별 의미 없네. 나이로 봐선 결례가 아님을 알 터. 자 빨리 여자를 업지 않고 뭘 꾸물거리나!"

"…?!"

"업으라니까! 그리고 다른 것은 전혀 보지 말고 오직 내 발을 좇아 오는데 말 한 마디 하지 말 것!"

엉거주춤. 그러나 곧 여자를 둘러업고 우리 두 사람은 곧장 앞으로 내 걷기 시작했다. 도대체 전생에 무슨 죄를 지었기에 이런 따위의 예상치 않은 일에 휘말려 생고생을 하는지 모르겠다는 생각을 하며 내쳐 달려 나아갔다.

"저기가 구월산이지."

하고 삿갓이 말할 때까지 주고받은 말은 거의 없었다. 가다가 가끔 쉬어 여자의 숨소리를 듣는 것이 전부였다. 나는 여자를 보지 않으려 했다. 몸이 너무도 심하게 망가져 있었으므로 마음이 편치 않아 삿갓이 하는 양을 떨어져 지켜 볼 뿐이었다. 삿갓은 진맥을 하고 허리춤에서 무언가를 꺼내 입에 털어 넣는 것으로 여자의 생명을 연장시킨다는 것 외에 나는 그 무엇을 알지도 느끼지도 않으려 했다. 하룻밤 사이에 파주, 개풍, 해주, 신원을 지나가는지도 몰랐다. 아니면 이틀이던가? 여자의 몸에서 피비린내 외에 아무것도 느낄 수 없었다. 이따금 나눠 업으며 삿갓은 가볍게 산과 강을 건넜다.

"내 발자국만 따라와!"

하는 삿갓의 채근에 나는 그저 바삐 걸음을 재촉할 뿐이었다. 그렇게 하여 저녁 무렵에 이르러 어느 계곡에 도착하여 보니 여러 채의 산채가 보이고, 그 한 채에 들어가 여인을 뉘어 놓자 어느 결에 한 노인이 나타나,

"탁 방사, 수고했소. 거기 유생 또한 고생이 많았소. 아직 약관인데, 어인 분인지?"

하고 묻지 않는가. 나는 엉겁결에 대답했다.

"저는 한성부 명례방 상곡에 사는 허균이라 합니다."

"편히 앉으소."

"진인(眞人) 어른 뜻을 받자와 무사히 다녀왔습니다. 여기 유생이 도와줘 쉽게 일을 마무리하였습니다."

진인이라…. 이들은 누구인가? 그리하여 내가 물었다.

"여기서 무슨 일을 하십니까?"

"궁금할 게요. 차차 알게 될 터인즉 크게 염려치 마시오. 탁 방사(放士), 가서 연주를 살려내고, 여기 허생을 편히 쉬게 하오."

진인의 양 볼이 붉은 빛을 띠고 있다. 웃음을 머금은 눈으로 나를

바라보는데, 마치 아들 대하듯 했으나 말은 낮추지 않았다. 나는 이들이 진도(眞道), 곧 도교를 믿는 사람들임을 깨달았다. 어릴 때 이 같은 분위기를 지닌 사람을 아버지가 극진히 대접하는 것을 본 기억이 있다. 나는 방사를 따라 밖으로 나왔다.

"방사라시면 방술(方術)을 하십니까?"

"우리 교파에 대한 이해가 없지는 않구먼. 허생은 이미 그 방술 중 하나를 경험해 봤지."

"예?!"

"우린 지난밤에 삼백 리를 걸었어. 그게 가능하다고 보는가?"

"여기가 황해도 구월산이라면 그건 있을 수 없는 일이지요. 하루가 아니라 이틀이 아니었소?"

"하여간 여긴 분명 구월산이지. 황해도 신천군 용진면, 황해도 은율군 남부면과 일도면에 걸쳐 있는 조선의 명산 말이야. 사람들은 단군이 여기서 9월 9일에 승천하여 신이 되었으므로 구월산이라 일컫게 되었다고 믿어."

"여기가 분명 황해도 구월산이라면 진정 놀라운 일이네요. 제가 어떻게?"

"내가 허생한테 내 발만을 좇아오라 하지 않았나. 자네는 나와 함께 땅에 주름을 지어 걸었던 것이야."

"주름을 지어…. 믿을 수 없습니다."

"허어, 이 사람 속고만 살았나? 가는 길을 접었단 말이야. 하여간 여긴 분명 황해도 구월산이야."

"믿기 어려워요. 여기서 도술을 부리고 있군요."

"도술? 말하자면 그렇지."

"도교란 묵가의 상제귀신의 신앙, 유가의 신도와 제례의 생각, 노장 도가의 현과 진의 생각들, 나아가서는 중국 불교의 업보 윤회와 해탈이나 중생제도의 교리 의례 등을 중층적 복합적으로 도입해서 이뤄진 도, 곧 우주와 인생의 근원적인 진리 또는 진실성의 세계의 불멸과 일체가 되는 것을 궁극의 이상으로 하는 중국 민족의 토착적 전통적 종교가 아닙니까?"

"그건 진인 어른 앞에서나 논하시고, 우리는 방술에만 관심 있어. 진시황과 한 무제 때 상류층도 관심 많았다니, 방술이란 게 그리 천한 것은 아니지. 한 번 배워보지 않으련?"

"그렇지 않아도 무술을 배워야 한다는 생각은 진즉에 하고 있었지요."

"일단 여기 머물러 방술의 기초만이라도 익히면 사람살이에 유용할 것. 이도 인연이니 내가 자네를 가르치기로 함세. 그리고 우연주(禹蓮珠)는 저렇게 된 사연부터가 안타까운 일이거니와 우리가 돌봐 줘야 해."

"사람의 목숨은 중요한 것이라 여기 남아 우연주란 여자의 회복을 기다려 봄직도 하나, 또 무술도 탐이 나지만 과거 공부를 해야 하니 여기 남을 수는 없어요."

"그럼 일단 오늘 하루는 여기서 자게. 다음날 한성으로 가는 길을 내 알려줌세."

그리고 그날 밤을 산채에 머물렀는데, 다음 날 아침 일어나 보니 웬걸 산 전체에, 계곡에, 나무에, 바위에 그리고 산채에 엄청난 눈이 와 밖으로 단 한 걸음도 나갈 수 없었다. 한양은 가을이었으나 구월산은 이미 겨울이었다. 이건 운명이다. 나는 느닷없이 그런 생각을 했다. 여기 머무를 핑계가 없는 중에 폭설이 내렸으므로 나는 그로써 산채에 남을 생각을 했다.

"당분간 여기에 남겠습니다. 간찰을 집에 보낼 수 있겠지요? 걱정들 할 텐데"

"그건 염려 놓으시게. 여기 사람도 한성에 갈 일이 있으니 간찰을 전해 주지. 무술이야, 여자야?"

"대답할 이유가 없습니다."

"하여간 우리 열심히 수련해 봄세."

우연주의 그 사연이란 것이 나와 무관하다 생각하고 여자의 일과는 별개로 그날 이후 구월산 산채에서 나는 방술을 배우기로 작심했다. 며칠 뒤 눈이 조금 녹고 마침 한성부로 가는 방사가 있어 집에 간찰을 보낸 뒤, 나는 그 다음날부터 탁 방사와 더불어 천리경(千里鏡, 먼 곳을 보는 도술), 둔갑술, 축지법, 분신술, 망기경(忘棄鏡, 기억을 지워버리는 도술), 강공술(공중으로 뛰어오르는 도술)을 배우기 시작했다.

구월산에서 배울 수 있을 만큼의 것을 얻어 일정한 단계에 오를 것이다. 초희 누님도 일찍이 '광한전백옥루상량문(廣寒殿白玉樓上樑文)'을 짓지 않았더냐. 달 속의 궁전 '광한전'엔 도교적 생각이 이미 담겨 있다. '몽유광상산시서(夢遊廣桑山詩序))'도 신선이 되기를 바라는 뜻의 변주다. 작은형도 불교는 물론 도교에도 관심을 가져 보라 권하지 않았던가. 도교에 대한 아버지의 친밀함도 그러하고. 그러므로 나 또한 그렇게 할 것이야. 내 몸을 살리는 일에 몰두할 것이야!

완전한 겨울이다. 매일 서리가 내리고, 이미 눈도 그렇게 무가내로 뿌려 산을 완전히 덮어 버리지 않았나. 우연주가 살아났다는 소문이 산채를 들썩거리게 했다.

"저 우연주란 여자 말입니다."

대꾸 않고 쳐다보기만 하던 탁 방사가 한 참 뒤 반문했다.

"궁금한가?"

"아니, 특별히 그렇지는 않고, 다만 내가 업어다 여기에 날라 놨으니 관심이 갈 수밖에 없지요."

"남자란 너나없이 계집을 좋아하는 병통이 있지."

"나 이거야 원."

여기서 산 지 여섯 달이 지나간다. 이미 나는 위약하고 예민하고 섬세한 과거의 내가 아니었다. 가슴이 크고, 허우대 그럴 만하고, 건장하고 동시에 날렵한 청년이 되었다. 십여 리를 단숨에 뛰어간다. 서너 장(丈, 한 장은 1.5m) 정도 되는 너비와 높이는 약간의 의지처가 있다면 가볍게 날아 갈 수 있다. 탁 방사와 정곡사에 들렀다가 거기서 시냇물을 따라 5 리쯤 올라가 용연폭포에 이르렀다. 나는 폭포의 장관에 입을 닫지 못하고 감흥을 불러일으켜 자연스럽게 시를 읊조렸다. 허나 다 짓지 못하고 일단 수함련(首頷聯)에 그치고 뒷날 완성하리라 마음먹었다.

백 길의 깊은 옹달 새까만 가장자리   深泓百丈黑灣環
이 속에 용이 살아 만 년을 서렸다오.   中有神龍萬古蟠

그날 저쪽 진인의 산채에서 흰 점이 움직이는 것이 보였다. 자세히 보니 그건 그 여자였다. 이젠 움직일 만한 모양이다. 반가움과 안쓰러움이 내 가슴을 쓸고 지나간다. 마당 앞을 지나 살얼음 밟듯 조심스럽게 자기 산채로 가다 말고 여인이 내게 이른다.

"진인께서 부디 잘 돌아가시랍니다."

진인은 내가 곧 산채를 떠나리라 믿는 모양이다. 여자에게서 향기가 날아왔다.

"저기요."

나도 모르게 우연주를 불러 세웠다.

"몸이 다 나았어요?"

"그쪽이 저를 데려온 줄 압니다. 고맙습니다."

"그날 어떻게 된 일이었지요?"

그러면서 처음으로 여자의 얼굴을 보았는데, 나는 순간 심장이 멎는 줄 알았다. 말 그대로의 아미(蛾眉)다. 생머리에 고운 이마, 콧날에서 빛이 쏟아지고, 눈이 촉촉이 젖은 듯. 몸은 가벼워서 말하자면 버들이요 수사하자면 부용이었다. 여자가 말을 할 때 단순호치(丹脣皓齒)가 무엇을 이르는지 비로소 알았다.

설부(雪膚). 나는 저고리 깃에 시선을 주다가 여자의 목을 보고, 무명 손수건을 쥔 손목과 손가락과 손톱을 봤다. 피부가 상아 같다는 말은 여자에게서 온전히 그 뜻을 다하는 듯했다. 흑단 같은 머릿결이란 이를 두고 하는 말이렷다. 모든 고전을 동원하여 표현한다 하여다 이를 수 없을 정도의 미모였다.

여자가 나를 보다가 한숨을 토한다. 다시 향기가 퍼져 내 코를 자극

한다. 귀는 버선 끝 같았고, 뺨은 유리처럼 빛났다. 아팠던 흔적을 찾아볼 수 없다. 미간이 깨끗했고, 인중은 선명했다. 입술 가의 선은 귀티가 났으며, 턱이 곱게 이어져 귀밑머리 속으로 들어간다.

이 여자의 어디가 남자로부터 구타당하길 허락하는가. 저 느티나무 숲 끝에서 벌어진 그날 밤 구타 사건을 나는 상상 혹은 환상 속에서의 일이라 여겼다. 아니면 나쁜 꿈이었던가. 누군가 연주를 보고 분노를 느낀다면 그는 분명 스스로 남자이길 포기하는 것이리라.

"도대체 무슨 일이 있어서…?"

그렇게 물으며 나는 그날 밤 '이년아, 그렇게 좋던?!' 하던 사내의 말을 떠올렸다. 그리하여 더 물어선 안 된다고 생각했다. 망설이던 연주가 살며시 그럼, 하며 두어 집 사이를 둔 자기의 산채로 가뭇없이 들어가 버렸다. 나는 하늘을 쳐다보았다. 까맣게 떨어지는 것은 눈이었다. 펄펄 휘날리며 눈은 그날 밤 한 길이나 높게 쌓여갔다.

구월산 산채에 들어간 지 2 년이 됐을 무렵 몸이 과거와 완전히 달라진 나를 깨닫는다. 나는 스스로 만족한 웃음을 지어 보았다. 어머니와 아내와 딸이 보고 싶다. 이달 스승을 봬야 했다. 친구들은 어찌 지내나. 여기는 신선 세계, 요지(瑤池, 신선이 사는 곳)와 같다. 이젠 현실로 돌아가야지. 우연한 기회였는데 결국 잘 된 일이었고, 따라서 나는 더 이상 문약(文弱)하지 않아도 좋으리. 완전히 달라진 나는 강력한 힘으로 앞날을 헤쳐 나아갈 것이야.

나는 진인을 뵙고 특별한 기회를 준 것에 감사함을 감추지 않았다. 그리고 뒷날에 구월산 산채에서의 경험을 글로 남길 것을 스스로에게 다짐했다. 글의 제목을 이미 정해 놓았으니, 그것은 '동국명산동천주해기(東國名山洞天註解記)'이다.

산채를 떠나기 전날 밤, 나는 참고 있던 일을 마무리 지으려 했다. 그것은 연주를 만나는 일! 한 번 본 뒤 그 아름다움에 취해 거의 매일 밤 그녀를 그리워하지 않았더냐. 무엇보다 그녀의 인생이 궁금하여 나는 마지막 날에 그것을 물어볼 작정이었다. 구월산 곳곳에 잔설이 남았지만, 계절은 봄이 오는 길목에서 서성거린다. 용기를 내 연주의 방문을 두드렸다. 아름다운 연주가 고개를 숙이고 두어 걸음 물러나 나를 방으로 맞아들였다.

"내일 떠나신다고요?"

"그렇습니다."

연주의 방에선 향내가 났다. 전날 마당을 지날 때 맡아지던 그 향기였다. 해가 서쪽으로 기울어 열린 봉창으로 빗기는 햇살을 따라 금방이라도 하늘로 올라갈 것 같았다. 장식이 없는 방안에 경대가 있고 몇 통의 분첩이 놓여 있다. 그녀에게 도대체 무슨 일이 있었는가!

"오늘 밤에 떠날지 몰라요. 그러면 이후 우린 만날 일이 없을 듯한데, 다만 궁금하여 묻습니다. 무슨 일이었습니까? 이렇게 묻는 이유는 제가 여기에 오게 된 연유는 물론 지난 2년 이곳에서의 내 생애에 의미를 부여할 것이라 생각하기 때문에섭니다."

연주는 고개를 숙일 따름 말하려 하지 않았다. 협실에서 손수 끓인 차를 내올 동안 나는 갖가지 상상을 해 보는데, 그녀는 사대부 집안의 여자인가? 여염집 여자인가? 기생인가? 천민인가? 속량(贖良)인가? 혼인은 했겠지? 남편은 살아 있나? 혹 과수인가?

"협실에 뭐가 있지요?"

"궁금하세요? 거기엔 융염(戎鹽, 단맛이 나는 암염), 노염(鹵鹽, 쓴 맛이 나는 소금), 모려(牡礪, 굴 껍질 분말), 활석(滑石, 매끈한 돌), 호분(胡粉, 화장용 흰 돌가루) 들이 단사가 되길 기다리고 있어요. 나는 한단(寒丹)을 먹고 가볍게 하늘을 날 그날을 기다립니다. 옥청(玉淸, 신선이 사는 곳)으로 가려고요."

"뭘 하십니까?"

"전 다만 진인의 영에 따라 방사님들에게 신단, 환단, 이단, 연단, 유단, 복단, 한단을 만들어 드리고 있습니다. 유단(柔丹) 한 알을 드릴까요?"

연주가 경대 위에 놓인 작은 상자를 열어 금빛 나는 단사 하나를 꺼내 내게 건넨다. 나는 어릴 때 아버지를 찾아온 사람들 중에 그렇게 하는 것을 봤으므로, 또 난설헌 누님이 구해 먹는 걸 본 적이 있으므로 주저 없이 단사를 삼켰다. 잠시 뒤 잠에 떨어질 것 같은 몽롱한 기분에 휩싸였다. 가물가물 의식이 저쪽 다른 세계로 넘어가듯 했으나, 현실감을 잃지는 않았다. 연주가 깔아주는 이부자리에 조용히 누워, 이게 뭐지? 하는 기분으로 봉창을 내다보았다. 보얀 봄 하늘에 흰 구름이 지나간다.

"그가 나를 자기 방으로 끌고 갔어요."

흐흐흐, 네 미모는 하늘의 것이지 세상의 것이 아니니라. 우연주는 황해도 신천군 향리(鄕吏) 황기진의 아들 세복의 힘 앞에서 꼼짝 없이 당하게 생겼음을 직감했다. 병조(兵曹) 무비사 직위에 있던 아버지는 고향이 신천군이라는 점 등 몇 가지 사유로 임꺽정 난에 연루돼 참형을 당하고 식솔들 모두 천민으로 떨어져 산산이 흩어지고 말았다. 연주는 아버지의 고향 황해도 신천군 황부자 집으로 팔려갔다. 규방에서 고이 자란 처녀 연주는 하루아침에 노비 신세로 전락하면서 세상의 잔혹함을 겪지 않을 수 없었다.

그날 황부자네 집엔 마침 아무도 없었다. 신천 군수가 새로 부임하는 날이라 향리인 아버지는 동헌으로 달려갔고, 어머니와 아내는 내아로 들입다 달렸다. 하인들도 따라 갔으니 마침 새로 사들인 여비의 도착을 세복이 홀로 맞아야 했다. 남루한 저고리에 무명 치마를 입었으나 연주의 미모는 감춰지지 않았다. 도착한 그 길로 아무도 없는 가운데 세복이 막무가내로 연주를 데리고 자기 방으로 들어가 강제로 범했던 것이다.

그러던 어느 날 한 사내가 황부자 집을 찾아왔으니, 그는 어린 시절 이미 연주와 혼약한 내금위 소속 관원이었다. 혼약자는 황부자 집에 섣불리 접근하지 않았다. 몇날 며칠을 기다리던 혼약자는 연주가 대문 밖을 나서자 곧장 데리고 한양으로 달렸다.

"그 이후는 본 그대로입니다. 전날에 우리는 목멱산 한 민가에서 밤을 샜어요. 그런데 다음날 어떻게 알았는지 황세복과 그의 수하들이 들이닥쳐 혼약자는 죽고, 저는 무작정 도망치다가 거기서 잡혀 죽을 판이었어요. 당초 도망칠 때 아버지의 지인인 구월산 진인에게 도와 달라 연통하여 뒤늦게나마 탁방사가 달려오게 된 것이어요. 가족이 흩어졌으니 이젠 나도 가야지요."

몽롱한 상태에서 나는 연주에게 속삭였다.

"가다니요. 지금부터 새로 사세요. 제가 도와 드리지요."

"그냥 그대로 계세요. 내일 떠나신다 하였지요?"

"오늘 밤에 갈지도 몰라요."

"가만히 그대로."

그리고 연주는 옷을 벗기 시작했다. 놀란 나는 그러나 가만히 누어서 연주를 쳐다보았다. 저고리를 벗자 젖무덤이 봉곳이 솟는다. 치마를 벗자 흰 속곳이 드러나고 하얀 종아리가 빛났다. 해가 기울어 방안이 푸르스름해졌다. 그녀의 종아리와 둔부와 가는 허리와 깨끗한 등판과 목덜미, 귀, 눈이 확대되며 내 눈과 코와 귀를, 아니 오감을 자극해 나는 몸을 뒤채며 정신을 차리려 해보나 몽롱한 그대로였다.

연주가 이불 속으로 들어왔다. 들어올 때 나는 아주 잠깐 그녀의 전면을 보았다. 봉곳이 솟은 투명한 가슴 아래 허리가 가늘어 휘어져 내려앉는데, 그 순간 그녀의 방초같이 수북한 아래가 보였다. 검고 윤기 나는 그곳을 연주는 희고 긴 손으로 가렸다. 그녀는 약간 붉어진 얼굴로 엷게 미소를 지으며

"이게 제가 할 마지막 일이어요."

하고 속삭였다. 그녀의 몸에서 예의 그 신비한 향내가 나고, 그녀의 미소 머금은 입술이 내 몸을 찾자 나는 터져 나오는 비명을 참아야 했다. 연주에 의해 하나하나 정성스럽게 옷이 벗겨진 나는 꼼짝 없이 그녀의 몸을 위로부터 받으며 그 꿈결 같은 눈과 눈빛 눈썹 이마 콧날 뺨 귀 입술을 감당해야 했다. 감미로운 혀가 입 속으로 들어오자 나는 드디어 온 몸에 힘을 내 연주를 한 아름 감싸 안으며 더불어 몸을 움

직였다.

황홀감! 나는 세상에서 이같이 큰 몸의 기쁨을 느껴가진 적이 없다. 내가 폭발할 때 여자는 악, 소리를 지르며 실신하고 말았다. 두 번 세 번. 때마다 연주는 와락 내 목을 팔로 감고 다리를 조이며 비명을 질러댔다.

음성(淫聲)과 교성(嬌聲), 희희(嬉戲)와 허희(歔欷), 요요(嫋嫋)와 요요(妖妖). 나는 자정에 이르도록 애교(愛咬)하기를 멈추지 않았다. 연주는 몸이 불덩어리가 되어 아무리 참으려 해도 터져 나오는 교성, 감탕, 비명을 감당할 수 없어 했다. 그녀의 얼굴이 기쁨에 넘쳤으나 눈엔 눈물이 고여 있었다.

"이것으로 끝이에요."

"아니, 이것으로 시작이지요."

"그렇게는 안 될 겁니다."

"왜?"

"당신은 떠날 것이고, 나는 죽을 거니까."

"무슨 소릴!"

"그렇게 될 것입니다."

연주의 처연한 눈빛을 본 나는

"그래선 안 돼요."

라고 말했지만, 그녀의 말이 거부할 수 없는 천선지어(天仙之語)로 여겨져 입을 다물고 말았다.

"그냥 떠나요. 뒷날의 일은 말할 수 없어요. 당신은 아름다운 생을 누릴 거예요. 그걸 빌게요. 가세요."

어쩔 수 없다고 생각한 나는 사랑에 대한 새로운 눈뜸을 외면하지 말자고 입속으로 외며 그날 밤에 2년 전 오던 길을 되짚어 한성으로 달렸다. 그 사랑이 너무나도 아름다워 눈물을 찔끔거리기도 했다. 그리하여 욕망을 억제하는 듯하며 실제로 그렇게 하지 않는 이 나라 성리학 사대부들의 위선을 거부하리란 결심도 해 보았다.

식욕과 성욕은 타고난 욕망일진대!

남녀의 정욕은 하늘이 준 것이거늘!

개울을 건너 산을 넘고 한 차례 뒤로 돌아 산채가 있는 서북 방향으로 눈길을 줬다. 거기에 흰 구름이 피어오르고 있다. 구름인가, 연기인가? 나는 잠깐 돌아가 확인할까 망설이다가 그만 두었다. 해주를 지나 잠시 전신 대 혈로를 일주천(一週天)시켜 보았다. 괜찮았다. 약간 노곤한 감각만 느껴졌을 뿐 상한 곳은 없는 것 같았다. 나는 계속하여 진기를 세 바퀴 돌린 후 자리에서 몸을 일으켜 축지법을 이용해 파주를 향해 힘차게 내달렸다.

권력 — 허봉, 그렇게 가다

저번에 한 바퀴 세상을 돌고 다시 돌아온 이달 스승이 기거하는 외별당 옆 느티나무에서 매미 소리가 요란하다. 평양 유랑 길을 다녀온 이후 늙음을 더해가는 스승님이다. 성당(盛唐)과 만당(晚唐)의 시에 관해 토론 중이었다. 스승님은 여기 저기 검은 반점의 얼굴로 나를 건너다보는데, 그 표정이 하도 근엄하여 나는 조금 기가 눌렸다.

그때 예고 없이 여인 이재영이 방에 들어서서 나를 본체만체 하고 이달에게 허리를 굽힌 다음 윗목에 조용히 앉는다. 이놈이었어. 그날 도축장에서 '건방진 놈!' 이라 하며 발길질을 해댄 자가 이자야. 틀림없어! 이런 생각을 했지만, 나 또한 이재영의 존재를 전혀 의식하지 않고 일단 이달 스승에게만 눈길을 주었다. 대화가 중요한 대목으로 가기 때문이었다.

"당나라 시만을 원형으로 여긴다면, 이는 기껏 그 어의(語意)를 철습하고 도습하고 또 표절해서 스스로 자랑하는 것에 지나지 않다고 봄니다."

이재영이 순간 한 마디 끼어들었다.

"약관에 불과한데 누구 앞에서 사론(邪論)을 전개하지?!"

이 자가?! 느닷없는 이재영의 반론에 나는 밀리고 싶지 않았으므로 퉁명스럽게 쏘아붙였다.

"여인(汝仁)은 여인(女人)처럼 조용히 들을 일이지 어디다 대고 입을 놀리느냐!"

이재영이 즉시 대거리했다.

"단보(端甫, 허균의 자)는 스스로 농익은 다음 스승님과 시를 논할 일이지, 지금으로선 천지현황을 욀 따름이 아니던가?"

"흥, 뉘 집 개가 짖나."

일갈한 뒤 나는 내친김이라

"지난번 일로 마음속에 쌓은 담이 높아 경계심이 높아졌거늘, 오늘 그대는 발아래 엎드려 던져 주는 밥일랑 받아 처먹을 일이지 어찌 이다지도 시건방지게 감 놔라 대추 놔라 하나!"

하고 소리를 높였다. 이재영이 엉덩이를 들썩이며

"네 이놈!"

하고 외치니, 이달 스승 또한 동시에 소리쳤다.

"지나치다!"

그러나 나는 지난번의 싸움을 떠올리며 앙앙하는 태도를 감추지 않았다. 이달 스승이 말리지 않았다면 멱살을 잡고 한 판 붙을 판이었다. 나는 특히 그의 수하들이 없는 이때에 이 빌어먹을 놈을 패대기쳐 내 발아래 뉘이고 싶었다.

"어허, 시를 얘기함에 이토록 마음을 어지러이 하다니! 균은 참으라. 여인, 자네도 균의 다리를 다치게 한 지난 일도 있으므로, 이건 참음만 못해!"

그러나 이재영은 악악대기를 그치지 않았다.

"선생님, 여기 이자는 초면에 저를 업신여겼습니다. 동가숙 서가식 유라며 저를 걸인 취급했지요. 서류라 하여 제게 어찌 이토록 심할 수 있습니까. 이런 방자한 태도는 진정 참을 수 없습니다. 이자가 비록 행실이 방정할지 몰라도 혀가 부드럽지 않아 사람들에게 미움을 받게 될 것이니 두고 볼 일입니다."

"그러지 말게. 균아, 너도 여인을 다시 생각하라. 더불어 사귈 만한 인물일 것인즉. 그리고…. 다시 시로 가자. 소동파나 당시의 풍격을 따르면 곧 철습이요 도습이고 표절이라?"

이재영에게 강한 눈빛을 쏘면서 내가 대답했다.

"예, 저는 그리 믿습니다. 그뿐 아니라 한(漢)은 스스로 한이, 위(魏)와 진(晉)과 육조(六朝) 또한 스스로 그리 되었으며, 당(唐)은 스스로 당이 되었고, 소(蘇)와 진(陣)도 스스로 소와 진이 되었는데, 어찌 서로 조성해서 일률(一律)로 나왔겠습니까. 대개 저마다 자기대로 일가를 이룬 뒤라야 바야흐로 경지에 이르렀다 할 것입니다."

"요약건대 자기대로 독자적 시 세계를 달성하자는 주장인데, 강조하지만 그러기 위해 먼저 당의 시를 깊이 고구해야 하거늘."

이달의 그 말을 끝으로 내내 식식대던 이재영이 외별당을 빠져 나갔다.

"이럴 수는 없다. 허균, 너의 시건방짐은 하늘을 찌른다. 결국 자신은 양반이요, 나는 다만 허접한 서얼일 따름이라? 친구들을 불러 내 이놈을 혼 구멍 내줘야지!"

라고 중얼거리며. 나는 그의 등 뒤로 목소리를 높였다.

"나는 너를 서얼이라 지칭한 적 없다. 그럼에도 스스로 서얼임을 알리니, 그건 네 스스로 만들어 놓은 패배적 생각 때문이 아닐 것이냐."

그날 오후 나는 이재영과의 갈등을 잊어 보려고 서재에서 평소보다 더 빡세게 책을 읽다가 깜빡 오수에 빠졌는데, 옅은 잠 속에서 백일몽을 꿨다. 작은형이 머리를 풀어헤치고 풍악산의 흰 바위 위에서 솟구치다가 푸르고 맑은 계곡물에 아름답게 떨어지는 장면이 마치 곁에서 보듯 선명히 보였다. 퍼뜩 깨어난 나는 흐르는 땀을 훔치며 툇마루로 나섰다.

그때, 중문을 지나 들어오는 중치막 입은 한 사내가 보였다. 향리(鄕吏) 같아 보였다. 어깨에 먼지가 덮여 있다.

"여기가 단보 어른의 댁입니까?"

"그렇소."

"특별한 전갈이 있어서."

"어디서 오셨소?"

"저는 강원도 김화현 생창역의 향리입니다. 김화현 서인원(徐仁元) 현감님의 영으로 이렇게 달려 왔습니다."

"무슨 일 있소?"

숨을 몰아쉬던 향리가 먼지를 털며 잠깐 멈칫거린다.

"뭡니까?"

"아뢰옵기 그러하오나, 말씀 드리는 것은 이 댁 둘째 아드님 허봉 전한께서 열흘 전에 대명암에서 혼절하여 가마에 실려서 그제 생창역에 도착하자마자 그만."

"그만?"

"그만, 돌아가시고 말았습니다."

"아!"

나는 툇마루 기둥을 잡고 몇 번 흔들거리다가 그 자리에 털썩 주저앉고 말았다. 앞이 까매졌다. 형이 사거했다. 이자가 말한다. 믿기지 않아 다시 확인했다. 그러나 그것은 다만 그렇게 묻는 것일 따름이다.

"사실이오?"

"예, 허 전한과 친구 사이인 서인원 현감이 장례 절차를 간단없이 밟고 있습니다. 곧장 운구하여 내일쯤 건천동 본가에 도착할 것이며, 불행한 소식을 알리러 다른 사령이 그리로 간 것으로 압니다. 상사(喪事) 말씀은 무슨 말씀을 하리까. 진실로 얼마나 망극하십니까."

그리고 돌아서 중문을 나서는 향리의 뒤에다 대고 나는 겨우 말을 내놓았다.

"수고하였소."

나가던 향리가 다시 다가오며 누런 봉투를 내밀었다.

"참 여기, 잊을 뻔 했네요. 허 전한의 편지가 발견돼 가지고 왔습니다."

"고맙소."

봉투를 들고 그대로 섰다가 잠시 뒤 나는 온몸을 떨며 편지 속 작은 형의 육성을 들었다.

사랑하는 아우 균아,

서산대사 휴정의 제자 명허 스님을 만났다. 그는 이분법과 상대성이 판을 치는 이 세상을 바꾸어야 한다고 말하는구나. 그는 우리가 있다 없다거나 이것이다 저것이다 하는 상대적 관점으로 사바세계를 본다고 한다. 물상을 유무로 보도록 익혀온 그것에서 벗어나라고 말한다. 일색변(一色邊)하라는 거야. 허나 그럴 수 없지 않느냐. 내가 경학을 공부하면서 깨달은 것 중의 하나는…. 아니다, 기승이발이니 이기호발이니 하는, 이 땅 성리학의 이기론만 하더라도 우주를 이원론적으로 보는 것이 아니더냐. 현실적으로 이것은 바로 중종 이래의 이분법과 금조의 분당(分黨) 현상이 드러내는 바의 바로 그 상대성이다. 그래서 나는 훈척을 넘어선 오늘날 사대부계의 동인이다 서인이다 하는 이분법적 관점으로 보도록 익혀온 이 시대가 지니는 한계를 쉬 벗어날 수 없다는 것에 실망하지 않는다. 오히려 세상을 일단 상대성으로 살핀다면 다른 한 쪽의 횡포와 비리를 또 다른 한 쪽이 견제하면서, 그리고 종당엔 승화하면서 세상은 좀 더 나아지리란 희망을 여전히 품고 있다.

균아, 주자만을 따르는 오늘 우리네 정치와 학문의 분위기를 전면 거부하고 싶다만, 이젠 힘이 없다. 피곤하다. 한뎃잠 자면서 풍찬에 배 곯고 눈보라 비보라 맞으며 갖은 풍상을 겪어 골수가 녹아나도록 고단하다. 근력에 부쳐 더 이상 행보를 떼어 놓을 수 없다. 온몸이 천 길 아래로 추락하는 괴로움 속에 하루하루를 버티고 있다. 이러다가 저 쪽으로 아주 가버리는 것이 아닌가 하는 두려움에 이 형은 지금 오들오들 떨고 있음이다.

균아, 네 이름을 크게 불러본다. 그렇다. 석자의 말대로 일색변해야 하겠지. 각자의 생애에서 그렇게 해야 하지만, 형은 논한다. 이 땅 정치 현실에도 일색변의 경지로 가는 길이 보여야 한다. 그런데 지금 이 나라 조정은 임금에게 지나치게 권력이 몰려 있지 아니하냐. 신하들은 탑전에서 예, 예 머리를 조아리기만 할 따름이다. 탐오한 무리들이 머리 위에 하늘이 있음을 모르고 생민 돌보기를 어찌 저리도 게을리 함인가. 고관과 대작이 용졸하여 관복이나 늘어뜨리고 옥이나 차고서 벼슬 자랑이나 하듯 하니, 이 땅 대부분 양민은 부역과 세금에 시달리고, 이를 살펴 정치를 펴야 할 대신들 대부분은 수탈의 혐의를 벗어나지 못하는 형편이다.

　균아, 대부분 백성은 항민(恒民)이니라. 자기의 권리나 이익을 주장할 의식이나 지식이 없는 우민(愚民)이란 말이다. 욕심 많고 포악한 지배세력으로 볼 때 이들은 다만 수탈의 대상일 뿐이다. 항민은 스스로 내적 조직도 없고 집단적 힘을 발휘할 동인도 찾지 못한 채 과거에도 그러했거니와 오늘도 내일도 그냥 그대로 마지못해 살고 있는 중이다. 원민(怨民)이 없지 않으나 누가 그들의 원망과 원한을 풀어줄 것인가?

　균아, 바라건대 너는 호민(豪民)이 되라. 호협한 인물이 되어 호랑이처럼 용맹하게 불의, 비리, 수탈, 잔인, 갈취, 혼탁, 위선, 배임, 배타, 불공정, 불합리, 몰지각, 비정상, 비상식의 이 간악한 세상에 철퇴를 가하는 호민들의 선봉이 되어라. 맹자의 천명 이야기는 이 경우 하나의 대안일 수 있겠다 싶다. 이 형은 진실로 지금과는 다른 나라를 바라나니…, 허나 이젠 힘이 다한 듯하구나. 균아, 부디 어머니와 초희 살피기를 게을리 말아라. 다른 세상에 살 네가 보고 싶다. 균아, 보고 싶다. 한 번만 더 네가 보고 싶다.

아, 형님!

편지를 읽고 쓰러져 한참을 울었다. 어머니를 부액하여 건천동으로 갔을 때, 거기선 허성 큰형님과 초희 누나를 비롯해 이미 많은 조문객이 당도해 더불어 곡을 하고 있다.

작은형의 죽음과 동시에 사마시 시험 예고 소식이 전해져 왔으니, 그에 응할 준비를 해야 하는데…. 아니다. 이미 준비는 되어 있다. 그러나 그런 따위가 다 뭐냐. 변할 수 없는 사실은 형이 이미 이 세상 사람이 아니라는 것이다. 이제 나 홀로인데, 과연 어찌 살아갈 것인가. 등불이 사라지고, 지표가 없어지고, 기댈 언덕이 무너졌으며, 더불어 상의할 정치 이념적 스승이 보이지 않는데. 이달 스승은 문예로, 유성룡 대감은 관료로, 그리고 작은 형과 친한 사명대사는 석자이므로…. 나는 현실에서 누구와 무슨 일을 도모할 것인가. 슬픔과 절망의 붓 길을 옮겨 겨우 작은형의 행장(行狀)을 짓고 나는 혼절하고 말았다.

중핵 ─ 그곳에서

선조 22년(1589) 기축년 정월. 추위가 기승을 부린다. 그날 서양갑
(徐羊甲)이라는 사내가 허연 입김을 내뿜으며 나를 만나러 상곡 집을
찾아왔다.

"나를 알아보기 어려울 거요. 단보가 요양할 때 처외삼촌 심우영과
밤에 잠시 들른 적이 있어요."

"아, 예. 여러 분들이 함께 오셨지요?"

서양갑을 찬찬히 훑어봤다. 언사가 차분하고 태도가 의연하다. 어딘
가 일군의 군사를 지휘할 위엄이 느껴지는 사내였다. 나는 그가 보기
에 좋았다.

"어인 일로 이렇게?"

"한 사람을 소개하려 합니다."

잠시 뒤 나는 서양갑의 사람됨에 혹해 그를 따라 아무 의념 없이 용
진으로 나아가 한 허름한 주막에서 변숭복(邊崇福)이라는 사내를 만

났다. 변숭복은 근골이 억세고 큰 사내였다.

"무슨 일이오?"

"우리는 인재가 필요하오."

"우리라니요?"

"정여립(鄭汝立)이라는 이름을 들어보셨소?"

그런 이름은 금시초문이었다.

"이렇게 어두워서야…. 하여간 우리들이 '대인(大人)'이라 부르는 정여립이란 분이 계시는데, 근본적으로 우리는 그분을 모시고 있소."

무슨 뚱딴지같은 얘기인가.

"자를 인백(仁伯)이라 하는 '대인'께선 지금 사람을 모으고 있어요. 인백 정여립은 본디 전라도 전주 태생으로 율곡 이이의 문하에서 공부하다가 금왕 2년에 식년 문과로 급제하여 예조좌랑, 홍문관부수찬과 수찬 등을 지내고 있었는데, 당이 서인이었으나 곧 동인으로 옮겨가면서 논란의 대상이 되었지요. 스승이던 이율곡을 비판한 일로 서인의 반발을 샀어요. 그런 일로 임금의 눈 밖에 나 관직을 버리고 고향으로 돌아갔지만, 대인께선 강인한 성격의 소유자로서 입을 열기만 하면 사람들이 칭찬하고 탄복했으며, 당당하고 자신감에 차 있으므로 그를 따르는 사람들이 많아요."

"요약해 주셨으면."

"그게 사실 어려운데…. 그렇다면 두 분께서 황해도에 한 번 다녀가시는 것이?"

"거긴 왜요?"

"아니면 전라도에라도."

"우리가 왜 거길 찾아가야 하오?"

그때 용산진에 배가 도착해서인지 주막에 일군의 사람들이 들이닥 쳤으므로 변승복은 목소리를 낮췄다.

"우리는 사람이 필요해요."

"그 말씀은 이미 하셨고. 아니, 달리 묻습니다. 왜 우립니까?"

"그것은 우선 서양갑 선생은 심우영, 박치의, 박치인, 박응서, 김경 손, 이경준 등과 계(契)를 이루어 자주 만난다고 들었습니다. 그리고 단보의 경우는, 지난 계미년에 배소된 형님 허봉 전한께서 최근 귀천하 신 걸로 알고 있습니다만."

"그게 당신네에게 무슨 의미를 갖지요?"

변승복은 더욱 목소리를 낮췄다. 탁주 거품이 묻은 입술을 손등으 로 훔치며 눈알을 내리깔고는 입술을 움직이지 않으면서 마치 복화술 을 펴듯 하는데, 그 내용이 실로 놀라웠다.

대인 정여립은 관직을 떠났지만 영향력은 대단하다. 인근 수령들이 앞 다퉈 그를 찾아온다. 중국에서 들여온 천문학과 풍수지리학 책을 함께 읽고 토론한다. 기도처로 유명한 제비산 중턱의 치마바위에서 천 일기도를 올린다. 병법에도 일가견 있으며, 특히 '천하에 정해진 주인 이 없다.'는 파격적인 주장을 한다.

정여립은 양반, 승려, 상민, 천민 등 신분을 가리지 않고 사람들을 모아 학문을 가르친다. 죽도에서 그리했으므로 '죽도 선생'으로도 불 리는 정여립은 따르는 무리에게 무예를 가르치는 데도 힘을 쓴다. 천 반산의 가파른 능선을 타고 오르면 무술을 가르치는 곳이 나타나는

데, 무려 6백여 명이 '대동계(大同契)'라는 이름으로 한 달에 한 번 그 곳에 모인다.

대동계의 위력은 대단하다. 그 한 예로 정해(丁亥, 1587) 왜변에 열 읍(列邑)이 군사를 조발하였는데, 전주 부윤 남언경이 도움을 요청하자 정여립은 하루도 안 돼 군사를 모아 왜구를 격퇴했다. 이토록 범상치 않는 인물이 인백 정여립이라는 대인이다. 그러므로 남쪽에서도 그러하지만, 북쪽 황해도 안악 사람인 변숭복 자신은 물론 친구 박연령, 해주에 사는 지함두 등과 몰래 서로 교결하여 돌려가며 그분의 뜻을 따르는 사람을 모으니 응하는 자가 지금 수백 명이다.

변숭복의 말을 정리하면 대체로 이러했다.

"왜 굳이 우리입니까?"

"한 마디로 말씀드리면, 뜻있는 모임에 기개 있는 두 분이 동참하길 바란다는 겁니다."

나와 서양갑은 뭔가 불길한 예감이 한강의 물고기처럼 퍼뜩 휘젓고 지나가는 찜찜한 기분을 떨쳐내지 못한 채 후일을 기약하고 서둘러 그 자리를 떴다.

중춘(仲春)이 됐지만 기온은 여전히 차다. 진즉에 소과 시험이 있다는 소식이 나와 있었다. 생원진사시나 진사시라고 불리고 사마시라고도 하는 소과에 입격하여도 그것으로 당장 벼슬길에 나아갈 수 있는 것은 아니지만, 이는 사대부로서 어차피 걸쳐야 할 시험이었다. 그리하여 시험 당일 나는 작은형 사후 애써 마음을 다스려 마침내 아니,

다행스럽게도 무사히 입격했다. 그러나 다시 문제는 대과다. 그 치명적 관문을 언제쯤 통과하게 되려나….

소과 입격 뒤 나는 성균관에서 공부하게 됐는데, 그 첫날 하관 후 막 집에 돌아온 즈음이었다. 방금 내가 들어온 중문으로 초희 누님 집에서 보낸 하인이 뒤를 따라 황망히 도착하여 숨가빠하며 소리쳤다.

"도련님, 초희 아씨가 그만, 그만…."

하인이 땅에 팍 엎어져 고갤 주억거리고 컥컥 울음을 삼켰다.

"도련님, 주인마님께서 오늘 시진, 아니 운명하셨습니다."

"뭐라?!"

"주인마님께서 소복단장하고 곱게 누워설랑은 일어나지 않아 의원을 급히 불러 보였더니, 그만 다시는 돌아오지 않으신다 하여, 아이고 도련님, 이 어인 일이."

그 소리를 듣고 어머니가 달려 나와 하인을 일으켜 다시 물으니, 하인은 눈물로 범벅된 얼굴을 어머니 치맛자락에 묻으며 같은 말을 반복했다. 순간 눈앞이 노랗게 변하고 정신이 어질해졌다. 휘청, 흔들리다가 겨우 툇마루를 잡고 일어서서 하인을 잡아 흔들었다.

"다시 말하라. 뭐라 했느냐?"

"아이고, 도련님. 전들 이런 일이 생길 줄 알았겠습니까요. 비녀 아이가 들어가 보곤 놀라 자빠지고, 저희 모두 실신할 뻔했습지요. 주인어른께서 곧 돌아오셨고, 시댁 식구들이 모이기 시작했습니다. 제가 잠시 들어가 보니, 마님은 두 손 모아 '참동계(參同契)'라는 책을 안고 마치 주무시듯 누워 계시는데, 숨을 쉬지 않았사옵니다."

이럴 수는 없다! 작년 가을에 작은형이 그렇게 돌아가셨는데, 오늘 누님 또한 같은 길을 가셨다니, 도대체 이 어찌 있을 수 있는 일인가. 나는 곧 누님 집으로 향했다. 정신을 차릴 수 없어 나귀에 탄 어머니는 넋을 잃을 지경이 됐다.

2 년 전에 누님이 쓴 '몽유광상산시'의 '부용삼구타(芙蓉三九朵) 홍타월상한(紅墮月霜寒)' 곧, '연꽃 스물일곱 송이 붉게 떨어지니, 붉은 꽃잎 추운 서리 달에 무너졌구나.' 라는 문구가 진정 누님이 자신의 운명을 예언한 참시(讖詩)였단 말인가. 겨우 스물일곱 해를 살고 누님은 그만 저 세상으로, 누님의 그토록 바라던 신선의 세상으로 넘어가고 말았구나.

"처남, 미안허이."

하는 소리에 고개를 돌려 보니, 자형 김성립이 눈물을 흘리는데, 첫째 자형 박순원과 둘째 자형 우성전도 안 됐다는 얼굴로 나를 내려다본다. 어쩌겠나. 그것이 운명이라면 받아들이는 수밖에. 누구의 운명인들 슬프지 아니하랴. 눈을 매처럼 만들다가 나는 돌아오지 않을 누님의 마음으로 용허하여 가슴으로 끌어안으니, 자형이 내 허리를 붙잡고 엉엉 통곡하기를 멈추지 않았다.

상을 치르느라 잠을 못 자 충혈이 된 눈으로 나는 성균관 신삼문을 지나 서계를 올라 대성전 옆 북장문을 열고 서재쪽으로 가려는데, 마당을 가로질러 달려오는 유생이 있어 보니, 처남 김확과 친구 최천건과 임수정이었다.

"자형."

"반갑네."

우리들은 서로 얼싸안고 성균관에서 만나게 된 사실에 다들 새삼 조금씩 감동하면서 다시 협문을 빠져나와 33 칸의 긴 진사식당으로 갔다. 입안이 깔깔하여 술을 뜰 수가 없었다.

"어이, 친구들! 이리로 잠깐 오시게."

식사 후 경계석에 앉아 쉬는 우리에게 한 유생이 허리에 손을 얹고 청량한 목소리로 오라 이른다. 허우대 좋은 김확을 앞세워 그들 앞에 섰다. 최천건과 임수정은 성균관 유생 생활이 일 년이 됐으므로 그들을 잘 아는 터수였다.

망건 위에 흑립 통영갓을 쓰고 옥색 명주 도포를 입은 잘 생긴 유생이 웃었다. 미남이라 할 만한 얼굴이다. 눈에 약간 쌍꺼풀이 지고 눈썹이 짙었다. 코는 선 굵게 내려와 오똑 섰으며, 입 꼬리가 살짝 올라가 늘 웃는 것처럼 보였고, 미간이 깨끗하고 얼굴색이 밝았다. 무엇보다 벼슬길에 나서서 크게 일어서 천하를 호령할 듯한 기상을 내뿜는다 하여 지나치다 못할 듯했다. 어딘가 기교적이라는 느낌을 주는 면이 없지 않았지만.

"신출인가 보이. 여기 두 분은 늘 뵙고 있고. 어때요? 반궁(泮宮, 성균관)에 들어온 지 보름쯤 지난 듯한데, 견딜 만하오?"

김확이 대답했다.

"저는 이젠 견딜 만합니다만, 이분은 오늘이 처음과 같아서."

"아니, 어찌하여?"

"첫날 하루 왔다가 누님이 귀천하여 그동안 등관 못했지요."

"그래요? 육친을 잃은 슬픔도 그러하거니와 상을 치르자면 여간 힘들지 않지요. 자, 소개합니다. 이분은 유생들의 자치기구인 재회의 수장인 장의, 여긴 간부인 색장, 조사, 당장이오. 나로 말씀드리자면 이들의 고문 격이라 할 수 있지. 하하. 이름은 이이첨(李爾瞻), 자는 득여(得輿), 호는 관송(觀松) 또는 쌍리(雙里)라 하오. 앞으로 재회에 많은 협조 부탁드립니다. 그래서 불렀소."

그리고 그는 자신이 지난 임오년(선조 15년, 1582)에 사마시에 입격했으니 말하자면 한 7년쯤 지났으므로 성균관에서 비교적 윗길인 셈이라 일렀다. 나는 관송 이이첨이 어딘가 좀 으스댄다고 생각했지만, 그가 워낙 능란하게 이야기를 이끌어갔으므로 한 순간에 그의 매력에 빠지지 않을 수 없었다.

하오 일과가 끝나자 나와 이이첨이 반촌(泮村, 성균관 근처의 동네)에서 다시 만났다. 고향이 경기도 광주인 이이첨은 보낸 세월이 오래됐으므로 성균관을 드나들기에 비교적 자유로웠고, 한성부에서 사는 나는 관유(館儒, 성균관에서 기숙하는 유생)가 아니었으므로 생활에 여유를 가질 수 있었다. 사실 엄격한 기숙 시설이지만, 하고자 하면 성균관 하급관리인 직학이나 학유의 눈을 피해 얼마든지 시간을 내 밖으로 나와 일을 볼 수 있었다.

바람에 꽃잎이 흩날리며 봄날이 아름답게 지나가는 어스름 저녁 무렵이었다. 이럴 때 친구들과 진탕 술을 마시면 나는 형님이나 누님의 죽음을 잊을 수 있으리라 믿었다. 이이첨은 다른 한 유생과 더불어 약조한 주점에 도착했다.

"이분은 사정(士靖) 기자헌(奇自獻)이라 하지. 나와 비슷한 연배이니, 단보와는 좀 차이가 나지요?"

이이첨은 말을 아래로 놓았다가 제자리에 놓았다가 했다. 그래서 나는

"말씀을 낮추세요. 두 분 다 제 형님과 같습니다."

하고 스스로 낮은 자세를 취했다. 그게 우선 이이첨의 마음에 드는 모양이었다. 이 친구는 시원한 성정이구나. 마음이 두서너 개로 겹쳐 있지 않아. 적어도 구밀복검 같은 짓을 꾸밀 사내가 아니야. 교언영색은 이 친구에 이르러 어울리지 않는 짓이고. 고것 참, 흥미로운 녀석일세. 허나 어딘가 만만치 않아. 그의 선친 초당 선생도 그러하고 그의 작은형인 미숙 허봉도 그러하듯 보라, 저 깊은 눈이며, 발달한 하관이며, 떡 벌어진 가슴에다가 큰 머리통 하며 결코 만만하게 볼 사내가 아니지. 그의 시는 이미 사림에 널리 알려져 있음이야. 나에게 우군이 아니라면 예의 괄목상대의 위인일 것.

이렇게 이이첨은 나를 자기 사람으로 분류하고 싶었는지 모른다. 아니, 그도 대과에 들어 앞으로 옥당으로 나아갈 것이 분명하므로 뒷날을 도모하려면 반드시 나를 자기 사람으로 만들어야 한다고 생각했을 수도 있다. 이이첨이 그렇게 마음을 굳혔던가?

"오늘은 내가 책임질 터이니 가슴 풀어헤치고 한번 마셔 봅시다."

나와 기자헌을 번갈아 보며 이이첨이 너스레를 떨었다.

"종로 육의전 부근은 아니지만, 여기 반촌도 유생들을 유혹하는 술집이 적지 않아요. 이 집도 그 중 하나지. 자 우선 내 잔을 받게, 단보. 사정, 자네도."

이이첨은 나보다 9 살 위고, 기자헌은 7 살 위였다. 권커니 잣거니

하며 두어 시진을 주점에서 보냈다. 자리를 옮겨 또 다른 주점으로 갔다. 기자헌은 사렸으나 이이첨은 두주불사였고, 나 또한 주는 술잔을 마다하지 않았다.

"꺼억, 이젠 일어서야겠지? 그런데, 이 술기를 어디서 깨고 들어가나? 사정도 나와 마찬가지니, 우리 식당교 앞에서 잠시 쉬었다가 인경이 울리면 그때 귀신도 모르게 재실에 들어가세나. 꺼억."

시끌벅적하던 낮 동안의 진사식당은 어둠 속에 가라앉아 가뭇없다.

"자, 사정. 자네 오늘 기분 괜찮았지? 저 단보가 물건이야. 꺼억. 그러니 시도 한 번 읊을 만하지 않나. 자네, 이백의 '춘야연도리원서(春夜宴桃李園序)'를 시작하게나."

"마다 할 일 아니지."

기자헌이 즉각 읊어 나아갔다.

"부천지자는 만물지역려요, 광음자는 백대지과객이라."

이어 이이첨이

"이부생이 약몽하니 위환이 기하오, 고인병촉야유가 양유이야라."

하자 나는 또한 다 풀어서 노래했다. 시를 외우는 데는 타의 추종을 불허하는 내가 아니더냐. 중국과 조선의 시를 일만, 아니 이만 수나 외는 내가 아니더냐.

"천지는 만물이 쉬어가는 숙소요, 시간은 영원한 나그네라. 인생이란 한바탕 꿈처럼 덧없으니, 이 세상에서 기쁨을 누린들 얼마나 계속되리. 옛사람들이 촛불을 밝히고 밤에도 노닌 것은, 참으로 그 까닭이 있음이로다. 하물며 화창한 봄날이, 아지랑이 황홀한 경치로 우릴 부르고, 대자연은 아름다운 문장을, 우리에게 빌려 주었음에랴…."

그때였다. 타다다닥, 걸음을 내달려 한 사내가 성균관 동편 담을 돌아 향석교와 중석교를 지나 우리들이 시를 외며 즐거이 놀며 쉬며 하는 식당교 쪽으로 다가왔다. 그만이 아니라 다른 사내 여럿이 그를 쫓는지 곧 이어 도착했다. 왼편은 성균관의 담이고, 오른편은 언덕이었다. 나무 사이에 요즘 들어 한두 채씩 민가가 들어서는 중이지만, 아직 집들이 성겨 등창을 넘어 내비치는 불빛이 거의 역할을 하지 못해 성균관 동편은 기우는 달의 교교한 달빛만이 있을 따름 그저 어두컴컴한 상태 그대로였다. 먼 곳에서 개 짖는 소리가 들렸다.

앞선 사내는 분명 쫓기는 신세라 그들을 떨어뜨리려 안간힘을 다하고, 뒤 따르는 사내들은 무슨 짓이라도 하여 놓쳐서는 안 된다는 듯 바짝 뒤쫓아 붙으려 하는 형국이었다. 나는 사태가 그러함을 한 눈에 파악했다. 앗, 순간 눈을 쏘는 한 가닥 섬광이 있었으니, 그건 다름 아니라 앞선 사내나 뒤쫓는 사내들의 손에 쥐어진 칼날에서 반사된 빛이었다.

"칼이다!"

"환도야!"

나뿐 아니라 이이첨과 기자헌도 신음하듯 소리쳤다. 앞 사내의 절박한 눈동자가 어둠 속에서도 보이는 듯했다. 일 대 서너 명이라. 그대로로는 앞의 사내가 뒤의 칼날에 곧 그어질 판이었다. 세 사람은 그들의 칼날이 어쩌면 자신들에게 미칠지도 모른다는 두려움 속에 순간 갇혔다.

술이 확 깼다. 불과 십여 걸음 앞으로 다가오자 한 곳에 모여 있던 우리 세 사람은 즉각 흩어졌다. 이이첨과 기자헌은 본능적으로 식당교 아래의 어둠 속으로 뛰어내렸다. 그러나 나는 그 자리에 꼼짝 않고 앉아서 사태를 주시했다. 나를 한 차례 힐끗 보던 앞 사내가 뒤돌아서서 뒤의 사내들을 정면으로 맞는다. 한 번 힐끗 보는 그 눈빛에서 나는 사내의 절박함을 그 순간 함께 느껴 가졌다.

담과 언덕 사이의 이 좁은 길에서 숨 가쁜 대결이 곧 펼쳐질 것이다. 눈빛으로 사내는 나에게 도움을 요청했다. 어쩔 것인가. 내가 찾을 방법은 뭐지? 나는 주위를 휘둘러보았다. 마침 나무 막대 하나가 담을 타고 흐르는 도랑 곁에 버려진 것이 보였다. 나는 일단 그것을 집어 들었다. 쫓아온 사내들은 하나같이 성긴 30 죽 죽립을 목 뒤로 젖히고 살기등등한 기세로 홀로 저항하는 사내에게 한 발짝씩 다가들었다. 직감적으로 초립들이 사내를 죽일 작정이란 걸 느꼈으므로 나는 더 이상 고민하지 않았다. 한 생명이 도와 달라하므로 할 수 있는 모든 방법을 찾아야 한다. 그 긴박한 순간에 나는 크게 소리쳤다.

"형님들, 담을 넘어 우리 유생 친구들을 불러와요. 제가 시간을 벌지요!"

초립 사내들이 나의 외침을 듣고 멈칫거리다가 다시 조여드는 것을 보고 나는 그 중앙을 향해 뛰어들었다. 다리 아래에 있던 두 형님 이이첨과 기자헌은 이럴 수도 저럴 수도 없어 눈만 겨우 내놓고 떨리는 몸으로, 아니 두 다리를 탈탈 털어대며 사태를 관망할 따름이었다. 두 사람은 꾸부정하게 등뼈를 휘뜨린 채 나의 무모함을 크게 염려스러워할 터였다. 사달이 나기 십상이었기 때문이다.

휘익, 칼날이 한 차례 달빛 빗기는 허공을 긋자 나는 본능적으로 몸을 움츠렸다. 그러나 쉬익, 칼날은 나의 유건 윗부분을 잘라 작은 자락이 공중에서 한 마리 나비처럼 훨훨 날다가 발밑으로 사뿐 떨어져 내리는 것이 보였다. 초립들은 모두 얼굴에 두건을 쓰고 있었다. 두건 속에서 내뿜는 녀석의 숨소리가 생생히 들려 왔다. 내 유건을 그은 놈은 두건 속에서 이빨을 드러내며 웃을지 모른다. 네 이놈, 내 몽둥이맛을 봐라, 하며 한 발 앞을 내딛으려는데, 나와 등을 맞대고 대치하던 사내가 순식간에 언덕으로 치올라갔다.

그 뒤를 따라 함께 언덕을 오르려 하자 갑자기 어깨에 엄청난 충격과 함께 뼈가 뻐개지는 듯한 통증이 왔다. 어깨를 쥐어 봤는데 피가 느껴지지는 않았다. 녀석이 칼등으로 내리친 모양이다. 내 앞서 달아나던 사내를 바짝 쫓은 초립의 칼이 높이 치솟다가 곧장 떨어졌으니, 아, 그만 허리에서 피가 튀며 사내가 그 자리에 푹 주저앉고 만다. 치명적 상처를 입은 사내의 입에서 비명이 터지고 허리에서 피가 솟구치자 잠시 머뭇거리던 초립들이 거의 동시에 언덕 위로 치올라가 남쪽으로 가뭇없이 사라졌으니, 다친 나는 그들을 따라잡아 그 까닭을 캐보려는 마음을 잠깐 가졌으나, 그러기보다 소나무 사이에 쓰러져 피 흘리는 사내를 돌보는 것이 순서라 생각했다. 허나 사내는 죽어갔다. 나는 사내의 뺨을 치며 정신 차리라 하는데, 그때 사내가 마지막 힘을 다하여 가슴을 헤치고 한 통의 한지 봉투를 꺼내 내게 주며

"이, 이, 이걸…. 태학 이생에게…."

하고는 더 잇지 못하고 숨을 놓아 버렸다. 그런 뒤에야 이이첨과 기자헌이 단보, 단보, 하며 찾아들고 곧 사내의 죽어가는 모양을 보자 두 사람 다 다리가 풀려 그 자리에 풀썩 무너져 내렸다. 일상에선 도저히 있을 수 없는, 눈앞에서 사람이 칼을 맞고 죽어가는 기막힌 일을

당한 우리 일행은 사내의 시신을 그대로 두고 언덕을 내려와 지체하지 않고 정선방 파자교(把子橋, 서울 종로구 종로 3가)에 있는 좌포도청으로 달려갔다.

지난밤의 살인사건에 놀란 성균관 유생들이 이이첨과 기자헌의 주위에서 떠나려 하지 않았다. 유생들은 그 동안의 명성으로 보아 그런 일의 중심에 이이첨이 서 있을 줄 지레 짐작하는 듯했다.

"단보, 대단허이. 나는 자네 같은 인물은 본 적이 없으이. 내 평생 잊지 못하리."

낮게 말하며 약간 고개를 숙이는 이이첨과 기자헌을 보며 나는 다만 눈인사를 주었을 따름이다. 당신들은 내가 구월산에서 무슨 일을 겪었는지 알 턱이 없지. 사람의 내공은 그렇게 큰일이 일어났을 때 드러나는 법. 세한후조(歲寒後凋)라 하지 않던. 적어도 나는 칼 앞에서 두려워하지 않았어. 그건 아무나 하는 일이 아닐 것이야. 시간이 주어졌다면 어쩌면 내가 그들을 물리칠 수도 있었어. 나는 자신감이 있었단 말이거든. 이렇게 속삭이며 그저 조용히 웃을 따름이다.

그리고 일과가 파한 뒤 곧장 집에 돌아와 죽은 자가 준 봉투를 살펴보았다. 별 의심할 것 없는 보통의 간찰이었다. 피봉에 보통 '답장'이라는 뜻의 '사장(謝狀)'이 쓰여야 했으나, 간찰엔 '사첩(謝帖)'이라 쓰고 있었다. 안부를 묻는 간찰이 보통 '후장(候狀)'이나 '문자(問字)'를 피봉에 써 넣는데, '사첩'을 '사장'으로 이해하고 보면, 간찰은 전에 누가 편지로 무엇을 물었는데, 그에 대한 답장의 편지란 의미를 갖게 된다.

묻는 자가 누구인지 첫 머리를 보면 알 터인즉. 나는 간찰을 뜯고 그 첫머리에 쓰인 수취인의 이름에 의외라는 생각이 들었다. 척독은 초서체로 빨리 휘갈겨 쓴, 그러나 글씨 솜씨가 좋은, 글공부를 적지 아니 한 사람의 것이 분명했다.

> 與鄭松江
> 頓首
> 用見大人 勿恤 南征吉.
> 餘不宣式
> 卽老翁頓

짧은 글이었다. 나는 나지막이 소리 내어 풀어 읽었다.

> "정 송강에게,
> 인사 올립니다.
> 대인을 보되 근심치 말고 남으로 가면 길합니다.
> 나머지는 이만 줄입니다.
> 즉일 늙은이 머리 숙입니다."

간찰을 보내는 사람은 스스로를 '노옹'이라 하고 있으나 겸손한 말이리라. 나이는 좀 들었으되 붓 힘으로 보아 송강 정철보다 많지는 않을 듯싶다. '여불선식(餘不宣式)'이란 대목에서 간단히 적었지만 사실은 할 말이 많음이 감지된다. 그럼에도 짧게 쓴 것은 '즉돈(卽頓)'을 '즉시 올립니다.'로 해석할 때, 사안이나 사태의 급박함의 함축이라 할 수 있다.

주목되는 부분은 '대인을 보되 근심치 말고 남으로 가면 길하다.' 는 문장이었다. 이를 어떻게 봐야 하나. 나는 전후 문맥으로 보아 '대인이라는 사람이 남쪽에 있는데, 그가 무슨 일을 벌임을 다만 근심할 것이 아니라 남으로 가서 그를 쳐라, 그러면 길하리라.' 는 의미로 해석하고 싶었다.

'용견대인 물휼 남정길(用見大人 勿恤 南征吉)' 이 어디에서 본 듯한 문장이었기에 나는 오랜 시진 헤매다가 문체에 따라 마침내 그 글을 '주역' 에서 찾아냈다. 그것은 '주역' 46괘 '지풍승(地風升)' 본문의 앞 대목이었다. 그와 연계해 보면 글은 곧 '대인이 지금 지풍승, 즉 뻗어나는 새싹과도 같은 형국이니, 그 솟아오르는 형세를 다만 근심하여 머뭇거리지 말고 즉각 정벌 또는 징벌해야 한다. 그러면 좋다.' 는 뜻으로 해석됐다.

여기까지 접근한 나는 남쪽에서 '대인' 의 세력에 의해 조만간 무슨 일이 일어날 것임을 강하게 느꼈다. 그런 낌새를 어렴프시 채고 있던 송강 정철은 남쪽 어느 곳에 있는 '노옹' 에게 남쪽 '대인' 의 형세가 어떠한지를 물었는데, 계획대로 전달됐다면 정 송강은 '정황 혹은 사태가 심상치 않지만 근심치 말고 적극 대처해야 한다.' 는 내용의 이 답장을 받아야 했다. 그러나 '대인' 이 보낸 자객에 의해 사인(使人)이 죽고 말았으니, 정철은 여전히 남쪽의 상황이 궁금할 것이었다.

간찰을 송강 정철에게 바로 전달하기 곤란하여 '노옹' 의 지시대로 성균관의 '이생' 에게 전하려다가 그만 '대인' 이 보낸 자객들에 의해 사인이 피살된 것으로 보아 크게 틀리지 않는 추리라 여겼다. 200 명의 유생이 공부하는 성균관에서 이생을 찾기는 서울서 김 서방 찾기와 같다.

　밤새 내내 생각의 고리를 연결하다가 눈이 벌겋게 된 채 하루 낮을 보낸 다음 연통을 넣어 저녁 무렵에 권필, 박치의, 서양갑 그리고 심우영과 만났다. 판돈녕부사(判敦寧府事, 외척 관장 돈녕부의 정2품 관직)를 지내는 정철 대감을 의식하여 그가 사는 장의동(藏義洞, 서울 종로구 청운동) 부근에서 보자하고 만났는데, 손님들이 북적거리는 술막에서 밥을 먹고 술을 마시다가 사람들이 조금씩 빠져나가자 나는 그간 있었던 일과 지난밤의 추리를 속삭이듯이 말했다. 처음엔 무심히 들었으나 친구들은 곧 사실, 실제, 현실적으로 비밀 이야기임을 깨달았다. 주모가 다가오면 그치다가, 중노미가 가까이 올 때 다시 입을 닫으면서 비교적 차분하고 자세히 얘기하자 다른 세 사람이 당혹해하며 내 얼굴을 다시 본다.

　"그런 일이! 의금부 도사 우도전도 나왔다면 조정의 중대사인 모양이구먼."

　권필의 놀라움에 이어 심우영이

　"큰일 날 뻔했어!"

　하며 걱정했고, 박치의는

　"저쪽에, 그 글 중에 등장하는 '대인'이 누구지?"

　하고 물어 왔다. 입을 다물고 있던 서양갑이 조용히 입을 떼는데, 내가 깜빡 잊고 있던 사실을 떠올리는 것으로였다.

　"단보, 대인이 누군 줄 우리 알잖아요."

　"그래요?"

"떠올려 봐요. 그러지 말고 우리 말 놓읍시다. 자, 단보. 지난 번 용산진에서 우리 처음 만날 때 말이지."

"아!"

하고, 내가 거의 비명을 지르듯 하며 자리에서 일어났다.

"그거였구나! 용산서 그때 변숭복이 '대인'이란 말을 썼지. 대인은 바로 정여립이고, 그렇다면 그가 역모를 꾀할 뜻이 없지 않음을 정철 대감 쪽에서 이미 감지하고 있었단 얘기 아닌가.

'대인'이 해결되니 모든 것이 풀렸다. 그럼 정철이 궁금해 하는 남쪽의 상황을 죽은 사인 대신 누군가 전해야 할 듯했다. 그것이야 정철 대감의 집에서 거의 기거하다시피 하는, 그의 문인인 석주 권필이 마땅히 할 일이었다. 그러나 나는 이를 막았다.

"분명히 말씀 드리자면 정 대감은 서인이고 정여립은 본디 서인이다가 하루아침에 동인으로 넘어간 사람이라 서인의 미움을 받는 터에 그의 모반 의도를 우리가 고민 없이 그리로 전하는 것이 조정의 안정이란 관점에서 과연 온당한 일인지 생각해 봐야 할 것이지. 그리고 중대한 점은 정여립의 생각과 자세와 행보를 우리가 잘 알지도 못하면서 이 간찰을 그대로 전하는 것이 과연 사태의 흐름에 맞는 것인지 따져봐야 하는 것 아닌가?"

나는 기개가 늠름했다. 작은형이 어젠가 '너의 시는 늠름하구나.' 했듯 나는 시뿐이 아니라 태도에도 늠름함을 더해야 했다. 옳은 판단이라 여겨 모두가 내 뜻에 동의했다.

"특히 동서 분당과 남으론 왜, 북으로 여진의 분탕질 등 좋지 않은 시국에서 이를 말이라 하겠나. 더구나 변숭복이 정여립이 있는 전라도 그리고 그와 뜻을 같이하는 황해도 지방을 방문해 달라는 요청을 받은 즈음에서 한 차례 기회를 잡아 어디든 다녀 온 다음에, 즉 우리 눈으로 확인한 다음에 다음 행동을 판단해야 마땅하다고 보는데."

내가 간직한 문제의 그 간찰을 직접 확인한 서양갑, 심우영, 박치의 그리고 권필은 내 말이 조금도 사리에 어긋나지 않았으므로 가슴에 하나씩의 비밀을 안고 조만간 다시 만날 것을 약조한 다음 조심스럽게 술막을 빠져나갔다.

가자! 사흘 뒤 영향력을 발휘하는 이이첨의 도움으로 요양이 필요하다며 성균관에서 장기 휴가를 얻은 나는 석주 권필, 박치의, 심우영, 허홍인과 함께 전라도를 향해 떠나 이레째 삼경 무렵에 드디어 청도리에 도착했다. 수소문하여 허름한 초가 봉노를 얻어 들어가 일행은 깊은 잠에 떨어져 다음 날 하오에 일어났다.

"알다시피 정여립의 모반 활동을 공개할 것이냐, 아니면 좀 더 기다려 볼 것이냐 하는 것을 결정하려고 여길 왔어. 정여립이 오늘날 동인에 속해 있으니 사태 확장 이후 정철을 비롯한 서인 세력에 의해 마침내 동인에 피비린내가 진동할 수 있어. 수백 수천의 목숨이 달린 문제이니까 신중을 기해 움직여야 해."

석주 권필이 속삭였다.

"단보와 서양갑이 용산진서 만났다는 황해도 안악의 교생 변숭복의 소개로 여기 제비산을 찾아왔다 하면 곧바로 그 중심부에 뛰어들 수 있지 않겠나?"

"저, 저쪽에, 그렇더라도 대동계가 모이는 날에 자연스럽게 참석하는 것이 좋다고 봐.”

그러자 심우영과 허홍인이 거의 동시에 입을 열었다.

“그것이 오늘이야!”

심우영이 우렁우렁한 목소리로,

“그제 밤 원평천을 거슬러 오를 때 내광, 신응, 종덕, 화봉, 구정, 송계 등 작은 마을을 지나면서 선객이 늘어났잖아. 그때 그들의 말을 우연히 엿듣게 됐지. 오늘이 바로 모이는 날이라고.”

하고 흥분한다. 그의 그 어조 그대로를 타고 바로 그날 우리 일행은 모악산과 더불어 상대적으로 낮게 솟은 제비산에 올랐다. 제비산은 골산과 육산의 조화가 잘 이루어져 있는 작고 옹골찬 산이었다. 산기슭 아래 웅장한 기와집이 보이자 누군가 아는 체했다.

“왐마, 여게가 죽산 대인 어른의 생거지인 셈이라.”

여러 사람들이 삼삼오오 짝을 지어 산으로 오르는 게 보였다.

“아따 징하게 반갑소잉. 그렇게 아재, 저게서 대인 어른이 천일기도를 했나?”

“아녀, 거긴 산 중턱이재. 그러고 아이고, 오랜만이네잉.”

“반갑소. 하여간 기도한 담서 천마가 나타난 거여?”

“자네도 들었재? 천일기도 담에 어데서 천마가 나와설랑 죽산 대인께 고갤 늘이더란 야그 아닌가. 아따 그런디 겁나게 배고프랑께라.”

“점심 몬 묵었당가? 가직한 점빵언 없디?”

“그냥 오르다가 토깽이 한 마리 잡아 묵을랑깨. 히히.”

“낄낄, 그라재.”

“근디, 거긴 갱생이끼여?”

내가 되물었다.

"뭐라구요?"

"거시기, 그러니까 이것 참. 그러니까 행색을 보니 이녘들 처음 오시 것네잉."

"그렇소."

"허어, 그럼시 나를 따라 저쪽에 가셔야 허는디?"

"그럽시다."

산 중턱에 의외로 평지가 나타났다. 많은 사람들이 모여 떠들썩하다.

"초팔일의 절집처럼 야단법석이구만."

"여긴 완전히 딴 세상이야."

"그런데, 월나라 망한 후에 서시가 소식 없고, 동탁이 죽은 후에 초선이 간 데 없더라고, 도대체 기생 외엔 아낙이나 처녀들이 단 한 명도 보이지 않아."

"이 사람 이게 대동계가 아니던가. 일단 무사들이 수련해야지, 처녀가 뭐야. 하여간에 별천지로군."

"또 하나의 황국이야."

"정여립이 황체 혹은 천자인 셈이지."

"셈이 아니라 그대로 천자구만."

그러자

"지금 뭐라셨소? 말 조심허소. 그라고 저 귀탱이로 갑시다."

하고 막 약관을 넘을 듯한 사내가 우리 일행을 이끌었다. 차일 끝에서 악공들이 연주를 하자 연회장 중앙 망석 위에 칼춤, 장구춤, 처용무, 학춤이 이어졌다. 어디에서도 보기 어려운 화려한 연회였다. 우리 일행은 중앙 자리 왼편 구석, 서기를 맡은 두 사내 앞으로 가자 그 중 한 사내가 어디서 오고, 누구에 의해 오게 됐는지 물었다.

"변숭복이 말해 주었소."

"응이? 변 상수(上手) 말이오? 그댓찮게 보이더니, 그게 아니네. 진작에 그라시지. 그럼사 저쪽으로 갑시다. 이리 오소."

사내는 우리 일행을 데리고 여럿이 빙 둘러 앉은 상석으로 갔다. 한 사내가 고갤 돌려 보다가 나를 발견하곤 벌떡 일어나 정여립에게 잠시 고갤 숙이더니, 단을 내려와 맞는다. 그는 변숭복이었다. 그가 여기에 와 있을 줄 전혀 예상치 못했으므로 나는 한 편 반갑고 다른 한 편 겁이 났다.

"어떻게 왔소?"

"변형이 와 보자 했잖아요."

"그래도 이렇게 갑자기. 하여간 반갑소. 행사 끝나고 식사 시간에 다시 만납시다. 그럼."

무희와 악공의 공연이 끝나자 정여립이 무장 수위로부터 활을 받아 들고 사대(射臺)에 섰다. 정여립이 화살을 골라들며 고개를 돌리다가 나와 눈과 딱 마주쳤다. 파닥, 긴장의 기색이 나와 정여립의 얼굴에 동시에 나타났다가 사라졌다.

정여립은 위엄을 보이며 활에 화살을 꽂고 시위를 당겼다. 수많은 사람이 모였지만, 숨소리 하나 없다가, 시위를 떠난 화살이 날아가 정확히 과녁의 중앙에 꽂히자 탄성이 터졌다. 이들 대동계의 망일(望日) 모임이란 기본적으로 경사대회가 아니던가. 계의 수장인 정여립이 곧 사두(射頭)요, 교장(教長)이요, 행수가 아닐 터인가. 그러므로 명사수

일 것을. 쏠 때마다 명중을 알리는 고전기(告傳旗)가 올랐다.

그날 밤. 제비산 밑 정여립의 대궐 같은 집 대청에서 우리 일행은 주안상을 받았다. 특히 계미삼찬 중 한 사람인 허봉의 아우인 나를 잘 대하라는 정여립의 말도 있고 하여 정성스레 마련한 저녁 자리라고 변숭복 상수가 속삭인다.

"한성부에서 왔다고?"

"그렇습니다, 대인 어른."

"미숙 허봉의 아우님은?"

"예, 허균이라 합니다."

"반갑소. 형님의 일은 안 됐소…. 그리고 한성부는 중요한 거점이오. 그동안 한성부 담당자가 없어 고심 중이었는데, 이렇게 굳이 본부로 내려왔으니, 변 상수, 그대가 큰 역할을 했소잉. 자, 편히들 드시고 많은 대화를 나눕시다."

얼굴이 길고 튼실한 몸에 목소리는 마치 황소의 그것 같아 그의 좌정 자체가 이미 좌중을 압도하는 느낌을 줬다. 나를 향한 정여립의 눈빛이 잠깐 빛났다.

"이렇게 찾아와야지요잉. 그래 조단조단 말얼 혀보씨요. 그리고 기왕 이렇게 만났응게 내 말도 듣고 하소. 젊은이들, 우리가 뜻이 통해 하는 말이오만, 충신은 두 임금을 섬기지 아니하고, 열녀는 두 지아비를 따르지 않는다는 주자적 윤리는 그렇게 절대적인 것이어선 안 된다고 나는 보오. 인민에게 해가 되는 임금은 임금 될 자격이 없고, 행의(行義)가 모자라는 지아비는 버려져도 뭐랄 수 없재. 하늘의 뜻과 사람의 마음이 이미 주실(周室)을 떠났는데 존주(尊周, 주나라를 존중함)가 무엇이며, 군중과 땅이 벌써 조조와 사마에게로 돌아갔는데 구구하게 한 구석에서 정통을 야그하는 것이 다 무어냐 하는 소리요잉. 모든 게 격에 맞지 않는다면 기회 있을 때 갈아치워야 할 것이오옹."

"쉬 들을 수 없는 주장입니다."

석주 권필의 이의(異義) 어린 말이었다.

"그라지요? 허나 나는 민중군경(民重君輕)을 주장할 따름이오. 굳이 모반을 도모하는 식의 야그가 아니라 인민을 제대로 살리지 못하는 인군을 군신강상론(君臣綱常論)의 잣대로 용허해 주어서는 안 된다는 말이지라."

술 한 잔을 후딱 마신 다음 나는 망설이지 않고 정여립을 정면으로 바라보았다.

"저 조선 초기 삼강오륜의 부식(扶植)이 벌써 터를 잡고, 퇴계 선생의 존군모성주의(尊君慕聖主義)가 이미 깊이 박혀 세상이 안돈된 지 오래인 지금, 대인의 그런 뜻이 백성들에게 수용될 수 있으리라 보십니까? 현실적으로 이루어질 수 없다면 대인의 생각은 한낱 추상이란 생각도 듭니다만…."

정여립이 날카롭게 나를 본 뒤 말을 받았다.

"그런가? 그럼 이런 말 알랑가 몰라. '천하는 공물' 이라는 말."

"처음 듣습니다."

"그라지. 천하는 어느 한 사람의, 또 어느 한 세력의 수중에 들 것이 아니란 생각이라. 천하는 공물이라. 기본적으로 주인이 없는 것이라. 그럼서 누구든 능력 있는 사람이 나라를 다스려야 하는 것 아니냐는 야그요"

"저, 저쪽에, 대인께선 힘을 모으십니까?"

박치의의 말이다.

"하먼이라. 내가 늘 그 점은 명심허고 있지라. 갸들이 나를 따르도록 내 늘 힘을 써야지잉. 그러고 우리는 인간사 물 흐르듯이 해야 한다고 믿소. 강작(强作)은 실수를 부를 따름이니까니."

그때 대문간이 소란스러워지고, 여러 사내들이 마당에 딱 버티고 섰는데, 정여립이 턱으로 지시하자마자 사내들이 무도의 품새를 시범으로 보이기 시작했다. 마치 한 사람이 하는 듯 모양을 맞춰 하는데, 그것이 진정 대단하여 그들의 기가 대청에까지 밀려들어오는 느낌을 받았다. 몇 차례 다양한 품새를 이어가다가 딱 멈추자 대인이

"야들아, 너그들 누구 한 사람 여기 서울 양반들과 대련 한 번 안 해볼랑가?"

하고 물었다. 어느 안전이던가. 즉각 가슴이 떡 벌어진 사내가 드티고, 정여립의 강력한 요청에 의해 우리 일행 중 권필이 일어서자 무술에 물미를 텄다고 믿는 박치의가 막고 나섰다. 구월산에 다녀온 나는 권법을 시험해 보고 싶었으나 참기로 했다.

두 사내가 마당 한가운데로 나가 대련 준비를 하는데, 갑자기 대동계원이 두 길이나 높이 뛰어 오르더니 박치의를 향해 날아가며 발길질을 했다. 졸지에 가슴을 한 방 얻어맞고 박치의가 졸도할 줄 알았다. 다행이랄까, 아니, 다행 정도가 아니라 날아오는 발길을 양손으로 꽉 잡은 박치의가 몸을 비틀자 사내가 그만 빙그르르 돌아 저쪽 섬돌에 세게 부딪쳤다. 그의 머리가 터져 피가 분수처럼 솟아났다. 순간적인 일이었다. 정여립이 쿵, 하고, 우리들의 입에서 헉, 소리가 났다.

"그만들 하시게. 오늘은 이쯤 하고…. 한성부 젊은이들, 일단 돌아들 가시고 다음날 다시 봅세잉. 그럼."

하고 내실로 들어가 버렸다. 변숭복이 그런 정여립을 멀뚱히 바라보다가 역시

"자, 곧 다시 만납시다."

하곤 어디론가 사라져 버리고 말았다. 밤중에 봉놋방으로 돌아오는 길에 나는 몇 번 뒤를 돌아봤다. 누군가가 따라오는 느낌을 지울 수 없었기 때문에서다.

"오늘 밤으로 한성부로 돌아가자!"

내가 권했고 친구들이 동의해 우리는 즉각 길을 나섰다. 수많은 대동계원들과 여기서 뭔가 정면으로 맞는 일이 생긴다면 그것은 깔딱낫으로 고목 찍기가 아니겠는가. 우리는 이후 논산을 거쳐 공주, 천안, 수원을 지나 과천으로 돌아왔다. 연일 닷새나 걸었으므로 피곤이 몰려들었다. 그리하여 노량진의 한 주막에서 마지막 하룻밤을 묵기로 했다. 밤이 이슥하여 우리는 논의를 시작했다. 결정을 내려야 했기 때문이다.

"결국 우린 정여립의 대동계를 송강 정철에게 알리지 말아야 해."

이런 내 의견에 중구난방이다.

"그렇지 않아. 얼른 연통을 해야 한다고 봐."

"그래."

"동의해."

"단보, 너는 왜 연락 않을 것으로 마음먹었지?"

"내 결정은 이러하지. 그들이 언제 일을 벌일지 모르지만, 일단 세상

에 알려지면, 즉 동인패나 임금이 알게 되면 힘을 다해 그들을 색출할 것이고, 그렇게 되면 엄청난 희생이 따를 것이란 점을 고려했어. 적지 않은 사람의 목숨이 사라질 것이란 말이야."

"결국 알려질 일인데, 좀 더 뒤에 알려지면 어떻게 달라질 것 같은 가?"

"그동안 연루된 사람이 있다면 정여립과의 관계를 끊으라고 설득해야 할 것이야. 하여간 시간을 벌어 동인도 그렇고 조정도 피해의 최소화로 가야지. 석주, 자네가 넌지시 정 송강에게 가장 원만한 방식으로 정여립 사태를 막을 방도를 찾으라고 권해 보게나."

"자, 일단 얘기 끝났지요? 그럼 잠을 좀 한 번 되지게 자 봅시다."

하며 허홍인이 먼저 누웠다. 밤이 깊었다. 모두들 귀밑까지 갈라지는 하품을 손바닥으로 막으며 피곤에 치여 잠이 드는데, 이 또 무슨 행패인가. 느닷없이 털컥, 방문이 열렸고 칼을 든 사내들 대여섯 명이 우리 일행의 방을 급습했다.

"꼼짝 마!"

일갈한 놈들은 시퍼런 칼을 들이대며 방안 가득 들어섰다. 순간 나는 잽싸게 몸을 놀려 맨 앞 사내의 칼을 발로 차고 또 거의 동시에 벽을 차며 공중으로 솟아 한 바퀴 회전한 다음 그 뒤의 녀석에게로 떨어져 내치려 하는데, 벽을 찬 발이 그만 허름한 벽을 뚫어 발이 벽에 끼는 바람에 공중태기를 하고 말았다. 그야말로 낭패였다.

모두 검은 두건을 쓰고 있었다. 저 반촌에서의 일 이후 어쩌면 이렇게도 자주 위기에 처하게 되는지 정신 차릴 겨를이, 아니다, 이럴수록 정신을 바짝 차려야 했다. 맨 앞의 놈이 일어나 벽에 꽂힌 자신의 칼을 뽑아든 뒤 내 목에 들이댔다. 다섯 친구는 결국 손 한 번 써 보지 못한 채 방안에서 그대로 무릎 꿇어야 했다. 그들 중 한 명이 외쳤다.

"내놓으시지!"

"뭘 말이야?!"

"간찰!"

"무슨 간찰?"

"자네가 가지고 있는 그것 어서 내 놓으시지."

나는 시치미를 뚝 떼고 얌전하게 대꾸했다.

"무슨 패설이여?"

"제비산에서도, 방금 여기서도 자네들이 한 대화를 내 이미 다 들었네. 그러니 간찰을 내놓으라구. 여차하면 자네 목숨은 그냥 이대로 지옥 삼정목 행일 수 있어."

치밀하지 못한 우리 일행이 미처 눈치 채지 못한 사이에 자객들이 우리들 코앞까지 다가와 동정을 속속들이 염탐한 모양이었다. 무엇 때문에 느닷없이 제비산 대동계 모임에 참석했는지, 앞으로 어쩔 것인지 등을 뒤따라 다니며 샅샅이 염탐하고 다닌 것이 분명했다. 누군가 뒤따르는 것 같은 찜찜한 기분이 들더라니!

사내는, 아니 자객들은 정말 목을 베이려 하는 자세를 취했다. 얼마나 긴장했는지 허홍인의 목은 이미 굳어져 건드리기만 하면 그대로 부서져버릴 것 같았다. 이들은 반촌에서 살인을 저지른 바로 그들일 것이 분명했다. 따라서 필요하다면 한두 사람 죽이는 것에 눈 하나 깜짝하지 않을 위인들이었다.

"그 내용을 우리들이 이미 다 아는데, 간찰을 가져간다 하여 무슨 의미가 있겠나? 알다시피 우린 그 간찰을 정 송강에게 전하지 않으려고 결정했잖아. 그러니 간찰을 회수하는 것이 무슨 뜻이 있겠나 싶다는 거지."

"그건 우리가 판단할 문제이고, 하여간 일단 내놓으라니깐! 네 몸에 있나? 안 내놓겠다면 명을 거둘 수밖에."

그러면서 자객은 칼을 올려 나를 정말 내리치려 했다. 박치의가 그 순간 사내를 덮쳤다. 그러나 칼이 허공을 가르고 내려오며 한 번 지나가니 박치의의 가슴에서 피가 튀었다. 억, 소리를 지르며 박치의가 쓰러지고, 그를 부축하려는 심우영을 내리치니 칼은 그의 어깨 위 살 속에서 잠시 머물다가 피와 함께 뽑혀져 나왔다. 권석주가 일어서려다가 사내의 발길질에 구석으로 나가 떨어졌고, 허홍인은 고개를 자신의 사타구니께로 묻고 바들바들 떨 따름이다. 방안은 피 냄새로 가득 찼다.

그러는 순간을 나는 놓치지 않았다. 간찰이 있어야 동인들에게 사태의 심각성을 알릴 수 있다고 믿었기에 결코 그들에게 내줄 수 없다고 판단했고, 그리하여 찰나를 놓치지 않고 밖으로 뛰어 나갔다. 사립 짝을 차고 나가 길가 풀숲을 향해 뛰다가 도랑에 빠지고, 일어서 다시 뛰어 산길로 접어드는데…, 살피니 자객들이 쫓아오지 않는 것이 아닌가. 박치의와 심우영이 당했는데 어떻게 됐나? 나는 되감아 주막으로 돌아가다가 모퉁이에서 세 명의 자객들과 딱 마주쳤다.

자객의 칼바람이 휘익, 한 차례 내 상투 위로 지나갔다. 움츠리지 않았다면 목이 달아나고 말았을 것이다. 또 한 번 칼날이 스치자 상투가 잘려 나갔다. 다시 한 번 칼이 춤추자 저고리가 피에 젖어갔다. 왼팔에 상처가 난 모양이다. 또 다시 칼이 허공으로 치솟았다.

나는 순간 강공술을 펼쳐 두어 길 날아올라 소나무 가지에 올랐다. 칠팔 명쯤 되는 사내들이 마치 까마귀 떼처럼 달려들었다. 둔갑술을 펴 하나의 바위모양 산허리에 앉아 있으려 했으나 피를 흘려 조식이 제대로 되지 않았다. 나무 위로 창이 날아왔으므로 할 수 없이 뛰어 내리며 돌아서서 놈의 복부를 가격해 쓰러뜨리고 산 아래로 내달렸다. 구월산에서 내공이 다져지지 않았다면 진즉에 죽어갈 판이었다. 존심(存心)을 잃지 않으려 하나, 피를 많이 흘렸으므로 옆으로 서서히 쓰러지기 시작했다.

　이렇게 죽는구나. 명재경각인 나는 목숨을 포기한 채 눈을 감고 그 자리에 그냥 그대로 푹 물러앉고 말았다. 한 녀석이 치켜 올린 칼이 정확히 내 목을 향해 내려오다가 그러나 뭔가에 쩡, 부딪치며 빗겨 갔다. 비검(飛劍)에 부딪친 모양이다. 순간 타아, 하는 한 마디의 외침이 있었으니, 내가 몽롱한 가운데 돌아보자 거기엔 또 한 무리의 칼잡이들이 다가오는 중이었다.

　또 자객? 저들은 누구? 곧 이들과 저들이 서로 싸움을 벌이는데, 한밤중이라 획획, 하는 소리가 들릴 따름 마치 그림자놀이 하듯 하여 나는 도망칠 생각도 못하고 쓰러진 몸을 일으켜 소나무에 기대앉았다. 날카로운 빛과 칼날 부딪치는 소리 속에 한 사람이 다가 왔으나 나는 그에게서 살기를 느끼지 못했다. 그는 두건을 쓰고 있지 않았다. 그가 후속 자객들의 우두머리쯤 되는 것으로 판단됐다. 어두컴컴한 언덕에서 계속되던 싸움에 서서히 결판이 나는 듯했다. 두건을 쓴 쪽의 패색이 짙어졌고, 곧 그들은 남쪽 어둠 속으로 내달려 도망가 버렸다.

　"나에게 신세졌소."

어둠 속에서 그를 바라봤다. 그는 다른 사람이 아니라 상곡 집 마당에서, 그리고 그 악취 나는 도축장에서, 도축장에서 들린 '건방진 놈!'이라 한 목소리의 주인공이 그임을 이미 깨닫고 있었거니와, 나와 여러 차례 갈등을 빚은 키 작고 눈에 이글거리고, 코가 길고, 눈썹이 가늘고, 입이 크고 입술이 얇은, 바람이거나 배신의 인상을 주는, 찢어지게 가난한 사내 바로 여인 이재영이었다! 나와 이재영은 한참 동안 서로를 바라보기만 했다. 그러다가 내 입에서 나도 모르게 말이 흘러 나왔다.

"지난 일들을 용서하오."

그가 침묵하다가 조용히 입술을 열었다.

"특별히 마음에 둔 바 없지요."

밤하늘 수많은 별이 한꺼번에 얼굴 위로 쏟아지는 가운데 이재영이 어둠 속에서 고개를 들고 눈물을 흘리는 것이 보였다. 여름밤 시원한 강바람이 언덕을 치고 올라오는 것을 느끼며 나는 의식이 가물가물해졌다.

공유
— 정여립의 생각

허승연 그림

공유 ─ 정여립의 생각

그건 우연이었다. 이재영은 수하 왈패 친구들과 여름날 더위를 피해 강을 건너 동재기나루터(銅雀津, 서울 동작구)에 놀러 갔다가 싸움 장면을 만난 것이다. 절체절명의 위기 상황을 문제의 사나이 이재영에 의해 무사히 넘기게 됐는데, 나는 따라서 앞으로 어떤 경우라도 여인 이재영을 함부로 대하지 않기로 마음먹었다. 골이 깊었으므로 더욱 친하게 되었다. 이후 이재영은 나를 그림자처럼 따라 다녔으며, 그가 함께 다니게 되자 사실 든든한 기분이 들었다. 워낙 최근에 이런 저런 일로 심신이 고달팠으므로 누군가로부터 보호받고 싶은 심정이었던 것이다.

실로 한 달 만에 성균관에 다시 들어갔다. 칼 맞은 왼팔이 뼈가 다치지 않았으나 몸이 피곤하면 무질하게 아파왔다. 신삼문을 지나 대성전을 넘어 동재로 가다가 나는 생도에게 일갈하는 한 목소리를 들었다. 동재 끄트머리 진사식당으로 가는 협문 바로 옆방에서 나는 소리였다.

"박생, 그가 다시 돌아오지 않는다니까. 자네가 공부는 안 하고 또 학과에도 제대로 참석하지 않고, 이렇게 하연대 주변을 어슬렁거리다가 재실에 들어와 눕다가 하는 짓은 아무리 생각해 봐도 정상이라 보기 어려워. 그가 자네에게 특별히 잘 대해 준 게 사실이라 하더라도 마치 떠나버린 연인을 그리워하듯, 이렇게 식음을 전폐하다시피 하며 기다리는 것은 지나치고 또 실로 난감한 처사가 아닌가."

"박사님(성균관 정 7품), 알았으니 그만 좀 내버려 둬요."

"자네 벌써 몇 번째 그 말 하는지 아나? 이건 학령으로 봐서 말감(未減, 가벼운 형벌)을 좇아 결코 가벼이 벌을 내릴 만한 일이 아니야. 죄질이 무겁고 또 특이해."

나는 뭔가 지나치다 싶어 문을 벌컥 열었다.

"피가 끓는 젊은 사내로서 여자를 그리워하는 일이야 병가지상사인데 이 무슨 채근이오?"

"어, 허균, 등관했군. 그래, 몸은 어떠한가?"

"팔을 다쳐. 곧 괜찮아질 겁니다. 그런데?"

"말 말게. 여기 이 박생이 이렇게 가슴앓이 할 줄이야. 전국시대에 조나라 재상 인상여와 장군 염파가 서로 우정이 두터워 생사를 같이 했는데, 이건 그 같은 문경지교도 아니고 말이야. 이건 또 사내들 사이의 우의나 의리 같은 것도 아니잖아."

"뭐가요?"

하고 묻자 박사가 한심하다는 표정을 지었다.

"이자가 관송 이이첨을 그리워하지 않나."

"관송이 어딜 갔어요?"

"몰랐군. 광릉으로 가서 참봉을 지낸다더구먼."

"참봉이라면 하위 말단 관리직인데?"

"이이첨이 열흘 전에 광릉 참봉에 보임됐네."

"그런 일이 있었구나. 기자헌은요?"

"그자야 있지. 자 박생, 그만 일어나 여기 허균과 점심 먹으러나 가자."

"저…, 허균이라 했소?"

하고 박생이 물었다.

"그렇소."

"떠나기 전에 관송 형님이 당신 얘길 했어요."

"어떻게?"

"만나지 못한 채 떠나 안타깝다고요. 그립다고도 했어요. 당신, 관송 형님과 무슨 짓을 했지요?"

"무슨 짓?"

"음…, 하여간 보통 관계가 아니지요?"

"궁인들끼리 서로 부부가 된다더니, 이거야말로 대식(對食, 동성애)이로군!"

나는 관송 이이첨이 광릉 참봉에 보임돼 떠난 것이 얼른 이해되지 않았다. 그가 보여준 그동안의 자존의 자세로는 마땅치 않은 자리일 것임에서다. 문과에 급제해야 했는데, 나이 먹어가고 하여 기다리기에 어려움이 적지 않았던 모양이다. 가솔이 빈궁에 처했나? 생각이 있겠지. 그런데, 저 박생은 무엇인가! 나는 이이첨이 남자가 보아도 준수한 인상에다가 깨끗한 몸짓 그리고 유려한 말솜씨가 박생에게 감동을 주었고, 또 박생을 특별히 총애하여 그가 저렇게 일방적이고 비정상적인 흠모, 아니 사모의 마음을 갖게 됐을 것이라 믿었다. 그 정도로 관송 이이첨은 사람을 끄는 특별하고 기이한 마력을 지닌 사람이었다. 나는 언젠가 광릉을 찾아 관송을 만날 생각을 해 본다.

저녁에 누님 난설헌의 시를 정리하다가 찾아온 서양갑을 맞는 내 심정은 반가움과 기대감이었다. 정여립에 대한 황해도의 분위기를 알게 될 것이기에 그러했고, 그에 앞서 역시 준수한 사내 서양갑이 최근 내 침체된 기분을 바꿔줄 것이라 생각했기 때문이다. 그리고 특히 정여립에 대한 그의 견해가 어떠한지, 권필, 박치의, 심우영, 허홍인과 의견의 일치를 보지 못해 어정쩡한 태도를 유지한 채라는 오늘의 답보적인 정황의 출구를 그가 보여줄지 모른다는 기대감이 가장 컸다. 그러나 나는 무엇보다 석선(石仙) 서양갑(徐羊甲)의 차분한 언사와 의연한 태도에 처음 만났을 때처럼 늘 좋은 기분을 가지게 된다.

"서형, 해주엔 잘 다녀왔소?"

"대단한 여행이었지요."

"황해도의 분위기는 어떠하오?"

"전라도에선 고생했다지요? 황해도는 굉장합니다. 정여립의 세력이 대단했어요. 그가 전라도는 물론 황해도에서도 강학(講學)을 가탁하여 사람들을 불러 모았는데, 무사와 승도도 그 가운데 섞여 있었다 해요."

"누구에게 들었소?"

"해주 사는 친구 지함두에게 들었어요."

"석선이 직접 보지는 못했지요?"

"직접은 아니오. 경사대회에 참석하러 무리 상당수가 제비산으로 갔다기에. 다만⋯."

"다만?"

"그렇소. 체제에 대한 불만, 강한 지도력, 관군을 능가하는 군사력 등 혁명의 주동자로서 필요한 조건을 다 갖춘 정여립이 대동계원을 모아 패역을 저지르려 한다면 어떤 일이든 할 수 있다고 보오. 그런데 다만⋯."

"다만?"

"다만 해주 무리들과 대화할 기회를 가졌는데, 지함두가 마련한 자리였지요. 그 무리 중 몇 사람의 얘기가 흥미로웠어요."

"뭡니까?"

"민간에 '목자(木子)가 망하고 전읍(奠邑)이 일어난다.'는 노래가 돈다 하오. 이 씨가 망하고 정 씨가 일어난다고요."

"그건 이미 백 년 전에 있었던 얘기 아니오? 계룡산에 정 씨 팔백 년, 전주에 범(范) 씨 육백 년, 다시 송악으로 돌아가 왕 씨 몇 백 년의 왕조라는 따위의 참언들."

"현실적인 게 또 있어요. 정해년 왜변에 전주 부윤 남언경이 정여립을 청하여 군대를 나누게 하였더니, 그가 사양하지 않아 한 번 호령하는 사이에 군병이 모였는데, 부서를 나누어 조견(調遣)하는 데 있어 하루가 안 되어 마무리 지었답니다."

"황해도에선 무슨 일이?"

"해서 지방이 임꺽정의 난을 겪었으니, 정여립의 주장을 듣게 되어서는 백성들과 관리들이 두려워하여 모두 군장(軍裝)을 예비하고 급경(急警)에 대비하고 그런다오."

"황해도 안악의 교생 변숭복이 '더 대단한 얘기'라고 한 것들이 바로 이 참언을 두고 하는 말이었구나. …그런데 정여립, 성공하기 힘들어요."

"어째서요?"

"도참이잖아요. 참언에 기대고 있어요. 잊을 만하면 다시 살아나는 정 도령 참언 말이오. 정 도령이 나타나 세상을 구한다는 식의 이야기 말이오. 도참에 의해 혁명이 성공하리란 생각은 무모하거나 지나치게 낙관적이라 보오. 참언이 일시적으론 설득력을 얻을지 몰라도 그게 또 덫이 돼요. 때가 무르익지 않았는데도 사람들이 참언과 참시를 노래하면 피혁명 세력들이 먼저 알아 버려요. 그러면 곧 혁명은 실패하는 겁니다. 그들을 가만 두지 않을 터이므로."

"그들이 풀방구리를 들락거리는 생쥐처럼 굴었으니 진정 큰일이군."

침묵하던 내가 다시 입을 열었다.

"서형, 지금부터 우리가 할 일이 많소."

"말씀하시오."

"우선 서형을 비롯해 심우영, 박응서, 이경준, 박치의, 박치인, 김경손, 허홍인 등 서류 친구들의 모임을 당분간 갖지 말아요. 이달 선생님 그리고 여인 이재영과 함께 모이던 비밀 시사도 완전히 숨어야 합니다."

"그걸 알고 있었어요?"

"그날 밤 도축장에서 내가 박살이 날 때에 서형이 나를 걷어차는 걸 참고 있었다고 믿고 있지요. 그렇지요?"

"…"

"좋습니다. 하여간 당분간 관망하는 것보다 나을 것은 없어요. 다음, 내가 할 일은 동인 어른을 찾아 정여립과 연결된 모든 길을 차단하라 하여 한 사람이라도 더 정여립 사건에서 구해내야 합니다. 그게 이 땅 사대부 모두를 위한 노력이라고 믿소."

서양갑이 마치 전혀 새로운 인물을 만나기라도 한 듯 나를 바라보다가 술잔을 들어 벌컥거리며 마셨다.

"그렇소. 지난 시절 무오, 갑자, 기묘, 을사사화에서 사림이 얼마나 많은 상처를 입었는지 잘 알지요. 나는 사대부에 속할 수 없는 서류이지만, 그 사화가 백성을 위해 나쁜 쪽으로 작용했다고 믿으오."

나는 '서류'란 말을 하지 말라며 서양갑에게 손을 저었다.

"석선, 이번에 사건이 일어나면 이전의 어떤 사화보다도 희생이 클 겁니다. 동서 붕당의 대립과 알력이라는 객관적 조건에다가 임금이 관심을 보일 것이 틀림없다고 보아, 결국 국왕의 개입이라는 주관적 요소가 합해지면서 증폭될 것이기에 그렇지요. 왕권과 신권, 붕당과 국왕의 미숙한 관계가 백성을 더욱 위태롭게 만드는 등 참사를 일으키지 않을까 염려되오. 그리고 민심을 이반시키기 위해 역성혁명은 필연이라는 도참설을 세간에 유포시킨다? 이거 이미 구시대의 방식이 아닌가?!"

그날 밤 우리는 사대부의 책무를 주제로 밤새는 줄 모르고 이야기를 나눴다. 나와 서양갑은 의기 있는 사내라는 자부심으로 그 한 밤 진정 친구가 되어 서로 다독이고 부추기고 했다. 여름밤은 금방 지쳐, 부르기도 전에 아침이 동창에 새소리로 찾아와 재잘거렸다.

 홍문관 대제학 겸 예조 판서인 동인의 영수 서애 유성룡 대감 집에 가자하여 이재영과 만난 것은 성균관의 일과가 파한 뒤였다. 나는 유성룡 대감에게서 오랫동안 문장을 배워온 터였다.

 "여인도 왔군. 단보는 어디 아프다 했지?"

 "다 나아갑니다. 그런데 일이 생겼습니다, 대감 어른."

 "무슨?"

 "전 수찬 정여립이 모반을 꿈꾸고 있습니다."

 "모반이라 했느냐?!"

 유성룡이 펄쩍 뛰듯 한다. '모반'이라 했으니 그런 반응을 보이는 것은 당연하다. 애써 자제하며 떨리는 손으로 수염을 쓰다듬는다.

 "증거가 있느냐?"

 "예."

 "자세히 말해 보아라."

 나는 전라도 진안의 죽도, 아니 김제의 제비산에 다녀온 일과 겪은 일, 그 전에 반촌에서 사람이 죽은 일, 서양갑의 해주 이야기, 특히 참언이 돈다는 얘기를 하고, 그 끝에 예의 그 피살된 사자(使者)의 간찰을 건넸다. 유성룡의 눈에 핏발이 섰다.

 "이 무슨!"

 신음처럼 한 마디 내뱉었다.

 "이 문장은 뭐지?"

" '대인'은 정여립이고, 그 간찰은 보시다시피 송강 대감에게로 가는 건데 제가 그날 그렇게 중도에서 취하게 되었습니다."

"정철에게 정여립을 치라고 하는 내용이라?"

"그런 말이라 믿습니다."

"음….."

"제 생각으로는 정 대감을 비롯한 서인패가 가만히 있지 않을 것이니 대비하셔야 할 줄 압니다. 동인과 정여립이 연이 닿아 있기에 그가 불궤(不軌, 반역을 꾀함)의 마음을 실행하면 동인의 관련자 그 어떤 사람도 살아남지 못할 것입니다. 대감께선 무관하시지요?"

유성룡은 천장을 바라보며 한참 생각 속을 헤맸다. 나는 유성룡에게 간찰을 맡겼다. 이후 유성룡 대감이 동인 사람들을 만나 사태의 심각성을 알리기 시작할 것이었다.

*

선조는 이봉정 내관을 앞세웠다.

"가자!"

"네, 전하."

이경 무렵에 성문을 나와 선조는 장의동(藏義洞, 서울 종로구 신영동)으로 발길을 잡았다. 그 시간 송강 정철은 내관을 통해 '아무에게도 이르지 말라.'는 언질을 받았으므로 하인은 물론 비속들을 사랑채에 얼씬거려선 안 된다 이르고 홀로 임금을 맞았다. 임금은 도포를 벗지 않은 채 주안상을 마주하여 보료에 앉아 정철을 건너다본다.

"지난 임오년에 사헌부가 도승지인 경이 술주정이 심하고 광망(狂妄)하다며 탄핵했지요. 나는 물론 헌부의 체직(遞職, 벼슬을 갈아냄) 요구를 윤허하지 않았어요."

"예, 전하. 어찌 잊을 일이겠습니까."

"또 있지요? 갑신년에 경이 숙배한 뒤 대사헌에서 사직하겠다는 차자(劄子, 짧은 상소문)를 입계했으나, 과인이 사직하지 말라고 답하였지요. 기억하오?"

"기억하다마다요. 성은이 실로 망극하더이…, 아니 지금도 그러하옵니다, 전하."

"이건 홍리(紅梨)가 아니오?"

"석왕사에서 나는데 붉고 크고 맛이 산듯합니다. 전하, 젓수오소서."

선조가 잠시 말을 끊고 고개를 숙이다가 갑자기 용안을 엄히 한다.

"판돈영부사, 변서가 있어요!"

"변서라 하셨습니까?!"

"그래요. 재령 군수 박충간, 안악 군수 이축, 신천 군수 한응인 등이 올린 변서를 황해도 관찰사 한준이 보내 오늘 석강 이후에 받아 봤어요. 정여립의 모반을 고변한 것이오. 판부사, 들으시오. 나는 이 일을 바로 경이 신속히 처리해 주기를 바라오. 경이 위관(委官, 심판관)이 돼 주오."

송강 정철은 튀어 오르듯 자리에서 일어나 눈물을 흘리며 전하를 향해 세 번의 큰절을 올렸다. 아무도 보지 않는 자리에서 사양하고 겸허하여 자리를 마다할 필요를 선조나 정철은 느끼지 못하였다. 그럴 여유도 없었다. 사안이 여간 심중한 것이 아니기 때문이다.

다음날. 편전에 삼공, 육승지(六承旨), 입직 도총관, 홍문관의 상하번, 좌·우 사관 등이 입시한 가운데 선조가 눈짓을 하자 판돈녕부사(判敦寧府事, 외척 관장 종1품 관직) 정철이 크게 이른다.

"정여립이란 자가 모반을 한다 하니 금부도사를 파견하여 정여립을 체포하는 한편 고변한 자까지 아울러 잡아오라. 즉각 시행하라!"

그러나 금부도사 유담이 금구와 전주 두 곳 정여립의 집에 달려가 엄습하였으나 잡지 못했다. 10월 17일(신묘)에 이르러 선전관 이용준, 내관 김양보 등이 정여립을 수토(搜討)하기 위하여 급히 전주에 내려갔다가, 정여립이 그 아들 옥남과 무리 두 사람이 진안 죽도에 숨어 있다는 말을 듣고 군관들을 동원시켜 포위 체포하려 하자, 그 무리 변숭복을 죽이고 아들을 찔렀으나 죽지 않자 정여립이 스스로 목을 찔러 자살하였으므로, 그 아들 옥남만을 잡아 왔다는 보고가 올라왔다.

*

정여립이 죽었다!

그런데 또 다른 소문이 돌았으니, 그 내용이 이상했다. 정철 등 서인이 정여립 모반 사건을 모의하여 일으켰다는 내용이 그것이다. 이 소문에 머리가 혼란스러워 견딜 수가 없었다. 무엇이 진실인가? 진실로 정여립이 모반의 구체적 활동에 들어갔으며, 따라서 조정으로서는 강력한 추적과 함께 수많은 관련자들을 잡아서 죽일 수밖에 없었는가?

아니면 정여립이 구체적 활동에 들어가지 않았음에도 정철 등 서인 패들이 이미 구성해 놓은 모반 협의를 뒤집어 씌워 동인을 완전히 무너뜨리려고 소문처럼 착착 진행시켜 나아가는 것인가?

답답한 마음을 안고 성균관에서 이이첨을, 아니다, 관송 이이첨은 광릉 참봉으로 갔으니 성균관엔 이미 없다. 그러므로 나는 사정 기자헌 전배(前輩, 선배)를 만났다.

"만전(晩全, 기자헌의 호) 형님, 이게 도대체 어떻게 돌아가는 겁니까?"

"정철이 이럴 수는 없어. 사람이 되어 어찌 그토록 독할 수가. 얼마나 많은 사람을 잡아다가 죽일 작정인지. 동인을 아주 달구질하고 가래를 칠 모양이야."

"그러면 형님은 정여립 고변 사건이 동인을 잡기 위해 쳐놓은 정철 등 서인배들의 그물이라는 말입니까?"

"그렇지 않다면 어찌 이렇게 많은 동인에 죽음을 이르게 하겠는가. 나는 정철을 결단코 용서하지 않으리."

그날 밤. 나는 연통을 넣어 친구들을 집으로 불러 모았다. 이달이 기거하는 외별당이 아니라 사랑채에 모여든 친구들은 권필을 비롯하여 심우영, 서양갑, 박치의, 박치인, 김경손, 박응서, 이경준, 허홍인 그리고 여인 이재영이었다. 모두 긴장을 한 얼굴이었다.

"이상한 소문들이 돌고 있어."

"소문이 자자해."

"우리가 제비산에서 본 것 그 이상의 것은 다만 상상일 따름이야."

"아무래도 정여립이 구체적 모반을 한 것이 아니라 어디선가 정여립의 혁신적 생각이나 그를 향한 사람들의 추종 현상을 역이용한 듯해."

"한 마디로 정여립이 당했다는 거지. 그리하여 동인도 처절하게 당하고 있고."

"임금이 정철을 우상으로, 성혼을 이조 참판으로, 최황을 대사헌으로, 백유함을 헌납으로 삼은 것을 보면 동인의 몰락에 이은 서인의 재등장이 분명하잖아."

권필이 침울한 어조로 조심스럽게 끄집어냈다.

"송익필(宋翼弼)이 문제야."

"송익필이라니?"

"그는 본디 천출이었는데, 그것을 벗으려고 정철 대감의 집에 기숙하면서 스스로 항우의 범증, 유방의 장량, 유비의 제갈량이라 하며 갖가지 술수를 부린단 말씀이야. 문제는 그런 인물을 송강이 쓰고 있다는 것이지! 엊그제는 옥사 문제가 얘기되는 가운데 나와 한바탕 드잡이까지 할 뻔한 동티가 나기도 했어."

침묵하던 서양갑이 의견을 깨냈다.

"내가 생각할 땐 말이지, 그 간찰의 해석을 이렇게 해야 했어."

"어떻게?"

"좀 의역을 해보면, '남쪽의 정여립이 매우 위험한 혁신적 생각을 지니고 그를 추종하는 사람들 또한 많으므로 이를 이용해 그들의 부당함을 강조하며 임금의 결정을 얻어내어서 정철이 남쪽의 정여립을 치면 결국 서인에게 매우 길할 것이다.', 하는 식으로 말이야. 그래야 오늘의 소문과 맞아떨어진다 할 것 아닌가? 우리들은 너무 성급하게 정여립이 반란을 일으키리라 판단했던 것이고, 실제로 행동으로 옮긴다면 여러 여건 상 정여립이 필패하리라 본 것이지."

내가 정리했다.

"결국 결과는 같은데 정철의 간악한 의도를 우리가 간과했다는 것이군. 그렇다면 다만 그 간찰로 동인의 희생을 조금이나마 줄였다는 것이 소득이라고 할까."

이후 친구들은 웃었다 하여 죽이고 울었다 하여 죽이며, 책형, 복주, 장사 그리고 장거리에서 처참하여 시체를 군중에게 보이는 악형을 마다 않는, 정여립 고변 사건의 무시무시한 살육의 과정을 비판하고 통매하면서 좁쌀 막걸리를 퍼마셔대고 토악질도 하며 한 밤을 꼬박 샜다. 그리고 아침이 오자 모두 말없이, 그러나 다시 모이자 하며 일단 헤어졌다.

혼자 남은 나는 되뇌어 본다. 정여립이 죽었다. 이 이른바 기축옥사(己丑獄事)는 얼마나 많은 인명을 더 희생시킬 것인가. 아마도 백 명, 이백 명이 죽을지 모른다. 아니다, 천 명, 이천 명 그 이상이 피를 볼지도 모른다. 오늘의 정국이 2년이 갈지, 3년이 갈지도 알 수 없다. 이건 너무 지나치다.

천하는 공물이니라. 천하는 일정한 주인이 없느니라.

이는 정여립이 주장한 천하공물설(天下公物說)이 아니던가. 누구를 섬기든 그가 곧 임금이 아니겠는가. 이것은 하사비군론(何事非君論)이다. 사실 정여립의 신조가 금조를 탄생시킨 정도전의 신권(臣權) 정치와 별반 다르지 않은데! 그렇다. 혈통에 근거한 왕위 계승의 절대성이란 없다. 따라서 내가 생각할 때 정여립은 그렇게 허무하게 죽을 인물이 아니었다. 잘만 했다면 세상을 바꿀 수도 있었던 인물이다. '충신이 두 임금을 섬기지 않는다고 한 것은 성현의 통론이 아니었다.'는 주장을 하며 주자학적 불사이군론(不事二君論)을 정면으로 비판한 사람이 역사에 과연 얼마나 있었던가. 나는 할 수만 있다면 정여립을 따라가고 싶었다. 그가 보다 용의주도했다면 나는 스스로 그를 따랐을 것이라 생각해 본다.

그러나 정여립은 정치의 도리와 의를 강조한 남명 조식의 문인이나 성리학의 주체적 해석을 강조한 화담 서경덕의 문인들에게서 많이 나타나고 있던 혁신적 생각들을 더 깊이 익히지 못하고 스스로를 지나치게 가벼이 세상에 드러냄으로써 역풍의 빌미를 제공해 결국 비참한 최후를 맞게 된 것이다.

나는 그의 생각을 존중할 것이거니와, 그의 방식은 좇지 않을 것이다. 아니, 나는 그의 방식을 피할 것이나, 그의 생각은 존중할 것이다.

혼효 — 왜란 속에서

　권필이 잘 나아가던 스승 정철이 세자 책봉 문제로 선조의 미움을
받아 귀양지 강계로 가는 도중에 찾아가 만나보고 돌아왔다. 그 뒤
권필은 영의정 이산해와 좌의정 유성룡이 나라를 더럽힌 죄를 범했다
는 극언을 하며 탄핵했다. 24세의 젊은 권필은 친구 구용과 함께 유
성룡과 이산해의 목을 베라고 상소하여 조야가 들끓었던 것이다. 나
는 속으로 소리쳤다.

　"저런 강기와 주관이 있어야 할 것임을!"

　임진년(1592) 4월 14일, 일본의 관백 도요토미 히데요시(豊臣秀吉)
가 15만 대군을 이끌고 현해탄을 건넜고, 그 중 고니시 유키나가(小
西行長)를 선봉으로 하는 제1군이 부산에 상륙했다. 여진의 이탕개를
무찌르는 데 혁혁한 공훈을 세운 신립 장군이 이끄는 조선군이 탄금
대에서 전멸하자 한성의 민심이 극도로 흉흉해졌다.

피난길을 떠나기 전날, 나는 여인 이재영, 이름을 떨친 석주 권필과 함께 운종가 육의전 행랑을 걸어 들어갔다. 처음엔 저잣거리 풍경은 여일했다. 그러루한 왈짜패와 관아붙이들, 풍각쟁이, 광대패, 잡가들, 비장질 해먹는 자, 패랭이를 쓴 보부상, 양반 자제, 포졸들, 아낙네, 총각들, 쓰개치마를 뒤집어 쓴 처녀들, 허리 굽은 노인들, 누렁 코를 흘리는 아이들…. 이 땅 수많은 생민들이 쏟아져 나온 거리였다. 돼지의 네 다리를 묶어서 들쳐 메고 오는 자, 청어를 묶어서 뛰는 자, 미나리를 주렁주렁 엮어 파는 자, 개고기를 안고 걷는 자, 화목을 이고 낑낑거리는 자, 어디론가 갔다가 다시 오는 자, 왔다가 다시 가는 자….

"저것 봐!"

이재영이 행랑에서 거리로 나서자마자 소리치며 서북 방향을 가리켰다. 검은 연기가 하늘을 새까맣게 덮고 있었다. 한성부 서부 인달방(仁達坊, 서울 필운동)과 적선방(積善坊, 서울 적선동) 쪽이었다. 그 앞이 육조 거리이니, 관청에 무슨 큰일이 생긴 모양이다.

"가보자!"

육조 거리는 온통 불길이었다. 비가 내렸음에도 불길은 육조 거리 동쪽 의정부, 한성부, 이조, 호조, 기로소와 서쪽의 예조, 중추부, 사헌부, 병조, 공조, 의영고, 사역원 등 어느 하나 남김없이 번져 갔다. 실로 참담한 장면이었다.

"아!"

우리는 동시에 비명을 질렀다. 일단의 백성들이 사역원을 지나 적선방 방향으로 뛰어가는 것이 보였다. 그들의 손에 하나 같이 횃불이 들려졌다. 적선방은 장예원이 있는 곳이다. 장예원이란 공사 노비의 문서가 있는 곳이 아닌가. 뛰어가는 백성들은 대부분 노비들이었고, 그들은 노비 문적이 있는 장예원과 형조의 건물을 불태우고자 그렇게 달려갔다.

"노비 문서를 불태우자!"

한 사내가 이렇게 한 마디를 던지자, 많은 노비들이 와아, 하고 소리치며 그동안 참아왔던 고통을 한꺼번에 터뜨리듯 한 맺힌 눈물을 흘리기 시작했다.

"문서를 태워 버려!"

모두가 소리치며 결의에 찬 눈빛으로 노예 신분에서 해방되겠다고 기름 적신 횃불을 장혜원 건물 안으로 던져 넣었다. 그 옆 형조 관아 역시 똑같이 불태워졌다. 무리 끝에 한 아이가 좇아가는데, 마침 내 앞을 뛰어가므로 불길에 위험하다 판단하여 나는 휘날리는 아이의 저고리를 잡아챘다.

"왜요?!"

"얘야, 불길에 닿으면 큰일 난다."

"이거 놔요. 아버지가 저리로 갔어요."

"나중에 집에서 봐라."

"난리판에 집이 뭐야!"

녀석의 힘이 얼마나 센지 나를 끌고 달려가는 녀석을 막을 수 없었다. 열 살도 됨 직하지 않은 우직하고 건강한 종살이 아이였다. 잠시 뒤 경복궁에서 불길이 치솟았다. 우리는 망부석 모양 딱 박혀 서서 벌겋게 타오르던 서까래가 우두둑 내려앉는 경복궁을 바라보며 저녁까지 한 걸음도 움직이지 못했다.

경복궁을 나오는 노비들이 춤을 추며 미친 듯이 웃어젖히고, 하여간 육조 거리는 무법천지, 무간지옥의 형국! 불길에 얼굴이 벌겋게 단 노비들이 춤을 추자 한성은 그대로 마치 열하부지옥 같았다. 그러다가 누가 외쳤는지 무리들이 이어 창덕궁, 창경궁, 덕수궁 쪽으로 갈라져 달려갔으니, 먼저 약탈하고 뒤에 불을 질러 왜군이 오기 전에 궁궐은 이미 거의 초토화돼 버리고 말았다.

"신분 제도에 대한 전면적인 항거야."

불타는 경복궁을 바라보며 내가 신음했다.

"왜변이 나기 전에 조선은 이미 패망해 버려야 할 땅이었어."

주위를 돌아본 뒤 이재영이 쳐다보고, 권필이 고갤 숙인다.

"이미 조선은 재정이 약해지고, 행정력이 마비되고, 군정은 어지럽고, 관리나 토호는 탐욕스럽고 악독해져서 농민의 부담이 실로 무거웠지. 백성의 생활이 궁핍을 벗어나기 어려워 수렁에 빠진 형국이었으니, 노비가 아니더라도 이 판국에 저 궁궐 건물들이 배겨날 도리가 있었겠나."

"가세! 우선 살고 봐야지. 자넨 어쩔 건가?"

"우리 패거리가 다 모이면 어쩔 것인지 얘길 해 봐야지."

이런 이재영의 말 뒤에 권필이 묻는다.

"나는 일단 강화로 갔다가 곧 다시 한성에 돌아올 생각이네. 단보, 자네는?"

"나야 노모가 계시고 아내와 딸이 있으니 일단 난을 피해야겠지. 임해군(臨海君)과 순화군(順和君)이 강원도와 함경도로 갔다니 거기로 가야 하지 않겠나 싶군. 나중에 의병에 참석할 수 있을까?"

"의병이라, 그것 좋군!"

권필의 호방 호탕함이 이 경우 참을 리 만무이다. 우리는 뒷날을 기약하고 불 속에 사라지는 광화문을 뒤로 하여 바삐 떠나갔다. 나는 선조가 궁궐을 떠나고, 왕자 임해군과 순화군이 의병을 모으라는 영과 함께 함경도와 강원도로 보내지자 더 고민할 것 없이 즉각 집을 떠났다. 어머니와 아내는 소가 끄는 달구지를 타고, 나는 나귀 등에 올라 피난길을 떠났다. 아내는 배임 중이었고, 어머니는 연로했으며, 어린 딸은 울기를 그치지 않았다.

5월 2일. 고니시 유키나가의 부대가 별다른 저항 없이 서울을 손에 넣었을 때 우리 가족은 강원도 김화로 들어서고 있었다. 나귀가 죽어 6월 한 달 비가 질금거리는 강원도 길을 가족은 소달구지에 얹혀, 나는 걷고 또 걸어 함경도 초입의 한 마을에 이르렀다. 먹지 못해 뼈만 남은 개가 마을을 어슬렁거리다가 사람의 사체를 냄새 맡으며 나를 보고 지악스럽게 짖어대다가 걸음을 힘겹게 내디디며 산 속으로 사라졌다. 그런 중에 마을 이속들이 이집 저집을 드나들며 뭔가를 갹출해 가는 듯해 나는 참을 수 없는 분노를 머금었다. 이런 판국에 관리가 생민들에게 횡포를 부리는 것이 분명하다고 생각했으므로.

함경도 고산(高山)에 이르러 해는 지는데, 한 집에서 늙은 아낙네가 끄억끄억 통곡하는 게 보였다. 서리 내린 것 같은 쑥대머리에다가 눈빛이 흐릿했다.

"하룻밤 쉴 방을 구합니다. 그런데, 어찌 이리도 슬피 우십니까?"

"이게 뉘기요? 에고, 젊은이도 피난길에 고생이 많씀메. 그기 기러니끼니 이네 팔자 전생에 끄억끄억, 무슨 죄를 지었다고 끄억끄억, 전쟁 중인데도 아방이는 빚 갚을 돈이 없어 감옥에 갇혀 있고슬랑, 아들놈은 군관에게 끌려 청주 쪽으로 떠났음메."

"혼자 계세요?"

"집안은 난리 통에 기둥 서까래마저 다 불타 으찌면 좋겠쓰. 이거 보라우 젊은이, 숲에 모므 숨기다가 베잠뱅이꺼정 잃었씀메. 살아갈 길 막막하여슬랑, 살고 싶은 마음 조꼼도 없씀메."

포한 진 늙은 아낙이 옷고름에 눈물 훔친다.

"그런데 관아의 아전이 다녀가는 것 같던데요?"

"무스그 말? 응이, 이 조선이 좋긴 좋은 나라래 틀림없어. 안 그렇네? 그럼스리 끄억끄억, 아방이와 아들놈은 앙이 오고 이 관청으 간나 종재이들이 와슬랑 므스그 내노라 앙이함메?"

그날 밤은 서까래가 타고 무너진 본체가 아니라 노인네의 외양간에 들었다.

"댕거지 하고 무꾸 있스므 울매나 좋겠쓰. 그나 어찌하오. 그기 남새니 삶아 승거쁘드하게 간으 해서스리 산모 드시고, 저기 둥굴쇠는 즈쪽에 뉘이 둠세."

"예, 고맙습니다. 잘 주무세요."

"어제나조 아방이와 아들 생각 하느라고 칠칠치 못하게스리 한 잠도 못잤씀메."

우리 가족은 가토 왜병과 조우하지 않기를 바라며 가다가 항성에서 천 리 넘는 관북의 입구 덕원(德源)에 이르렀다. 그러나 왜군이 들이닥친다는 소문이 퍼져 다시 함경도 곡구의 단천(端川)으로 향했다. 고

난의 연속이었다. 단천에 도착한 때는 추칠월 7일 저녁 무렵. 바닷바람이 불어왔다. 만삭의 아내가 쓰개치마 밖으로 얼굴을 내놓고

"서방님, 어디 쉴 데를 찾아요."

하고 말하는데, 그 얼굴이 사색이다.

"애가 나오려나?"

"산통이 시작되나 봐요."

엎친 데 덮친 형국이라 급한 마음에 나는 허둥지둥 마을을 뒤져 다행히 빈 집을 찾아 들고, 마을 우물터에서 노인 한 분을 만났다. 노인이 명아주 지팡이를 짚고 막 골목길을 들어서려다가 문득 고개를 돌려 짓무른 눈꼬리로 멍하니 바라보다가

"뉘귀오?"

하고 묻는다.

"한성부에 사는 허균이라 합니다."

"허균이라. 지약 드셨씀메?"

"아직 안했습니다. 여기 마을에 사람들이 없군요."

"산으로 도망가 여게 없음메. 뭐이 필요한 거이 있으므 내가 도와줌세."

"누울 방은 구했습니다만."

"성씨네, 내레 갱기 있으이 이거 보라우 가져다 잡숨메. 우리 모다 거저 잠자다 이마지두에 염라대왕 앞으로 불려간 조상귀신이래도 썼었음? 도대체 무시기 이런 일이…. 가토 왜병도 커니와 세자 광해군의 성님인 임해와 기래, 기이 순빈 김씨 아들 순화군이 의병을 구한다 해서리 곳곳을 뒤져 행패를 부린다는 소문이 돌아 다 도망가뿌렀다 말

이오. 기리고, 기러니 가토나 임해나 매 한 가지 앙이겠음?"

선조의 첫째 아들 임해가 이미 그 지경에 이르렀으니, 세상이 바로 서기 힘들게 됐다. 조선 천지 만백성이 위기에 처해 피 흘리며 죽어가며 간난신고를 면치 못하는 중에 인군의 아들로 태조의 조상 목조와 익조가 생고생을 한 곳에서 돕지는 못할망정 민가를 토색질하고 괴롭힌다면 저 임꺽정이나 정여립 모양 어찌 또한 반역의 꿈틀거림이 있지 않겠는가 싶었다.

그러나 당장 큰일이다. 아내가 해산에 임박했다. 좁쌀로 쑨 미죽을 먹고 아내는 밤 내내 아이를 낳으려고 힘을 쓰다가 한밤중에 이르러 힘이 다해 맥을 놓고 말았다. 그런 아내를 보는 나의 눈에 눈물이 괴었다. 하지만 약한 양을 보이면 안 된다 생각해 밖으로 나가 우물가에서 얼굴을 씻는다. 그때 예의 노인이 한지에 싸인 두부 한 모를 내놓았다.

"아래 위 다 무사함둥? 여기 드비 한 모 있으이 가져 듭세."

눈물이 날 일이었다. 아버지 초당 허엽이 강릉 초당 마을에서 두부를 만들어 민생에 보급한 일이 생각났다. 이른바 '초당두부'였는데, 이를 팔아 이익을 남겼다 하여 비난을 받았다는 얘기를 들은 어릴 적의 일이 떠올랐다. 이런 즈음에 두부는 피와도 같다.

"고맙습니다."

"무시기 말씀."

그 순간 콩 볶듯 하는 조총 소리가 들려 왔다. 자지러지는 소리라 얼른 방으로 들어갔는데, 그 사이에 어머니를 붙잡고 아내가 마침내 첫 아들을 낳았다. 총 소리 때문에 내겐 해산 소리가 들리지 않았던 모양이다. 아이의 울음소리에 힘이 없다. 먹지 못한데다가 피로를 풀겨를도 없었으므로 산모는 물론 아이 역시 파래진 얼굴로 기력이 다하여 곧 숨이 멎을 것 같아 보였다. 어머니도 울고 나도 손등으로 눈물을 찍었다. 아이를 보다가 아내의 얼굴을 만지며 미소를 지었다.

"수고했소."

더불어 웃으려 하나 힘이 없는지 아내가 멍한 표정으로 속삭였다.

"서방님, 고생했어요. 나를 잊지 말아요."

"잊다니. 힘내요. 두부를 구했으니 먹고 기운 차립시다. 아이에게 젖도 주어야지."

총 소리가 가까이에서 들려오자 노인이 문을 두드려 알린다.

"나를 따라 날래 도망갑세!"

그 길로 나는 아내와 아들과 어머니를 데리고 밤을 도와 천신만고 끝에 영을 넘어 길주목(吉州牧) 임명역(臨溟驛)에 다다랐다. 아내는 기력이 다해 말을 하지 못한다. 젖이 나오지 않아 못 먹은 아이 또한 죽음 직전의 모양새다. 마천령 고갯길을 넘으면서 하늘을 우러러 기도했다. 천지신명이여, 이 고통을 멎게 해 주오. 제석신이여, 아내와 아이를 돌보소서. 부처님이여, 나무관세음보살. 천군이여…. 그랬으나 희붐하게 밝아오는 천지에 음우의 기미는 전혀 보이지 않았다. 그러고 내려오는 고갯길인데, 바다에 연한 해변 마을 임명역에 도착할 즈음에 한 사내가 앞을 막아섰다.

"단보 허균이오?"

"그렇습니다. 저를 어찌?"

"나도 허가가 앙임메, 허형(許珩)이라. 저쪽 마을 어른이 내 처삼촌이지비."

"그랬군요."

"도모지, 이기이 무슨 일임둥? 따라옵세."

허형의 도움을 받아 산성원 백성 박논억(朴論億)의 집에 가까스로 당도하여 머물렀다. 우리 가족 모두 행랑방에 누웠다. 너무나 피곤했으므로 모두 죽은 듯이 몸을 뉘었다. 잠이 모자라 부숭부숭한 얼굴로 아내는, 사랑하는 나정이는, 이제 겨우 스물둘 구만리 같은 앞날을 내다보는 꽃다운 나이의 저 곱고 우아한 여인은 아무것도 입에 대려 하지 않는다.

"이녁!"

이라 부르다가

"임자!"

하다가

"여보!"

하고 처음으로 그렇게 불러 보았다. 아내가 눈을 뜨고 미소 짓듯 하다가 다시 눈을 감는다. 마치 천만 근이나 되듯 눈꺼풀이 잠겨 도무지 열리지 않았다. 아니, 다시는 열리지 않았다. 막 해가 저물어 어둑해지는 무렵이었다. 가을 칠월이었으므로 날씨는 맑고 깨끗하고 저녁은 고즈넉했다. 온 세상이 죽은 듯이 고요한 가운데 내 숨소리만 들려 왔다. 아내의 숨소리는 그러나 들려오지 않았다. 잠시 뒤 딸깍, 하는 소리가 나고 세상은 다시 고요해졌다.

나는 그 순간 아내가 이승을 떠났음을 깨달았다. 눈시울이 붉게 변했다. 코끝이 찡해 오고 귀가 먹먹해 왔다. 어머니가 며느리의 가슴에 얼굴을 박고 울기를 멈추지 않았다. 어깨의 들썩거림만 보일 뿐 내게 그 어떤 소리도 들려오지 않았다. 갓난아이가 울고 딸애가 울어도 나는 아무것도 들을 수 없었다. 아내의 가녀린 손을 뺨에 가져다 댔다. 아내의 손은 따뜻했으며, 얼굴은 단정한 그대로였다. 내 인생이 이로써 끝났다고 생각했다. 더 살 인생이 아니라고 믿었다. 그녀가 갔는데, 도대체 남은 인생에 무슨 의미가 있겠나 싶다. 엉거주춤 일어나 머리를 한 차례 흔든 뒤 방문을 열고 집 주인 박논억을 불렀다.

"박형…."

소리 되어 나오지 않았다.

"박형."

목소리가 나가다 만다.

"박형!"

그제야 안채의 문을 열고 박논억이 마당으로 내려서며

"무스그 일이?"

하다가 심상찮다 생각하여

"아주마이가?! 내레 기럴 줄 알았음메. 산 사람이 아니었지비. 사람이 어드러케 이리…. 이기이 무슨 일임둥?"

하며 말을 맺지 못하고 멍 하니 행랑채를 건너다보다가 마당가를 두어 바퀴 돌며

"그럼, 가설라므네…, 가설라므네…. 이렇게 가만있을 일 아니잖슴? 기리니…, 기래, 이케 합세. 기다리면 더욱 힘들다이. 우선 겁내지 말라우. 정신 바짝 차리라우. 왜병이 올지 모르니 날래 염을 해야 된다이. 아바이는 우선 옷을 벗으라우."

하고 명령하듯 한다.

"…?"

"옷을 벗으라끼니! 염을 해야 아주마이를 묻을 게 앙이겠음? 기냥 묻는 법이래 없으이 옷을 벗으라야! 기리고 어캐 돈이 있음? 없음? 기리면 아, 저게 둥굴쇠 팔어야디. 응이? 아, 저 기리니끼니 저 소를 팔아 상을 치르자 이 말이오."

나는 박논억이 하는 양을 물끄러미 바라 볼 따름 아무 다른 일을 생각할 수 없다. 저고리를 벗어 박논억에게 내주며 방에 들어가 아내의 손을 만졌다. 아직 따뜻한 체온 그대로였다. 이런 몸을 어찌 염을 하고 어떻게 땅에 묻을 것인지. 눈물이 솟구쳐 올랐다. 박논억은 서슴지 않고 내 저고리를 찢어 아내의 곳곳을 막고, 깨끗하게 닦고, 옷매무새와 머리카락을 가지런히 하고, 똑바로 뉘어 놨다가 진창의 도사가 급히 뒷산에 임시로 묻을 것을 허락하여 관을 달구지에 싣고 언덕을 지나 뒷산으로 들고 올라갔다.

달이 떠올랐다. 달빛 아래서 아내는 마치 선녀처럼 여전히 아름다웠으며, 여전히 몸이 따뜻했다. 아니, 그만 식어버리고 말았다. 이 몸을 어떻게 땅에 묻나. 단호한 표정의 박논억이 인부들을 부리며 하관을 시작한다. 월하 할아버지가 청실홍실 풀어서 부부의 연을 맺어 줬을 땐 이러라 하진 않았을 것이다. 나는 그 자리에 푹 무너졌다.

"임자, 미안하오. 임자, 용서하오."

귀뚜라미가 울었다. '부디 공부에 게으름 피우지 마세요. 저의 숙부인 첩지가 늦어집니다.' 아내는 웃으며 이렇게 말했었다. 그 말에 나는 폭소를 터뜨렸었다. 아내는 말 그대로 현모였고 양처였으며 효부였다.

나의 경박함을 넘어서 엄숙함을, 경직함을 넘어서 경건함을, 변덕스러움 넘어 신중함을 길러준 사람이 있다면 그건 아내였다. 뛰어난 자가 지닌 인간적 맹점을 아내는 덕성으로 보충해 주었다. 그렇다, 내 인성을 아내가 다듬어 준 것이다. 집안사람들을 엄격함과 유연함을 더불어 하며 잘 다스리면서 가난을 벗어나 내가 공부에 전념할 수 있게 만들어 준 것도 아내 김 씨였다. 그녀가 세상에서 누린 나이는 스물둘이요, 나와 함께 산 햇수는 8년이다.

박논억이 뒷산을 넘어 북으로 가라고 이른다. 인부들과 함께 박논억이 산을 내려가고 나는 갓난아이를 업고 어머니는 손녀의 손을 잡고 밤을 도와 길성현으로 넘어 갔다. 그곳 영동역을 거쳐 경성도호부 수성역까지 피난 갔다. 그 사이에 젖을 물리지 못해 갓난아이 또한 숨을 멈추자 양지 바른 기슭에 다시 급히 묻었다.

반도의 북쪽 끝까지 피난 간 내 눈에 핏빛이 일어 세상이 붉게만 보였다. 내 머릿속에 죽은 아내와 아이가 그대로 머물러 있다. 어금니를 물었다. 그악스러운 왜병도, 작패를 부리는 왕자들도 내겐 다만 하나의 처단 척결의 대상으로밖에 생각되지 않았다. 두 눈이 이렇게 타오르는 것은 이유 없는 광기(狂氣)가 아닐 것이다.

전쟁 중에 토색질하는 관리를 붙잡아다가 왜군에 주는 등 조선을 명백히 배반하는 세력이 늘어갔다. 이런 생민들의 호응을 바탕으로 회령부 아전 국경인(鞠景仁)이 어렵지 않게 함경도를 취해 가토에게 호로록 말아 올리게 된 것이 아닌가. 어느 면에서는 이 경우 반란자 국경인은 본디 의미의 그 호민이 아니겠나. 망한 놈의 나라야! 이러고서 망하지 않으면 그게 오히려 이상한 노릇이지!

국경인의 반란 소식을 듣고 나는 더 이상 함경도에 있을 필요를 못 느꼈을 뿐 아니라 이미 함경도가 마음 놓고 피난할 만한 곳이 아니게 됐으므로 동해 바다에 배를 띄워 남쪽을 향해 노를 저었다. 배를 타고 아흐레 동안을 고향 강릉을 향해 갔다. 사랑하는 아내와 아이를 잃은 스물넷 청춘인 나는 이 맺힌 원한을 어떤 방법으로든 지배 세력에게 되돌려 줘야 한다고 생각했다.

아, 나정아! 가슴으로 소리쳤다. 하늘을 덮을 듯이 치솟는 파도를 맞으며 나는 고인이 된 아내를 떠올렸다. 차라리 파도에 휩쓸려 죽어 버렸으면 좋겠다는 생각도 들었다. 한양의 낙타산 자락에서 무안함을 무마하려고 내 뺨을 때리기를 마지않던 당돌하고 맹랑했던 나정, 어머니를 정성으로 모시고 하인을 다정하지만 때론 엄하게 다스려 집안을 평안하게 만들었던 슬기로운 여자, 남편의 게으른 성정을 스스로 성찰하게 분위기를 조성하던 양처…. 그런데 그녀가 그렇게 비참하게 갔다!

강릉에서 북쪽으로 삼십 리쯤 되는 곳에 사촌(沙村, 강릉시 사천면)이 있다. 동쪽으로 큰 바다를 마주하였고, 북으로는 오대산, 청학산, 보현산 등 여러 산을 바라보는 곳인데, 냇물 주위에 사는 사람들이 위아래 수십 리에 걸쳐 수백 호나 된다. 이들은 모두 양쪽 언덕에 기대어 냇물을 바라보며 문이 열려 있다. 개울 동쪽의 산줄기는 오대산 북쪽으로부터 용처럼 꿈틀거리면서 내려오다가 바닷가에 와서 모래로 된 사화수가 우뚝 솟았다. 그 아래에 예전에는 큰 바위가 있었고, 개울이 엇갈리는 곳 그 밑바닥에 늙은 이무기가 엎드려 있다가 어느 가을

날 바윗돌을 깨뜨리고 가버렸다. 바위가 두 조각이 난 채 속이 텅 비어 마치 문처럼 되었으므로 사람들이 이를 교문암(蛟門岩)이라고 불렀다.

내가 탄 배가 그 교문암 가까이에 도착했다. 예조 참판을 지낸 내 외할아버지 김광철이 바다에서 가장 가까운 곳에다 터를 잡고 그 위에 집을 지었으니, 그게 애일당(愛日堂)이다. 새벽에 일어나 창을 열면 해 뜨는 것이 보였으므로 이름을 그렇게 붙였다. 황문 오희맹이 큰 글자로 현판 글씨를 써 붙이고, 태사 공용경이 시를 지어 읊었다. 당시에 이름난 사람들이 이에 모두 화답하자 애일당은 이로 말미암아 강릉에서 이름이 나게 됐다.

임진년 가을. 나는 어머니와 딸과 함께 애일당에서 살았다. 강릉은 왜군이 한 번 훑고 지나갔으므로 당장 병난은 없을 곳이었다. 친정인 애일당에 도착하자마자 어머니는 울음을 터뜨렸다. 피난길에 살아 돌아왔으므로 그랬고, 특히 부모가 다 저 세상으로 간 뒤 애일당이 사람이 살지 않은 지 어언 43년이나 흘러 거의 폐허가 돼 버렸기 때문이었다. 애일당은 더부룩한 잡풀에 잠겨 있다. 울타리가 무너지고, 집은 쓰러질 듯 금이 갔으며, 벽은 벌어졌고, 걸어 두었던 시판들도 반이나 없어졌다. 비가 새 대들보가 더러워졌고, 서까래도 썩었으며, 난간과 창살도 뜯겨 나갔다. 나는 외삼촌댁 하인들을 불러다가 풀을 베고 물을 뿌려 깨끗이 쓸어낸 뒤 그곳에 머물렀다.

다음날 아침. 내가 돌아왔다는 소문을 듣고 마을 어른들이 애일당에 모여 내게 물었다.

"자네가 온 이후 이곳이 밝아졌네야. 고생 많았네. 안사람이 그렇게 됐다니 그도 안 됐네야. 북쪽의 사정이 우떠하재?"

"반란이 일어나 함경도가 왜병의 수중으로 떨어졌습니다."

"그렇게 됐나! 음, 여게선 임금의 동향을 좀 알지. 그러니까 지난 4월 그믐께 한양을 떠난 그때부터 사실 임금은 힘을 잃은 거나 마찬가지지 뭐. 도성 사수를 주장한 관리 중에 서울을 지키다가 죽은 이가 있나, 임금을 충성스럽게 쫓아간 사람이 있나. 한양과 개경에 이어 피양이 함락되자 임금이 요동으로 망명할 채비를 갖췄다재? 특히, 의주로 향해기 전에 임금이 광해군에게 종묘사직을 받들도록 했다니, 결국에 광해를 후사로 정하고 분조(分朝)를 했다 하니 광해가 대단하긴 대단한 모앵이야."

"유성룡 대감은요?"

"그 사램이 조정을 다 움직이는 것 같던대. 그 사람 자네와 우떠어 되나?"

"제 스승입니다."

"대단하네야."

그때 어린 시절의 친구들이 애일당으로 우르르 몰려들었다. 마을 어른들은 가고, 찬찬히 살펴도 다른 친구들은 기억을 잘 못하겠는데, 유독 코를 많이 흘리던 김여상이 눈에 들어왔다. 나는 짐짓 강릉 사투리를 섞어 말했다. 그는 의젓했다.

"증맬로 반갑네야!"

"야, 니가 그러니까 안 어울린다야. 증맬 방가우야! 하하하."

나는 친구들과 더불어 애일당 뒤의 교산(蛟山)으로 올라가 멀리 펼쳐진 벌판과 동해 바다를 바라봤다.

호피 — 이이첨의 행보

 관송 이이첨은 송악산 기슭에 숨어 있다가 왜장 고니시 유키나가가 이끄는 왜군이 개성을 지나 파죽지세로 평양으로 치올라가는 것을 보자 장단과 임진강과 파주를 되밟아 광릉 쪽으로 돌아섰다.

 얼굴이 고운 이이첨이다. 미간이 깨끗하고 코가 곧게 흘러 늘 웃는 것 같은 입술에 이르러 미끈하게 내려가고, 쌍꺼풀이 진 눈도 그렇거니와 눈빛이 맑아 사람을 끄는 매력을 잃지 않는 사람이었다. 어느 때 관상쟁이가 자신을 추풍읍녀지상(秋風泣女之相), 곧 가을바람에 우는 여자의 상이라 했다지만, 이이첨은 이를 분명 자신을 시샘하는 못생긴 사람들이 퍼뜨린 헛말이라 믿었다. 머리가 명석하고 사리 분별이 확실한 사람일지언정 여자 같다거나 가을바람 따위로 운다거나 하는 말들은 자신의 내적 강한 열망 또는 강직함을 진정 모르는 자의 투기 어린 시선이 만들어낸 폄훼의 말일 따름이라 단정했다.

 이이첨 스스로도 얼굴이 햇볕에 타고 옷매무새가 흐트러지는 것을 용납하지 않았으니, 비록 전쟁 중이지만 누가 보더라도 사대부가의 귀한 신분으로, 방금 사랑방에서 시를 짓다 말고 잠시 바람을 쐬러 나온 선비라 여길 정도로 행색이 단정하고 깨끗했다. 이이첨은 철저히 밤에만 걸었다. 낮엔 산기슭이나 사람 없는 민가에서 잤지만, 결코 자신을 노천 그대로에 노출시키지 않았다. 낮엔 큰 삿갓을 쓰고 밤길에는 얼굴을 무명 수건으로 감쌌다. 위험한 길을 이이첨은 아무에게도 걸리지 않았으며, 보름 이상의 기간 동안 발소리 하나 내지 않고, 마치 고양이처럼 빠져나와 고향 광주가 아니라 근무지인 광릉 쪽으로 갔다.

파주에서 양주로 넘어올 즈음 밤하늘이 붉은 그림자로 흔들거렸다. 양주에 무슨 사달이 났음을 생각하며 도착해 보니 붉은 밤하늘은 양주의 것이 아니라 광릉에서 피어오르는 붉은 불의 반사였음이 확인됐다. 그날 서울의 왜적이 광릉으로 진격하여 민가에 불을 질러 화염이 하늘로 솟구쳐 올랐던 것이다. 민가에서 백성들이 쏟아져 나오고 절의 중들도 혼비백산하여 도망하는 중에 이이첨은 우연찮게 근무지에서 그리 멀지 않은 곳의 봉선사(奉先寺)에서 도를 닦고 있는 스님 삼행(三行)을 만났다. 평소 잦은 내왕이 있었던 것은 아니고, 그가 거기에 있지, 하는 정도의 안면이었으므로 좀 망설이다가 저 엄청난 화염이 어찌된 일인지 궁금해 산비탈 아래 한 민가를 함께 들어가면서

"삼행 스님 아니시오. 어찌하여 예까지 오셨습니까?"

하고 말붙임을 했다. 찢어진 눈으로 한참 동안 이이첨을 바라보고, 입술을 조금 일그러뜨리고, 양 미간을 구기며 대답할까 말까 망설이는 듯하더니, 마지못해 한다는 투로 내뱉는다.

"서울에 있던 왜군 제 7진이 광릉에 들어왔네. 이놈들이 평양 전투 패배 이후 곧 후퇴할 것을 의식해 마지막 악폐를 저지르는 모양이야."

삼행은 법랍이 높은 중이었으므로 이이첨은 그가 자기에게 낮춰 말하는 것을 이해하고자 했다.

"자넨 어딜 다녀오는가?"

"피란 갔다가 되돌아오는 길입니다."

"고향엔 연로하신 어머니가 계시지 않는가. 그분을 두고 홀로 피난을 가다니! 조상이 그러하니…. 쯧쯧."

"무슨 말씀을 하시는 겁니까?"

"나는 양주와 광릉 등 근동의 집안들을 잘 알지. 그리하여 자네와 얘기하고 싶은 마음 별로 없네."

"무슨 말씀이지요?"

"이놈이 된변을 봐야 하나. 너와 얘기하고 싶지 않단 말이야!"

"그게 무슨 말이냐고요!"

삼행이 반가부좌를 틀고 턱주가리를 어루만지며 잠시 생각하는 눈치더니 곧 말을 쏟아냈다.

"내 말하지 않으려 했더니…. 정녕 듣고 싶다면 헐 수 없지. 연산군 때에 자네 조상 이극돈이 당대 훈구파 대신인 그 패악한 역적 놈 유자광과 더불어 무오사화를 일으키지 않았나. 그때 모개로 얼마나 많은 사람들이 죽었는지 잘 알잖아, 이놈아! 툭하면 까탈을 잡아 족치니 조선 역사상 사림(士林)에 그런 심한 화는 없었어. 그러고도 부끄러워하지 않는다면 사람도 아니지. 그 이극돈이 바로 자네의 조상이라 하는 얘기야!"

"도대체 무슨 말을 하는 거요. 그러니까 나도 죄인처럼 살란 말이오? 내 지난 수십 년간, 아니 어릴 때부터 수백수천 번도 더 들어온 얘기거니와 그게 말이 되는 얘기요? 사람들을 죽게 한 사람 중 한 분인 내 선대의 과오를 그 후손인 제가 그대로 짊어지란 얘기가 말이 되느냐 하는 말이오!"

고개를 외로 꼬고는 그만 길게 누워 코를 파던 삼행이 벌떡 일어서서 옷을 털며 외치듯 내뱉었다.

"하여간 자네를 볼 때마다 나는 무오사화에 희생된 내 할아비를 떠올리게 되고, 그게 오늘날 사문에 들어 내가 이 모양으로 살아가게 된 원인이었으니, 내 어찌 자네를 곱게 볼 수 있겠는가 말이야. 그동안 광릉 재실에 있는 자네를 볼 때마다 그 생각 때문에 마음이 편치 않았는데 에이, 시원하군. 하여간 자네와 말을 섞고 싶지 않아. 나는 가네."

이이첨은 너무나도 화가 나 삼행이니 사행이니 하는 이 중놈을 순간 한 주먹에 때려 뉘이고 싶다는 생각에 몸을 떨었다. 어른거리는 저 밤하늘의 불빛을 배경으로 사라져가는 삼행을 이이첨은 곧 바로 따라가며 적당한 곳에서 돌로 쳐 머리를 날려버릴 생각을 했다. 사실 집안을 세상 사람들이 그와 같은 시선으로 바라보는 것에 지난 30여 년 동안 이이첨은 얼마나 괴로워했던가. 언젠간 높은 관직에 올라 선대의 과오가 그야말로 한 때의 판단 실수였음을 마침내 보여줄 것임을, 집안에 대한 종래의 관점을 완전히 바꾸고 말 것임을, 선대의 과오는 진실로 과오가 아니라 정치적 시각 또는 역사에 대한 관점의 차이로 빚어진 고도한 정치 행위 그 외의 것이 아님을 주장하리라 하는 결심을 그동안 수없이 반복해 자신에게 다짐하지 않았더냐. 그렇잖아도 지금은 전쟁판이다. 한 사람이 죽어나간들 무슨 대수랴!

그리하여 고양이처럼, 아니 살쾡이처럼 이이첨은 어둠 속으로 들어선 삼행을 뒤쫓아 따라잡았는데, 손엔 어느 사이에 아이 머리통만 한 돌덩이가 들려 있었고 눈엔 핏발이 섰다. 지난 세월 동안 집안에 희망이라곤 보이지 않았다. 가난이 대물림 됐다. 증조부 수훈, 할아버지 범, 그리고 아버지 우선에 이르기까지 이렇다 할 벼슬자리 하나 꿰차지 못했다. 다 조상 극자 돈자 할아비에 대한 악평 때문에 그렇게 됐다. 아버지가 늘 '네가 집안을 일으켜라.' 하고 입버릇처럼 이르지 않았던가. 이이첨 스스로도 항상 집안이 이러고서야 사는 것이라 할 것 없다는 생각을 했다. 그랬으므로 이이첨에겐 세상 사람들이 선망하는 이른바 그 출세라는 것이, 권력의 편에 선다는 것이 말 그대로 지상과제일 수밖에 없었고, 실제로 그것을 얻기 위해 지금까지 적지 아니 노력해 왔으나, 사실 현실적으로 나이 서른 넘어 여직 참봉을 벗어나지 못하는 자신에게 크게 실망하는 즈음이다. 그런 정황 속에 봉선사 중 삼행이란 자가 아픈 곳을 건드려 심적 동티를 불러일으켰으니, 사태는 그야말로 생사를 거는 긴박한 정황으로 흐르지 않을 수 없게 됐다.

내 이놈을! 이이첨은 무거운 돌덩이를 들고 삼행의 뒤를 바짝 붙는데에 일단 성공했다. 이제 두어 걸음을 더 내디뎌 놈의 머리통에 돌을 안겨 중대가리를 박살낼 참이었다. 삼행은 아무것도 모르고 봉선사를 향해 뚜벅뚜벅 걸을 따름. 마음속으로 하나, 둘, 셋을 세어 열이 끝날 바로 그 순간에 놈의 머리통에다가 돌을 내리칠 것이다. 일곱, 여덟 그리고 아홉을 셀 동안에도 놈은 아무것도 모르고 갈 길을 걸을 뿐이다. 이이첨이 돌을 머리 높이 들어 놈의 머리통에다가 온전히 박아 내리는데, 갑자기 삼행이 앞으로 들고 뛰기 시작하는 게 아닌가. 이이첨의 돌은 허공을 그었고, 그 바람에 아이고, 이이첨은 허방다리를 짚듯 앞으로 그냥 고꾸라지고 말았다.

"안 돼!"

하고 소리치며 삼행이 앞으로 내달린다. 이이첨이 한 번 굴러 앞을 바라보니 어둠 속에서 삼행이 봉선사로 달려 나아가는 것이 보이는데, 그러나 그 앞엔 어둠이 아니라 빛이 대낮처럼 훤하게 비춰 주위를 밝히는 것이 아닌가. 불이 타오른다. 마을이 불타듯이 절, 아니 절이 아니라 일주문이 막 불길에 휩싸여 오르는 것이 보였다.

"안 돼!"

하고 거듭 외치며 삼행이 일주문으로 달려간다. 주변의 왜군 몇 명이 기름 적신 횃불을 들고 불을 지피다가 달려오는 삼행을 발견하고 멈칫거렸다.

"안 됩니다. 안 됩니다. 이게 무슨 짓입니까. 일본도 사문의 나라이고, 사찰도 있는데, 이게 도대체 무슨 행패입니까!"

무슨 대거리냐는 듯 왜도가 하늘에 오르더니 곧 아래로 휙 그어졌지만, 그 순간 삼행이 왜군을 향해 무릎을 꿇었으므로 칼을 허공을 자를 뿐이었다. 다시 칼이 하늘로 올라갔다.

"저를 죽이십시오. 그러나 절집은 안 됩니다. 같은 불자의 나라 사람들이 어찌 이러십니까."

칼을 치켜 올린 아시가루(足輕, 보병)의 뒤로 지휘관인 시대장(侍大將)이 나타나더니, 아니, 그 뒤로 한 명의 왜승이 등장하더니, 보병을 보고 칼을 내리라 명한다. 삼행은 순간 왜승의 바짓가랑이를 붙잡고 놓지 않는다.

"대사님, 대사님, 이러지 말라십시오. 제 목숨을 내놓을 터이니 절집은 안 됩니다. 절집을 태우지 마세요. 그러라고 일러 주십시오. 제발 부탁입니다, 대사님. 나무관세음보살, 관세음보살, 관세음보살…."

삼행이 합장하여 싹싹 비니, 왜승이 그러는 양을 한참 내려다보다가, 그리고 시대장을 쳐다보다가, 턱을 올려 병사를 물러나라 한다.

"태싸(대사)? 내래 테싸 아님메. …걱정하지 맙숫."

왜승은 왜병을 따라 함경도를 갔다 온 모양이다. 조선말을 함경도 어투로 하는데 거의 알아들을 수 없는 수준이었다. 그러나 대사란 말이 듣기에 좋았음인가, 삼행의 간절한 몸짓에 감동했음인가 왜승에 이어 시대장이 눈짓을 보내자 왜병들이 분탕질을 멈추고 철수하기 시작했다.

그러나 사실은 그게 아니라 일주문을 불태우는 사이에 왜병 시대장과 왜승이 봉선사를 뒤졌고, 이미 보물이라 생각되는 다른 적잖은 물품과 함께 봉선사 봉선전에 보관해 두었던 광묘(光廟, 세조의 능묘)의 영정을 거둬 가지고 나오던 길이었기 때문에 굳이 같은 중을 죽일 필요까지야 무엇 있겠나 싶었던 것이다.

그 장면을 이이첨은 일주문 옆 풀숲에서 떨리는 가슴으로 다 보았다. 겁이 많은 이이첨으로선 삼행의 행동이 저 반촌에서 단보 허균이 칼을 든 살인자들에게 덤벼든 그 무모한 짓이나 다름없었다. 그러나 일단 그렇게 끝나는 듯해 다행스럽다고 생각했다. 하지만 그 순간 삼행이 절을 떠나는 왜승에게 뛰어가 또 다시 바짓가랑이를 붙잡고 뭐라 애원한다. 이쪽에서는 들리지 않았지만, 이이첨은 삼행이 무엇 때문에 그러는지 알만했다. 왜승의 등에 매달린 바랑에 광묘의 영정이 보였기 때문이다.

이이첨으로서는 큰일 났다 싶었다. 자신의 직책이 무엇인가. 광릉참봉이 아니던가. 그야말로 능참봉이다. 수능참봉이란 임금의 능묘를 잘 지키라는 벼슬자리다. 그런데 지금 저 왜승이 세조대왕의 영정을 떼어다가 두루루 말아 저렇게 가져가려 한다. 그걸 막으려고 삼행이 다시 왜승의 바짓가랑이를 붙잡고 놓지를 않는 것이다. 사실 그건 삼행의 일임과 동시에 이이첨의 일일 수 있다. 해야 할 일은 지금 당장 풀숲에서 뛰어나가 어떻게든 영정을 되찾아야 마땅하다는 것이다.

삼행이 하고 있다! 어떤 결과가 날까?! 고개를 내밀지 않은 채 눈만 반짝이며, 어둠 속에서 숨을 죽이고 추이를 살폈다. 왜승은 발길질을 하며 삼행을 떼어내려 했다. 시대장이

"코레가 쿠룻타카(これが 狂つたか, 이게 미쳤나?)"

라고 소리치며 칼을 내리치려는 시늉을 했지만, 삼행은 조금도 두려워하지 않고 계속하여 빌기를 멈추지 않았다. 왜승이 삼행을 일으켜 세웠다. 이이첨은 어쩔 수 없이 영정을 내줄 것이라 믿었지만 그게 아니었다. 왜승은 삼행을 일으켜 세워 주먹으로 턱을 한 차례 세게 깠다. 삼행이 나가 떨어졌으나 다시 일어나 왜승의 바지를 잡고 애원하길 그치지 않는다. 뭐라 말하며 땅을 치고, 뭐라 소리치며 목을 내어 놓으니 왜병 지휘자가 가던 발걸음을 멈추고 돌아와서 칼을 빼어들고 삼행의 늘여진 목을 치려다 말고,

"에잇, 쌍!"

하는 소리와 함께 왜승의 바랑에 꽂혀 있던 영정을 쑥 뽑아 땅바닥에 내리치며 발길로 걷어차 삼행에게 줘 버리고 말았다. 왜승은 안 된다는 몸짓이지만, 그 길로 왜군들이 곧장 앞으로 내달려가 어둠 속으로 사라져 버리자 땅에 떨어진 영정과 바닥에 엎드린 삼행을 몇 차례 번갈아 보던 왜승이 똑 같이

"에잇, 쌍!"

하더니, 삼행을 일으켜 세워 양 뺨을 서너 차례나 세게 때려 붙이고 침을 카악, 뱉고는 자리를 떴다. 남아 있던 왜병들이 밀물처럼 싸악, 사라진 뒤, 이이첨은 그제야 풀숲의 어둠 속에서 나와 쓰러져 코피를 흘리는 삼행에게로 다가갔다.

"삼행 스님, 대단한 일 하셨습니다."

삼행은 물고기 비늘처럼 희번덕거리는 눈을 들어 이이첨을 쏘아보았다.

"이 여우같은 놈아, 늙은 중이 얻어맞는 걸 보고만 있었더냐? 하는 짓이라니. 저리 비켜라, 광묘의 영정에 너 따윈 할 일이 없으니."

"그렇지 않습니다. 지금부터 정작 제가 중요한 일을 할 겁니다."

"뭣이?"

"저길 보십시오. 왜군은 광릉을 떠나지 않습니다. 어찌하다가 오늘 일은 이렇게 끝났습니다만."

"어찌하다가?"

"죄송합니다. 사실 대사님께서 잘 마무리 하셨지요. 그런데 놈들의 태도로 봐선 조만간 다시 올 것이 분명한데 그땐 어쩔 겁니까?"

"대사라? 그놈 말본새하곤. 그러니 어쩌자는 얘기야?"

대사라 불러줘 싫지 않았는지 삼행이 이이첨의 다음 말을 기다린다.

"광묘 영정을 제가 모셔서 임금이 계시는 의주의 행재소에 가져다 놓겠습니다."

입가에 흘러내는 피를 닦으며 내뱉는다.

"그렇게는 안 돼. 자네의 그 약한 꼴을 어떻게 믿고 영정을 맡기겠나. 그리고 영정은 여기서 내가 잘 지킬 것이야."

"저 왜승이 다시 와 가져가려 한다면요?"

"…."

"저는 분명 그리 말했습니다. 그러니 차후 만약 영정에 문제가 생긴다면 그 땐 전적으로 대사님의 책임입니다. 그 점 분명히 밝혀 둡니다."

그러고서 이이첨은 더 이상 말을 하지 않고 뒤돌아서 곧 바로 재실로 돌아가려 했다. 그러자 몇 걸음 옮기기 전에 삼행이 불렀다.

"자네 말이야, 진정인가? 이 영정을 행재소에 가져가겠다고? 그러면 어떻게 되지?"

"어떻게 되긴요. 광묘 영정이 잘 모셔지겠지요. 그러면 나라님께서도 조상님이 잘 모셔졌으니 대사님께 고맙다 할 겁니다. 자, 어쩌시겠어요?"

잠시 망설이던 삼행이 결심한 듯 뜻에 따르겠다며 떨리는 손으로 영정을 이이첨에게 넘겨주었다.

"자네만 믿겠네!"

"판단 잘하셨습니다."

어느 덧 새벽이 밝아왔다. 광릉 천지는 온통 연기로 가득 차 앞길이 보이지 않을 정도였다. 그랬으므로 이이첨은 영정을 등에 업고 매캐한 연기를 뚫으며 광릉을 출발해 의주를 향해 길을 떠났다. 황해도 신천을 지나자 그동안 오뉴월 쉬파리 꾀듯 할금할금 모여들던 왜병이 드디어 후퇴하였으므로 이이첨은 이번엔 마음을 턱 놓고 햇빛에 몸을 드러내며 핏빛 물든 대로를 걸어 나아갔다. 그러자 곧 사달이 생겼다.

"그 자리에 서랏!"

구월산 자락을 지나갈 무렵이었다.

산 위에서 패잔병일시 분명한 왜병 두 명이 나타나 왜도를 들이대고 이이첨에게 명령한다. 너무나도 놀라 이이첨은 그 자리에 폭 물러앉아 고개를 땅에 처박고

"아이고, 왜병님. 그저 목숨만은 살려 주십시오."

하고 애걸했다.

"그게 뭐꼬?"

"아, 예 이것은 그러니까, 그러니까니."

"그러니까 뭐냐니깐?"

"예, 그저 목숨만 살려주시면."

"뭐야?! 쌍!"

밝은 대낮에 칼이 치명적 빛을 토하며 이이첨의 머리로 내려오다가 멈추며 다시 묻는다.

"먹을 것이 이쇼?"

"여기."

이이첨은 허리춤에서 주먹밥을 하나 꺼내 내밀었다.

"에이, 주먹밥."

이이첨이 내놓은 주먹밥을 빼앗아 들고 왜병들은 아주 잠깐 고민에 빠진다. 이놈을, 이 변변찮은 놈을 그냥 콱, 죽여 버리느냐 마느냐를 놓고.

"그 등에 찬 거 뭐꼬?"

"예, 이것은. 그러니까니."

"또 기래!"

"아, 예. 이것은 영정."

"영정? 그게 뭐야?"

"그러니까니."

"또 그, 그러니까니!"

"아, 이건 임금님 어진입니다."

"임금 얼굴? 그렇담 이놈 죽여라!"

이이첨은 꼼짝 없이 죽음을 맞이해야 했다. 아이고, 나라를 위해 공적을 올리려다가 꼼짝 없이 죽을 판이 된 것이다. 돌아가신 조상이 나타나고, 선조 임금의 용안도 나타나고, 병들어 돌아가시기 직전인 어머니도 떠오르고 했으나 도망갈 꽤도 용기도 기력도 없었으므로 이이첨은 틀림없이 죽음을 맞아야 했다.

"끼놈!"

이런 일갈과 함께 햇빛 머금은 왜도가 이이첨의 목을 향해 내려오는 찰나, 어디에서 일갈 대성이 햇빛을 뚫고 쏜살같이 다가들었다.

"이놈들, 그만두지 못할까!"

산 위에서 한 무리의 의병이 우르르 쳐내려 왔으니, 이이첨은 그 한 순간 재빨리 풀숲으로 들고뛰었다. 의병 무리와 왜병이 겨루는 중에 이이첨은 제살 길을 찾아 내뺐다. 그러나 얼마 못 가 초가를 돌아든 순간 앞을 턱 막아서는 자가 있었으니, 어딘가 천박한 느낌을 면치 못한 한 사내였다. 망건 아래로 이마에 파란 실핏줄이 구불거리며 흘러내리는 것이 보였다.

"다, 당신은 누구?"

"이리 따라 오시오."

두 사람은 바위 위로 올라가 의병 무리와 왜병이 싸우는 것을 침을 삼키며 바라보았다. 당연한 결과이지만 많은 수의 의병에 대항하는 왜병은 몇 합을 견디지 못하고 그 자리에서 피를 뿌리며 죽음을 맞고 말았다. 그러자 다시 찾아오는 의연한 생각들. 그리고 의연한 자세.

"자네는 누군가?"

"으잉?"

"자네가 누군지 묻지 않는가!"

"…."

"나 이거야 정말. 자네는 내 말이 들이지 않는가? 내가 묻고 있잖아, 누구냐고?"

"…."

"내가 자네에게 감사함을 표하려 하네. 자네는 누군가?"

"예, 예, 저는 신천에 사는 황세복(黃世福)이라 합니다."

"여기서 뭘 했나?"

"어, 어르신을."

"아니, 지금은 나를 살렸지. 기본적으로 뭘 하고 있었느냐는 거지."

"피란 가지 않고 마을을 구하느라 다니고 있습니다요."

"마을을 구한다?"

"마을을 돌아다니며…."

"알겠네. 마을을 돌아다니며 피란 간 빈집들의 살림을 살피고 있었단 말이구먼."

"그게 아니라 마을 치안을."

"알만 허이. 하여간 그렇다면 식량과 노자는 있을 것이라."

"하오면."

"자네도 들어서 알겠거니와 나는 지금 광묘(光廟)의 영정을 모시고 의주 행재소로 가는 광릉 참봉 관송 이이첨이라는 관리야."

"아, 예. 광릉 참봉. 이 전시 중에. 광묘라 하시면."

"저 국초의 세조 대왕을 이르는 말이지."

"아, 세조 임금."

"여간 힘든 게 아니니 자네가 나를 좀 도와야겠어."

"어떻게요?"

"내게 노잣돈을 주고 먹을 것도 줘야지. 내 뒷날 후덕하신 임금님의 은총을 입어 크게 쓰일 터이고, 그러면 자네에게도 큰 힘이 될 터인즉. 그렇게 하겠나?"

잠시 머뭇거리던 황세복이 이이첨의 행색을 다시 찬찬히 살핀 다음 무엇을 결심했는지 입술을 굳게 물다가 곧 다시 구긴다.

"그러면 제가 돕지요. 허나 뒷날 제게 힘이 되어 주신단 약조를."

"신천의 황세복이라."

"사람들은 저를 신천 황부자라 이릅니다."

"옳거니, 황 부자! 나를 도우라. 그러면 뒷날 내가 자네의 후원자가 되어 더욱 부자가 되게 할 것이야. 그게 나라를 위해 좋은 일이기도 해. 이거 무슨 인연인가! 기분이 좋구먼."

"예. 관송 어른, 저도 그렇습니다. 저쪽 저의 집으로 가서서 하룻밤 묶고 심신을 일신하여 의주 행재소로 달려가시지요."

"어허, 좋아."

이렇게 설레발을 놓은 관송 이이첨은 자신이 재수가 좋음을 다시한 번 의식하고 스스로 기쁨을 품으며 신천 부자 황세복의 집으로 갔다. 거기서 전시에 바랄 수 없는 후한 대접을 받으며 하룻밤을 머무른 뒤 다시 기운을 차려 북행길에 올랐다. 그리고 말하자면 남다른 고생을 한 그 이틀 뒤 당도한 평양이었다.

평양은 의외로 평온했다. 명나라 군사들이 거리에 가득했으나 특별히 백성에게 피해 입히는 행동을 하지 않는 듯했다. 명나라 장수 이여송(李如松)이 일본과 강화 조약을 체결할 마음을 먹었다는 소문이 돌았다. 일본이 전에 한 번 속았으므로 강화 회담에 참석하지 않을 것같다는 얘기도 돌았다. 이이첨은 강화 회담이 성사되기 전에 광묘의 영정을 임금께 가져가야 한다는 강박 관념에 몰렸다. 그러므로 쉬지 않고 걸었다. 평원, 숙천, 문덕을 지나 정주, 곽산, 신천에 이르도록 거의 잠을 자지 않고 말 그대로 밤낮으로 걷고 또 걸었다.

평양 이전에 왜군의 진영을 두 번 만났으나 고양이처럼 피해 하룻밤에 90여 리를 걸었지만 평양 이북으로는 하루밤낮 100여 리 넘게 걸었다. 발이 부르트고 어깨가 벗겨졌으며, 제대로 먹지 못해 이가 부어오르고 제대로 자지 못해 얼굴이 퍼졌으나, 결코 쉬지 않고 주야장창 걷고 또 걸었다.

염주를 지나 용천에 이르러서야 잠시 주막에 머무르게 됐다. 눈은 감기고 허리가 꼬부라지는데 이이첨은 스스로 살아 있는 사람 같지 않다고 느꼈다. 그러나 행색은 여전히 깨끗하여 남에게는 어제쯤 집을 떠난 사람처럼 보일 것이었다.

주막에서 기장밥을 된장국에 말아 정신없이 먹는 중이었다. 그때 순작 포졸 두 명이 다가와 이이첨에게 물었다.

"못 보던 분입니다. 뉘시오? 우리는 비변사 소속 낭청(郞廳, 종6품) 들이오만."

"저는 광릉 참봉 이이첨이오. 지금 광묘 영정을 모시고 주상 전하를 알현하러 가는 길입니다."

그들이 깜짝 놀란다.

"아, 그래요!? 엄청난 일이구먼. 그렇다면 이제부터 저희들이 모시지요. 아니, 제가 모시고 의주까지 가겠습니다. 여보게 노 낭청, 자네는 지금 바로 역참에 들러 말을 타고설랑 곧바로 행재소에 이런 사실을 알리게. 나는 이분을 모시고 나름 속도를 잡아 뒤를 따라갈 터인즉. 중요한 일이니 어서 달리게나."

그 무렵 행조에서는 마침 경기 방어사의 치계(馳啓, 말을 달려와서 아룀)를 받고 안타까워하는 중이었다. 왜군 제 7진이 광릉을 침범하여 분탕질을 했는데 주변의 민가는 물론 관아와 사찰이 다 불타 버렸으며, 광묘의 영정을 모신 봉선사 또한 화를 면하지 못했다는 소식이었다. 그날 밤 광릉의 재실 2백 칸이 모두 불에 탔다는 소식도 있었다. 임금과 대신들이 모여 그런 소식에 가슴을 아파하는 중이었다.

그런데 마침 비변사에서 광묘 영정을 이이첨이라는 광릉 참봉이 모셔온다는 참으로 반가운 소식을 올린 것이다. 그와 거의 동시에 올라온 다른 소식은 조릉사 원천군의 이이첨 관련 치계였다. 조사해 봤더니 다행스럽게도 화재 직전에 이이첨이란 능참봉이 영정을 가져다가 행조를 향해 출발했으니, 왜병이 깔린 험로에 과연 어떻게 될지 염려스럽다는 내용이었다. 만약 이이첨이 무사히 영정을 모시게 된다면 임금이 백관을 데리고 영정을 맞으러 나가야 할 것이란 글이었다.

그랬으니 이이첨의 광릉 영정의 무사한 의주 파천은 전시 중인 전 조정이 박수치고도 남을 만한 대단히 용맹스럽고도 귀하고도 누대를 두고 칭송할 만한 국가적 중대사로 평가할 만했다. 실제로 임금이 그렇게 생각했고, 대신들도 오랜만에 들어보는 쾌거라 감동해 마지않았다. 그랬으므로 선조 26년(1593) 3월 16일에 임금은 백관을 거느리고 5리쯤 나가서 이이첨이 모셔오는 광묘의 영정을 지영(祗迎)하였다. 곧, 백관이 임금 세조의 환행을 지극히 공경스러운 마음으로 정성을 다해 기쁜 마음으로 맞이한 것이다.

저쪽 멀리 한 사내, 아니 두 사내가 비러 먹은 말을 타고 서서히 다가오는 것이 보였다. 이이첨일 것이 분명했다. 곧 과연 이이첨이 도착하여 행궁 대전에 엎드리자 이봉정 내관이 큰 소리로 아뢴다.

"광릉 참봉 이이첨이 세조 대왕의 영정을 받들어 모시고 입시하였나이다!"

오련한 눈빛으로 이이첨을 한동안 말없이 내려다보던 임금이 곧 옥음을 퍼져 나아가게 했다. 익선관을 쓰고 공룡포를 입은 임금은 그 어떤 행사보다도 더 정성을 들여 광묘 영정 봉정식을 거행했다.

"이 참봉, 그대야 말로 충신이로다. 모름지기 영정이란 신주와 함께 지극히 존엄한 화본(畵本)이라. 이제 화재로 인해 다시 볼 수 없어 선대에 씻을 수 없는 죄를 지었다 생각했는데, 이렇게 모셔왔으니 그대의 공로 실로 큼이야!"

선조는 몸소 나아가 사배를 하고 통곡을 한 뒤에 수능참봉 이이첨의 손에서 친히 영정을 받아 행궁에 봉안했다. 그러고 나서 임금은 좌우에 물었다. 좌의정 윤두수, 예조 판서 윤근수, 이조 판서 이산보, 병조 판서 이항복, 이조 참판 구사맹, 도승지 유근, 병조 참의 신점, 동부승지 심희수가 입시한 자리였다.

"이이첨의 충군과 애국을 어떻게 표창하는 것이 좋겠소?"

임금의 하문에 좌상 윤두수가 웃음 머금은 얼굴로 아뢴다.

"전하, 이는 전에 없는 일이라 만인의 귀감이 되어 마땅하니 정문(旌門)을 내리는 것이 옳다 여겨집니다."

"그러하옵니다, 전하. 이는 제 한 몸 돌봄 없이 죽음을 각오로 적진을 뚫어 쾌거를 이뤄낸 것이니, 정문을 세움이 마땅하다고 봅니다."

마치 합창하듯 하는 예판, 이판, 병판의 대답이었다.

"주상 전하, 이이첨의 거사는 또 다른 뜻이 있는 듯 사료됩니다. 즉, 이번 전란으로 역대 왕의 영정이 다 적의 화를 면치 못하였는데, 유독 집경전 참봉 홍여율이 태조의 영정을 받들었고, 광릉 참봉 이이첨이 세조의 영정을 받들어 끝까지 보존해냈습니다. 그러나 홍여율은 집경전 참봉으로서 본전(本殿)의 영정을 받든 것이고 또 여러 마을이 호송해 주는 도움을 받았지만, 이이첨은 광릉 참봉으로서 봉선전의 영정을 받든 것이니, 이는 즉 조정의 하명이 있었던 것이 아니었습니다. 이이첨이 변란 처음부터 피난할 생각을 하지 않고 스스로 의병을 모아 늘 군막에 있었고, 이번에 적의 불길 속에서 또한 스스로 영정을 받들어 내처 왔으므로 사람들이 특히 의롭게 여깁니다."

"이이첨이 의병을 모았단 말씀이오? 과연! 동부승지 심희수는 대신들이 아뢴 그대로 즉시 행하여 이참봉의 충심과 그 행적을 만백성과 백대에 전할 수 있게 하라."

정문이란 나라에서 충신, 효자, 열녀를 기리기 위해 그 동네 가운데나 그 집으로 들어가는 어귀에 세우는 문이다. 붉은색으로 단장하며 편액에는 충신과 효자와 열녀의 직함과 성명을 새겨 놓는다. 조정에서는 매 연초에 이 같은 사람들을 조사하여 임금에게 알리고 정문을 세워주는 한편 쌀과 의복을 하사하였고, 조세와 부역 따위를 면제하는 복호(復戶)의 특전을 베풀었다. 이를 작설 또는 홍문이라 일컬으니, 홍문이 서면 주위의 존경을 한 몸에 받는 그야말로 가문의 영광이라 아니할 수 없었다.

일단 이이첨은 자신의 존재를 조정에, 조정 대신에, 특히 임금께 확실히 각인시켰음에 만족했다. 의주에 이르기까지의 고통은 그로써 보상받은 셈이었다. 생각 이상의 예우는 충신 정문을 받았다는 사실이다. 더할 나위 없는 광영이었다. 그러므로 이이첨은 할 수 있는 모든 역량을 다 발휘하여 성상의 정사를 도울 것이라는 마음을 다시 한 번 먹어 본다.

그런데, 당장 의주 행조에서는 할 일이 없었다. 일개 능참봉으로서는 할 만한 일이 있을 것 같지도 않았다. 행조의 음식을 얻어먹으며, 술까지 얻어 마시며 취해 혓바닥으로 입술을 잔뜩 축인 뒤 쓸데없이 언거번거해서 흰소리나 늘어놓거나 지분거릴 분위기는 더욱 아니었다.

돌아가야 한다. 어떡하든지 벼슬자리 같은 것으로 아귀를 지으면 좋을 것이나, 지금은 그럴 형편이 아니다. 따라서 이곳에 오래 있으면 있을수록 잠시 올랐던 성가가 떨어지리라. 적당한 때에 사라져야 아름다운 이름을 그리워하게 될 것이다. 그게 인간의 일반 성정이지. 그런데, 돌아갈 명분이 적절치 않다. 아무 할 일이 없고, 무게 있는 직책이 주어지지 않았기에 돌아간다 할 수도 없고, 침식이 편치 않아 간다고 말하기도 그렇다. 뭔가 있어야 하는데…. 그러다가 이이첨은 어머니를 떠올렸다.

그렇다! 팔십 노모를 봉양하기 위해 고향으로 가야 한다고 아뢰자. 이이첨이 의연한 태도로 내관을 통해 그러한 뜻을 진달하자 선조는 이이첨의 효심에 또 한 번 감동하여 즉각 노자를 내렸다. 충심은 곧 효심일 것을. 효심이야말로 충심이라 하지 않던가. 이이첨이라…. 뒷날 반드시 긴히 쓸 시대의 동량이거늘! 대과에 급제하지 않았으므로 당장 중임을 맡길 수 없거니와…. 선조는 가서 모친을 극진히 모시고 돌아와 뒷날을 도모하라는 전갈과 함께 그에게 모든 편의를 제공하라고 명했다. 이런 측면에서 이이첨은 임금에게 존재감을 충분히 인정받았다 할 것이었다.

두둑한 노잣돈을 받았으므로 이이첨은 은연중에 임금의 자기에 대한 깊은 관심을 확인했다고 믿었다. 이이첨은 이제 어머니께 돌아가 충심으로 봉양하고, 나름 열심히 공부하여 대과에 응시해 당당히 급제할 것을 속으로 거듭 거듭 다짐해 보았다.

그런 기대감과 자신감과 당당함을 안고 험로를 뚫어 고향으로 돌아와 보니, 거긴 의외의 장면이 벌어져 있었다. 이이첨이 돌아온다는 소문이 돌아 마을 어귀에 동네 사람들이 구름처럼 모여들었다. 한 번 쓸고 지나간 광릉엔 왜병이 보이지 않았고, 피란 갔다 돌아온 사람들의 살았다는 기쁨에다가 살아야 한다는 의지가 더해져 마을은 새로운 활기까지 넘쳐흐르는 듯했다. 마을 사람들은 이이첨을 그 자신뿐 아니라 마을에 큰 희망을 안겨 준 인물로 받아들이는 모양이었다.

이이첨은 전과 완전히 달라진 태도로 마을 사람들을 보다 친절하게 대했고, 마을 어른을 공경했으며, 마을 일에 자신을 기꺼이 희생했다. 그리하여 칭송하는 사람이 늘어가고 그럴수록 이이첨의 명성은 높아갔다. 이제는 단순한 참봉이 아니라 '충신 이참봉'으로 불리며 귀천을 막론하고 모르는 사람이 없을 정도였다. 우는 아이에게 '이 참봉이 온다.'는 말을 하면 대번에 울음을 그치고 방긋방긋 웃는 현상까지 일어난다는 소문도 돌았다.

이이첨의 명성이 더할 수 없을 정도로 높아질 무렵 팔십 노모가 돌아가셨다. 노환으로 누워 있던 어머니를 그동안 이이첨은 아침저녁으로 직접 밥을 지어서 진즉에 귀가 떨어져 나간 소반 위에다가 물에 말아 올려 어머니에게 드시게 하는 등 극진히 모셨으므로 그것 또한 칭송의 한 대목이었는데, 돌아가시기 직전 손가락을 씹어 떨어지는 피를 어머니의 입 안으로 흘려 넣었다는 소문이 퍼져 '과연 이이첨'이라는 경찬이 더욱 널리 퍼져 나갔다.

사람들은 이이첨이 천성이 효우(孝友)하고 제행(制行)이 고결하여 어려서부터 부모를 섬김에 애경이 지극하였다고 전했다. 지난 임오년(1582)과 계미년(1583) 사이에 그의 아버지와 계조모가 잇달아 죽었는데 여막에 거처하면서 지나치게 슬퍼한 나머지 거의 멸성(滅性)할 지경에 이르렀고, 상제의 의례를 한결같이 '가례'에 의거했으며, 복을 벗은 후에는 삭망에 성묘를 한다는 얘기도 했다.

이이첨은 명실 공히 뛰어나고 신실하고 겸손하며 충성심에다가 효성심이 높은 만고의 그리고 불세출의 위대한 인물임이 입증되었다. 충신에다가 효자가 된 이이첨은 과연 명성답게 시묘 살이를 하는데, 묘막을 짓고 홀로 나아가 머리를 조아리기를 하루 종일 했다. 그러는 바람에 중단 자락은 다 닳아 떨어지고, 무덤 앞에는 이이첨의 무르팍 자리가 눈물이 고일 정도로 패였으며, 봉두난발한 머리를 빗지 않아 상투에 가랑니가 들끓었고, 온 몸에 서캐가 썰어 근질거려 잠을 못 이룰 지경이었다. 눈앞의 시야가 엽전 만하게 졸아들며 현기증에 머리가 텅 비어 자빠질 지경이 된 그를 보러 원근에서 사람들이 몰려 무덤으로 가는 길이 시장판이 될 정도라는 얘기도 돌았다.

그 한 해가 다 가는 즈음에 이이첨은 이미 하나의 전설이 되었다. 충신에다가 효자의 실현이 전설 속에서나 있음직한 일이거니와 실제로 시묘 살이를 그토록 빡세게 하는 사람을 사람들이 흔히 얘기하듯 그렇게 쉽게 볼 수 있는 것이 아니었으므로 묘소에 직접 가본 사람은 이이첨을 당시대 살아 있는 신화라고 평하기를 서슴지 않았다. 아마도 왜군이 다시 광릉 땅에 들이닥쳐 시묘 살이 하는 이이첨의 드리워진 목에 왜도를 들이댄다 하여도 이이첨은 조금도 두려워 않고 그대로, 어머니에 대한 효심의 자세 그대로 칼을 맞고 스러질 것이란 상상 또는 가상의 말도 돌았다.

그랬으므로 사람들은 왜란만 끝나면 이이첨이 곧 조정의 대신으로 불려 올라갈 것이라 믿었다. 이이첨 스스로도 관로의 앞날이 창창할 것이라 믿어 의심치 않았다. 임금이 알고, 조정 대신들 모두가 알며, 세상 사람들이 입증할 것이니, 사상 찾아보기 힘든 충신 정문에 이은 효자 정문, 이른바 쌍정문이 이이첨의 집 앞에 세워질 공산이 컸다. 그도 알고 세상도 아는 그 같은 일이 그 한 해가 깊어가는 즈음에 이이첨에게 실제로 일어났으니, 선조 임금은 일단 그리고 마침내 이이첨의 효도를 기리는 효자 정문을 내렸다.

원칙 ─ 사랑 혹은 장옥랑

 문과에 급제한 나는 나이 이제 26세다. 작은형 봉보다는 늦었으나 큰형 성보다는 급제가 빠르다. 다섯 살 때부터 천재란 소리를 들었음에도 작은형과 누님이 죽는 등 집안의 파란과 왜란 때문에 몇 해 늦어진 것이다. 급제 후 제일 먼저 나는 자문재진관(咨文齎進官, 외교문서 전달 관리)의 자격으로 요동(遼東)으로 가게 됐다. 말을 타고 길을 떠나며 수많은 상념에 젖었다. 인생이 바뀐 즈음에 어찌 그렇지 않을 수 있겠는가. 죽은 아내에게 문과 급제의 소식을 들려주고도 싶었다.

 기쁨과 슬픔이 교차하는 복잡한 감정을 떨쳐버리지 못하면서 나는 한성부를 떠나 서북 방향으로 달려 나아갔다. 명나라 경략(經略) 송응창(宋應昌)에게 보내는 좌의정 윤두수(尹斗壽)의 자문(咨文, 외교문서)을 가지고 가는 길이었다.

 피곤하여 잠시 말에서 내려 우물가로 갔다. 땅거미가 질 무렵이었다.

우물가에 사람들이 모여 두런두런 얘기를 나누다가 내가 다가가자 목소리를 낮추던 무리 중에 한 사내가 떨쳐나선다.

"부역 때문에 한 봄이 다가도록 농사일 다 폐하고, 푸성귀 뜯어다가 조석 끼니를 때우니, 그 배고픔이야 이를 말이오. 사람의 일이라 이 도대테 마음대로 됩데까?"

다른 한 중년 사내가 나를 슬쩍 보고 들으란 듯이

"억울함을 호소하다 관에서 도리어 그저 곤댕이나 맞곤 하디요. 턴년 뒤에나 가두 백덩의 아픔을 더불어 느끼는 부사가 오기 쉽디 않갔시오. 지금 동원에는 백덩을 돌볼 인물이 없디요. 망할 나라디, 그럼."

라고 말하길 주저하지 않았다. 악에 바친 중년 사내의 눈이 시퍼런 빛을 발했다. 나는 손을 내저었다.

"지나친 말씀이오. 그래도 기다려 봐야지요."

"뉘신디는 몰라도 벼슬하시는 분이라면 알 듯도 하오만, 디금 이 나라디 왜병만 있는 거이 아니라 의병도 많디요. 서산대사와 사명대사가 이끄는 승병이래 혁혁한 공훈을 세우고 있디 않나요. 그런데, 천하에 토덕(土賊)이 들끓으니 딘딩 큰일이 아넵네까."

다른 사내가 일렀다. 그는 땟국이 도는 베잠방이를 입고 있었다.

"경상도에서 토덕들이 일어나 수십 명씩 무리를 디어 대낮에도 대물을 빼앗고 인명을 둑이는 등 못하는 딧이 없다는 소문이 돌디요. 이덤 닏지 말구요. 그저 그놈들이 역시 쥐댔구나."

"이러다가 기냥 물에래두 빠데 죽얼!"

"빈 말이래도 기러딘 마시라요."

"네가 상관이 무에가?"

"잘들 하는구레."

"잘 하디요!"

"거저 운명이 데일 힘셉니끼니 잠자코 기대려 보디."

결국 이 나라 백성들은 살기 힘들어 운명론으로 빠지지 않을 수 없는 지경에 몰려 있다. 실제로 백성의 기근이 날로 심해지고 질역이 끊이지 않아 그 참혹한 정상을 차마 볼 수 없을 정도였다. 거기다가 토적이 호남과 영남 사이에 모여 진을 쳐 관군이 토벌에 나섰으나, 여러 번 패하자 토적이 크게 마을들을 노략질했다. 기전(畿甸)의 토적도 병란 이후로 험지를 점거하고 도발하여 지리산으로부터 남원의 회문산, 장성 등 수십 개 군의 산골이 모두 적의 소굴이 되었다. 적괴인 김희, 강대수, 고파 등이 나누어 점거하고 서로 내응하였으므로 관군이 토벌에 나섰으나 이기지 못하였다.

벼슬길에 올랐으므로 기쁜 마음으로 가던 나는 백성들의 원망을 듣고 또 실제로 시국의 불안정에 우려스러운 마음을 지녔으나, 당장 임무가 중요해 무거운 걸음을 재촉하여 압록강을 건너 요동 땅으로 들어갔다. 그런데 그러는 중에 이이첨의 기대와는 달리 임금이 나를 원접사 윤선각의 종사관으로 또 임명했다. 놀라운 일이었다. 그야말로 관로의 햇병아리일 따름인 나는 그런 중차대한 일을 맡을 수준이나 층위가 아니었다. 나는 자문재진관으로 요동에서 업무를 보고 돌아오는 도중에 다시 종사관(從事官, 장군 보좌관) 임명을 받고 의주에서 40일간을 머물렀다.

이이첨에게 성균관 전적(典籍) 자리가 배정됐다는 소식이 전해졌다.

전적이란 성균관에 속하여 학생을 지도하는 일을 맡아보던 정6품 벼슬자리이다. 갑오년(1594)에 벼슬에 동시에 오른 나와 이이첨이었지만, 나는 정시로, 이이첨은 별시로 급제했으므로 그 움직임을 알았으나, 요동에 다녀오고 의주에 오래 있었으므로 만날 기회를 갖지 못하다가 나는 귀경 며칠 뒤 성균관으로 이이첨을 만나러 갔다.

"관송 형님, 그동안 뵙고 싶었습니다."

"아, 교산. 먼 길 다녀오느라 수고 많았소."

"전적 제수를 축하드립니다."

"자넨 중임을 수행하지 않았나."

"그렇더라도 아직 정식 벼슬자리는 없어요."

"그래? 내 정6품 전적이면 괜찮은 건가?"

"그렇지요. 관송 형님은 분명 곧 중임을 맡을 겁니다. 효자에다가 충신으로 쌍정문을 입었으니, 상께서 이 어려운 시기에 누구와 함께 정사를 보시겠습니까."

"그런가? 고마우이. 내 자네와 늘 함께 할 것임을 약조하네. 내 길이 곧 자네의 길일 것을."

그날 나와 이이첨은 반촌 옛날 그 주점에 들러 개구리 파리 잡아채듯 서로의 말에 널름널름 대꾸하며 두주불사로 취해 넘어졌다. 이이첨이 한참 동안 내 얼굴을 뚫어지게 보았다.

"교산, 그때 말이지, 자네 무슨 심사로 칼날이 번득이는 그 속으로 들어갔나? 무슨 계획이 있었나? 건곤일척, 아니 각단지게 나설 일이라 생각했나? 지금 다시 생각해도 대단한 일이었단 말이거든. 사달이라도 나면 어쩌려고 그런 무모한…."

"그날 밤 반촌의 사건 말이군요. 별 생각이 있었나요? 생각이 깊었다면 저도 형님들처럼 다리 아래로 내려가 몸을 숨겨야 마땅한데, 제가 깊이 생각하지 못하는 성격이라 그저 막무가내로 쳐들어간 겁니다. 별 특별한 재주는 없지요."

나는 짐짓 그렇게 말해 놓고 에헤헤헤, 하며 어물쩍 넘기려 했다. 저 구월산에서 도술과 권법을 배우던, 그 피나는 용맹 전진을 관송에게 굳이 말할 필요를 느끼지 않았고, 말한다 하여도 그대로 믿을 사람이 아니었기에 얼버무리고 말 일이라 판단했다.

"그치? 그렇지? 별 특별한 계획 없이 무작정 뛰어들었겠지? 젊은 사내로서, 정의로운 마음 그것 하나로 눈을 딱 감고 칼 빛 사이로 뛰어들었겠지? 아암, 그랬을 것을."

까불까불 상체를 흔들며 이이첨이 그렇게 말하자 나는 다만

"그럼요, 그냥 눈을 감고. 아니, 눈을 감지는 않았어요. 눈을 감고서야 어찌 칼싸움을 할 수 있겠어요."

하고 유쾌하게 웃었다.

"하하. 그냥 덤볐단 얘기군. 하여간 대단했는데, 별 다른 생각을 하지 않고 덤볐구면."

"그렇습니다. 그냥 막 들이댄 거죠."

관송 이이첨은 오랜만에 커다란 웃음으로 술잔을 거푸거푸 들이키길 마다 않았다. 무엇이 고마운지 헤어지는 때엔 나를 얼싸안고 등을 토닥이길 여러 번 했다.

의주에서 돌아와 관송 이이첨을 그렇게 만난 며칠 뒤, 나는 예문관(藝文館, 국왕 문예 자문기관) 사관(史官, 국왕 교서 기록관)으로 일을

보게 되었다. 이이첨의 정6품 벼슬자리보다는 낮았지만, 사관이란 그야말로 앞날에 대한 가능성을 적지 아니 품은 자리였다. 권력과의 거리는 유생을 가르치는 성균관보다야 사관이 훨씬 더 가까웠다.

그날 밤 꿈을 꿨다. 해운판관이라는 것이 조창(漕倉)을 순회하며 세곡의 선적을 감독하고 각 읍의 수령과 색리 등의 압령관을 독려해 조선(漕船)을 경창(京倉)에까지 무사히 도착하도록 하는 임무일 따름 별 어려움이 없으므로, 나는 어머니를 모시고 갔다. 잠시 쉬는 동안 하늘이 갑자기 붉어졌다. 서쪽 하늘뿐 아니라 동쪽 하늘도 새빨갛게 물들었다. 나는 울컥 가슴으로부터 올라오는 피를 막지 못하고 그대로 토해냈다. 갑작스러운 일이라 허둥지둥하며 다니다가 기둥을 붙잡는데 집이 우르르 무너진다. 보니, 어머니가 무너지는 집 안에서 손을 내밀다가 흙먼지 속으로 잠겨 들어갔다. 그러나 어머니는 곧 하늘을 오르며 컥컥거리더니 숨을 몰아쉬며 아들에게 손을 저었다. 헛손질을 하며 어머니가 하늘로, 붉은 하늘로 하염없이 오른다. 놀란 나는 어머니! 하고 소리쳤다. 하늘에서 벼락이 치고 천둥소리가 세상을 흔들었다. 나는 다시 한 번 어머니! 하고 소리쳤다. 어머니가 까맣게 멀어져 갔다.

허억, 잠에서 깼다. 꿈이었다. 관자놀이가 지끈거려 자리끼 한 대접을 단숨에 들이켰다. 악몽이었다. 강릉 애일당에 계신 어머니에게 무슨 일이 생기지 않았는지 염려스러웠다. 애일당으로부터 무슨 전갈이 있는지를 살피려 큰형님 댁으로 갔다. 아무 전갈은 없고, 형이 말하길 이홍로(李弘老)가 자기네 집안과 큰형 집안 사이에 혼사를 요구하기에 단연코 거절했다 한다.

"그를 거절한들 무슨 대수랴! 이홍로는 변덕이 심하느니라."

"그래요. 왜란이 일자 병조좌랑으로서 왕을 호종하다가 도망갔다 하여 탄핵을 받은 인물인데, 지가 어쩐다 하여 대수이겠습니까. 우리 집안을 무함하는 일 따위겠지요. 그런데 형님, 막내는 어디로 시집보내시려 합니까?"

"아무에게도 알리지 마라."

"계획이 있다는 뜻입니까?"

"공교롭게도."

"무슨?"

"상께서 뜻을 알려왔다."

"임금이요?"

"상의 여덟 번째 아드님인 의창군(義昌君) 이광(李珖)과 우리 막내를 짝 지어 주자고 하신다."

"조카가 왕자 의창군에게 시집간다고요?! 호오, 집안에 경사났네!"

"그런데."

"문제 있어요?"

"아이 엄마가 아프다."

"형수님이요?"

"심상치 않다. 그런 병세로 인륜대사를 치를 수 있을지."

"혼사를 미루지 마세요. 이건 하나의 기회입니다."

"너다운 말이구나."

큰형은 미소를 지었다. 나는 많은 생각을 떠올리며 큰 머리통을 들고 집으로 돌아왔다. 아, 그런데 그날 밤 어머니가 사망했다는 전갈을 받고 다음날 강릉을 향해 떠났다. 어머니는 풍족하게 살지 못했지만, 전처의 사망 이후 허 씨 집안 후실로 왔으나 뛰어난 아들과 딸을 둔 조선의 여인으로 불행하다 이를 수는 없었다. 나는 거의 한 달 동안 어머니 상을 치르느라 세상일을 잊어 버렸다. 어머니를 원주에 모신 지 여러 달 지나 나는 함경도 길주에서 강릉으로 아내의 무덤을 옮겼다. 그러느라 나는 사관 자리에 앉지도 못했다.

해가 바뀌자 대지팡이를 짚으며 마음을 다스리고자 하여 낙산사에 들러 불경을 외다가 근래 근동에서 호방하다고 이름이 난 옥준선사(玉俊禪師)를 만났다.

"스님의 신통력이 이름났어요."

"자네의 안목도 대단하이."

"큰 고래처럼 술을 마셔 냇물이 다 말랐다지요?"

"자네도 두주불사라며?"

"말을 잘 다루고, 활을 잘 쏘셔서 창틀에 매단 벼룩을 맞춘다지요?"

"자네의 글 솜씨가 놀랍다며?"

"장기를 두어 도끼 자루가 썩는다지요?"

"자네는 외기를 잘한다지?"

"아름다운 말솜씨에 스님들이 배를 꺾는다지요?"

"자네의 재치도 그렇다는구먼."

그리고 우리는 홧홧홧홧, 에헤헤헤 하며 한참 동안 웃기를 멈추지 않았다. 깨달음을 얻는 길이 여러 가지였으므로 나는 그날 밤 옥준선사와 함께 주저 없이 양양의 기생집으로 갔다. 옥준선사가 양양도호부의 기생 양대월과 사랑을 나눈다는 소문이 돌기에 내가 그리로 가자하고 나선 것이다. 양양 남대천 제방 옆 '酒店梅花(주점매화)'가 등촉을 밝히고 한량들을 기다린다. 맛깔스러운 요리로 배를 채우고 술이 몇 순배 돌아 곧 취흥이 도도해졌다. 장년의 옥준선사와 새파란 젊은이인 나는 서로 상대를 의식하지 않으려 했다. 기예를 갖춘 나이 먹은 기생, 그러나 여전히 낭창한 허리의 여자가 옥준선사의 연인인 양대월일 것이 분명했다.

잔을 돌리는 속도가 빨라졌다. 주는 술잔을 어찌 마다할까. 잔을 돌리고 안주도 챙겨주고 웃음도 만들어 보여야 하는 등 내 옆 기생이 분주하다. 슬며시 여자를 보자 내 청춘이 텅텅 뛰었다. 여자는 능숙한 솜씨로 자신의 치마를 내 무릎에 덮었다. 치마 아래서 여자의 손놀림은 빠르고 능란하게 옷 위로 내 아랫배를 더듬었다. 시를 읊고 인생을 관조하는, 불법을 펴고 설법을 듣는 일 따윈 당초 기대 난망이었다.

"자네 이름이 뭔가?"

나는 여자의 깨끗한 미간을 보며 눈 부셔 했다.

"장옥랑(張玉娘)이라 합니다."

"어디에서 이리로 흘러 왔는고?"

"제 고향은 고성 금강산 아래 무산(巫山)이란 곳입니다."

"자네는 무산과 같은 절경이야."

"손님은 진실로 남아답습니다."

장옥랑은 하얀 살결에 눈이 부시고, 눈 가에 붉은 화장을 하여 요염

하기가 그지없었다. 쪽빛 비단 치마 아래로 오이씨 같은 작고 예쁜 발이 내 허벅지를 더듬었다. 나는 헉, 숨을 멈추었다. 그건 그대로 관능이었다. 홍조가 뺨에 돌고 눈시울이 꺼풀졌다. 마치 혼을 녹일 정도로 장옥랑이 아름답게 보였다. 이후 옥준선사도, 양대월도, 술도, 노래도, 장구와 가야금 소리도, 춤도, 다른 것 모두 의미가 사라졌다. 나는 여인의 아름다움에 취해 정신이 혼미해졌다. 아니, 그동안 죽었던 정신이 활짝 문을 연 듯 느꼈다. 나태를 부르고 게으름을 찬미하는 퇴폐의 향기가 홍조 띤 얼굴의 장옥랑의 품속에서 피어나 내게 스며들어 혼백을 뒤흔들어 놓았다. 술상이 파한 뒤 나는 옥준선사와 양대월이 성내리 양대월 집으로 가는 것을 보고 즉시 돌아서서 구교리 옥랑의 집으로 갔다.

병풍이 쳐진 작은 방에 경대와 화장대가, 방 한 구석에 놋요강이 놓이고, 가야금 하나가 구석에 서 있다. 장롱에서 이불이 내려 펴질 동안 나는 장옥랑의 고운 자태를 감상하느라, 아니다, 그런 옥랑은 뒤로 잡아 안아 고개를 젖혀 입을 맞추었다. 옥랑은 몸 전체로 무너져 내려 요와 이불과 함께 방바닥에 쓰러졌다.

"잠깐만."

이미 실성할 정도의 흥분으로 나는 아무 소리도 듣지 못하고 여자를 안아 이불 위에 누이고 저고리를 풀어헤치고, 치마를 걷어 올리고, 그대로 드러난 하얀 속살을 내려다보았다.

"당신은 누구세요?"

"나는 허균. 강릉 사람. 서울에 있다가 작년 유월에 내려 왔으니 한 1 년여쯤 전에 우린 이미 이렇게 만나게 약속된 것이나 다름없지. 나는 지금부터 그대를 핍진하게 사랑할 것이라."

"영원이란 없으니 앞으로 두어 달 동안만 우리 사랑해요."

그녀는 눈물이 글썽글썽 맺혀 떨어지는 목소리로 말했다.

"어찌하여 두어 달 동안이지?"

"이건 제가 저에게 하는 약조와 같은 것이어요."

비단 치마가 흘러 떨어지고 이미 속곳이 벗겨졌으므로 여자의 아래가 그대로 드러났다. 어둑한 그림자가 비밀처럼 눈물을 흘린다. 옥랑이 천천히 내 옷을 벗긴다. 옥랑이 내 위로 오를 때 황촉이 한 차례 흔들렸다. 내가 상체를 들어 여자의 가슴을 한 가득 입에 담았을 때, 여자는 가녀린 손가락으로 내 상투를 쥐었다가 귀를 쥐고, 어깨를 감싸 안았다가 목을 조인다. 나는 옥랑의 귀와 뺨과 눈과 입술을 탐한다. 비명을 지르는 여자의 입술을 입에 넣었다. 입속엔 단 꿀이 흥건했다.

그날 밤 옥랑은 자지러진 비명소리와 함께 여러 번 터졌고, 나는 앞으로 꼬꾸라지며 전 영혼을 그대로 쏟았다. 나는 죽어도 좋았다. 사랑은 혁명 정신보다 위대했다. 사랑은 죽음보다도 더 큰 죽음이었다. 이후 나는 기꺼이 죽으러 강릉서 양양으로 장옥랑을 만나기 위해 해당화 깔린 바닷가, 해송 즐비한 해변 길을 여러 차례 달렸다. 나는 사랑에 빠진 괴물이었다.

미시 — 이몽학의 경우

능운이라는 승려를 데리고 심우영, 이경준, 김경손, 박치의, 박치인, 박응서, 서양갑 등 서얼 7인이 강릉 사촌 애일당을 물어물어, 그야말로 느닷없이 찾아 왔다.

"교산, 눈이 우울하게 보이네, 그랴"

나정의 외삼촌인 심우영이 그리 말했을 때 나정의 죽음을 우회적으로 표현한 것으로 이해했으므로 나는

"외삼촌, 미안하게 됐어요. 세상을 보기 미안하므로 눈이 더욱 들어가는 듯."

하고 고개를 숙였다.

"아니, 그게 아니라 진짜루다 자네 눈이 퀭하게 보여. 무슨 일 있나?"

"아니오. 그런데 도대체 무슨 바람이 불었지?"

"여기 이 분은…."

"저는 능운이라 합니다."

허우대가 좋았다. 6척 장신이다. 이마에 주름이 세 줄 가량 잡혀 있다. 눈썹을 치켜 올리며 말해 인상이 희화적이었다.

"이몽학(李夢鶴) 장군에 대해 말하지요."

"아니, 내가 말하지."

언사가 차분한 서양갑이다.

"교산, 문제가 생겼어. 이몽학은 본래 서울서 살던 사람으로 호남과 충청을 떠돌아다니다가 이번 왜란에 참전해 현재 조련장관이 되어 홍산 무량사에 우거하고 있네."

"그런데?"

"스스로 승속장군(僧俗將軍)이라 부르며 좀 다른 뜻을 가지고 있는 분인데, 여기 능운 스님의 얘기를 듣고 하는 말이지만 말이야."

"다른 뜻이라니?"

"확실한 것은 더 살펴봐야 하나, 내가 보건대 왜병을 물리치는 방식이 관병과 다르다고나 할까."

"다르다니?"

"왜란 발발 이후 계속되는 흉년과 관리들의 침탈에 백성들이 말할 수 없는 곤란을 겪고 있으므로 백성을 구제하면서 나라를 지키겠다는 논리를 펴."

"나는 함경도에서 국경인의 반란을 목격했어. 임해군과 순화군이 임금의 명을 받아 그 지역을 지킨다고 왔으나, 오히려 백성을 괴롭히자 국경인이란 자가 반란을 일으켰지. 이몽학도 국경인의 반란과 같은 명분일 것이라고 봐."

이어 몸집이 우람한 능운이 큰 목소리를 감추려 하지 않았다.

"승속장군 이몽학은 서자입니다. 왕족의 서자 출신으로 서울에 살았으나, 행실이 좋지 않으므로 아버지에게 쫓겨나 충청도와 전라도 사이를 전전하였다는 소문이 있지만 사실이 아닐 겁니다. 다른 소문도 돌고 있으니까요."

같은 서자 7인 중 그와 안면이 있다는 이경준이 물었다.

"뭐지?"

"어린 이몽학이 호암 스승에게 글을 배우러 가자면 냇물을 건너야 했는데, 다리가 없어 비가 오면 쉬 건너지 못했답니다. 그런데 이몽학은 냇물이 불어난 날에도 제 시간에 꼬박꼬박 오는 것이었어요. 호암 선생이 이상하게 뒤를 따라가 보니, 그가 버들잎을 뿌려 밟고 물 위를 가더랍니다."

"누가 그래요?"

"바람처럼 떠돌아다니는 얘깁니다. 승속장군 이몽학을 도와야 해요."

"어떤 방법으로?"

"좋은 물음입니다. 지금 강원도는 사명대사 유정이 승군을 꾸려 혁혁한 공훈을 세우지 않습니까. 우리도 승군이 필요합니다."

"이몽학 장군의 생각이오?"

"이건 관군의 모속관(募粟官, 식량을 모으는 임무를 맡은 관리)인 한현이 낸 의견입니다. 그는 유방의 꾀주머니인 장량과도 같아요."

내가 소리를 냅다 질렀다.

"갑시다! 지체할 것 없어요. 일단 승군 모집의 가능성을 타진해 봅시다.”

박치의가 길을 막았다.

“이렇게 빨리 판단할 것 아니잖아.”

“아니, 일단 휘(輝) 스님을 만나 보자고.”

“어디서?”

“낙산사로 가자.”

낙산사에서 돌아온 지, 아니 사실 양양의 장옥랑의 집에서 애일당으로 돌아온 지 얼마 되지 않았음에도 그녀가 또 보고 싶어, 그러나 일단 휘 스님을 만나기 위해 아늑한 봄 해변의 길을 걸어 나는 일행을 데리고 낙산사로 갔다. 휘 스님이 장쾌한 몸짓으로 다가온다.

“분위기가 예사롭지 않군.”

“모두 제 친구들입니다. 여기 왜병과 싸우는 관군에 소속된 능운 스님이 스님들과 상의할 일을 가지고 왔어요.”

능운이 지체 없이 말한다.

“승군이 필요합니다.”

휘 스님이 말을 받았다.

“서산대사와 사명대사가 승군을 이끌고 있잖아요.”

“이건 특별한 계획입니다. 일부 관군이 백성들에게 횡포를 부립니다. 이를 제압하고자 승속장군 이몽학이 대군을 모집 중입니다.”

“뭐라구?!”

휘 스님이 잠시 생각한 뒤 곧 얼굴을 구겼다.

“그건 반란이 아닌가?!”

“그렇지 않습니다. 전쟁에다가 흉년이 들어 백성의 기근이 심한데,

관군들이 재산을 빼앗으니 지금 이 나라 백성의 원성이 하늘을 찌르고 있습니다. 이몽학 장군은 이를 두고 볼 수 없어 결단을 내린 겁니다. 뜻 있는 사람들은 다 한 곳으로 모여야 할 줄 압니다."

"그게 무슨 소리지?! 백성을 명분 삼아 관군을 치면서, 결국 나라를 더욱 위태롭게 하자는 얘기 아닌가! 당신, 승려를 욕보이는 짓을 하려는 것 아니야?!"

휘 스님이 그렇게 일갈 한 뒤 능운의 멱살을 잡자 사태가 급반전됐다.

"그게 아니라…."

하고 말하려는데, 휘 스님이 눈을 부라렸다.

"교산, 이놈에게 속지 말게. 내가 판단하건대 이건 불의야. 그동안 왜란이 일자 묘향산의 노승 휴정은 수천의 문도로 승군을 일으키고 각 사찰에 격문을 보냈지. 그리하여 호남의 영규, 관동의 유정, 해서의 의엄 등이 승군을 일으켜 호응해 험구를 넘나들며 갖는 고초를 겪으면서 적과 싸워 각지의 의병과 더불어 크고 작은 승전을 했는데, 이제 우리 조선군을 막자하고, 결국 여러 곳의 관아를 치자하는 것이라면 이는 반역이요, 따라서 이몽학을 역적이라 하지 않을 수 없어요. 능운인지 뭔지 이놈을 죽이지 않고는 세상이 온전치 못할 것이거늘!"

이렇게 기세 좋게 말하던 휘 스님이 갑자기 땅바닥에 내리쳐졌다. 능운의 힘이 장사였다. 혀를 차며 끌탕하던 능운이 입술을 비죽이 내밀고 팔을 휘저으며 전혀 다른 사람 모양 행동했다.

"그렇게 간단하고 쉬운 일이라면 내가 이렇게 관동 지방에 오지도 않았을 것이오. 민심은 이 씨 왕조에서 이반되었고, 왜병이 재침할 것이 분명하오. 그러면 백성의 고통을 또 다시 시작되는 것이고. 이몽학과 함께 거사할 것을 꾀한 김경창, 이구, 장후재 같은 사대부나 사노(私奴) 팽종 그리고 나 같은 승려들이 이미 승속군을 일으켜 육칠백 명을 거느리고 부여 홍산의 쌍방축에 모여 있소. 이제 관동에서 승군이 응원하면 의도를 이룰 수 있는데, 이 절호의 기회를 어찌 관동의 승군 때문에 놓쳐야 한단 말이오."

"그렇다고 휘 스님을 이렇게 해 놓다니!"

휘 스님을 일으키며 그리 말하자 능운이 나를 치려고 한다. 박치의가 목소리를 높였다.

"저… 저쪽에, 너의 정체는 뭐냐?!"

서양갑이 제지했다.

"이러지들 말고. 그 절박감은 알겠는데, 이러고서야. 사과하시오."

"못하겠소. 이런 약졸들이라면 도움 받기는커녕 거추장스러울 것이니, 나는 그만 돌아가겠소."

"사과하래도?!"

"그럴 수 없다니깐!"

서양갑의 요구를 무시하며 그냥 돌아서려는 능운을 막은 사람은 저쪽에 박치의였다. 그의 동생 박치인도 막아섰다. 능운과 안면이 있어 그의 요청을 받아 함께 데리고 온 김경손은 어쩔 줄 몰라 하고, 이경준 역시 한판 싸울 준비를 했다. 심우영이 어떻게 싸움을 막아 보려 하지만 능운은 안하무인이었다.

이건 관동의 승군을 모집하려는 것이 아니고, 관동 승군의 형세를 관찰하러 온 것이 분명해. 배후에 적을 두고 싶지 않았던 것이지. 이건 신념이나 철학이 있던 저 정여립의 그것과는 달라. 이는 임란 초에 왕자들을 잡아 왜병에게 가져다 바친 관북 지방의 국경인의 반란과 같은 형태야. 이 경우 동조해선 안 된다. 나는 저고리를 벗었다. 아무도 몰래 잠시 운기조식을 해 봤다. 장옥랑과의 애욕으로 약간 쇄하긴 했으나, 여전히 청년인 나는 기력이 충만했다.

"물러서. 진정 혼뜨검이 나야 정신을 차리겠구나."

낮고 힘 있는 목소리로 그렇게 말했을 때 특히 박치의가 놀랐다. 힘이라고는 쓸 줄 모르는 내가 엉뚱하다 싶어 나를 보호하려고 박치의가 먼저 능운을 공격했다. 번개보다 빠르게 발을 차면서 몸을 날렸는데, 기이하게도 한 발작 먼저 내디딘 능운이 박치의의 치올린 다리를 잡고 남은 한 다리를 걸어내니, 박치의는 땅바닥에 패대기쳐지고 말았다.

"승속장군을 모시는 우리는 재작년에 발생한 전라 경상 지역의 김희, 강대수, 고파의 반역이나 경기의 현몽, 이능의 반란하고는 차원이 달라. 이제 곧 야음을 타 홍산현을 습격하여 이를 함락하고, 이어 임천군, 정산현, 청양현, 대흥현을 함락한 뒤 그 여세를 몰아 홍주성에 돌입할 것인즉 우리를 막을 자 있을 리 없지. 나는 관동의 승군이 의식됐는데, 이제 와 보니 특별한 것 없군. 김경손의 친구들도 관동팔경이나 유람하시고…. 말하자면 자네들의 두령이 교산 허균이라 했나? 까짓것! 그야말로 별 것 아니군 그래."

그의 마지막 말이 내 자존심에 불을 지폈다. 나는 구월산 탁 방사의 천리경, 둔갑술, 축지법, 분신술, 망기경, 강공술 등을 떠올렸다. 나는 순간 충분히 익힌 강공술, 곧 공중으로 뛰어 오르는 도술을 한 차례

시도했다. 몸을 살짝 굽히다가 호흡을 멈추고 가볍게 휘익 날아올라 발걸음을 재촉하려는 능운을 넘어 그 몇 걸음 앞에 살짝 내려섰다. 곧이어 두문을 펼쳤다. 왼쪽 어깨를 아래로 드리워 왼 주먹을 위로 치고, 오른손은 수평으로 구부려 밖을 향하여 주먹을 내지르는 권법을, 오른발 발뒤꿈치를 앞으로 기울이는 연지보(連枝步)를 펴다가 왼발을 기대어 낫 모양으로 뾰족하게 하는 선인보(仙人步)를 보였다. 두 손가락으로 갈고리처럼 나아가는 것은 난추마(亂抽麻), 왼손으로 길게 오른쪽 귀 뒤를 치듯 한 뒤 왼쪽 앞을 향하여 아래를 찍고, 손을 젖가슴에 대고 왼발은 왼쪽으로 문지르듯 하며 오른손은 왼쪽 귀 뒤를 치듯하고, 오른쪽 앞을 찍어 내려 왼 주먹을 구부려 세우고, 오른 주먹을 뒤틀어 코앞에 바로 맞서도록 하는 선인조천세(仙人朝天勢)를 선보이자, 그렇게도 시세 등등하던 능운이 이상하게도 멈칫거리며 두어 걸음 물러선다.

"나와 한판 해 보겠나?"

숨소리 하나 내지 않고 조용히 이르자 낮게 신음하던 능운이

"어, 어…. 어디까지 했소?"

하고 묻는다.

"손을 단련시키는 것이 서른다섯 가지, 발을 단련시키는 것으로 열여덟 가지가 있다는 걸 알지요? 기고세, 금나세, 도삽세, 요단편세, 복호세 아니 건너 뛰어 얘기합시다. 일조편세, 작지용하반퇴법, 조양수편신세 등을 다 떼었소. 실제로 보시겠소?"

그러면서 자세를 취하려 하자 모두의 눈을 놀라게 하는 장면이 펼쳐졌다. 호도깝스러운 콧방귀를 핑핑 뀌던 능운이 순간 그냥 그대로

그 자리에 폭삭 내려 앉아 무릎을 꿇고 오들오들 떨지 아니한가. 덩치에 맞지 않게 곱송그렸으므로 등이 처량해 보였다. 능운은 손바닥을 비벼 용서를 구했다.

"교산 어른, 아이고 잘못했습니다."

"어떻게 아는가?"

"소승은 일찍이 방사에게 술법을 조금 익혔으나 둔하여 일당백의 도술과 권법은 익히지 못했습니다. 술법과 권법을 배울 때 한 방사가 살인자들을 쫓는데, 다가가 권법으로 놈들의 가슴과 허리를 치자 뼈가 으스러지고 창자를 비롯해 오장육부가 튀어나와 즉사하는 것을 보고 기절한 적이 있습니다. 그때 보던 바로 그 품새라 모골이 송연하니 소승이 어찌 교산 어른 앞에 큰 실례를 범했다 하지 않을 수 있겠습니까. 부디 용서하시고 저를 그냥 이대로 홍산으로 보내주시면 각골난망이겠습니다."

"혁명은 그렇게 하는 것이 아니지요! 온 세상이 다 호응한다 하여 이루어지는 것도 아니고, 온 세상이 다 무관심하다 하여 이루어지지 않는 것 또한 아닙니다. 하늘의 뜻을 따라야지. 그건 혁명하려는 사람이 먼저 느낀다고 보오. 나는 그렇게 믿소만, 이몽학에게 그리 일러 보시오. 혹 관동의 승군이 쫓을지 모르니, 즉시 떠나야 할 것이오."

그런 말을 들은 뒤에도 능운은 곧 바로 일어서지 못하고 오들오들 떨다가 차 한 잔 마시는 시간이 지난 뒤에 조용히 일어나, 아니 종짓굽에서 우두둑 소리를 내며 일어나 숨가빠하며 오봉산 길을 내려가 조산을 지나 양양 저잣거리로 내빼 버리고 말았다.

그날 밤 옥준선사의 안내를 받아 우리 모두 '주점매화'로 가서 얼굴이 말고기 자반처럼 불콰하게 밤새도록 술을 퍼마셨다. 그날 나는 자랑스러운 낭군을 모시고 어지간히도 흥감에 겨워 더욱 곰살궂게 대하는 장옥랑과 더불어 친구들을 객사로 보내는 등 뒤치다꺼리를 다 한 뒤 그녀의 집으로 가서 다시 뜨거운 사랑을 나눴다.

3월이다. 7인의 서얼들은 나에 대한 나름의 놀라운 가슴을 다독이며 뿌듯한 심정이 되어 서울로 가고, 나는 며칠 계속하여 장옥랑과 사랑을 나누었다. 양양 현산에 매화, 목련, 개나리, 민들레, 할미꽃이 피고지고, 연이어 벚꽃과 살구꽃이 뒤 이어 피어났다.

며칠 뒤. 오랜 친구, 아니 나보다 나이 어린 비로(毘盧) 양만고(楊萬古), 강릉 태수를 지낸 명필가 봉래(蓬萊) 양사언(楊士彦)의 아들 양만고가 찾아와 부 서쪽 긴 제방 부근에 있는 이 첨지의 집으로 가자고 한다. 산이 끊기고 물이 감도는 곳이었다. 이 첨지는 아름다운 나무가 울창한 언덕 위에 정자를 지어 놓고 '회원당(懷遠堂)'이란 판액을 걸어 뒀다.

"교산, 내가 한 사람을 소개할게요."

뒤따라 다가온 사람은 자신을 김윤황(金胤黃)이라 했다. 근골이 대단한 사내였다.

"소인 한 가지 청이 있습니다."

"말하시오."

"살기가 어려워 제 아내를 남의 집 하인으로 보내려고 그동안 첨지 어른과 상의하던 중 오늘 저와 면식이 있는, 강릉 부사를 지낸 명필 양사언의 아드님 양비로가 온다 하여 기다리고 있었습니다. 그에 의탁하려 했으나 함께 교산 어른이 이렇게 왔으니 부탁합니다만, 귀댁의

하녀 자리에 제 처를 써 주시면 숨을 돌리며 제 가솔이 얼마간 견딜 수 있으리라 봅니다."

"공교롭도다. 마침 여종 아이가 시집을 간다 하여 며칠 전에 본가로 보냈으니, 이건 그야말로 하나의 인연인 듯싶군."

"말씀 놓으십시오. 교산 어른, 고맙습니다. 이 은혜 평생을 두고 갚을 것을 약조 드립니다."

"고마운 말씀. 필요하면 내 친히 김 형을 부르리다."

물러나지 않고 김윤황은 이 첨지와 양만고를 한 번 힐끗거렸다.

"허균 어른, 더 할 말이 있습니다만."

"하세요."

"따로…."

"괜찮아요. 말하세요."

"아닙니다. 따로 말씀 올려야 할 것이라."

좀 떨어져 김윤황이 낮게 말한다.

"제가 교산 어른을 위해."

"아직 약관이오."

"아닙니다. 오해 없으시길 바랍니다. 장옥랑과 만나는 것은 극히 위험한 일입니다."

"뭣이?! 어떻게 그걸?"

"장옥랑은 주점매화에 팔려 왔습니다. 지아비의 병을 고쳐 보겠다고 하여 스스로 돈을 벌려고 말입니다."

"지아비가 있단 말이오?"

"그렇습니다. 병든 남편이 있습니다. 남편의 병은 적취(積聚) 또는 고창(鼓脹)이라 하는데, 간장병입니다. 문제는 옥랑 지아비의 아우가 교산 어른을 만난 옥랑이 완전히 변하여 자기 형님을 배신했다며 교산 어른을 죽일 것이라 떠들고 다닙니다. 아내와 아들 그리고 모친이 별세한 지 얼마 지나지 않은 때에, 3년 상을 지내도 오히려 부족하거늘 술청에 드나들고 고기를 먹으며 다른 여자와 잠자리를 한다며 동네방네 떠벌이고, 천하에 잡, 미안합니다, 천하에 잡놈이고 사문난적이라며 성토하고 다닙니다. 이대로 두어선 위험한 사태가 벌어질지도 모르니 조심하십시오.”

“아!”

“저에게 명만 내리시면 그놈을 요절을 낼 수 있습니다.”

“그래선 안 되오.”

나는 뒤통수를 되게 얻어맞은 느낌이었다. 이 무슨 날벼락인가. 사랑이란 나름 특별한 모양이 있다. 사랑이란 험난한 것이다. 그러나 자신의 지금의 사랑을 온전한 사랑이라 이를 수 없게 됐음을 깨달았다. 그녀에게 남편이 있고, 그 지아비는 이제 곧 죽을지도 모르며, 그 아내는 몸을 팔아 남편을 구하려 한다. 나는 여색에 눈이 먼 자신을 탓해 보았다. 그녀에 대해 알려고 하지 않았던 자신은 얼마나 이기적인가.

아무 소리 않고 그날 밤 장옥랑의 집에서 잤다. 그날따라 옥랑은 사랑을 나누며 흐느끼길 멈추지 않았다. 실제로 옥랑은 눈물을 흘리며

“사랑해요. 이렇게 좋으면 어떻게 해. 나는 어쩌란 말예요. 나를⋯.”

하며 내 가슴을 파고들었다. 전에 볼 수 없는 기쁨 또는 고통으로 옥랑은 흐느꼈다. 밤비가 내리고, 어디선가 찔레꽃 향기가 풍겨왔다. 다시 혼을 녹이며 하룻밤을 하얗게 새웠다.

"오늘 따라 왜 이렇게 뜨겁지?"

"아무것도 아니어요."

"왜 그래?"

"당신이 좋아서."

그럴 따름 그 밖에 다른 일은 없었다. 석 달 봄빛이 어느덧 가버리는 것 같았다. 봄 제비가 지지배배 노래했고, 바람은 꽃을 날렸다. 다시 누워 깜빡 잠이 들었다. 두어 시진이 지난 듯했다. 일어나 보니, 옥랑이 보이지 않는다.

뒷날 알았거니와 그 시간 장옥랑은 청초호를 지나고 있었지만, 아무것도 모르는 나는 옥랑을 찾으러 매화주점으로, 거리로, 제방으로, 현산으로, 그리고 수산과 임천을 가보고 심지어 조산을 지나 오봉산에 오르고 의상대까지 이르렀으나 옥랑의 흔적을 발견할 수 없었다. 나는 거의 절망적 기분이 되어 옥랑의 방으로 가서 붓을 잡으니, 이별을 실감하며 곧 '유증무산장옥랑(留贈巫山張玉娘, 무산 장옥랑과 작별하며 짓다)'이라 제하여 시를 읊었다.

하얀 살결 눈부시고 붉은 눈 짙어가니	白玉生烟絳雪濃
이슥한 밤 깁 장막에 연꽃이 흐느끼네.	夜闌羅帳泣芙蓉
지나가는 저 구름도 양왕 마음 안다는 듯	行雲似識襄王意
뭉게뭉게 에워싸네 무산의 십이봉을.	來鎖巫山十二峰

옥랑의 사는 집은 긴 제방의 서편이라	玉娘家柱大堤西
붉은 문에 수양버들 하늘하늘 늘어졌네.	朱戶垂柳嬝嬝低
누가 생각하리 습지의 말 탄 손님	誰念習池騎馬客

백동제 노랫소리 취해 듣고 돌아감을.	醉歸聞唱白銅鞮

천후산 앞에는 풀이 정히 꽃다운데	天吼山前草正芳
영랑호 호숫가에 지는 꽃 향기롭네.	永郎湖畔落花香
놀잇배에 한봄을 가득 싣고 돌아가니	畵舡載得春歸去
옥퉁소 드높아라 제향을 향하는구나.	吹徹鸞簫向帝鄉

　무산 여인 장옥랑이 영랑호를 지나 고향의 남편에게로 돌아가고, 이내 청춘의 회정길에 가슴으로 눈물을 흘리며 무거운 걸음으로 애일당으로 돌아왔다. 그 무렵 왜군이 반도에서 물러가고, 이몽학의 반란이 비극적으로 끝났다는 소문이 들려왔다. 이 나라는 이대로는 안 돼! 나는 다만 이런 말을 자신의 가슴에 새겨두고 강릉을 떠나 서울로 와 다시 승문원에서 일을 보았다.

탈주

— 황해도 도사

허승연 그림

탈주 ─ 황해도 도사

　생애 처음으로 외직 벼슬인 황해도 도사를 제수한 나는 이재영 무리들과 함께 능소화가 지천으로 피어나는 시절에 해주로 들어갔다. 물론 '광통주가'의 생랑을 비롯하여 한성부 화류계에서 그동안 나를 남몰래 사랑하던 다른 몇 기생들도 데리고 말이다. 이재영이 유쾌하게 떠들었다.

　"황해도 여자들은 신실하고 근검하기가 불같아서 머나먼 서울에까지 가서 젓갈과 소주를 목판과 함지에 이고 다니면서 행매(行賣)를 하지. 해주는 색향이라 여자들의 살갗이 흡사 배꽃과 같다는 얘기도 있네."

　"나는 십여 년 전 젊은 시절 한 때 구월산에서 배꽃 같은 여자를 만났었네."

　"자네가 한성부에서 사라진 이태 동안이었구먼. 여기서 뭘 했지?"

　"사랑했어."

"누구와?"

"말하지 않기로 했으니 더 묻지 말게나?"

해주에서 하룻밤을 보냈다. 그날 밤에 나는 생랑과 잤다. 이재영이 한 기생과 더불어 자기 방으로 들어가는 것을 나는 즐거이 보았다. 그렇다. 혼인은 소유의 양식이고, 사랑은 무소유의 양식이다. 첩실을 둔다는 형식의 사랑을, 혼인하지 않았으므로, 아내 외의 또 다른 여자와의 사랑이어서 부도덕하다고 비판하지 말라. 혼인만을 칭송하지 말라. 명백히 말하건대 혼인은 소유의 제도이니까. 권력과 잘 결탁하는 방식일 따름이니까. 나는 기본적으로는 권력을 좋아하지 않는다. 정도전은 군왕이 아니라 신하의 권리를 논했다. 나 또한 그렇게 생각한다. 관로에 든 나는 스스로 권력화하지 않겠다. 나는 그저 스스로가 주인인 삶을 살 것이다.

방문이 흔들렸다. 곤하게 자던 내가 놀라 깨어날 정도의 소리가 났다. 생랑이 벌떡 일어나 놀란 눈으로 나를 쳐다보다가 얼른 옷을 주워 입는다. 풀어 젖혀진 괴춤을 단단히 끌어안고 저고리를 꿰며 내가 소리쳤다.

"누구냐?!"

"날세. 누가 급히 자네를 찾네."

생랑을 내보내고, 이재영 뒤에 선 한 사내를 보았다.

"누군데?"

"절박한 모양인데, 자네가 아니면 말하지 않겠다니."

"몇 점이야?"

그러고 보니 방문 앞에 황해도의 맑은 아침이 훤하게 찾아온다. 이재영은 앉았고, 하얀 아침 배경 속에 서 있는 사내는 윤곽으로 서 있을 뿐이다.

"내가 누군가 하면…."

사내는 그렇게 말하고 나서 몇 걸음 내딛더니 털썩, 그 자리에 물러앉아 고개를 떨어뜨린다.

"무슨 일이오?"

"놀라지 마시오. 나는…."

사내는 말을 잇지 못했다. 그는 다만 어깨를 들썩거릴 뿐이다. 이재영이 재촉했다.

"새벽같이 찾아왔으면 할 말이 있을 것이 아닌가. 어서 말씀 올리게."

그러나 사내는 묵묵부답 계속하여 어깨를 들썩거렸다. 잠깐 고개를 들어 나를 보고 다시 얼굴을 땅에 떨어뜨려 이번엔 심하게 몸을 흔들며 울음을 멈추지 않는다. 아니, 울음을 참느라 애를 쓰며 자기 오른손을 왼쪽 가슴에 올려놓고 손아귀를 우악스럽게 쥐어 보다가 물 먹은 병아리 모양 쥐 오줌 자국이 선명한 천장을 하염없이 쳐다본다.

나는 그 순간 머릿속에서 뭔가가 부싯돌처럼 번쩍 켜지는 느낌을 받았다. 황급히 일어서서 팔을 들어 사내를 가리키며 소리쳤다. 머릿속이 흐리마리 하지만 분명 그는 낯이 익은 사람이었다. 추레한 형색을 얼추 훑어보니, 때 지난 베잠방이에 깊은 궁짜가 낀 사내는 허리를 펴서 깍지 낀 팔로 두 무릎을 모두고 앉아 멍 허니 세월 저쪽을 바라보듯 했다.

"당, 당신은!"

"그렇습니다. 탁 방사요."

나는 다가가 그의 몸을 들고 얼굴을 살폈다. 키 큰 탁 방사였는데, 어떻게 된 일인지 나는 그를 눈 아래로 봐야 했다. 몸에서 비릿한 피 냄새가 맡아졌다. 덩치가 예전의 절반으로 줄었다 할 정도로 작고 늙었다. 세월이 지났지만 이렇게까지 작아지고, 이렇게까지 행색이 처참하지 않아도 좋지 않을까 하는 생각이 들 정도였다.

"어떻게…."

"그날 새벽에."

탁 방사는 반가움에 젖은 눈물을 훔치며 나로선 선연한 생피처럼 생생한 저 옛날의 일을 말하기 시작한다. 불연 시간을 뛰어넘어 내 저 젊은 시절이 마치 현실처럼 다가왔다.

"허생이 떠난 다음에 한 무리의 무사들이, 아니 살인자들이 산채를 덮쳤지요."

"뭣이?"

"그들은 산채를 온통 불바다로 만들었소."

"아니! 그들이 누군데?"

"그들은 특히 우연주를 찾았어요."

"우연주는?"

긴 흐느낌 뒤에 펼쳐낸 그의 얘기는 이러했다.

쪼그라들기 전의, 몸을 튕겨 산을 넘고 강을 건너길 여반장처럼 쉬이 하던 30대 청년 탁 방사는 칼을 든 한 무리의 침입자들과 하루 종일 싸웠다. 한 사람을 치면 두 사람이 다가들고, 두 사람을 찍으면 세 사람이 밀려드는 싸움이었다. 놈들의 숫자가 워낙 많아 말 그대로 중과부적이었다. 어지간한 세력으로는 산채를 깨부술 수 없다는 것 등 산채의 사정을 그들은 훤히 꿰뚫고 있는 듯했다. 오랫동안 준비하여 산채에 쳐들어온 것이 분명했다. 그들은 두 패로 나뉘어 한 쪽은 계곡 깊숙한 산으로 올라가 진인의 산채를 내리 급습했다. 갑자기 들이닥친 놈들에게 놀란 진인이 도술을 부려 구월산의 오봉, 삼봉, 아사봉을 넘어 주봉인 사황봉의, 해동의 으뜸가는 복지인 동국총리명산동천진관으로 넘어가고 말았다.

"사실 진인은 이미 그곳의 기운이 다해 산채를 폐쇄하여 방사들과 그들의 가족을 다 해산하거나 복지동천으로 데려갈 준비를 하던 중이었습지요. 그 계획을 실행하기 직전에 살인자들이 갑자기 쳐들어오고 말았으니, 진인은 서둘러 산채 사람들 거의 모두를 상제께서 동왕공의 시자 나홍우 진인에게 명하사 이루어 놓은 우리 삼한의 삼대주, 오대신악, 구보동천, 사십삼부, 이십칠도, 삼십오동, 일백사십일산, 구십구천으로 각기 사라지게 해 놓고 스스로 사황봉을 통해 승천하신 겁니다."

"탁 방사, 당신은 어떻게 된 거요?"

"산채 사람들이 진인의 뒤를 따를 시간을 만들려고 놈들과 싸웠어요. 그리고 나는 놈들의 칼을 맞고 다리가 거의 잘려나가 피를 많이 흘리며 이미 죽었습니다."

이재영이 무슨 소리냐는 얼굴을 나에게 들이댔다. 본체만체하며 물었다.

"그 다음엔? 우연주는?"

"놈들이 그녀를 찾기 전에 연주는 놈들이 자기를 찾는지를 이미 알고 죽음의 길을 택했지요."

"뭣이!?"

"허 도사님이 한성으로 떠난 직후 자신의 산채에 스스로 불을 질렀어요. 놈들은 뒤늦게 그녀의 그을린 시신을 보았을 뿐이지요."

"아, 그때 그 피어오르던 연기가 그것이던 것을!"

"이후 저는 잠시 돌아온 진인의 도움으로 회생했으나, 이렇게 한쪽 다리가 짧아진 이대로 이생에서 살아가기로 작심했습니다. 그러나 원수를 갚아야지요!"

탁 방사가 갑자기 목에 힘을 주고 소리쳤다.

"나와 연주의 신원(伸寃)을 허 도사가 해 주셔야 합니다. 나는 그럴 날이 지금이라 믿어요. 연주가 죽자 집안이 몰락할 때 도망하여 승적에 오른 그녀의 어린 남동생이 나타나 연주의 원수를 갚겠다고 나섰으나 그야말로 불급하여 다시 절로 숨어들고 말았지요."

"연주에게 남동생이 있었어요?"

"예, 우경방이라고. 동주에 가 있다는 소문이 있어요."

"우경방이라. 어디선가 들은 바 있는 익숙한 이름인데…."

고개를 외로 꼬고 이재영이 도대체 무슨 짓거리냐는 얼굴을 본다.

"설명하기 어려워. 그의 뜻은 절박해. 그리고 나는 이 일을 해결해야 해!"

우연주가 죽었다. 그 아름다운 여자가. 고생을 지겹게 한, 팔자가 사나운 한 여인이. 나는 기억을 더듬었다.

'그가 나를 자기 방으로 끌고 갔어요.'

이렇게 말하던 우연주의 목소리가 들려오는 듯했다. 황해도 신천군 향리 황기진의 아들 세복이 우연주라는, 임꺽정 반란 사건에 연루돼 몰락하여 천인으로 전락한 가녀린 사대부 가문의 여자를 무지막지하게 유린해 첩실로 삼았다. 그리고 어느 날 찾아온 혼약자와 함께 도망가는 그들을 뒤쫓아 혼약자를 죽이고 우연주까지 죽이려 들던 놈들이다.

"신천군 황부자는 아직도 향리이고 여전히 부자요?"

"그렇습지요. 애비의 재산을 이어 받은 황세복이 힘을 더욱 쌓아 횡포가 갈수록 심해집니다."

"군수는 어떻게 하고?"

"워낙 향리들의 세력이 커 신천군의 경우 신임 군수들은 오자마자 그들로부터 뇌물을 받아 챙기면서 그들의 횡행을 어떻게 할 도리가 없게 됩니다."

"말을 놓으시지요."

"아니, 아니 될 말이지요. 세월이 흘렀고 신분이 달라졌는데. 그리고 나는 이미 죽었습니다. 진인이 남몰래 찾아와 겨우 목숨을 붙여 놓았을 따름, 그동안 백정 짓을 하며 근근이 목줄을 부지했어요. 원수들이 무너지면 저도 진인 따라 백운산 상봉에 올라 복지동천에 이르러야지요. 지금은 진실로 다만 원수 갚기만을 바랍니다."

"어디에서 오셨소?"

"산채에서 왔습니다. 나를 비롯해 산채엔 열서너 집이 있습지요. 나를 이어 아들놈이 도법과 권법을 가르칩니다. 인생이란 반복되는지,

그저 헛된 그림자만 같으오."

"너무 자책 마시고 산채에 가 계시오. 내 황해도 도사로 있는 한 놈을, 놈의 무리를 정신 차리게 할 작정이오."

이후 나는 해주 서쪽 60 리의 금산사와 백사정과 아랑포를 돌았다. 아무 일도 없었던 듯 황주의 장사꾼 집에서 나는 한 아낙의 푸념을 듣고 '황주염곡(黃州艶曲)'이란 긴 시를 짓기도 했다.

황해도 전 지역을 돌고 한 해가 저물어 가는 섣달 초순께 나는 친구들을 이끌고 다시 신천군으로 달려갔다. 바람이 몹시 심하게 불었다. 객사에 황해도 해주목, 서흥부, 장연현, 송화현, 재령군, 연안부, 풍천부, 그리고 신천군에서 보내온 갖가지 물산이 도착해 있었다. 그것은 지방 관리의 부정과 불법을 사찰하여 규탄하는 도사에게 잘 보이려는 뜻이 담긴 뇌물이었다.

그러나 나는 이 지역에 섣달인데도 광풍이 불고 폭우가 내려 나무가 꺾어지고 지붕이 날아갔으며, 모래가 날리고 돌이 굴렀고, 날아가던 새가 떨어져 죽었으며, 거두어둔 각종 곡식들이 바람에 날려 남아 있는 것이 많지 않게 되었고, 과일 나뭇가지가 모두 부러졌으며, 동헌 지붕이 무너진 곳도 여러 지역이라는 계문(啓聞, 신하가 임금에 올리는 글)을 올렸다. 목민관이 잘못하면 천기가 역행한다는 뜻을 지닌 치계(馳啓, 보고서를 올림)로 그것 그대로라면 지역의 관장이 마땅히 바뀌어야 했다.

그러나 계문이 중도에서 사라지고 말았다. 나는 이를 알 도리 없었으나, 그리고 근본적으로 그런 염려를 하지 않아 무심했기에 대비하지 않았거니와 우리들 움직임을 하나하나 살피는 한 무리가 있었고, 그들은 지역의 좋지 않은 소식이 조정에 알려지는 것을 원하지 않았다. 파발마가 달려 나아가는 길목에 한 무리의 무인들이 지키고 섰다가 계문은 빼앗아 바람처럼 사라졌다는 얘기를 들었을 때 나는 순간 술이 확 깨는 느낌을 받았다. 마치 정여립의 무리들에게 우리 친구 일행의 노정과 행색이 고스란히 노출되고 만 몇 년 전의 일을 떠올리게 하는 사건이었다. 이를 어떻게 해결할까를 고민 중인데, 이재영이 방을 찾았다.

"교산, 손님이 왔어."

찾아온 사람은 얼굴이 훤한 사대부였다. 아니, 사실은 중인 신분이라는 점을 삿갓에서 알아보았다. 양태가 좁은 삿갓을 쓴 손님은 가슴에 세조대를 묶고 중치막을 입었으나, 재산은 있으되 글을 많이 한 것 같지는 않은, 어딘가 천박한 느낌을 면치 못한 중년의 사내였다. 망건 아래로 이마에 파란 실핏줄이 구불거리며 흘러내리는 것이 보였다. 황해도로 오면서부터 이상한 일이 생겨 얼떨떨해져 있는 이재영은 사태를 파악하느라 실눈을 뜨고 예의 사내를 훔쳐본다.

"무슨 일이오?"

"저는 신천군 향리 황세복입니다. 여기서는 저를 황부자라 부르지요."

그였다! 연주를 죽인 인물. 탁 방사를 요절내고 산채를 절단시킨 인물. 그가 스스로 찾아왔다!

"들은 바 없습니다."

"아니, 들은 적 있을 겁니다. 허 도사의 언행을 저희 쪽 사람들은 다 알지요."

"협박 공갈이오?!"

"현명하게 판단하시란 겁니다."

"뭘 말이오?"

"우연주는 제 여자이고 제 재산이었습니다."

"재산이오?"

"그렇습니다. 돈을 주고 샀으니까 명백한 제 재산입지요."

"죽일 권한도 있소?"

"지금 세상은 명분만 있다면 사형(私刑)을 그리 큰 죄로 여기지 않습니다."

나는 그 순간 놈의 짓거리를 더 이상 보고도 듣고도 싶지 않다는 생각에 일갈 대성을 쏟아냈다.

"너 이놈! 예가 어디라고 그 따위 망발을 하느냐!"

"여기가 어딘지 제가 잘 알지요. 여기는 황해도하고도 신천입니다. 신천은 한 마디로 내 손 안에 있소이다. 잠시 머물다 가는 허 도사의 입김이 쓸 바탕이 애초에 없다는 점을 계산에 넣어야 할 것인즉. 언행을 삼가심이 좋을 듯하…"

거기까지 말하던 황부자가 자신의 턱이 돌아간 것을 알기까지는 시간이 좀 필요했을 듯싶다. 방바닥에 머리를 박아 갓이 찢어졌으며, 입속에 피가 흥건히 고이고, 정신이 아득했을 터다. 갓은 커니와 떨어진 망건을 주워 쓰고, 풀어진 세조대를 다시 매며, 흐트러진 중치막을 매만지고 나서야 비로소 자기가 젊은 허 도사에게 호되게 맞은 것을 실감하는 얼굴이다.

"너는 가서 기다리라. 동헌에 들러 내 너를 찾을 것이니 도망치려는 생각은 아예 하지를 말라. 여봐라, 게 아무도 없느냐! 아니 여인, 이놈을 당장 내쫓게."

"하하하. 그렇게는 안 될 것이지. 여봐라!"

황세복의 외침에 순간 방문이 열리고 허리에 장검을 찬 장정 대여섯이 몰려 들어와 그를 부액하여 바람처럼 사라진다. 나는 즉각 이재영수하에게 그들의 뒤를 몰래 쫓으라고 일렀다. 회오리바람이 객사 마당을 쓸고 지나갔다. 깊은 생각에 잠겼다. 그리고 다시 두어 시진이 흘렀다.

"아이들과 함께 나를 따르게."

여인 이재영과 장대한 사내 중방을 위시하여 그의 수하들이 내 뒤를 따라 이미 탐지해 놓은 놈들의 거처인 마을 동쪽으로 달려갔다. 작은 언덕을 넘어 그 바로 아래 풀 숲 사이에서 큰 기와집이 어둠 속에서 훤히 속살을 보인다. 불을 환하게 밝히는 것이 자신만만함인지 아니면 전략인지 알 수 없다. 허허하고도 실실하는 병법을 구사하려는지도 모른다. 아니면 아무 의심 없이 놈이 뼈근한 턱을 매만지고 있을지도.

나는 이재영의 수하들을 믿었다. 아니, 그리고 사실 바로 이럴 때 활용하려고 내가 탁 방사에게 도술과 권법을 배운 것이 아니었더냐. 나는 조금 전부터 스스로에게 그 같은 말을 주문처럼 중얼거렸다. 모두 소리 내지 않고 담을 넘었다. 내 강공술이 위력을 발휘했다. 먼저 공기처럼 가볍게 날아서 담에 올라 수하들을 잡아 올리니, 곧 모두 쥐도 새도 모르게 황세복의 안방에 도착했다. 아니다. 툇마루로 올라서는

데 입시하는 보초를 덩치 좋은 중방이 뒤로 다가가 허리를 잡고 비트니 놈은 소리도 못 지르고 쓰러져 파닥이다가 기절하고 만다.

"일어나라."

황세복은 여자와 함께 자다가 나의 등장에 경악하여 벌거벗은 몸을 드러낸 뒤로 나자빠지며

"어, 어. 허 도사."

하고 입을 열고는 그저 쳐다볼 뿐이다. 나는 낮고 빠르게 말했다.

"너는 결국 우연주를 죽게 만들었지? 또 산채를 초토화시키고 방탁사를 죽음 직전으로 몰고 갔지? 내가 조사한 바로 너는 신천군의 공적 재산을 뒤로 빼돌리기를 게을리 하지 않았어. 게다가 용서할 수 없는 것은 농민이 조세나 공납이나 군역, 요역 등의 막대한 부담을 이기지 못하고 파산하게 되면 그 이웃이나 친척들에게 부담금 전액을 전가시키고, 그래도 이행치 못하게 되면 그들 모두를 잡아 족쳐서 남은 재산을 다 걷어 갔지. 황해도 전역 중에 신천의 황세복, 바로 너 그리고 수안의 토호 이방헌이 가장 악명 높다 하던데, 진정 그러하지?"

"아, 아니 그게 그러니까 군수가 시켜서."

"아니지. 군수가 지나치다고 말려도 너는 그런 군수를 좌천시키는 힘도 발휘하지 않았나. 조정에 누가 있다며? 그가 누구지? 나는 그걸 밝히려고 오늘 이렇게 너를 찾아 나선 것이야. 가뜩이나 힘들게 사는 이웃 백성을 향리로서 도울 생각은 않고 토호로서 이웃, 그리고 그의 친척 모두를 망하게 하여 결국 유랑하게 만들었으니 백번 죽어 마땅한 짓을 한 것이 아닌가. 파산한 양민들은 지주의 소작농이 되거나 노비가 되거나 유랑해야 했는데, 팔도에서 일어나는 근래의 이 비극적

사태가 여기 신천에선 바로 네가 저지르고 있다는 소문을 내 이미 들었구만. 누구냐? 뒤에서 너를 비호하는 세력은?"

"그런 게 있을 리 없지요. 한갓 궁벽한 신천의 한미한 향리로서는."

나는 참지 않고 발길질로 그의 턱을 깠다.

"궁벽한 이 신천에 살며, 한미하여 나라에 올리는 계문을 일개 향리가 중도에서 그렇게 채갔다? 이놈, 네 뒤가 누구냐?!"

그때 바깥에서 소란스런 소리가 나고 황부자의 수하들이 닥쳐 들었다. 칼날 부딪치는 소리에 나는 묻기를 멈추고, 이젠 살아날 수 있다고 믿으며 입가에 미소를 머금는 황세복의 멱살을 잡아 일으켜 한 순간에 그의 목을 꺾어 버렸다. 황부자는 아무 소리도 내지르지 못하고 넘어져 일어나지 못했다. 그의 입가에 거품이 일었고, 눈은 흰자위를 보이며 빛을 잃었다. 그것을 보고 우리 일행은 뒷문으로 내달려 언덕 위에 이르러 환하게 불을 밝힌 황부자의 집을 내려다보는데, 우왕좌왕하던 졸개들이 황부자의 거의 완전한 절멸에 절망하며 칼을 내던지고 뿔뿔이 흩어지는 것이 보였다.

다음날. 신천 저잣거리엔 지난밤에 황부자가 풍을 맞아 쓰러져 다시는 일어나지 못하게 됐다는 소문이 돌았다. 그 소문은 바람처럼 빨리 구월산 산채로 날아갔다. 황해도 도사인 나는 군수를 대동하여 황해도 관찰사 신식(申湜)에게 신천의 향리 교체 문제를 상의한다는 명목을 붙여 해주로 떠났고, 산채의 탁 방사는 이재영으로부터 지난밤의 일을 비교적 자세히 듣고 어디론가 사라졌는데, 그의 아들도 그 행방을 알 수 없다 했다. 다만 하얀 안개가 피어나던 밤에 계곡 깊숙이 들어간 탁 방사가 다시는 나오지 않았으며, 그가 사라진 날 이상하게도 구월산 사황봉에서 몇 차례 마른번개가 치더란 얘기만 들려올 따름이었다.

해주에서 돌아온 나는 그런 소식에 다만 미소 지을 뿐 더 이상 탁방사와 황세복의 일은 입에 올리지 않았으며, 이후 생랑과 성옥을 사랑하고 술을 마시기만 했다. 공무는 젖혀두고 사랑에 몰두하고, 깨어나면 절과 승경을 찾아다니며 시를 짓는데, 누가 그런 정황을 일렀는지 사헌부에서 황해도 도사인 나를 마침내 탄핵하기에 이른다.

"황해 도사 허균은 경창(京娼)을 데리고 와서 살면서 따로 관아를 자기 집에 설치하였고, 또 중방이라는 무뢰배를 거느리고 왔는데, 그가 첩과 함께 서로 안팎이 되어 거침없이 행동하면서 함부로 청탁하므로 많은 폐단을 끼치고 있습니다. 온 도내가 비웃고 경멸하니, 파직시키소서."

내 입장으로서는 백성을 수탈하는 향리와 무능한 관리에게 경종을 울려주면서 약간의 시간을 내 서얼과 천민을 데리고 산천경개를 구경했을 따름이거늘 탄핵은 지나치다는 논리를 앞세워 반론을 폈으나 받아들여지지 않고 그대로 파직되고 말았다. 나는 당상관은커녕 5품 벼슬자리 하나 제대로 지키지 못하고 파직당하고 말았다. 황해도 도사의 파직은 나로서는 실제로 생애 첫 번째로 맞는 파직인 셈이다. 선조 32년(1599) 기해년 섣달 열아흐레의 일이었다.

추상 ― 매창에게서

얼마 뒤 나는 잠시 예조 낭관으로 있다가 곧 전운판관에 제수되어 삼창에 가서 조운을 감독하게 됐다. 잘됐어. 될수록 많은 사람을 만나야 해. 세상을 파악해야지. 세금과 해운 체계를 알아 둬야 할 것임을. 나는 삼창을 향해 동작포를 건넜다. 부지런히 움직여 전라도 부안(扶安)에 도착하니 비가 심하게 내리므로 거기서 일단 머물기로 했다. 객관에 들어 노독을 풀기 위해 차를 한 잔 마셨다.

"판관 나리."

"무엇이냐?"

"고흥달(高興達)이라는 분이 오셨습니다."

객관을 들어서는 그는 지역의 기세 있는 젊은이란 인상을 주었다.

"판관 어른, 여그에 오셨으니 지가 한 차례 모시는 광영을 주시면 고맙겠소잉."

"나를 아오?"

"아니, 함자만 듣고 오늘 처음 뵙지요잉. 하오나."

"허면?"

"지와 석주 권필 선생하고는 친분이 없지 않지라."

"아, 그래요?!"

"석주 권필 성님께서 전라도에 내려 오셨을 적에 그띠가 왜란 직후 인지라 졸경 치르지였지라잉."

"지내기 어려웠다는 말씀?"

"그러지라. 그띠 저와 술 한 잔 했는디, 그분께서 판관 어른의 야그 를 했싸아 잊어뿌리지 않응께 이럭코롬 만나 뵙게 된 것이라, 예. 하여 당간에 광영, 아니 참으로 반갑소잉. 제가 성님으로 모실랑께 받아 주 시소."

"에헤헤헤, 그 사람 재미 있구만. 우린 다 서로 형제요. 그럽시다. 아 우님은 오늘 어찌 하시려우?"

"지가 모시고 나가서. 아니, 아니랑께. 지가 여그서, 그러니께 부안 여그서 질로 가는 관기를 불러 지가 오늘 저쪽 대청서 떡 벌어지게 한 판 차릴 것이오만."

"좋지요."

이마가 나오고 관자노리가 넓은 그는 자신이 아직 사마시에 응시하 지 않았으나 곧 도전할 것이고, 특히 명예를 중시한다고 말하며 연신 웃는다.

"저는 교산이라 하오만 그대의 별칭은?"

"자는 달부(達夫)요, 호는 죽호(竹湖)지라. 여그는 대나무가 많지 요."

"죽호, 부안은 어디가 살 만하오?"

"부안선 봉산이 질로 징한지라. 그 기슭에 오두막이나 짓고 살문 에 진간하지요. 남들의 야그가, 산 가운디 골짜기가 있어 우반(愚磻)이라 하는디, 겨가 가장 살 만하지라. 뒷날 지와 거길 한 번 가시어서…."

"그럽시다. 빗소리가 들리는 대청으로 나갑시다. 그런데, 관기를 부른다?"

"여그서 질로 창도 잘허고 시문도 잘허는 기생이 거게 뿐이라."

"이곳 기생도 대단하다던데?"

"피양이나 진주에 비하깐디요?"

그러고 나선 대청이다. 이미 주안상이 차려지고 기생 서넛이 시립하고 있다. 죽호 고홍달은 목소리를 낮게 하면서도 군더더기 없이 말해 나아갔다.

"저기 아가씬 여그에, 그쪽은 거게. 그러고, 계생은 내 곁에 앉고, 거기 자네는 교산 어르신 옆에 앉그라. 거문고는 일단 세워두고. 자, 술을 따르지. 교산 성님, 맴 푹 놓고 한 잔 드시오잉."

여자들은 생김이 다 그만그만했다. 내 옆 기생은 동기(童妓)를 막 벗어났다 싶다. 그녀가 따른 술잔을 들어 크게 한 모금 목구멍으로 부어 넣었다. 싸한 기운이 온몸으로 퍼져 나아갔다. 피곤이 풀리고, 슬픔이 풀리고, 가슴을 억누르던 기억과 일들이 일순간에 사라지는 듯했다. 비일까? 비 때문에, 저 촉촉이 적셔오는 비 때문에, 뜨거운 여름이 갈 것을 예고하는 비, 댓잎에 떨어지는 빗소리 때문에?

불연 그리움이 가슴 저 아래로부터 울컥 솟아올랐다. 처음엔 자연스럽게 며칠 전에 죽었다는 소식이 전해진, 어릴 때의 친구 임현이 떠오르고 차차 생각이 퍼져 작은형과 초희 누님이 그리워지는가 싶더니, 곧 그리움의 대상이 누구인지 모르게 됐다. 문루의 종소리가 밤이 됨을 알리니 문득 비단 이불 속의 짙은 향기가 그리워졌다. 여자가 그리운가? 그렇다면 한양서 몇 차례 정을 통한 기생 광산월이 요즘 전라도에 내려와 있다는데, 그녀가 곧 찾아온다는 소식이 내게 전해졌으니, 그녀와 더불어 풀면 되리.

그런데 그게 아니었다. 초희 누님에 대한 그리움과 광산월같이 짙은 사랑을 나눌 여자에 대한 몸의 근질거림이 묘하게 중첩된 것으로의 그리움이었다. 얼마 전 친구 임현의 죽음이 가져다준 상실감에다가 지금 이곳의 분위기, 젊고 단정하고 호방하고도 방정한 사내와 술과 비와 대청과 거문고와 기생과….

하여간 설명하기 어려운 감정이 솟구쳐 올라왔다. 나는 술을 거푸 마셨다. 목이 마르다. 그건 역사 오랜 소갈병에서 비롯된 것이거니와, 따라서 나는 그리 깊이 취해선 안 될 몸임에도 거푸거푸 술을 마셔댔다. 세곡을 거둬들이는 일이 결국 백성의 고혈을 짜내는 일이라 심적 갈등을 느꼈기 때문에, 그 일을 잊어버리자 하는 의식 저 아래의 소리가 작용하는지 모른다는 생각도 들었다.

그렇게 마시는데, 한 목소리가 들려왔다. 등불 꽃 또렷하게 외로운 웃음 흘리며, 처마의 대나무 쓸쓸히 내는 빗소리를 뚫고, 비단 장막 같은 밤이 오는 무렵에, 굽은 난간 실버들에서 노래하는 앵무새같이 맑으면서도 적지 아니한 세월이 담겨 있는…, 그런 목소리가 내 귀를 매만진다.

"판관 어른은 지금 어디에 계세요?"

"나? 나야 여기 객관에 있지 않나."

"판관은 지금 어디에 계시나요?"

순간 그녀가 나를 놀린다고 생각했다. 고홍달 옆에 앉은 여자였다. 죽호가 그녀를 일러 계생이라 했지.

"계생은 나를 놀리려는가?"

"판관이 여기 있지 않은 것 같아서요. 어디 계시나요?"

"아, 그 말인 것이야?"

여자가 웃는다. 지금 다시 보니, 이가 가지런하고 깨끗하다. 입술에 귀티가 났다. 잘 생긴 얼굴은 아니로되 이목구비가 정돈돼 총명한 인상을 주었다. 진실로 총명할지도 모른다. 묻는 방식이 다르지 않은가.

"내 영혼은 사실 여기 있지 않지."

"지난 사랑에?"

"그래, 지난 사랑에. 허나 내 사랑은 말 그대로 사량(思量), 곧 생각이 많다는 그것이지."

"누구를 사랑하세요?"

"친구 또는 누님을 생각했지."

"누님이라면?"

"경번."

"경번이라시면?"

"경번 허 초희. 난설헌 말이야."

"아!"

이번엔 계생이 놀랐다. 그렇다면 이분은 교산 허균이다, 라고 생각하는 모양이다. 계생이 조용히 일어나 허리를 꺾어 깊이 인사하고 거문고를 내려 조심스럽게 뜯는다. 그 자리엔 죽호 고홍달도, 예의 동기를 벗어난 아이도, 다른 기생도 보이지 않았다. 나에게 그들은 이미 존재하지 않았다. 갑자기 계생이 확연히 눈에 들어오고, 순식간에 계생이 내 영혼을 뒤흔드는 듯 느껴졌다.

"그대는 누구인가?"

"계생(桂生)은 계생(癸生)이요, 계랑(癸娘)이라고도 하지요. 계유년(癸酉年)에 태어났기 때문에 붙여진 별호예요."

"본명은?"

"음…."

잠시 생각하다가 답한다.

"이향금(李香今)."

"자와 호도 있을 듯한데?"

"자는 천향(天香), 호는 매창(梅窓)."

"매창이라? 자네가 창문 밖의 매화 보기를 즐긴다는 그 매창인가?!"

"그 매창이라시면? 농염함의 마술을 지닌 관기 매창을 이르오?"

"촌은 유희경 선생의 정인(情人)인 그 매창 말이야."

"촌은을 말씀하시면…."

그때 고홍달이 끼어들었다.

"매창이 여게 관기로 있던 얄야듧 살 되던 해에 마흔의 서얼 천재 시인 유희경(劉希慶) 선생을 만나, 머시냐 그의 정인이 되어설랑 거시기 그에게 더욱 깊게 시를 배운 것은 사실이지맨서두 지금은 그의 정인이 아니지라."

"그럼, 홀로라?"

"부끄러우나 저에겐 옥여(玉汝) 이귀(李貴)님이 있습니다. 그분이 지금의 정인입지요."

"옥여 이귀는 김제 군수가 아닌가."

"이귀는 서너 달 전에 삭탈관직이 되어설랑 김제를 떠났지라."

"그래?"

"이귀가 김제 부사였을 띠 무리한 제방 공사를 해싼게로 백성들의 원망을 사서 암행어사에 통 맞어 종당에넌 파면된 인물이지라. 근디 지금은 부안 부사 윤선(尹銑) 어른이 계량의 재주가 좋아 눈독을 들이는 중이어서 사실 오늘도 스스로 조신해야 헐 기생이지요잉."

"유희경, 이귀 그리고 윤선이라…. 윤선도 결국 떠나게 될 터이니 계랑, 자네 인생도 고독허이."

"그러게요."

"서울로 간 이후 왜란이 일어 의병을 모아 싸우느라 유희경은 오지 않고, 김제 사또 이귀에게 정을 붙이다 그도 파직당해 가고, 이제 부안 군수 윤선이 다가오니, 왔다가 사라지는 악업을 또 얼마나 반복해야 하나. 그러니 내 자네 인생이 안 돼 보이는 걸 어떡하나."

밤이 깊어 가고, 비는 쉬지 않고 내렸다. 난간 가의 버들과 뒤뜰의 대나무가 빗물에 출렁거린다.

"시축(詩軸, 시를 쓰는 두루마리)을 내라."

그리고 내가 붓을 들어 쓰니, 이러하다.

남국의 계량 이름 일찍이 알려져서 　　曾聞南國癸娘名
글재주 노래 솜씨 서울에까지 울렸어라. 　　詩韻歌詞動洛城

오늘에사 참모습을 대하고 보니 　　　　　今日相看眞面目
선녀가 떨쳐입고 내려온 듯하여라. 　　　　却疑神女下三淸

"이 시는 유희경님이 저를 처음 만났을 때 쓴 시가 아닙니까?! 그걸 아시고 한 차례 써 보이시니, 어쩔 바를 모르겠습니다."

그렇게 말하면서 이번엔 매창이 이어 시를 적는데 제가 '자한(自恨)'이다.

봄날이 차서 엷은 옷을 꿰매는데 　　　　春冷補寒衣
사창에는 햇빛이 비치고 있네. 　　　　　紗窓日照時
머리 숙여 손길 가는 대로 맡긴 채 　　　　低頭信手處
구슬 같은 눈물이 실과 바늘 적시는구나. 　珠淚滴針絲

계랑은 마치 오늘의 일인 듯 시조 한 수를 또 적었다.

이화우 흩날릴 제 울며 잡고 이별한 임
추풍낙엽에 저도 날 생각는가.
천 리에 외로운 꿈만 오락가락 하노라.

그건 유희경과의 이별에 부쳐 쓴 시였다.

"우리가 지난 시절의 시를 왜 이렇게 되풀이해야 하지?"

"시간을 넘어 그리움이 사무치기 때문이지요."

"계랑, 자네가 서울서 내려온 유희경을 보고 '한성의 이름난 시인이라시면, 유희경과 백대붕 가운데 어느 분이십니까?' 라고 물었다지?

그런 물음에 넘어가지 않을 사내가 어디에 있겠나."

계랑은 혹은 거문고를 뜯고 또는 시를 읊는데 생김새가 크게 시원하지는 않았으나, 재주와 정감이 있어 함께 이야기할 만하였으므로 나는 밤늦도록 술잔을 놓고 오직 시를 읊으며 그녀와 서로 즐거이 화답했다.

매창을 만난 뒤 전주에 돌아와 일을 보는데, 나는 전날에 큰형 허성의 막내딸 혼사 문제로 적지 아니 갈등을 일으킨 이홍로가 객관에 찾아왔다는 소리를 듣고 놀랐다. 이홍로가 누구이던가. 왜란이 일자 병조 좌랑으로서 왕을 호종하다가 도망하고, 뒤에 함경도 도검찰사의 종사관을 지내면서 또 도망하였으며, 다시 선전관이 되었으나 양사(兩司, 사헌부와 사간원)의 탄핵으로 유배되었다. 그 뒤 풀려나와 경기도 관찰사가 된 인물이었다. 그는 특히 우리 큰형 허성에게 두 집안 간에 혼인 관계를 맺자고 요청했다가 거절당한 인물이다. 풍뚱한 편에 좀 능글맞은 인상이었다. 전형적 후흑(厚黑)의 상이라고나 할까.

"내가 이곳의 감사(監司, 관찰사)라 교산의 행차를 응원하러 한 차례 들렀네."

그렇게 말하는 유보 이홍로가 유들유들한 얼굴을 들어 객관을 쓰윽 훑어보더니

"여기 창기는 없나?"

하고 너스레 짓을 멈추지 않는다.

"그런 것이 있을 리 없지요. 감사도 그렇거니와 나 또한 엄연히 공무를 수행 중인고로 행동을 삼갑니다."

"공무를 보지 않는 자가 어디 있나. 그럼에도 밤낮으로 기생을 끼고 다니는 인사가 어디 한두 사람이던가. 여기도 분명 그런 벼슬아치가 있을 터. 그러니 내 그에게 하룻밤을 의탁하려는데, 교산 그러면 안 되겠나?"

그렇게 너스레를 떠는 이홍로가 진정으로 반갑지 않았다. 일종의 선입견일 수 있지만, 하는 양을 보면 허성 형님 집안과 애초에 관계해선 안 될 인물이었다. 관찰사라고 하나 존경의 심사가 일지 않아 나는 그를 온전히 무시하기로 마음먹었다.

"여기선 그렇게 안 되니, 감사께선 돌아가시지요. 더구나…."

"더구나?"

"더구나 감사께서는 지금 상중이 아니시오. 얼마 전에 모친께서 귀천하셨다고 들었는데."

그런 일을 들춰내는 나를 바라보는 이홍로의 눈빛이 불처럼 이글거린다.

"사람이 죽는 일이야 생애의 상사가 아니던가. 그러니 그런 일로 날 몰려고 하지 말게."

객관의 모든 객창이 훤히 열리고 바람이 불어 들어오자 허옇게 변해가는 이홍로의 수염이 흔들렸다. 탁주를 마시려 하다가 수염을 쓸면서 눈을 빤히 쳐다보며 말을 내뱉는다.

"교산, 자넨 내게 그리 말할 입장이 아니지. 있을 수 없는 일을 한 사람은 바로 자네가 아니던가."

나는 엉덩이를 들었다 놓으며 술을 한 숨에 다 마시고 주반 위에다가 타악, 술잔을 내려놓았다.

"내가 어쨌단 말이오?"

"자넨 상제(喪制)를 잘 지키지 못하지 않았나."

"무슨?"

"모친께서 돌아가셨을 때 자네는 상복을 제대로 차려 입지 않았나."

"모친상은 강릉에서의 일이었는데, 감사께서 실제로 그걸 보지는 못했지요?"

"소문에 그렇더라 하는 얘길세."

"누군가 나를 무함하는 얘길 가지고 그러시는구만!"

"나도 지금 그러고 있거니와 자네는 모친이 돌아가신 지 얼마 되지 않았을 때 기생을 찾아 양양으로 다녔다지?"

"…."

"생각 안 나나? 양양의 장옥랑이란 기생과 세상모르게 사랑 노름에 취했다 하더구면. 그런 일 없었나? 모친 상중에 말이야, 모친상을 당한 주제에!"

"일 년이 지난 시기쯤에 양양 낙산사로 간 적은 있소만, 그것 또한 무함이지요. 혹 내가 기방에 출입했다면 그건 낙산사 스님들과 곡주를 마시려 몇 차례 들른 것이었는데, 그걸로 나를 무함하다니."

"하여간 그런 소문이 돌았다는 걸 다시 확인하여 말하고 싶으이. 그러니 내 앞에서 지나치게 경건하고 근엄한 생애인 척 하지 말란 말이지."

나는 순간 얼굴이 붉어졌다. 지난 일을 악의적으로 해석하여 당사자 바로 앞에서 그대로 읊어대는 이홍로의 건방짐에 엄청난 분노가 일었다. 이자가 도대체 나를 뭐로 보고 이러는가, 혹 지난 허성 형님 집안의 혼사 거절에 대한 분풀이인가, 하는 생각에 이르러, 그리고 그렇다면 참을 필요가 없다 생각하고, 온 몸에 힘을 주고 참을성 있게 주병을 들어 술잔에다가 천천히 술을 붓고, 그런 다음 한 잔 가득 찬 술을 이홍로의 얼굴에다가 정확하게 던져 버렸다.

"에크, 이게 뭐야!"

이홍로가 뒤로 벌렁 나자빠지고, 그 바람에 술상이 하늘로 치올라갔다가 몸 위로 떨어져 술은 물론 온갖 주효(酒肴)를 뒤집어쓴 이홍로는 한 순간에 시궁창에 빠진 생쥐 꼴이 되고 말았다.

"너 이놈, 네가 무엇이관대 나를 욕보이느냐!"

"당신이 자처한 일."

일어서서 자신을 내려다보는 내가 조금 전의 그 공손한 젊은이가 아니라 내공 있는 온전한 사나이로 드러났음을 직감한 이홍로는 부채와 흑립을 주섬주섬 챙겨선

"네 이놈, 언젠간 험한 꼴을 보고 말 것이야!"

하는 말을 남기고 일행을 앞세워 객관 밖으로 줄행랑 치고 말았다. 그러나 이 일 이후 나에 대한 세상의 모든 무함이 이홍로부터 시작됨을 받아들여야 했다.

선조 34년(1601) 11월. 원접사 이정구와 함께 중국 사신을 맞으러 떠날 준비를 하는 중에 상곡으로 이재영이 찾아왔다. 얼굴색이 붉다. 어디에서 거나하게 한 잔 꺾은 모양이다.

"세월 좋구만."

"아닐세. 세월이 기가 막히다네!"

그의 기분이 심상하지 않았다.

"무슨 일 있나?"

"들어 보시게. 제주에서 역적을 잡은 사람의 공을 논하는데 그가 마침 서얼이었단 말씀이야."

"그런데?"

"금부가 서얼인 경우는 허통하게 할 것으로 서계(書啓, 복명서를 올림)하니, 임금이 전교(傳敎, 임금이 명령을 내림)하기를 서얼 허통은 법전 상 할 수 없을 뿐만 아니라 왜난 때 잠시 시행했을 따름이니 이젠 그만 두라고 했다는 거야."

"실로 개탄스러운 일이구만!"

서얼인 이달 스승과 일곱 서얼 친구들의 얼굴이 겹쳐와 나는 우울한 심정이 되지 않을 수 없었다. 여인 이재영이 눈물을 흘린다.

"이 세상은 서얼에게 연옥과도 같네! 자네가 이를 어떻게 해결해야 하지 않겠나."

나는 아무 대답 못했다. 여인을 달래려 할 순간 성균관에서 한때 함께 공부한 전배 종2품 동지중추부사 기자헌(奇自獻)이 대문을 들어서는 것이 보였다 그날따라 기자헌의 얼굴이 길게 보였다. 무슨 생각에 빠져 있는 게 분명했다. 그 즈음 나에게서 공부를 하는 아들 기준격(奇俊格)과 함께 온 그가 털썩 자리에 앉고, 곧 사랑채에 술상이 차려졌다. 시큼한 탁주 냄새에 기자헌이 얼굴을 활짝 편다. 그 순간 나는 저 옛날 내가 자객들과 싸우는 것을 훔쳐보던 기자헌을 떠올렸다. 반촌 성균관의 다리 아래서 내 무모함을 걱정하던, 아니 위기에 처한 자신의 처지를 염려하던, 그리하여 온몸을 사시나무 떨듯 하면서 다리 밑에 숨어 사태의 추이를 주시하던 그였다. 관송 이이첨과 함께.

"여기 여인 이재영도 있네만 무방하겠지?"

"말씀하세요."

"교산에게 한 가지 부탁을 함세."

"내게 부탁을 다 하다니요?"

"작년에 자네는 해운판관, 아니 전운판관으로 전라도에 다녀오지 않았나."

"그랬지요. 문제 있습니까?"

"아니, 그런 얘기가 아닐세."

"그러면?"

"자네가 거기서 만난 이홍로 얘기야."

"유보 이홍로라면 전배의 자형이 아닙니까?"

"그렇네만, 그자가 조정에서 온갖 분탕질을 해대고 있어서."

"그래서 어쩌시려고요?"

기자헌이 상체를 앞으로 내밀고 낮은 소리로 이른다.

"그를 탄핵하려 하네. 그래서 내 우선 몇 가지 확인할 게 있어서 말이야."

"인척을 탄핵하다니오!"

"그와 함께 지낼 수 없음이야. 그를 내쳐야 해. 그건 내 문제이고. 하여간에 작년에 전주에서 그와 만났다지?"

"그렇습니다만."

"이홍로가 그때 감사(관찰사)로 있었는데 말이지. 그 무렵에 어머니

상을 당했어요."

"그랬었지요."

"친모의 상을 당했음에도 성복(成服) 제대로 차려 입기도 전에 말이지 갖가지 부정한 짓을 저질렀다는구먼."

"무슨?"

"여러 가지로 말이야. 재물을 탐내는 등 탐관오리의 전횡을 마다하지 않았다지."

"몰랐습니다."

"그때 바빴을 테지."

"그런데요?"

"무슨 그런데요인가, 그걸 입증해 달란 말이지."

나는 기자헌이 자신의 자형을 탄핵한다는 사실이 기막혔다. 나와 이재영이 서로 얼굴을 마주보며 무슨 이런 따위의 일이 있는가 하는 표정을 지었다. 상복 전에 부정한 짓을 실제로 저질렀음을 보았다 할지라도 이 경우 그것을 입증해선 결코 안 될 것이라 생각했다.

"그러겠는가? 증인이 돼 줄 것이지?"

더 생각할 것 없이 나는

"못합니다."

하고 입을 닫았다. 기자헌이 조금 애가 탔는지 탁주잔을 비우고 떠든다.

"내 한 가지 알려줄 일이 있네. 자네 모친이 돌아가신 뒤 자네가 기녀와 동침했다 하던데?"

"뭐요?!"

"이홍로가 그런 말을 하고 다니는 줄 자네는 몰랐나?"

"이홍로가 말이오?"

"자네 집안이, 아니 자네 형 허성이 이홍로의 혼인 요청을 거절했다지? 그 이후 교산 자네에 대한 소문을 그가 온 세상에다 해대고 있으니, 자네로선 그것에 대응하고 또 보복해야 할 일이 아니던가."

"그런 따위로 이홍로를 보복하려 든다면 세상 사람들이 또한 나를 얼마나 속 좁은 사람으로 생각하겠습니까. 나는 이홍로를 보복할 생각이 없습니다."

"잘났군!"

"뭐요?"

"아량 넓은 자네가 잘났다는 얘기야. 한갓 좋지 않은 자를 응징하는 증거를 대 달라는 것인데, 이렇게 잘난 체 하다니!"

후딱 술잔을 비운 기자헌이 아들 기준격을 내려다보며

"그래도 네 선생이 아는 것은 많으니라. 다 배워 그의 것을 모두 빼앗아 오라. 애비는 먼저 간다!"

하고는 횡 허니 대문 밖으로 사라져 버렸다. 그가 간 뒤 나는 서상에서 '맹자'를 집어 들었다.

"준격아, 책을 펴라 오늘은 공손추 장이다."

술이 확 깬 이재영이 갓을 벗고 길게 누웠다.

배치 — 칠서들

매서운 한겨울을 건너가고, 매화는 눈 속에서 웃음을 준비를 하는 시절, 손곡 이달이 한때 기거했고, 중국 시인 오명제가 또 잠시 머물던 외별당에 모두가 모였다. 이재영을 비롯해 심우영, 박치의, 김경손, 이경준, 박치인, 박응서 그리고 서양갑이 달려오고, 저녁 늦게 석주 권필이 당도했다.

"들은 소식들 없나?"

내 느닷없는 물음에 놀랍게도 거의 모두가 합창하듯이 대답했다.

"왜 없겠나."

"우선 서얼허통에 관한 조정의 판단이 나왔잖아!"

수염에 묻은 술을 털어내고 모두의 눈이 서양갑에게 몰리니 그가 눈알을 돌리며 묻는다.

"내 얼굴에 뭐가 붙었나?"

"자네가 꺼내 보란 뜻이야."

"조정의 판단은 왜란 중에 잠시 시행하던 서얼허통을 다시 금한다는 것이지. 작년 시월에 그런 전교를 내린 것으로 아는데?"

서양갑이 차분하게 그렇게 말했을 때, 김경손이 울분 섞인 목소리를 냈다.

"서얼 문제로 대변되는 신분 차이에 의한 조정의 통치 방식에 지금 많은 백성이 참아내지 못하고 있지."

"저, 저쪽에…. 곧 적지 않은 소요가 일 듯해."

이런 박치의의 말에 박응서가

"특히 왜란 이후 팔도에서 불만이 드러나는 양상은 무엇이지?"

하고 묻는데, 그에 대한 답을 권필이 했다. 권필은 혼인을 해서인지 얼굴이 훤하게 퍼져 있었다.

"백성들의 의식이 달라졌어. 양반을 보는 눈, 특히 조정을 보는 눈이 매서워졌지. 왕가를 무서워할 것도, 조정을 두려워할 것도 없다는 생각이 싹트기 시작했다는 것이야. 그들을 믿을 수 없다는 것이지. 믿어 봤더니 난리만 겪게 하지 않았나, 하는 의미의 저항의 눈빛들이 아니겠나."

"그렇지. 존대할 거리가 없어졌어. 무시해도 좋다는 생각을 갖는 것 같아요. 왜란 초기에 이미 경복궁, 창경궁, 창덕궁 등에 불을 지르지 않았나. 저쪽에, 임금이 성문을 잠그지 않고 도망치듯 도성을 떠나버렸으니, 그런 임금을 누가 신뢰하겠나 하는 말이야."

이어 이경준이 신음했다.

"정여립 사건 같은 게 또 터질 수 있어요."

석주 권필이 나선다.

"그러므로 쉽게 역모를 꾀해서는 안 되지. 권력의 내부로 곧장 들어가 개혁을 부르짖음만 못하다고 봐."

그 소리를 듣고 심우영이 참지를 않았다.

"석주, 자네야 말로 권력의 내부로 들어가 개혁이든 혁명이든 해야 할 사람이 아닌가. 그럼에도 벼슬을 하지 않겠다며? 그러면 종이 호랑이일 따름."

"지나친 말."

"그렇지 않은가. 개혁은 권력 내부에서 할 수 있다면 우리 같은 서얼은 그 권력 내부에 들어갈 수 없으니 자네가 그렇게 하라구. 그럼에도 과거를 볼 생각을 않으니 자네의 얘긴 다만 공염불이 아닌가 하는 말이야."

"공염불이라니. 자넨 내가 왜란 발생 초기에 이산해 등 동인이 조정을 농단하는 양을 두고 보지 못하여 마침내 탄핵을 한 사실을 잊지는 않았겠지?"

"잘 알고 있네만. 대궐 밖에서 글이나 올리고 광화문 앞에서 무릎을 꿇는다 하여 권력을 쥔 자들이 눈 하나 깜짝 할 줄 아나?!"

"그래도 누군가는 그렇게 해야지."

"그렇게 안이하게 대응하는 것과 백성들이 개혁의 기치를 들고 몸으로 저항하는 것 중 과연 어느 것이 의미 있는 것이지?!"

"안이하다니. 나를 무시하는 건가?"

"무시할 만하지 않나. 모름지기 글줄께나 배운 놈들은 행동은 않고 그저 입만 살아서는!"

권필과 심우영 사이의 다툼을 다른 사람들은 흥미롭게 바라보았다.

모두가 사실 그동안 권필의 자세 및 의식에 의심을 품었던 것이다. 개혁 의지는 없지 않은데, 실제 행동으로 보여줄 기미가 보이지 않고, 또 벼슬길에 나아가 행정이나 정치의 중심에 서서 개혁을 논의치 않는다면 그는 다만 산림에 은둔한 처사에 불과할 따름이라 여겼다. 나는 사대부 권필과 서얼 심우영 사이의 분명한 역사 혹은 시대 인식의 차이를 보았다.

"어이 심우영, 내가 문약하게 보이나?"

"권필, 자네야 말로 문약하지. 홀로 거대하다 여기면 뭐해. 동지가 없고, 무리가 안 보이고, 조직이 없으면 실제로 할 일이란 세상에 없네. 이를 바꾸지 않을 경우 개혁을 말할 자격이 없어! 진실로 자네가 우리와 뜻을 함께 한다면 더 사실적 실제적으로 만백성의 목소리를 들어야 할 것이야!"

자존심이 유달리 강한 권필이 그 순간 모욕을 당했다고 생각해 느닷없이 심우영의 멱살을 잡았다. 호방하고 장대한 권필이 심우영을 들어 방바닥에 내리쳤다. 그러자 박치의가 발길질로 권필의 가슴을 찼고, 다른 서얼들이 권필에게 닥쳐가 넘어뜨려 내리 누르니, 권필은 그대로 꼼짝 없이 당하고 말 정황이 됐다.

"그만들 하게!"

그런 양을 바라보며 아무 말 않던 내가 그렇게 말했지만, 서얼들은 석주 권필을 계속 깔고 짓이겼다. 권필이 악다구니를 쳤다.

"미안하지만 자네는 여기서 빠지는 게 좋겠어. 사대부의 붓으로 하는 개혁 및 저항 흉내 따위와 우리들 무지렁이들의 몸으로 하는 투쟁은 결코 같을 수도, 함께 할 수도 없지!"

그때 벽력같은 소리가 방안에 울려 퍼졌다. 그건 바로 나였다.

"그만하라지 않나!"

내가 손을 쓰자 박치의가 저만치 나가떨어지고, 심우영과 김경손과 이경준이 나자빠졌고, 박응서의 입에서 피가 흘렀으며, 박치인은 옆구리를 호되게 맞아 끙끙거렸다.

"석주는 석주대로 할 일이 있고, 자네들은 자네들대로 마땅히 해야 할 일이 있을 터. 누가 옳고 누가 그르다는 것인가? 우리는 일단 세상을 바꿔야 한다는 것이 옳다는 것만 확인해 두자고. 여인, 자네의 무리는 여전히 도축장에서 모이나? 결사의 이름은 '도축회'인가? 자네들 일곱 사람은 '칠서회'라 해야 하나? 당부하건대 이름을 짓지 말게. 저 정여립은 '대동계'를 지어 세상 사람들이 알게 되니, 마침내 일망타진을 당하고 말았지. 유념하게. 자, 모두 다음을 기약하고들, 그만 돌아들 가시게."

*

쌍리동(雙里洞, 서울 중구 쌍림동)에서 보는 흥인지문(興仁之門, 동대문)은 낙산을 배경으로 외롭다. 왜란 초기에 왜병은 저 문을 통해 도성에 침입했었지. 관송 이이첨은 그런 생각을 하며 집을 나섰다. 그대로 육조 거리를 향해 나아가야 했으나, 지금은 정직(停職) 중이다. 허나 이이첨은 즐거운 소식을 들었다. 임금이 고향 합천에 내려가 있는 내암 정인홍에게 조정에 다시 들어오라는 특지를 내렸다는 소식이 그것이다.

"흐흐흐…."

이이첨은 흥겹게 웃으며 동대문을 바라보고, 찢어지는 입을 만들고 하얀 얼굴을 돌려 낙산을 쳐다보기도 했다. 정인홍이 누구인가. 그는 임란 전 지금의 임금이 즉위하자, 경학에 밝고 행실이 바른 선비로서 사헌부 장령에 제수됐었다. 왜란 중에는 제자들과 함께 의병을 일으켜 적병을 물리치자 조정에서 그에게 창의장이란 직함을 내려주었다. 지금 임금은 서인과 남인과 동인한테 염증을 느끼고 있음이야. 임금은 정인홍을 통하여, 그를 사헌부 대사간으로 삼아 조정의 분위기를 일신하고자 하는 것이야.

이미 임금은 임란 뒤에 남인(南人) 유성룡을 멀리하고, 또 서인(西人) 송강 정철과 우계 성혼의 벼슬을 삭탈하지 아니했는가. 그러므로 이젠 나머지 무리들을 다 쫓아 내보내고 우리 대북(大北)의 세상이 되어야지. 곧 그렇게 될 것인즉. 대문을 나서던 쌍리 이이첨은 몸을 돌려 다시 안으로 들어서서 안사람을 찾았다.

"임자, 정인홍 대감을 만나러 가야 하니 준비를 좀 해 주게나."

"돈 말이에요?"

"그거 말고 뭐가 있겠나."

마당으로 나서는 부인의 얼굴이 붉어졌다.

"당신 벼슬이 떨어진 지 적지 아니 세월이 지났는데, 어디에서 돈을 구해요?"

"뭣이라?!"

"그렇지 않아요. 먹고 살기도 힘든 판에 정치한답시고 돈 들이려고만 하니, 딱한 노릇이 아닙니까."

"황해도에선 연락 없나?"

"참, 싫어할까 봐 말하지 않은 소식이 있어요."

"응?!"

"황해도 신천의 황부자가 중풍에 걸려 몸을 꼼짝도 못한답디다."

"그래? 그걸 왜 이제야 말하나?"

"허균이 연루된 듯하다는 얘기를 들었기에."

"교산이? 무슨 얘기야?"

"허균이 황해도 도사가 되어 신천에 들렀을 때 황부자와 싸움이 있었대요. 교산이 황부자 집을 다녀간 이후 다음날 무슨 충격을 받았는지 황부자가 그만 풍에 쓰러졌다는 얘기 아닙니까. 이 소식에 당신이 기분 좋을 리 만무 아녜요."

"죽일 놈의 교산!"

이이첨은 허균을 생각하고, 무슨 이런 따위의 악연인가를 자문하며 어금니를 문다. 낭패였다. 정인홍 어른을 가까이 해야 하는데, 유동 자금이 없다니. 선물을 해야 하고, 술청에도 가야 하는데 자금이 없다니. 그동안 신천의 황 부자가 조달해 줬는데 말이야. 임란 중에 광묘 영정을 모시고 의주 행재소로 가다가 불연 만나게 된 황세복이 자신을 그렇게도 높이 모셔왔는데, 그가 풍으로 움직일 수 없다니, 그와의 인연이 이것으로 끝이라니!

이이첨은 아쉽고 또 아쉬웠다. 허균이 왜 하필 황해도 도사로 발령났는지, 어찌하여 신천에 들렀고, 또 어떻게 되어 황세복과 다투게 되었는지 알 길 없는 이이첨으로서는 다만 황세복으로부터 보내져 오던 물자가 끊겨 활동 자금을 마련할 수 없어 낭패지경에 처하게 된 자신의 처지를 답답하게 생각했고, 따라서 그 원인을 제공한 허균에게 원망을 품지 않을 수 없었다.

*

퇴궐 후 상곡 집에서 이재영과 하루 일과를 되돌아보는 중이다. 대문 바깥에 선 회양나무가 푸르러졌다. 그때 대문이 활짝 열리며 한 사람이 썩 들어섰으므로 고개를 돌려 보니, 그 무렵 경기도 관찰사를 지내는 이홍로였다. 지난해에 있었던 그의 무례를 떠올리며 나는 미간을 찌푸렸다. 이홍로의 뒤로 두 사람이 따라 들어오는 것을 보고 나는 의도 있는 방문이란 걸 즉각 감지했다.

"사랑으로 드세요."

"흐음, 그간 별고 없었는가? 여긴 그야말로 무풍지대로구먼."

깨끗한 창의를 입고 흑립을 쓴, 나보다 아홉 살 위인 이홍로가 예를 차리지 않고 사랑에 올라 상석에 꼿꼿한 자세로 앉았다. 곧 술상이 차려져 나오고, 나를 비롯해 이재영은 물론 이홍로와 그의 수하들이 모두 말 없는 가운데 술잔이 한 순배 오갔다. 툇마루 앞 향나무 가지 사이로 흘러가는 바람이 차갑다.

"그렇게 말하고 다니면 가슴 속이 시원해지나?"

하며 잠시 동안의 적막을 깨며 문득 말 비침을 하니, 그는 이홍로였다.

"무슨 말씀인지?"

"허어, 교산은 아직도 그대의 가문이나 신분이 그대의 저 선대 초당 허엽 선생의 그 때처럼 당대 제일인 줄 아시나?”

그렇게 빈정거리는 이홍로의 얼굴에서 눈을 돌려 나에게 길죽한 얼굴을 내밀며 유생 복장을 한 사내가 허리를 편다.

“나는 신현이라는 사람인데, 여기 이성과 더불어 우리는 유보 이홍로 어른을 늘 수행하고 있소. 듣거니, 교산은 우리 감사 어른의 흉을 보고 다닌다지요?”

“나는 이성이라 하오. 그런 일을 하지 않았다는 얘긴 하지 말기를. 우린 여러 곳에서 교산의 얘기를 들었으니까요.”

덕성이라곤 느껴지지 않는 가무잡잡한 사내의 말에 나는 불연 가슴 속에 불길이 일었다. 이들이 도대체 무슨 수작인가.

“나에 대해 무슨 말을 들었단 것이오?”

이렇게 물으며 나는 긴장하면서 한 차례 기를 모았다. 그리고 나서 막 술잔을 들려는데,

“사정 대감이 오셨습니다.”

하는 하인의 아룀을 들었다.

“모셔라.”

그리고 방문을 여니 마당 아래에 기자헌과 그의 9살 먹은 아들 기준 격이 아버지 손을 잡고 추위에 떨고 있는 것이 보였다.

“어서 드세요.”

“고약한 날씨로구먼.”

기자헌이 사랑에 든 순간 먼저 온 이홍로가 얼굴이 벌개져서 일어서며

“그러면 나는 그만….”

하고 나가려 했다.

"그냥 계세요!"

내 큰 목소리에 좌중이 멈칫하더니 모두가 자리에 다시 앉는다. 기자헌에게 등을 보이며 외로 꼬고 앉아

"처남은 무슨 일로 이 시간에 여길 찾아왔는가?"

하고 이홍로가 묻자 기자헌이 내지른다.

"매부는 어쩐 일로 오셨소?"

사이가 좋지 않은 매부 이홍로와 그의 처남 기자헌과의 대화를 지켜보며 모두가 긴장하는 눈치인데,

"준격아, 너는 안채로 가 있거라. 손님들이 가신 뒤에 공부를 이어가자."

하고 내 제자인, 기자헌의 어린 아들 기준격에게 그렇게 이르자

"괜찮네. 준격도 이 장면을 보아 두어야 하니 그대로 앉아 있고. 자, 술 한 잔 따르게나."

기자헌은 단숨에 잔을 비웠다.

"무슨 일이 났나? 저 유보의 태도로 봐선 심상치 않은 듯하군."

기자헌이 내 얼굴에서 그 어떤 사태의 진상을 찾으려 했다.

"아무 문제가 없네. 나는 처남이 보고 싶지 않을 따름이야."

이홍로의 이 말에 기자헌은 코웃음을 쳤다.

"그래요? 나는 기억하는 것이 많아요. 왜적이 안변으로 닥쳐 올 때 함경도 도검찰사 이양원이 매형이 명령을 듣지 않고 근왕(勤王)을 자원하고서 말없이 도망쳐버려 간 곳을 모르겠다고 한 것. 처음에는 어가를 따라 서쪽으로 가다가 적이 가까이 오는 것을 두려워하여 말없

이 도망해 와서는 이양원의 종사관이 되기를 원했던 것. 그러다가 왜적이 또 이양원이 있는 곳으로 가까이 오자 또 말없이 도망갔으니, 그 죄를 용서할 수 없다는 내용의 상께 올린 치계 등을 잊기 어렵지요."

"또 그놈의 왜란 시절 얘기인가?"

"왜란이 지나간 지 얼마나 지났다고 잊지요? 유취만년이란 이를 두고 하는 말이지, 쯧쯧."

"그것으로 처남이 손해 본 것 있나?"

"잘 말했소. 매형의 그런 따위의 행위로 말미암아 내 관로가 평탄치 못했다는 건 천하가 아는 사실."

"왜들 이러십니까. 집안일은 집안에서 다루세요. 여긴 저의 집입니다."

나는 진즉에 이들 처남 매부 간의 갈등을 알고 있었지만 더 중대한 문제는 일단 이홍로가 나를 찾아온 이유였다.

"전배는 말씀하세요. 내가 도대체 무슨 흉을 보았단 얘깁니까?"

내 물음에 신현과 이성이 동시에 대답했다.

"당신이 기이한 설을 펴고 다닌다는 소문이 있소."

"기이한 설이라니?"

"내가 말하지."

이홍로가 헛기침을 하고 무릎으로 다가 앉으며 눈을 부라린다.

"듣게. 내 모친의 상중에 내가 제대로 성복하지 않았다고 소문내지 않았나. 내가 또 자네에게 계집을 소개해 달라 요구했다는 거짓을 떠들고 다니지 않았나. 부정하지 못하겠지?"

"나는 당신들이 생각하는 만큼 입이 빠른 사내가 아니오. 지어낸 그런 말에 넘어갈 것 같아요? 어떻게든 나를 관로에서 내치려는 당신들의 의도를 내가 모를 줄 알아요? 진정 생각해 보세요. 전배는 우리 형악록 허성 집안과 혼인하려 하다가 거절당한 이후 자나 깨나 이렇게 무함하고 다닌다는 걸 내가 모를 줄 압니까?"

"내가 무함한 것이 아니라 자네가 나를 무함하며 다니지 않았나."

"그렇지 않아요. 나는 전배에게 아무 감정 없어요. 내게 심어져 있는 전배에 관한 종래의 인상이 문제이지. 당신 스스로가 만들어 놓은 것 말이오. 예컨대 전배는 왜란 이전에 정여립 모반 고변 사건이 터졌을 무렵, 정여립의 적삼을 구해다가 자랑삼아 입고 다녔지요. 임란 전에 당신은 이미 세상에 좋지 않은 인상을 줬어요. 이후 전배의 행동을 떠올리건대 내게 있어 이렇게 당당할 수 없음이오."

"옳거니! 그게 바로 내가 할 말이라!"

옆에서 듣고 있던 기자헌이 무릎을 쳤다. 기준격이 그런 애비를 입을 벌리며 쳐다본다. 자기 아버지에 대한 존경과 애정이 아들 기준격의 얼굴에서 묻어났다.

"자넨 진정 흉악한 자로다!"

"우리 집안을 끊임없이 무함하려는 전배야말로 흉패하고 간사하고 표독한 사람이라!"

그때 무슨 신호가 있었음인지 신현과 이성이 벌떡 일어나 내게 발길질을 해댔다. 술상이 엎어지고 술과 안주가 흐트러져 사랑방이 순식간에 난장판이 되고 말았다. 나는 기준격을 안고 일단 마당으로 내려섰다. 기준격이 내 품을 떠나 쪼르르 기둥 뒤로 숨고, 그의 애비 기자헌이 마치 사태의 진상을 송두리째 기록할 것 모양 긴 얼굴을 우로 기울여 도끼눈으로 적을 쳐다보듯 한다. 내가 외쳤다.

"나는 상상할 수 없는 무공을 익힌 사람이다. 이성과 신현은 조심하라!"

그랬음에도 신현이 달려들고 이성이 닥쳐 들어왔으므로 나는 몸을 날려 그들의 허리와 가슴을 한 순간에 쳐내니 두 사람 모두 향나무와 매화나무 그늘 아래로 나가떨어지고 말았다. 기자헌이 그걸 강한 눈빛으로 바라본다. 아, 저 옛날 반촌에서의 날카로운 기억과 겹쳐 생각하는 얼굴이다.

저것이야. 그날 밤 성균관 옆에서 보던 허균이 바로 저것이야. 저것이야, 허균이 무서운 것은. 거기다가 그는 기억력과 문장력이 뛰어나니. 아들아, 잊지 말라. 허균 네 스승은 실로 무서운 사람이니라. 그리고… 오늘 이 장면을 잘 기억해 둬라. 지 애비의 바람대로 기준격이 그런 얼굴을 만들어 나를 바라본다.

잠시 뒤 몸을 추스르고 주섬주섬 물건을 챙겨 기가 죽은 이홍로와 멋모르고 날뛰던 그의 두 수행자가 몰려 나간 뒤, 곧 어린 기준격이 스승인 나의 빠른 몸놀림과 애비 기자헌의 두려움 섞인 표정 사이에서 혼동의 얼굴을 만들어 아버지 뒤를 따라 대문 밖으로 사라졌다. 나와 이재영은 남은 술을 부어 마셨다. 여인 이재영이 그날 일을 한 마디로 맺었다.

"저들이 자네의 평생 적이야."

순간 자기도 모르게 나는 입술 파닥여 스스로 속삭였다.

'나무관세음보살….'

차연 — 다시 파직 또는 잠재

원수처럼 지내는 사람이 셋. 한 사람은 관송 이이첨이고 다른 한 사람은 큰형 허성 집안과 결혼하기를 청했다가 거절당하자 그 보복으로 평생 나를 미워하는 이홍로다. 또 한 사람은 이홍로의 비리를 밝혀내 파직하게 하려고 내게 증인이 되어 달라는 것을 거절하자 원수가 되어 버리고 만 기자헌이다. 이 두 사람은 이이첨이 그러하고 있듯 그동안 기회 있을 때마다 나를 무함하는 등 여러 번 괴롭혀 왔다. 파직 당할 때마다 대체로 이 두 사람, 아니 이이첨 포함 세 사람이 깊이 관련돼 있다고 나는 믿는다.

이런 생각 중에 서양갑, 심우영, 박응서, 박치의, 박치인, 김경손, 이경준 그리고 허홍인 등 서얼 친구들이 모여들었다. 황해도와 평안도 일대의 바다에서 해적이 멋대로 날뛰어 관가나 인가의 재물은 말할 것도 없고, 선박까지 빼앗는 일이 잦았고, 해랑도 부근에도 해적들이 끊임없이 출몰했다. 그럴 즈음 특별히 부르지 않았고, 다만 마음속에서 친구들을 보고 싶어 하는 중인데, 해적과 도둑의 횡행으로 어수선하게 된 나라의 꼴이 염려스러워 서얼 친구들의 발걸음이 자연스럽게 우리 집 외별당으로 향했던 것이다.

"저쪽에, 지금쯤 결성해야 한다고 봐."

"이미 결성돼 있지 않나?"

"지금까지야 다만 서로 간에 뜻을 알아 본 것일 따름 아닌가."

파암 박치의에 이어 석선 서양갑이 차분하게 이렇게 말했을 때 심우영이 목소리를 높였다.

"무엇을 하려 해도 돈이 문제야."

어떤 모임이 무슨 일을 하려면 당연이 그에 합당한 경비가 마련돼야 하지만, 나는 생각이라는 것이 보다 앞서야 한다고 믿는다. 즉, 그 생각이라는 것이 지금의 지배 계층의 생각을 넘어서는 그 무엇이라면 돈의 유무와 무관하게 못 이룰 것이 없으리라 믿는다.

"문제는…."

하고 입을 열었다.

"우리가 지난 몇 년 동안 동어반복으로 하고 있다는 것이지."

"무슨 소리야?"

박응서가 물었다. 그의 눈은 뭔가 새로운 것을 찾는 것으로 빛났다.

"때에 따라 논의가 달라져야 한다는 것이야. 지난 10 년 동안 되풀이 되던 주제를 이젠 다른 차원에서 논해야 한다고 보는 것이지. 그동안 이곳저곳에서 일었던 반란이 비록 심중한 것이었다고는 하나, 최근의 양상은 더 심해. 도둑들이 성 바깥에서만 날뛰는 것이 아니라 성 안까지도 침투하여 서울 안에서도 안심할 수 없는 지경이야. 이것은 무엇을 뜻하나? 이는 곧 백성들의 유리걸식에서 나온 것이다 이거지."

"그래!"

석선 서양갑이 갓을 벗으면서 술 한 잔을 벌컥거리며 다 마신 다음 봉창을 한 차례 쳐다보다가 큰 소리로 이른다.

"왜란 이후 백성들은 일정하게 살 곳이 없어 이리저리 옮겨 다니며 살아가는 것이 드디어 풍속이 되었어. 사태가 가볍지 않고 양상이 전과도 달라."

박응서가 무릎을 당겨 앉으며 재처 물었다.

"우린 어찌해야 하나?"

내가 대답했다.

"우리들의 사회 개혁 의지와 방식을 더 분명히 해야지. 이를 테면 이념 개혁, 내정 개혁, 국방 정책의 개혁, 특히 신분 타파를 위해 할 일을 찾아야 해. 한 마디로 우리의 운동이 보다 구체성을 띠어야 한다고 봐."

시전 행수였던 심우영이 말을 받았다.

"교산의 말에 동감허이. 이렇게 백성들이 떠돌고 도둑이 날뛰고 반란이 이어지는 속에 농사보다 장사를 위주로 하는 풍조가 일어났는데, 밀무역이 성행하는 송도와 의주가 그 중심이 되고 있어요. 이런 틈을 타서 곳곳의 수령과 방백들은 뇌물 수수 및 수탈을 더 심하게 한다는 말이지. 여기다가 왜란 뒤에는 역질이 나돌고 잇단 가뭄으로 흉년이 들어 백성의 생활이 암담해지는 중이 아닌가. 분명 지금 우리는 기존 질서가 무너지는 시대에, 그리하여 반면에 역설적으로 희망의 시간 속에 서 있다고 봐."

그때 마치 주문을 외듯 박치인, 김경손, 이경준이 동시에 입술을 움직여 중얼거렸다.

"때에 이르렀음이야."

"때에 이르렀다구."

"때가 왔어."

석선 서양갑이 낮게 외쳤다.

"무슨 일을 해야지!"

김경손이 물었다. 그의 콧잔등에 땀이 배어 있다.

"무슨 일? 어떻게?"

"우리 서얼이 먼저 치고 나가야지."

이경준이 '서얼'이라 말하자 모두가 잠시 침묵했다. 봉창이 어두워지므로 내가 등촉을 켰다. 희미한 불빛 아래 이달 선생이 남긴 시집이 보였다. 여인 이재영이 그걸 집어 한참을 본다. 그러나 시를 논할 계제가 아니다. 이재영은 이달 선생을 모시고 행하던 도축장에서의 모임을 떠올리는 중인가 보다. 그걸 동시에 생각해냈는지 박치의가 이재영을 보았다.

"저쪽에, 이달 선생은 어디에 계신가?"

"평양 부근에 계시다는 소식을 풍문으로 들었을 따름이야."

"아들인 자네가 그 정도밖에 모르나?"

"…?!"

여인 이재영은 흘깃 박치의를 보다가 눈길을 시집으로 내린다. 그걸 또 참지 않고 박치인이 묻는다.

"항간에선 자네가 이달의 숨겨 놓은 아들이라고들 해."

"그따위 말을! 영광스런 소문이기도 하지만, 나는 분명 본관은 영천, 이 나라 문신인 선(善)자 어른의 서자야."

'서자'란 말에 모두가 또 입을 다물었다. 내친김이라 생각한 이재영이 갓을 벗어 윗목으로 던지며 말을 잇는다.

"자네들 칠서와 내가 함께 다니지는 않지만 나도 분명 서자야. 그러니 괜히 저번 권필에게 하듯 내게 공격하려 들지 말게."

모두가 말이 없었다.

"그리하여 내 분명 말하는데, 나는 자네들과 동류야. 이 나라 이 땅에서는 그저 그런 존재로 겨우 입에 풀칠이나 하고 살아갈 무지렁이일 뿐이야. 그러니 그 어떤 명분으로도 나를 비아냥거릴 대상으로 삼지 말게나."

"자네의 족보를 바꾸려는 것이 아니라 자네와 이달 선생의 친분을 떠올려 해본 말이네. 내 말이 희롱으로 들렸다면 미안허이. 특히 이달 선생과 자네가 갖고 있는 도축 모임이 지금 어찌하고 있나 궁금하기도 해서 말이야."

"그 모임은 여전히 유지되네만, 이달 스승이 그러길 바라므로 잠시 활동을 멈추고 있을 따름이야. 필요하면 내게 말하게나. 자네들이 하는 일을 적극 도울 터이니."

그때 분위기를 바꾸려고 서얼이 아니었음에도 나는 다음을 이었다.

"석선의 말대로 정말 무슨 일을 해야지. 모여 함께한 시간도 적지 않고 하니, 뜻을 모아 이젠 뭔가 세상에 내보여야 한다고 생각해. 어떨까, 임금께 서얼 허통에 관한 상소문을 올리면?"

모두가 순간 입을 벌렸다. 상소라! 그런 생각을 해 본 적이 없었다.

상소란 사대부들의 전유라 생각했었다. 서얼 따위가 할 일이 아니라 믿었고, 지금까지 그 어떤 서얼도 상소한 적이 없었다. 그런데 지금 허균이 상소를 말하고 있다. 상소라! 임금께 상소를 올리자 한다. 그런 얼굴들이었다.

"나는 그동안 내내 서얼 문제를 고민해 왔네. 이 땅에서 이념 개혁, 내정 개혁, 국방 개혁, 사회 차별 개혁, 곧 신분 타파를 하지 않으면 나라가 흔들리고 그리하여 왜란 같은 전쟁을 또 다시 맞을지 모른다고 생각하네. 이념 개혁이란 세상에 성리학만 존재해서는 안 된다는 것이지. 나는 강릉 고향에 갔을 때 단오 같은 우리네 토속 신앙은 물론 불교와 도가에도 심취해 보았으니, 내가 바라보는 세상은 그 어느 사대부보다도 넓음이야. 성리학적 고정 관념을 벗어나면 국정을 살피는 방식도 달라지지. 지금 이 땅의 사대부들은 그걸 몰라. 특히 신분 타파는 반드시 이루어져야 해. 서얼의 신분을 옥죄고 재가(再嫁) 자식을 차별하는 이런 따위의 사회는 사대부들의 자기 보존에만 유리할 뿐, 진정 비겁하고 비열하며 편벽하고 편협한 세상이라 아니할 수 없어!"

석선 서양갑이 역시 차분하게 말했다.

"서류 중에 여기 여인 이재영처럼 훌륭한 인재들이 많이 나오자, 벼슬자리는 적고 유능한 사람이 많아지니 위기를 느낀 사대부들이 암묵적 동조로 정치적인 이해와 명분과 전날의 법을 앞세워 허통을 막는 것이 아니겠나. 자기 이익만 바라는 이 땅 사대부들이 진정 나쁜 놈들, 죽일 놈들이 아닌가!"

다시 내가 계속했다.

"며칠 전에 돌아가신 서애 유성룡 선생이 왜란 이후 나라의 힘과 능력을 한데 모으려면 서얼과 천민까지 고루 등용해야 한다고 주장해여기 여인 이재영 모양 하급관리직에만 서얼의 등용이 허용됐어. 그런데 난리가 평정되자 계급 차별이 되살아나 신축년에 또 다시 서얼 허통을 막고 현직에 있던 사람들을 파면시키지 않았나. 개 꼴은, 진정 개탄스런 일이야!"

"…."

모두의 침묵 속에 서얼들은 머리에 '상소'라는 말을 떠올리고 있음이 분명했다. 상소라! 얘기를 하면서 나와 칠서와 이재영은 상소에 관해, 그 엄청난 모험에 관해 끊임없이 생각했다. 그러는 중에 나는 삼척부사를 제수하여 강원도로 내려갔다.

*

이이첨은 집에 들어박혀 며칠 동안 계속하여 고민을 거듭했다. 며칠전에 어우당(於于堂) 유몽인(柳夢寅)과 만난 뒤부터다.

"어딘가 잘못돼 있어!"

이이첨은 그렇게 입술을 파닥거리다가 얼른 고개를 들어 장지문을바라봤다. 다시 고개 숙여 긴 생각에 잠겨갔다.

"그렇게 부탁했거늘, 중국 사신을 맞는 접빈사의 종사관으로 함께다녀온 허균에게서 아무 단점을 찾지 못한 유몽인의 시각은 분명 어딘가 잘못돼 있어!"

허균의 탁월한 기억력과 명석한 두뇌에 그만 넘어가 버렸다는 생각이 들었다. 박학다식한 허균에게 유몽인이 감동한 나머지 다른 맹점을발견하지 못한 것이라 여겼다.

"아, 바로 그것!"

박학다식 또는 박람함에 문제가 있음에 생각이 미쳤다. 이이첨은 유몽인을 다시 만나 얘기해 봐야 하나, 그렇게 하고 말고 할 것 없이 분명 허균이 자신의 높은 교양을 자랑하기 위해 떠벌인 다양한 말 속에 결정적 실수 하나쯤은 분명 있을 것이라 믿었다. 혹 허균이 중국 사신 주지번(朱之蕃)의 질문에 답을 하는 과정에서 유불선 모두에 대해 말했을 것이고, 그러다 보면 허균이 불교를 숭상하고 신봉하는 입장을 분명히 했을 수도 있다.

"아니, 저번에 만나 얘기했을 때 유몽인이 그렇게 말하지 않았던!"

이이첨은 벌떡 일어섰다. 방안을 한 바퀴 돌고 유몽인의 말을 다시 떠올려 본다.

'그때 주지번이 묻자 허균이 대답하더구먼. 조선 사대부들이 불교를 극구 외면하려 하지만, 자기는 최근 불교에 심취해 있다고 말이오. 유교는 저쪽 세상에 대한 얘기를 하지 않는데 불교는 그 뒤의 일을 해결해 준다나 뭐다 하면서. 불교에 진정 심취해 있다 했어요.'

그렇게 말하던 어우당 유몽인의 깨끗한 눈을 떠올리며 이이첨이 눈을 가늘게 뜨고, 마치 침을 흘리듯 하면서 낮은 소리로 혼잣소리를 했다.

"그래 어우당, 허균이 스스로 불교에 심취한다고 했지? 여항간의 풍설 같은 것은 아니지? 분명 주지번과 대화할 때 그랬지? 요즘 삼척에서도 반야심경을 놓아놓고 아침저녁으로 염불을 외고 또 좌선을 한다고도 했지?"

그러고 나서 이이첨은 무릎을 치며 큰 소리로 외쳤다.

"이건 중요한 사실!"

이이첨은 다시 한 번 무릎을 치고 일어나 소리쳤다.

"드디어 허균의 맹점을 발견했어!"

이이첨은 생각의 고리를 이어갔다. 돌아버릴 지경으로 골을 돌렸다. 내 비록 당의 일로 겨를이 없으나, 교산의 문제는 일단 매듭을 지어야지. 그가 삼척 부사로 갔다고? 거기서 진실로 무엇을 하고 있지?'

관송 이이첨은 바쁜 와중에도 사람을 삼척으로 보냈고, 드디어 허균이 삼척 부사에 부임하자마자 유몽인이 말 한 그대로, 그리고 실제로 전 날 수안 군수 시절에 하던 그대로, 또 사명대사의 가르침 그대로, 한석봉이 써놓은 반야심경에다가 화가 이정의 그림이 담긴 족자를 벽에 걸어 놓고 아침저녁으로 염불을 외며 한낮에도 참선을 하는 등 스스로 마치 불자인 듯 수련을 그치지 않는다는 사실을 확인할 수 있었다.

그런 일을 확인하느라 한 보름쯤 걸린 뒤, 이이첨은 즉시 대북파 영수 중 한 분인 우참찬 홍여순에게로 달려갔다. 마침 빈청에 아무도 남아 있지 않았다. 사람들은 홍여순을 심하게 욕하였기도 했으나, 이이첨은 그의 능력을 높이 평가해 후배로서 따르기를 마다하지 않았다. 마침 조용한 빈청에서 이이첨은 홍여순에게 귀엣말로 일렀다.

"사신 형님, 부탁 하나 들어 주세요."

"어찌 이토록 숨이 차?"

"가만 둬서는 안 될 사람에 관해 일보러 다니느라 마음이 바쁩니다요."

"누구?"

"율곡 이이도 한때 불자였으므로 평생 지적받았거니와 삼척 군수로 가 있는 교산 허균이 밤낮으로 불경을 외고 있다니 문제 아닙니까? 유학자로서 있을 수 없는 일이지요. 사헌부에 알려 그를 탄핵토록 해야 합니다."

"그자는 허성의 아우가 아닌가. 허성이 상의 총애를 받는 중인데, 그리고 허균이 저번에 중국 사신 주지번을 맞는 종사관으로서 공을 세웠다고 들었는데, 그리 할 수 있겠나?"

"그의 행태를 살피면 경박하기 그지없습니다. 종사관으로 함께 간 상촌 신흠이나 어우당 유몽인이 그를 사람이 아니라고 단정합니다. 그를 파면해야 합니다."

"자넨 한 때 그와 친하지 않았던가?"

"성균관 시절에 허균 그리고 기자헌과 제가 같이 놀기도 했습니다만 그는 본질적으로 경박하고 위험한 인물입니다. 하여간 자세한 것은 나중에 얘기될 터이니, 일단 그의 파직을 부탁드립니다."

"알았네. 충과 효의 쌍홍문을 받은 자네의 뜻이라면 내 아니 들어줄 수 없지. 사헌부에 사람이 있으니 그와 상의해 볼 터이니 기다려 보게나."

"역시 대감밖에 없습니다."

"이 사람아, 나는 아직 대감이라 이르긴 일러."

"지금으로 보아선 곧 정2품이 될 것이 아닙니까."

"사람허군. 자네만 보면 기분이 좋아진다니까. 허허⋯. 그리고 기왕에 그리할 요량이면 상께 올리는 글이 단호해야지."

"아무렴요!"

다시 며칠 뒤 홍여순이 특별한 수를 써서 그리 됐는지, 아니면 이미 그 사실을 알았는지, 사헌부에 의해 허균에 대한 탄핵의 계가 임금께 올라갔다. 글은 매우 단호했다.

"상께서 즉위하신 이래 정학을 장려하고 이교(異敎)를 배척하기를 지극하게 하지 않은 바가 없습니다. 그래서 사설(邪說)이 영원히 끊어지고 좌도가 있다는 말이 들리지 않았으니, 승니(僧尼)가 없어져 이색(異色)의 사람이 보이지 않았습니다. 그런데 난리 뒤에 미처 문교(文敎)를 펴지 못한 채 옛 원로들이 다 죽어 후생들이 일어나지 않으므로, 유식한 사람들이 한심하게 여긴 지 오래입니다. 10여 년 전부터 인심이 흐려지고 사설이 횡행해 어리석은 백성들이 미혹되어 남자는 거사가 되고 여자는 사당(社堂)이라 칭하며 승복을 걸치고 걸식하는 무리들이 번성하고 있습니다. 그런데도 각 지방 관아에서 그치게 하지 않으므로 평민의 절반이 떠돌아다녀 도로에 줄을 잇고 산골짜기에 가득 차며 혹 자기들끼리 모이면 천백의 무리를 이루니 보기에 놀랍습니다. 엄한 법이 있는데도 한성에 출입하며 유숙하는 자가 헤아릴 수 없이 많을 뿐만 아니라 여염 사이에도 상하가 모두 휩쓸려 중을 접대하고 부처를 공양하며, 사대부 중에도 마음을 기울여 부처를 받들면서 부끄러운 줄을 모르는 자가 있으니, 이런 풍속을 가지고 세도를 어떻게 구하겠습니까. 청컨대 거사와 사당이라 일컫는 남녀를 소재 주현에서 잡아가두고 추궁하여 요언으로 군중을 현혹시키거나 유혹하기를 창도하여 민간에 화를 끼치는 자는 잡아 국법을 시행할 것을 해당 부처로 하여금 서울 및 개성부와 팔도에 알려 특별히 신칙(申飭, 단단히 타일러서 경계함)하여 착실히 거행하게 하소서."

이렇게 진행된 글은 마침내 허균의 일에 관한 핵론을 전개해 나아 갔다.

"삼척 부사 허균은 불교를 숭신하여 불경을 외며 평소에도 치의(緇衣, 승려의 옷)를 입고 부처에게 절을 하였고, 수령이 되었을 때에도 많은 사람이 보는 앞에서 재를 열어 반승(飯僧, 중에게 밥을 먹임)하면서도 전혀 부끄러워할 줄을 몰랐으며, 심지어 중국 사신이 나왔을 때에는 방자하게 부처를 좋아하는 일을 장황하게 늘어놓아 중국 사신의 생각을 현혹시켰으니, 매우 해괴하고 놀랍습니다. 청컨대 파직하여 사대부의 습속을 바로 잡으소서."

그러나 임금은 사헌부의 계를 윤허하지 않았다. 사대부들의 여론 역시 대체로 관용적이었다. 예로부터 문장을 좋아하는 자는 혹 불경을 섭렵하였으니, 허균의 심사도 그러한 것에 불과할 것이라는 분위기였다.

이를 테면 저 초나라 시인 굴원(屈原)이 정사를 보지 않고 멀리 떠나 간 것이 임금을 잊고 멀리 간 것이라고 말해도 될 것이고, 한나라 유방의 공신 장자방이 곡식을 먹지 않은 것을 색은행괴(索隱行怪)라고 말해도 될 것이지만, 이 모두 정상적 시대에 있었던 일이 아니라는 관점에서 이해될 수 있으므로 허균의 짓도 그대로 넘어가자는 식이었다. 이들을 치죄하면 그것은 곧 세상의 도리가 지나치게 야박한 것이라 해도 좋다는 여론이었다. 그러나 사헌부의 허균에 대한 탄핵은 누그러 들지 않았다.

"허균은 밥을 먹을 때 식경(食經)을 외고, 항상 작은 부처를 모셔두고는 새벽이면 반드시 예불을 하며 치의를 입고 염주를 걸고서 절하고 염불하면서 불제자라 자칭하니, 승려가 아니고 무엇이겠습니까. 청컨대 빨리 파직하여 서용하지 마소서."

그러나 임금은 역시 윤허하지 않았다. 하지만 사헌부는 이를 끈질기게 물고 늘어졌다. 늘 그러던 것이 사헌부의 하는 양이지 않더냐.

"허균은 몸은 조정에 의탁하고 있으나 사실은 하나의 중입니다. 어찌 포용하여 방치하고 죄를 주지 않겠습니까. 머뭇거리지 마시고 아울러 파직하여 서용하지 마소서."

그리하여 선조 40년(1607) 5월 6일에 임금은 더 견딜 수 없어 허균을 삼척 부사에서 파직시켰다.

*

"나를 직에서 쫓아냈다고?!"

파직 소식을 들은 나는 잠시 동안 멍 하니 오십천(五十川)을 내려다보았다. 3년 전에 첩 성옥을 데리고 삼척에 놀러와 부사 안종록(安宗祿)에게 후한 대접을 받았었지. 이미 고인이 되었으니 삼척에서 나와 더불어 말을 섞을 사람이 없어. 그리하여 입을 벌리면 대부분 사대부를 욕하고 오직 이달과 권필과 나를 좋게 평하는 실지(實之) 이춘영(李春英), 그리고 화가인 나옹(懶翁) 이정(李楨)과 친구인 여인 이재영을 불러 대화를 나누고 싶은데, 이정은 깊이 병들었고 기본적으로 서울과 삼척은 통행하기에 너무 멀어. 아, 누구와 마음을 나눌 것인가?!

45년 전에 아버지가 다스리던 삼척에 부임한 첫날에 내가 시를 지었는데, 그 한 문장은 '오직 가훈을 받들며 떨어뜨림이나 없고자 한다.'

는 것이었다. 그러나 나는 삼척에 내려온 지 아버지처럼 꼭 13 일 만에 파직당하고 말았다. 예미! 정말 참을 수 없는 짓거리다. 사헌부가 한갓 궁벽한 삼척의 부사 한 사람을 사찰하여 파직을 논하다니! 나라에 그렇게 할 일이 없는가.

왜란 이후 마음을 정할 방도를 찾지 못한 백성들이 불교에 귀의하여 심신을 다스리는 중에, 산이나 바다에서 도적이 횡행하여 지금 천하가 온통 시끄러운 중에 이 깊은 오지인 삼척의 일에 사헌부가 일일이 나서서 그 부사의 진퇴를 논하는 것 자체가 이미 정신 빠진 짓거리가 아니고 무엇이란 말인가.

이렇게 된 것엔 분명 곡절이 있을 것이란 직감에 나는 순간 이이첨을 떠올렸다. 그러면 능히 사헌부를 움직일 수 있을 것이며, 최근 정파가 달라 직접 사헌부에 이르지 못했다면 중간에 사람을 넣어 헌부를 움직였을 것이란 생각이 들었다. 아니면 기자헌인가?

파직 소식을 들은 그날 밤, 나는 홀로 술을 마시고 대취했다. 동헌이 떠나가도록 큰 소리로 외치며 세상을 저주하길 그치지 않았다.

"이이첨, 네 이놈!"

밤늦도록 동헌 마당은 내 고함 소리로 가득 찼다.

"이 망할 놈아! 이 땅에 아무짝에도 쓸모없는 놈아!"

아전들이 퇴근도 못하고 관아와 진주관과 죽서루를 미친 듯이 휘젓고 다니는 부사를 지키느라 역시 밤을 꼬박 샜다. 죽서루에서 오십천을 내려다보며 고래고래 소리를 지를 땐, 그러다가 강물에 그대로 빠져 버리는 것이 아닌가 하고 그들이 초조하게 바라보기도 했다.

"쓰벌 것!"

정말 참을 수 없는 일이었다. 그 누구보다도 삼척을 잘 다스릴 수 있었는데, 그런 결심을 굳게 하고 내려온 곳인데, 놈들은, 권력 집단을 형성한 그들은, 진정 더러운 생각들로 머릿속을 가득 채운, 상민보다도 못한 놈들은 끊임없이 사찰을 하면서 사람을 추하게 만드는 일에만 관심을 두니 나라의 꼴이 제대로 될 리 있겠는가. 나는 죽서루 난간에 기대어 오십천 검푸른 강물을 내려다보며 계속 소리를 질러댔다. 죽서루 바닥을 뒹굴며 소리치자 그 쩌렁쩌렁 울리는 소리가 진주관에까지 퍼져 아전들과 기생들이 놀라 서로 얼굴을 쳐다보았다. 자시가 넘었음에도 흐트러진 망건에 머리카락이 휘날리는 꼴의 나는 서쪽 하늘을 바라보며 소리를 쳤다.

"전하, 신이 먼 시골 궁벽한 땅에 이르러 오직 목민을 생각하는데, 나라에 변이 끝나 중외(中外)가 진정을 하는 중에 조정에서는 도적을 잡는 일에 엄하지 못하고, 전하께서는 사물을 살피는 밝음이 미진하기 때문에 분개하고 한탄스런 나머지 진정 맑은 혁신을 꿈꾸고 있었는데, 어찌 소신만을 벌주려 하십니까."

아전이 가져다 놓은 막걸리통자를 통째로 들고 마시며 다시 소리를 질러댔다.

"이 어인 탄핵입니까. 전하의 주위 대관들의 면면이 보잘것없어 사말에만 관심을 두고 중핵에서 눈을 돌려 장차 이 나라가 어디로 갈지 헤아릴 수 없음이오이다. 이제 알겠습니다. 전하, 기다리소서. 소신이 이렇게 물러납니다만, 이제 보십시오. 멀지 않아 소신 또한 외직을 벗어나 내직에 이를 것이며, 그렇게 되면 전하 주위의 탐학한 인물들, 붕당을 지어 남을 참소하고 충신들을 모함할 계획만을 세우는 쥐와 같은 놈들을 처단하여 성명을 맑게 하여 나라의 중흥을 도모할 것이니, 부디 성후를 보전하옵소서. 전하, 이번 탄핵은 전혀 옳지 않은 일이오나, 일단 물러나오니 차후를 살펴 주옵소서."

그리고 나는 동헌에 들어갔다.

"아전은 게 있느냐?"

"으예에."

"지필묵을 내라!"

아전과 기생, 군관들이 눈을 마주치지 않으려 한다. 나는 소매를 걷고 제를 '문파관작(聞罷官作, 파직 소식을 듣고 짓다)' 이라 하여 파직의 소회를 써 내려 갔다.

오랫동안 불경을 읽은 것은	久讀修多敎
내 마음 머물 곳이 없었기 때문일세.	因無所住心
이제껏 아내를 내버리지 못했거든	周妻猶未遣
고기를 금하기는 더욱 어려웠네.	何肉更難禁
내 분수 벼슬과는 벌써 멀어졌으니	已分靑雲隔
파면장이 왔다고 내 어찌 근심할 것인가.	寧愁白簡侵
인생은 또한 천명에 따라 사는 것.	人生且安命
돌아가 부처 섬길 꿈이나 꾸리라.	歸夢尙祈林
예교에 어찌 묶이고 놓임을 당하리오	禮敎寧拘放
잠기고 뜸 다만 정에 맡길 뿐	浮沈只任情
그대는 모름지기 그대 법을 쓸 게고	君須用君法
나는 스스로 내 삶을 이루리라	吾自達吾生
친한 벗은 와서 서로 위로하는데	親友來相慰

처자식은 뜻이 불평하구려	妻孥意不平
흐뭇하여 소득이 있는 듯하니	歡然若有得
이백, 두보와 다행히 이름 나란하네.	李杜幸齊名

제나라 주옹(周顒)은 불교를 독실하게 믿었지만, 아내를 버리지 못해 괴로워했다.

양나라 하윤(何胤)은 육식을 금하지 못해 고민한 사람이다. 나의 고민은 이런 일들도 포함한다. 나는 유교를 넘어서는 곳에 불교가 있고, 불교를 넘어선 곳에 그 어떤 천명이 있다고 본다. 그런 큰일에 관심 있지 이 따위 파면 같은 것은 사실 인생에 별 문제가 되지 않는다고 생각한다.

며칠 뒤. 책을 싸 들고 서울로 올라가면서 이탁오(李卓吾)를 생각하는 자신을 발견했다. 이탁오. 명나라의 사상가. 유교적 권위에 맹종하지 않고 혁신 사상을 제창한 인물. 금욕주의와 신분 차별을 강요하는 예교(禮敎)를 부정하며 남녀평등을 주장한 사상가. 반유교적이라는 이유로 박해를 받아 죽음에 이른 역사의 이단아. 그를 생각하며 내가 그의 삶과 같은 궤도를 걷고 있음을 강하게 느꼈다. 그와 같은 인생이라도 좋으리! 그 같은 삶이어도 좋으리! 나는 거의 파락호 모양새로 서울을 향해 갔다.

한 달이 지난 뒤, 서울 명례방 상곡 본가에서 나는 파직 후 오랜만에 책을 펴 들었다. 삼척 부사 파직이 적지 않은 심적 충격을 주었거니와 이젠 그 또한 지나간 일이라 정신을 가다듬어야 한다고 생각했다.

시가 좋을 것이야. 나는 사랑채에서 허공에다 대고 발길질을 한 차례 한 다음, 헛기침도 두어 번 뱉어낸 뒤 일부러 느린 움직임으로 서안에 차분하게 앉았다. 막 공부하러 들어선 제자 기준격이, 이제 열세 살인, 요즘 눈이 부쩍 날카로워져 이미 어린아이가 아니라 완연한 청년의 모양새로 변해가는 기자헌의 아들 기준격이 그러는 제 스승에게 묻는다.

"스승님, 언제 그런 품새를 익혔습니까?"

"오래 전이지."

"어디에서요?"

"황해도 구월산이었느니라."

"구월산. 거길 영산이라 하던걸요."

"가히 영산이니라."

나는 일어나 두 손가락을 갈고리처럼 나아가게 하는 모양새의 품새를 한 번 하고 다시 자리에 조용히 앉았다. 몸이 예전 같이 않았으므로 잠시 숨을 몰아쉰다.

"스승님, 그 품새는 무엇이지요?"

"난추마."

"그걸 배우고 싶은데."

"우선 글을 익히고!"

버럭 소리를 지르는 스승을 피해 고개를 박고 기준격이 곧 눈알을 책으로 돌렸다.

"다만 시가 있을 따름!"

"시요? 무슨 시요?"

"어, 바람이 차구나. 문풍지를 새로 달아야겠군. 그러니까 시란. 아니다. 내가 며칠 전부터 조선의 시를 한 데 모아 보는데, 그 좋고 좋지 않은 것을 가리는 것이 생각만큼 쉽지 않구나."

"좋은 시라시면."

"여길 보아라."

나는 기준격에게 조선 시인 중 몇 사람을 골라 가편집한 시집을 보여 주었다. 기준격이 '국조시산(國朝詩刪)'이란 책명의 시집을 한참 들여다보다가 문득 물었다.

"삼봉 정도전의 것을 맨 앞에 넣었군요."

"이상한가? 그가 조선의 초기 사람이니 당연이 제일 먼저 넣어야 할 것이라. 그 뒤를 봐라. 본조 초기 사람인 상촌 권근 또한 들어 있지 아니하냐."

"얼자들의 것도 들어 있는 게 신경 쓰입니다만, 특히 정도전 대목입니다. 그는 신권(臣權)을 지나치게 강조한 인물이 아닙니까?"

"신권이라면 신하의 권리를 말하는데, 네가 말하는 신권은 왕권을 의식한 것으로냐?"

"저는 이 '국조시산'이 다른 사람에게 흘러들어가 마치 반군왕적(反郡王的) 뜻으로 해석되면 스승님이 곤란해질 것이란 생각이 들어서요. 인격적으로도 삼봉은 시기심이 강하여 자신보다 뛰어나다 싶으면 스승, 동문까지 어떻게 해서든 숙청하고 만 자가 아닙니까. 결코 시집의 맨 앞자리에 둘 인물은 아닌가 싶습니다."

나는 당돌한 제자의 길고 가는 눈을 내려다보며 찬찬히 일렀다. 녀석의 눈썹이 특히 검고 길다.

"준격아, 내가 특별히 사모한 나머지 기필코 뽑아내어 정도전의 것을 앞에다 두려고 한 것이 아니니라. 너도 알다시피 '동문선'이나 '청구풍아' 같은 책도 정도전의 작품이 앞자리를 차지하지 않았더냐. 어찌 내가 꼭 이 사람을 앞자리에 놓으려 한 것이겠느냐. 그리고 생존한 사람들 중 최립(崔笠)과 요즘 평양에서 살고 계신 내 스승 이달을 제외하고는 또한 많이 뽑지 않았으니, 내가 어찌 특히 얼족(孼族, 종에게서 난 아들)을 위해 졸렬한 시를 뽑아주려 했겠느냐. 이 책 필사본이 이미 박엽(朴燁)의 집에도 가 있는데, 아직까지 이론(異論)이 들리지 않는다."

기준격은 몸을 잠시 비틀었다. 그러나 또 다시 물었다.

"이 '국조시산'을 석선이 보면 즐거워할까요?"

"호, 그렇지 너는 특별히 서얼인 석선 서양갑과 친하지? 서얼의 작품이 들어가 있는 이 시집을 그 또한 싫어하지 않을 것이야. 하지만 준격아, 서양갑은 몰라도 그의 서얼 친구들과는 그리 가까이 지내지 말라. 네 아비의 부탁으로 내가 너의 공부를 살피고 있거니와 뒷날 너의 교제 범위를 단속하지 못한 책임을 질까 염려되어 하는 말이다."

"석선은 저의 친구가 아니라 또 한 사람의 스승님과도 같습니다. 그분의 진지함은 배울 점이 많아요."

"그건 그렇다마는 그의 친구들에 이르러선 어린 네게 어떻다 말하기 어렵다. 며칠 전에 이원형이 찾아왔었다. 그분도 서얼이지. 그분이 심우영 등이 반드시 큰 화를 일으킬 것이라 했다. 내가 서얼과 가까이 하길 피하지 않는 것을 알고 이원형이 전하의 맏아들인 임해군과 사귀고 싶어 하면서 나더러 먼저 가서 만나보라기에 내가 일단 거절했다.”

“그럼에도 스승님은 서얼을 좋아하지 않습니까.”

“내 스승 이달 선생님 또한 서얼이지. 나는 그분을 통해 서얼들의 애통함을 알게 됐느니라. 오늘은 그만 마치자.”

그 때 중문 밖에서 요란한 소리가 들려왔다. 시끌벅적거리는 소리에 나는 큰 소리로 비복 돌동을 불렀다.

“무슨 일이냐?”

돌동의 뒤로 세조대를 풀어 내리고 중치막을 한 손으로 움켜쥔 한 사내가 소리친다. 바람이 불어와 마당의 흙먼지가 잠시 일었고, 옆에 섰던 기준격이 재채기를 크게 해댔다.

“뉘시오? 아니, 이 감사가 아니오이까. 여긴 어쩐 일이오?”

그는 바로 이홍로였다. 마뜩하지 않은 사내의 출현에 나는 미관을 찌푸렸다.

“내가 아주 못 올 집은 아니지. 지나가는 길에 한 번 들렀소. 무탈하지요?”

“그렇습니다만, 이건 좀 아닌 듯한데…. 어떻게 이렇게 쉬 내 집에 오실 수 있으오? 과연 철면피인 듯.”

“그런 말을 함부로 해대는 자네는 철면피가 아닌가?”

“내가 지나쳤다면 이해하오. 워낙 놀라게 되는 이 감사의 방문이시라. 그런데 도대체 웬일이시오?”

“할 말이 있어 왔지.”

“뭡니까? 다만 여기 어린 기준격이 있으니 말을 골라 하시오.”

“호오, 기준격이라면 기자헌 대감의 아들이 아닌가. 똑똑하다는 소문이 파다하던데, 그야말로 네가 여긴 웬일이냐? 천하의 괴물인 교산에게 뭘 배우겠다고?!"

"말을 삼가실 사람은 그쪽입니다!"

"아아, 그렇다면 조용히 얘기하리. 나는 오늘 심엄의 집과 혼인을 하게 됐다는 걸 말하려고."

"심엄이라면 심광세(沈光世)의 부친이 아니오."

"아니, 심광세의 부친이라기보다 심광세의 아우 심정세(沈挺世)의 부친이라 해야 더 빛나지 않나?"

"그게 무슨 말이요?"

"그대는 심엄의 둘째 아들 심정세가 누구와 혼인한 줄 모르시나?"

"심정세가 영창 대군의 외할아버지인 김제남 대감의 집으로 장가간 일이야 세상에 모르는 사람이 없지요. 그런데요?"

"심엄의 집안과 사둔간이 됐다는 것은 내가 조정의 핵심 인물이 됐다는 뜻이 아닌가 하는 말이야."

"그러니 어쨌다는 겁니까?"

"그렇단 얘기지. 그 점 그대가 유념하란 말이지."

"그런 시그장한 얘기를 하러 일부러 내 집에 들렀소? 그렇다면 헛수고요. 나는 그런 따위의 위세에 눈 하나 깜짝하지 않는 위인이니, 할 말 다 하셨다면 얼른 사라지오! 그리고 당신이 특히 유념해야 할 것은 영창 대군이 혹 영락하게 되면 당신은 세상에서 사라질 개연성이 높다는 것이오."

"네 이놈!"

이홍로가 순간 머리끝까지 화가 치밀어 오르는 모양이었다. 도대체 어디에서 잘못되었는지 나와 이홍로는 늘 이렇게 부딪치기만 한다.

"너는 지금 그 말을 기억해 두거라. 때가 되면 세상에서 사라져야 할 인물은 바로 너!"

"내가 당신을 하찮게 보는 것은…."

"뭐냐?!"

"당신은 왜란 때 병조좌랑으로서 왕을 호종하다가 거취를 마음대로 했지요? 전엔 광해군을 옹위하는 영상 이산해를 좇다가 이제 와선 영창 대군의 장인의 편에 서세요? 의지를 손바닥 뒤집듯 하니 누가 당신을 온전하다 할 것이오?!"

그 말을 듣고 이홍로는 마당가에다가 침을 탁 뱉고 나서 장옷 자락을 휘익 제친 다음 곧바로 문밖으로 내빼 버리고 말았다. 나의 긴 웃음이 그의 뒤에 달라붙어 떨어지지 않았다. 기준격이 서둘러 자리를 떴다. 그가 가자 나는 한숨을 쉬어 본다. 예사롭지 않았다. 그런 인물이니 이홍로가 신경 쓰이는 것이 아니라 제자 기준격의 태도가 전과 같지 아니함을 강하게 느꼈다. 물론 그도 사리분별이 보다 명확해질 나이인 열 하고도 세 살이나 더 먹었다. 그 아비 기자헌의 느긋하면서도 강직하고, 느슨하면서도 옹골차고 견결한 심성과 자세를 아들 기준격이 그대로 빼박았음을 새삼 깨달아 마음에 두지 않을 수 없었다.

*

선조가 새로운 비 김 씨를 서울 정동 행궁에서 맞아들여 정명 공주를 낳고 영창 대군을 본 다음해인 정미년(1607). 즉위 40 년이 되는

10월 9일 새벽에 침소를 나가다가 임금이 그만 졸도를 한다. 이상한 소리가 들려 새 비가 얼른 일어나 대청으로 나가 보니 거기에 임금이 쓰러져 신음하고 있었다. 놀란 왕후가 다가가 소리쳤다.

"전하!"

다시 소리를 높였다.

"전하, 정신 차리오소서!"

이 소리에 협실에 머무르던 상궁들이 우르르 달려 나와 보니, 진정 놀라운 광경이 벌어졌다. 대청에 넘어진 임금이 숨이 멎은 듯했다. 그러나 맥은 뛴다. 궁녀들과 왕후는 어찌할 바를 몰랐다. 왕후가 다시 소리쳤다.

"약방제조를 불러라! 영의정을 불러라! 부원군을 부르고, 동궁을 불러라. 아니다. 동궁은 잠시 뒤에 알리자. 공사청 내시들을 어서 불러와라. 상의 옥체를 내실로 옮겨야 하는데…. 아, 어서 내시를 불러오라. 뭣들 하느냐, 어서 움직이지 못하고! 아아, 전하. 정신 차리옵소서."

지밀상궁이 달려들었으나 전하의 육중한 몸을 어쩌지 못했다. 임금은 꼼짝달싹 하지 않은 채 의식을 잃어 갔다. 내시가 대전별감을 부르고, 사태를 파악한 대전별감이 홍의에 초립을 쓰고 급히 영의정과 부원군의 집으로 달려갔다. 새 비와 지밀상궁이 임금이 손과 발을 주무르고 팔과 다리를 매만져 보지만, 역시 임금은 눈을 감은 채 의식을 회복하지 못했다.

해가 돋을 무렵 왕세자 광해가 임금께 문안하려고 동궁에서 나오는데 나인이 들이닥쳐 하는 말이 기막혔다.

"동궁마마, 임금의 환후가 위급합니다. 미명에 상이 기침하여 방밖으로 나가다가 기급하여 넘어졌사옵니다. 속히 내전으로 드시옵소서."

바람같이 빠르게 자비를 달려 대전 자비문으로 들어간 왕세자 광해가 수레에서 내려 급히 입시해 보니, 이미 영의정을 겸하는 약방 도제조 유영경, 제조 최천건, 부제조 권희, 기사관 목취선, 이선행, 박해, 그리고 어의 허준을 비롯해 조흥남, 이명원 등이 입시하고, 말을 전하는 내관과 약을 가진 의관들이 침실 밖 대청에 몰려 들어와 앉았다. 새 왕후의 아버지인 연흥 부원군 김제남도 입시했다. 임금이 일어나지 못하고 의식이 들지 않으니, 청심원, 소합원, 강즙, 죽력, 계자황, 구미청심원, 진미음 등 약을 번갈아 올렸다. 한 식경이 지나고 다시 한 식경이 더 지난 뒤, 그제야 임금의 기후가 조금 안정을 찾아갔다. 희미하고 무거운 목소리로

"어찌된 일인가?"

하고 옥음을 내니, 왕세자가 손을 저어 좌우를 나가게 하였다. 유영경 약방 도제조 이하가 합문 안으로 물러나 대령하였다. 그때 임금이 왕세자 광해를 보다가 고개를 돌리고, 왕후에게 이른다.

"허준을 들라 하라."

허준이 즉시 들어와 임금의 눈을 따뜻하게 바라보며 아뢴다.

"전하, 지나치게 심려치 마소서. 오늘 새벽에 기온이 찬 중에 일찍 기침하여 갑자기 움직여서 한기에 촉상(觸傷)되셨으니, 별 특별한 병증은 아니옵니다. 환후를 염려치 마시고 심신을 안정시키시면 곧 차도가 계실 겁니다."

동궁 광해가 내전 밖으로 나간 뒤 그런 모양을 바라보며 임금의 파

리한 손을 잡은 새 왕후 김 씨는 시름이 가득한 눈을 들어 대청 밖 희뿌연 하늘을 쳐다보았다. 임금이 승하하는 불행한 일이 생긴다면 우리 아기 영창은 어떻게 되는 것인가. 임금이 이대로 저 세상으로 가면 나는….

*

이재영이 달려 왔다.

"교산, 축하하네."

삼척 군수에서 파직당한 뒤 나는 여름과 가을에 이어 겨울의 세 분기에 걸쳐 월과(月課)를 보았었다. 월과란 시(詩), 율(律), 표(表), 전(箋), 주(奏)로써 문신의 우열을 시험하는 것을 뜻한다. 이에 응시하여 나는 세 분기에 걸쳐 연달아 장원을 했다. 전에 없는 일이었다. 신흠과 유몽인이 놀라고 이이첨은 더욱 놀랐다. 내 실력이 진정 그럴 만하다는 생각에 특히 이이첨은 그럴수록 나를 따돌려야 한다고 생각할 것을. 그들이 뭐라 생각하든 그와 무관하게 나는 세 분기에 걸쳐 시행한 아홉 번의 시험에서 모두 장원을 하여 조선 사대부 세계에 명성을 드날렸으니, 혹은 기뻐하여 축하하고 혹은 시기하여 심히 질투할 것임을. 이재영의 '축하하네.'는 그것을 이르는 말이었다.

"자네가 당상관(堂上官, 정3품 통정대부 이상)에 올랐다는구먼. 할할할."

"응이? 그런 소식이?"

"내 사역원(司譯院, 통역과 번역의 관서)에 들렀더니, 그 소문이 벌써 쫙 퍼져 있었어. 임금이 법전을 상고하여 그에 적절한 시상이 있어야 한다고 하명하여 '경국대전'을 보고 그렇게 했다 해."

"즐거운 일이구만. 사실 내 아홉 번 제술에서 모두 1 등을 하였으니 '경국대전'을 참조하지 않으면 시상하는 방법도 알 수 없을 터이지. 당상관이라! 실로 즐거운 일이야. 에헤헤헤."

당상관이란 조정 회의 때에 당상(堂上)에 있는 교의(交椅)에 앉을 수 있는 계급 또는 그 관원을 이른다. 나는 때에 이르러 드디어 마음만 먹으면 임금을 지근거리에서 만날 수 있게 됐다. 당상관으로 승진하자, 그에 의해 그해 12월에 이르러 나는 공주 목사(公州牧使, 정3품)를 제수하게 되었다. 기분이 좋아진 나는 부임 전에 친구 권필의 도움을 받아 정도전에서부터 권필에 이르는 35 가(家)의 각체시 877 수를 수록하고, 편말에 '허문세고'를 실은 '국조시산'이란 시선집의 초고를 엮었다. 진정 즐거운 일이로다!

영토 — 심광세와 더불어

광해를 지원하는 사람들의 갖는 갖가지 염려와 별개로 광해가 곧 임금 자리에 앉게 되었으니, 선조가 그 길로 그렇게 붕어했기 때문이다. 공주 목사인 나는 서양갑이 쓰고 내가 감수한 서얼자의 상소문을 조정에 올렸으나 선조가 급격 훙서하고 새 임금이 대위에 오르는 등 때가 좋지 않아 아무 반응을 얻어내지 못하였을 그해 8월에 이르렀는데, '허균은 성품이 경박하고 무절제하다.'는 암행어사의 서계(書啓)로 인해, 그리고 심우영, 윤계영, 이재영 등을 불러 함께 지냈으므로 사람들이 '삼영(三營)을 설치했다.'며 비방하는 바람에 또 다시 파직을 당했다.

그 즈음 잘 나아가는 이이첨이 내 파직에 어떤 작용을 했을 수가 있다. 그는 기회 있을 때마다 내 추락을 도모하지 않았던가. 오랜 머무름 끝에 드디어 관직에 올라 새 임금을 앞세워 세상에 뜻을 펴려고 하는 이이첨으로서는 나 같은 괄목상대의 존재를 그대로 둘 수 없기에 내 파직을 도모했을지 모를 일이다. 그런데 이재영이 공주에 내려와 기이한 말을 전한다.

"관송 이이첨이 자네에 대한 비방을 재주 많은 자네에 대한 세상 사람들의 질투심 때문이라고 비판했다는구면."

"누가 그래?"

"얼마 전에 승문원(承文院, 사대교린 문서 작성 부서)에 들렀더니, 몇 사람들이 그리 말하더구면. 내가 자네와 가깝다는 것을 이젠 모르는 사람이 없어. 실제로 자네가 경박하고 무절제하냐고 묻기에 나는 당치 않은 소리라 했지. 자네는 오직 자유자제할 따름 오히려 무겁고 엄숙하고 장엄하지 않나. 사람들이 진정 자네를 잘 알지 못하고 다만 함부로 비방만 하려 한다니까!"

탄핵에 의해 9월에 벼슬을 잃은 나는 일단 모든 것을 떨쳐 버리고 이재영과 함께 전라도 부안(扶安)으로 떠났다. 햇살이 눈부시고 가을 하늘이 한 없이 높은 날이었다. 부안현의 해안에 변산이 있고 변산 남쪽에 계곡이 있는데 우반이라 한다. 일찍이 해운판관으로 부안에 갔을 때 마을의 협객 고홍달이 지역에서 우반이 제일 경치가 아름다워 살기 좋은 곳이라 했었다. 나는 오랜만에 고홍달을 다시 만나 말고삐를 나란히 하여 우반을 찾았다.

"그대의 자는 달부요, 호는 죽호가 아닌가?"

"오래됐는디, 그걸 기억하다니요잉."

"내 어찌 잊을 수 있것소. 그런데⋯."

"말씀하시소."

"매창은 잘 있소?"

"응당 그게 궁금하지라. 잘 있응께, 쬐끔 기대리시면 지가 만나게 하여 드릴랍니다."

우리는 해변을 따라서 좁다란 길로 나아갔다. 그 길을 따라가서 골짜기에 들어서니 졸졸 수풀 속에서 흘러나오는 시내가 있어 그 물 소리가 옥 부딪는 듯했다. 시내를 따라 몇 리 안 가서 산이 열리고 육지가 트였는데, 좌우의 가파른 봉우리는 마치 봉황과 난새가 나는 듯 높이를 헤아리기 어려웠고, 동쪽 산기슭에는 소나무 만 그루가 하늘을 찌르는 것 같았다.

"이런 곳에서 살면 좋겠구만."

"그렇겠지라. 지가 다리를 놓아 드릴랑께 걱정 붙들어 매시오. 저쪽으로 가보소."

거기 진정 아름다운 풍경이 펼쳐져 있었다. 남으로는 드넓은 대해가 바라보인다. 계곡 동쪽을 거슬러 올라가 옛 당산나무를 지나 자그마한 암자에 이르자 죽호 고홍달이 자랑 섞인 소개를 한다.

"여게가 정사암이지라."

언덕 위에 지어 놓은 암자는 방이 네 칸이었다. 앞에는 맑은 못이 굽어보이고 세 봉우리가 높이 마주 서 있다. 폭포가 푸른 절벽에 쏟아져 흰 무지개처럼 성대했다. 폭포의 물을 실어 나르는 시내로 내려가 나는 머리와 옷을 풀어헤친 채 바위에 걸터앉았다. 가을꽃이 살짝 피고 단풍은 반쯤 붉었다. 석양이 산봉우리에 비치고 하늘 그림자는 물에 거꾸로 비친다.

"이런 곳에 내 진즉부터 살고 싶었음이라."

나는 진정 감격하여 소리쳤다.

"공께서 그라시면 여게서 사시소. 지가 다리를 놓웅께."

"정사암을 내가 사용할 수 있도록 방도를 찾아보오."

"걱정을 붙들어 매라니까 그러시네잉."

고홍달이 즉시 말을 달려 언덕과 계곡을 빠져나갔다가 두어 시진 지난 뒤에 한 사람을 대동하고 다시 나타났다.

"인사하시소. 여게는 진사 김등이고, 이분은 교산 허균 어른이시지잉."

"그 유명한 어른을 뵙게 되어 광영입니다."

"반갑소."

"죽호로부터 공의 뜻을 들었습니다. 여기는 제 선친께서 깊이 생각할 거리가 있으면 찾으시던 곳입니다. 여러 해 보살피지 않아 이렇게 폐허가 됐는데, 그럼에도 여기서 지내고 싶으시다면 그렇게 하시지요."

"감사하오."

이 소식을 듣고 사또 심광세가 암자가 낡은 채 지키는 사람이 없다고 걱정하면서 중 두 사람을 모아 보내고, 쌀과 소금도 약간 준비해 주었으며, 나무를 찍어서 지붕을 다시 이어 주었다. 그들에게 관청의 부역도 면해 주고, 암자에 머물며 지킬 책임도 지웠다. 이렇게 하여 나는 전라도 부안현 우반에서 거의 평생 처음이라 하여도 좋을 정도로 마음 편하게 지내는데, 며칠 뒤 사또 심광세가 찾아왔다.

"지낼 만하오?"

"고맙소. 여기만한 곳이 또 어디에 있겠소."

나보다 7년 아래인 심광세는 얼굴이 섬세했다. 큰 갓 아래로 이마가 깨끗했고 미간이 시원했다. 그러나 입은 단호하게 생겨 의지가 강한 인물임이 느껴졌다. 심광세는 옷깃에 삼베 상장(喪章)을 달고 있었다. 집안에 흉사가 있는 게 분명했다.

"교산 어른은 저의 전배입니다."

"…?"

"저에 앞서 해운판관을 하셨지요."

"그렇군요."

"공께서 시강원 서설로 지낸 것도 저와 같습니다. 그러니 저는 온전히 공의 후배입니다."

"공교롭게도."

서로 의기가 통한다고나 할까, 대화할수록 나는 심광세가 더불어 의견을 나눌 만한 인물임을 느껴 갔다. 우리는 서로 바라보며 웃음을 멈추지 않았다.

"저는 시강원 설서일 때 새 임금 광해군과 더불어 지냈어요."

"나 또한 그러했지요. 허나 그분과 특별한 추억은 없습니다."

"공께선 그러하였으나, 저는 아픈 기억을 가지고 있습니다."

"아픈 기억?"

"광해군이 동궁으로 있을 때 무설(巫說)을 믿고, 집집마다 찾아다니며 천연두를 앓게 한다는 그 두신(痘神)이라는 것에다가 친히 기도를 했지요."

"그런 일이."

"있을 수 없는 일이라 생각해 저는 그에게 시강의 책임으로 간하자 광해군이 좋아하지 않았으므로 마침내 사퇴하고 강화에 물러갔었습니다. 제가 생각하기로 지금은 모르겠는데 광해의 앞날이 그리 좋은 편이 아니라는 판단입니다."

"이제 시작이니, 좀 더 두고 봐야 하지 않겠소."

"공께서도 이미 아시겠지만, 그는 심약하며 의심이 많아요. 실제로 몸이 약해 늘 어의를 가까이 해야 했어요. 그의 소심하고 예민한 성격과 관련지어 생각 할 때 그러하나, 전쟁 중에 겪었던 간난신고, 맏아들이 아닌 상태에서 왕세자가 되었던 열등감, 아버지 선왕과의 미묘한 갈등, 적자 영창 대군의 출생과 즉위를 방해했던 유영경 일파의 공작, 이 핑계 저 핑계를 대며 승인을 미루었던 명 조정의 딴죽 등 여러 경험을 통해 그는 소심해졌을 뿐만 아니라 운수에 대한 집착이 병적으로 심하게 됐습니다."

"그렇다면?"

주위를 둘러보았다. 마침 아무도 없다. 이재영은 시냇가로 가고, 중들은 나무 하러 산을 오른다 했다. 해가 서서히 기울자 폭포 소리가 크게 들리고, 산새가 울었으며, 바람이 소나무 사이에서 흐느적거리며 놀았다.

"광해가 임금이 된 것을 저는…."

"말하시오. 나를 염려치 마시고. 우린 뜻이 서로 크게 다르지 않은 듯하니."

"그렇다면 말씀드립니다만, 저는 영창 대군이 대위에 오르셔야 한다고 믿는 사람입니다."

"이미 끝난 일을."

"잘못된 일을 누군가가 바로 잡아야 한다고 봅니다. 나라가 잘 되려면 매사 순조로워야 하는데, 광해의 즉위는 역리라 봅니다."

"나 또한 그런 생각을 하지 않은 것은 아니나, 이미 지난 일이라 어찌할 일이 아니지 않소."

"그렇지 않습니다. 영창 대군이 살아 계시고, 그분과 함께 할 사람들이 있는 한 아직 끝난 일이라 보기 어렵습니다. 공 같은 분이 하셔야 할 일이지요. 그것과 관련하여 말씀 드리면, 공은 어찌하여 뛰어난 재주를 지니고 있음에도, 그리하여 그 어떤 큰일도 해낼 만한 인물임에도 늘 이렇게 파직을 당해야 합니까? 그렇다면 세상이 잘못된 것이오. 세상은 어떤 길로든, 또 어떤 방식으로든 바뀌어야 한다는 것이 저의 속마음입니다. 여기 이 궁벽한 땅에서 사또 노릇을 하고 있으나 세월의 흔들림을 조금은 읽고 있습니다. 보세요. 지금 팔도에서 토적이 들끓고 있지 않습니까. 이를 광해는 제대로 다스리지 못할 것입니다. 그의 대권 쟁취가 순리가 아니므로 그의 통치가 순조로이 진행될 리 만무지요."

"이해할 만한 말씀."

"아, 참. 공은 지금은 이미 고인이 되셨습니다만 경기도 관찰사 이홍로 대감과 가까운 사이었지요?"

"안면이 있는 정도요."

나는 이홍로와의 갈등 관계를 굳이 얘기하지 않기로 마음먹었다.

"이홍로 대감은 재작년에 제 아비 심엄의 집과 혼인을 했습니다. 그리하여 저와 사둔 관계지요. 그래서 여쭤 본 것입니다. 그건 그렇고 제 아우가 현감으로 지내는 심정세인데요, 이 친구가 금상, 아니 이미 선왕이시지, 그래요 선왕 선조의 장인인 김제남의 사위입니다."

"그런 인척 관계로 금상 광해의 등극을 그토록 비판하시는군요."

"아니, 꼭 그렇다고 하기는. 아니, 진정 그렇소. 소북파의 수장인 유영경과 함께 영창 대군을 밀던 이홍로는 결국 작년, 그러니까 무신년(1608) 9월에 귀양지에서 저세상으로 가고, 제 아비 심엄도 그 해 광해의 등극에 크게 충격을 받아 그만 자진하고 말았습니다."

"사또 옷깃의 상장이 그것이군요. 참으로 미안한 일입니다. 이렇게 지금 우리 세상은 흥망이 그 한 치 앞을 알 길 없음이오. 그리고 또 인간사 말 그대로 새옹지마라는 생각도 듭니다."

"그렇긴 하지만 사람 의지로 세상을 바꿀 수도 뒤집을 수도 있지요. 저는 늘 그런 생각을 하곤 합니다. 이제 곧 영흥부원군 김제남 대감에게 큰 화가 미칠 것 아니겠소. 영창 대군의 편에 서 있을 수밖에 없는 김제남 부원군을 이이첨이 가만 놔둘 리 없지요. 이대로 가다가는 김제남은 몇 년 내에 모반을 일으킨다는 죄명 아래 사사될 것이 분명합니다. 영창 대군 또한 그리 될 것이고. 이제 세상은 이이첨의 것이나 다름없어요. 내 장담하리다."

"그럴 일이야. 하여간 금상 광해의 하는 양을 잘 보아 두어야 할 듯하오. 동궁 때의 활동, 즉 왜란 때 분조 활동을 한 것을 보면 기대할 만하나."

"뒷날 다시 만나 조정의 일을 의논할 기회가 있었으면 합니다."

"좋지요. 다시 만납시다."

"고맙습니다. 참, 저는 박종인, 서양갑, 심우영 등과 친히 지냅니다."

"그렇소? 놀라운 일이구만."

"어찌 놀라오?"

"심우영과 서양갑은 저도 가까이 지내는 터수요."

"저는 다음 어느 날 그들을 모셔 놓고 삼현 강당(三賢講堂)을 만들어 스승을 삼으려 합니다."

"실로 놀라운 일이로고! 그대는 오랜만에 만나보는 귀한 인물이오. 나와 의기가 맞는 심 사또의 영창 대군 지지 의견을 깊이 생각해 보리다. 그대 같은 후배를 만난 것은 내게 행운이오."

"그런데…."

탁주 한 잔을 길게 마신 뒤 심광세가 이른다.

"하나 물어볼 것이 있으니, 공께선 무안하게 생각하여 그리 큰 화를 내지는 마세요."

"그럽시다. 이왕 이렇게 아름답고 귀한 얘기를 하는 중이니 무슨 말이 내 분기를 일으키겠소. 나에 대한 애정이 담긴 것이라면야."

"물론 공에 대한 존경심의 발로입니다. 공께선 문장이 뛰어나고 벼슬 또한 높아서, 높은 관에다 넓은 띠를 띠고 나서면 깨끗이 치우어진 길로 모셔질 수 있습니다. 제가 의문스러운 것은 그런데도 왜 그렇게 입을 다물고 조정에서 물러나왔으며, 잘 된 이가 찾아오는 법은 없고 괴상망측한 자들하고 어울려 다니는가 하는 겁니다."

"내 성품은 더럽고도 오뚝하며, 성기고도 거칩니다. 기교도 부릴 줄 모르고, 아첨도 할 줄 모르지요. 그래서 하나라도 마음에 맞지 않으면 잠시도 참지 못하고, 남을 칭찬하는 이야기가 나오면 말이 막히고 맙니다. 권세 있는 집 대문에 발이 이르면 걸음이 갑자기 달라붙고, 높은 사람에게 절하려면 몸이 마치 기둥처럼 뻣뻣해지지요. 이런 상태로 높은 이들을 만나게 되니, 보는 사람마다 곧 나를 미워해서 꾸짖으려고 들지요. 오직 두세 벗이 속된 예절에 얽매이지 않고 내 재주를 좋아하며, 더러는 꾸밈없는 내 행동을 좋아합니다. 벼슬을 하려면 괴팍하지 않아야 하지만 내 멋대로 나를 다스려왔고, 하늘이 준대로 살다 보니 벌써 허리 구부정한 나이가 되었어요. 권세와 이익을 얻으려고 사귀는 것은 때가 오면 반드시 변한다지만, 지금 사또와 나의 사귐은 그치지 않을 것이오. 이런 사귐은 돌보다도 단단하고, 금보다도 귀합니다. 그러나 저 고귀한 자들은 호피(虎皮) 보료에 앉아 술 마시고, 울긋불긋한 옷을 입고서, 긴 옷자락에다 패옥까지 차고 계집들이나 기쁘게 하더군요. 세상을 등진 나는 스스로 즐거우면 그만일 뿐이지요. 에헤헤헤."

우리는 크게 웃었다. 밤이 깊은 줄 모르고 술잔을 기울여 가며 이야기꽃을 피웠다. 자시에 이르러 심광세가 은근하게 묻는다.

"교산 어른, 해운판관으로 여기 내려오셨을 때에 만난 사람이 있지요?"

"어느 분을 이르는지?"

"하하하, 매창을 이릅니다."

"계생을 말하신다?!"

"예, 계생. 두 분의 정이 도타운 듯합니다만."

"아니오. 공무가 없을 때 매창과 더불어 시를 얘기했지요. 다른 뜻은 없습니다. 제가 유희경, 이귀, 윤선 다음으로 그녀의 넷째 정인이고 싶지는 않아요. 재주 있는 여자라 더불어 시를 말할 따름입니다."

심광세는 내 눈을 들여다보다가 빙긋이 웃으며

"곧 그녀를 이리로 보내 드리지요. 그럼 이만 물러갑니다."

하고 자시가 넘어 종자들을 따라 어두운 길을 더듬어 우반을 내려 갔다. 그녀가 온다?! 그러나 계생은 쉬 오지 않았다.

한 달 뒤쯤 변산반도 부안현 우반에 도착한 사람들은 칠서였다. 나를 만나자 칠서들은 기쁨에 넘쳐 소리를 지르는데, 정사암 사람들이 다 놀랐다. 칠서들은 기세가 등등했다. 대단한 분위기를 실어왔다고나 할까.

"무슨 바람이야?"

"바람은 무슨. 자네를 보러 왔지."

"세상이 바뀌었잖아."

"새 임금이 섰어."

"역사의 한 장이 넘어간 것이라."

주위를 둘러보던 서양갑이 제법 그럴 듯한 말을 했다.

"도덕경에 백성의 헛된 욕심을 돋우는 편리한 물건이 많을수록 나라는 어지러워진다 했지만, 여기는 살기에 적절하지 않구만. 책 외에 도대체 물건이 없어. 심심하지 않나?"

"심심할 겨를이 없네. 심심할 양이면 자네들같이 새 바람을 끌고 이렇게들 오지 않는가."

이재영과 중들이 술상을 차려 내왔다.

"여인, 자네도 이리 앉게."

이재영이 칠서 한 사람 한 사람의 얼굴을 바라보았다. 심우영, 서양갑, 박치의, 박치인, 박응서, 김경손, 이경준 등의 얼굴이 살아온 인생만큼 각기 복잡한 표정을 만들어내고 있었다. 술이 한 순배 돌고 취기가 조금 오르자 서양갑이 묻는다.

"그동안 생각을 해 두었나?"

"뭘?"

"조정이 바뀌었으니, 그리고 사상 처음으로 올린 서얼들의 지난 상소에 아무 대답이 없으니, 우린 진정 가슴이 아프네. 여기 우리 칠서들은 더 이상 참을 수 없어."

"그래서?"

"그래서 어떻게 해보라고 자네가 충동질하지 않았나?"

"내가 충동질을?"

"자네 아니면 우리가 도대체 어쩌라고?"

"자네들 일은 자네들 스스로 결정해야지."

저쪽에 파암 박치의가 조금 언성을 높였다.

"교산, 도대체 저쪽에, 저쪽에, 우리 보고 어쩌라고?!"

"자네들이 자네들의 앞날을 결정하란 말인데, 뭐가 잘못됐나? 석선이 내게 그동안 생각을 해 두었느냐고 묻기에 하는 말이네. 생각은 자네들이 해야지."

"새로운 세상을 만들어야 한다는 얘기는 교산이 하지 않았나?"

서양갑이 의연한 태도로 그렇게 말했으나, 나는 조금도 동요하지 않고 차분히 말했다.

"새로운 세상에 대한 나의 마음은 지금도 전혀 달라진 게 없네."

"그것은 곧 이 세상을 뒤집어엎어야 할 것이란 얘기가 아닌가. 그러므로 무슨 일을 해야지."

"뭔가 오해가 있는 듯한데, 물론 다양한 의미가 담긴 것이지만, 일단 관로로 가는 나로선 오늘의 관치 사회를 변화시켜야 한다는 뜻으로 해석돼야지."

"아니, 얘기가 근본적으로 다르군. 자네는 혁명을 말한 것이 아닌가? 필요하다면 모반을 일으켜야 한다고 말하지 않았나?"

"물론 이 세상이 잘못됐다는 말과 새로운 세상이 필요하다고 했지."

"그게 그것이 아닌가?"

칠서들은 모두 조금씩 흥분하기 시작했다. 뭔가 달라진 내 태도에 실망감과 분노가 일었을 것이다. 모두 한 잔씩 들이켰다. 박치의는 술잔을 벽에다가 던졌다. 이재영도 뭔가 꼬여간다는 느낌을 받았다. 입술을 훔치며 박응서가 소리쳤다.

"세상을 뒤집어야 하잖아!"

그 말에 내가 술 묻은 입술을 닦고 손을 털며 대답했다.

"세상은 달라져야지."

"그럼 어떤 행동을 해야 하지 않나."

"그걸 자네들 스스로 결정하란 거야."

"자네는 빠지고?"

"나로선 할 일이 따로 있지."

"아하, 알았네. 우리 칠서는 말 그대로 서얼이라 할 일이 있고, 교산은 사대부라 따로 할 일이 있다는 거구만."

내가 내처 물었다.

"자네들이 할 일을 자네들이 하고, 나는 나대로 할 일을 한다는 것이야."

모두 고개를 숙였다. 내 말을 어떻게 해석해야 하는지 곰곰이 생각하는 눈치였다.

"나를 이상한 사람으로 만들지 말게나. 내 말을 곡해하지도 말고. 나는 전적으로 자네들의 뜻과 같으나 그 뜻에 접근하는 방식에 있어 자네들과 같지 않을 수 있다는 것이야."

그때 불쑥 심우영이 내질렀다.

"예미, 자네는 양반, 우리는 서얼이라 같이 놀 수 없다는 것이군!"

"내 말의 뜻을 모르겠나?"

나는 그들이 조금 답답했다.

"잠깐."

서양갑이 고개를 들고 천정을 쳐다보았다.

"우리가 오해한 것인지도 몰라."

모두가 외친다.

"무슨 오해!"

"다른 세상을 만들자면 그리로 가는 길이 단 하나는 아니겠지. 여러 길로 서울에 갈 수 있잖아. 모로 가도 서울에만 가 닿으면 되잖아. 교산은 교산의 길로 도달하고, 우리는 우리의 길을 찾아 그리로 가면 되지 않겠나 싶은데. 교산의 말이 이것이 아닌가?"

나는 그제야 안도감이 들었다.

"내 말을 오해하지 않아 고맙네. 그리로 가는 것이 중요한 만큼 어떻게 가느냐 또한 중요하지. 나는 조정 내부에서 그걸 찾고, 자네들은 자네들 나름 그 길을 찾아나서야 할 것이야. 내 말은 그 이상도 이하도 아니네. 자네들이 내게 상의하러 왔다면 내게 무슨 혜안을 들으려

할 것이 아니라. 여기에서 어떤 결정을 내리라는 것이야. 내가 그걸 찾아주기는 어려워. 그런 시각에서 자네들이 결정하라는 말이지."

그 순간 칠서 모두는 내 말을 조금 이해하는 듯했다. 그러나 박응서가 다시 나선다.

"그렇더라도 무슨 방식은 예시해 줘야 하지 않나?"

"내가? 사실 이미 자네들 마음속에 어떻게 해야 한다는 결심이 서지 않았나? 그 오랜 세월 동안 서로 뜻을 나누었고 하니 말이야. 여기 여인 이재영도 도축패와 여러 차례 모임을 가졌고. 역사의 새로운 장이 열리는 즈음에 우리 모두 새로운 결심들을 해야지. 지금부터 이 변산반도 우반의 정사암에서 여러 날 지내며 충분히 그리고 성공할 수 있는 방향으로 모색해 보라는 것이지. 나는 그동안 그 당위를 여러 가지로 드러냈었지."

그러자 서양갑과 심우영이 거의 동시에 낮은 음성으로 말했다.

"그럼 우리들끼리 해야지."

"그럼 교산은 일단 우리의 대화에서 빠져."

"부디 내 말에 오해 없기를 바라네."

이후 나는 술만 마셨다. 며칠 동안 거의 말을 하지 않았다. 폭포에 갔다가, 호수에 가고, 산에 올랐다가 다시 내려와 시냇가를 걸었다. 바닷가로 나가기도 했다. 날씨는 혹은 시원하고 혹은 싸늘했다. 해가 짧아졌다. 곧 서리가 내릴 것이고, 이 깊은 산천에 눈이 내려 천지가 하얗게 변할 것이다.

모두가 서로에게 조심하였고, 서로를 존중하려고 애를 썼다. 이재영 또한 칠서의 대화에 직접 참여하지 않았다. 중들은 정사암의 부엌과

뒤란으로 돌 뿐이었다. 모두가 공유한 것은 술이었다. 칠서와 이재영 그리고 나 모두 매일 술을 마시며 하루를 시작했고 하루를 맺었다. 그러고 한 열흘이 지났을까. 서양갑이 나를 불렀다.

"우리 결정을 했어. 자네가 바라는 대로 말이야."

"어떻게?"

"자네가 호민에 대해 말한 적이 있어."

"호민 의식은 내게 항상 있지."

"우리 칠서가 그걸 떠올렸지."

"호민이란 일반적으로 '세력 있는 백성'이란 뜻이 아니던가. 예를 들어 중국 전한 때의 환관이 지은 '염철론'에 나오는 호민이 그런 것이지. 거기에 '호민이 아니면 그 이익이 통하게 할 수 없다.'고 했는데, 이럴 경우 호민은 그대로 '세력 있는 백성'이란 뜻이야. 허나 내가 '호민'이라 이를 때는 의미가 달라져. 이는 곧 '호걸스런 백성', '준걸스런 백성'이란 뜻이 되지. 곧 '혁명가다운 인물'을 가리키는 말이라 할 것이야."

존재
- 아, 권필

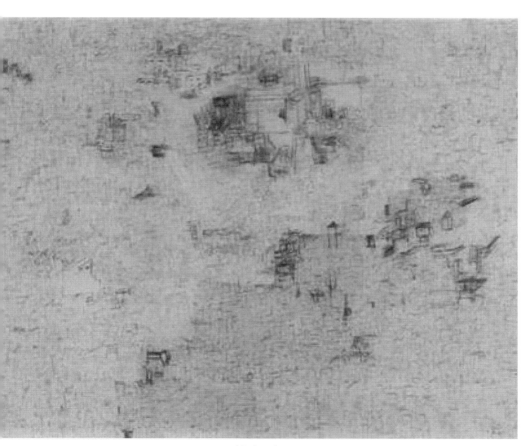

허승연 그림

존재 — 아, 권필

*

시인 권필이 조정에 글을 올렸다. 그의 글은 전시에서 무숙 임숙영이 비판적 대책문을 지었다 하여 탈락시킨 부당한 조치에 대한 비판이었다. 그러나 광해는 죄를 묻는 것이 아니라 통이 큰 면책 조치를 단행했다. 이에 불만을 품은 사람이 있으니, 바로 대사헌 관송 이이첨이다.

이럴 수는 없다. 임금에 대한 전면적 그리고 직접적 비판의 칼날을 멈추지 않은, 예컨대 재야권 인사 권필 같은 놈에게 관대한 처분이라니 있을 수 없는 일이다. 권필이란 누구인가? 임란 발발 때임에도 불구하고 임금 선조에게 당시 영의정 이산해의 척결을 직소한 인물이 아니던가. 사사건건 조정의 일에 비판의 칼날을 세우던 자가 아닌가 말이다. 무숙(茂淑) 임숙영(任叔英)의 임금에 대한 비판을 전적으로 동조하던 자가 바로 권필이다!

관송 이이첨은 이를 갈았다. 놈은 서로 교분을 쌓자는 자신의 요청을 무시하였고, 또 자신을 만나는 것을 꺼려하여 담을 넘어 사라지는 짓을 저지른 자가 아니던가. 기회만 있으면 죽여 버려 기분을 유쾌하게 할 놈이었다. 그날 퇴청 뒤 귀가한 이이첨은 권필 등 그동안 조정을 비방한 인물들에 대한 임금의 일대 사면 조치에 분을 이기지 못하여 대청에 홀로 앉아 술을 마셨다.

"어르신, 유희분 어른의 집에서 사람을 보내 왔습니다."

하인의 이 같은 아룀에 이르러 이이첨은 번쩍 정신이 들었다. 유희분, 중전의 오라비. 그가 사람을 보냈다.

"무슨 일이냐?"

"덕성방으로 오시랍니다."

"알았다. 앞 서거라."

덕성방에 임금 광해의 처남 유희담의 집이 있다. 정인홍, 이경전, 유희분과 더불어 선조 임금이 승하할 무렵 몇 차례 모여 향후 대북의 활동에 관해 논의했던 곳이다. 남여를 바람처럼 빠르게 달려 도착해 보니, 유희담(柳希聃)은 물론 유희분(柳希奮), 유희량(柳希亮), 유희안(柳希安) 등 임금의 처남 유 씨 형제들이 모두 모여 이이첨을 기다린다.

"얼마 전에 김직재(金直哉) 반역 사건이 있지 않았습니까. 그에 연루된 조수륜(趙守倫)의 집을 수색했지요."

유희분이 다소 상기된 음성으로 이렇게 말하자 이이첨은 순간 무슨 일이 생긴 것을 직감했다.

"드디어 잡았어요!"

유희담이 이이첨을 바라보며 득의의 얼굴을 만들었다. 옆에 앉았던 유희량이 한 장의 종이를 이이첨의 얼굴에다 드밀었다. 한 편의 시였으므로 이이첨은 입을 딱 벌렸다.

"이게…?"

다시 한 번 물었다.

"이게 그 시요?"

유희안이 입가에 회심의 미소를 만들었다.

"관송 대감, 그게 바로 우리들이 그토록 찾던 그것입니다. 그동안 숨어 있다가 드디어 모습을 드러낸 것이지요. 조수륜과 김직재 모반 사건으로 숙청된 황혁(黃赫)이 그동안 여러 사람과 간찰을 주고받았는데, 그 속에 이 시가 들어 있었습니다. 뜻이 있으면 마침내 얻는다더니, 이게 바로 그 경웁니다."

얼마 전부터 세간에 한 편의 시가 나돌아 다닌다는 소문이 돌았다. 문제는 그 시의 내용이 임금으로선 매우 곤혹스런 것이었다는 점이다. 비판이기도, 하고 비아냥이기도 하고, 은유이기도 하고, 풍자이기도 한 한 편의 기이한 시였다. 사람들은 그 시를 지난해 신해년(1611) 봄에 치러진 책문시(策問試)에서 임숙영이 지어 제출한 시에 대해 공감하여 누군가가 지은 시라고들 얘기했다. 즉, 임숙영이 당시의 정사를 풍자하여 말이 매우 간절하고 곧았는데, 고시하는 관원이 두려워하여 그 시지(試紙)를 감히 열어보지 못하는 것을 이후 광해가 친히 보고 크게 노하여 방(榜)에서 임숙영의 이름을 빼 버릴 것을 명한 바로 그 사건에서 비롯된 시라는 것이었다.

양사에서 임숙영을 불합격시키려는 것이 지나친 처사라고 논쟁하자 광해는 여름이 다 가도록 방을 붙이지 않다가 가을에 가서야 비로소 발표할 것을 윤허하였다. 이런 사실과 관련 깊은 시가 이후 세상에 떠돌아다녔으니, 이를 알게 된 임금이 시 지은 자를 색출해내라는 엄명을 내렸음에도 그 출처를 알지 못하는 정황이 계속됐던 것이다.

"그런데 우리가 그 시를 찾아냈다는 것 아닙니까!"

중전의 오라버니인 유 씨 형제들의 의기양양함을 보면서 이이첨은 자신이 할 일이 있음을 깨달았다.

"그러면 제가 이 시를 상에게 보고해야지요?"

"역시 관송이오. 그렇습니다. 우리 형제는 바로 우리 자신의 일이기도 하여 직접 상께 아뢰기 미안한 마음이 없지 않으니 관송께서 이를 올려 주시면 좋을 듯하오만."

"어려울 것이 무엇 있겠소. 내가 그 일을 자임하리다. 아암, 내가 할 일이지요."

이이첨은 즉시 창덕궁으로 들어갔다. 모든 건물이 왜란 때 불 탄 이후 새로 지었으므로 궁궐은 마치 비갠 이후의 그것모양 깨끗이 씻긴 듯 보였다. 돈화문으로 들어가며 이이첨은 혼잣소리를 했다. 권필, 권여장, 권 석주. 네, 이놈! 너는 이제 세상 구경을 다하게 됐도다. 출처와 지은 자를 찾지 못해 그동안 임금께서 얼마나 고심했는지 너는 아는가? 잡히면 능지처참의 형국이 벌어질 것이 명약관화한 정황이노라. 이제 시를 지은 자가 바로 너라는 사실을 증명할 문서가 발견됐으므로 너는 이미 죽은 목숨이노라. 그렇게 신랄하게 임금을, 종실을, 중전을, 아니 임금의 외척인 유 씨 일파를 희롱했으니 어찌 살아남으리란 기대를 할 수 있으리!

금천교도 깨끗해졌다. 왜란 초기에 저 무지렁이 노비 등 상것들이 들이닥쳐 방화를 해댔으니 그들 또한 백성으로서 천벌을 받을 짓을 하지 않았는가. 그렇듯이 너 권필 또한 흉악한 짓을 한 것이나 다름없거늘, 이제 기다리라. 네가 내게 준 모욕을 백배천배로 되갚아줄 작정이니, 부디 조용히 목을 늘어뜨리고 기다리라.

"전하아!"

하고 길게 임금을 부른 대사헌 이이첨은 허리를 굽히고 다시 한 번 임금을 우러렀다.

"전하, 기쁜 소식이 있사옵니다."

관송 이이첨은 탑전에 한 걸음 더 다가섰다. 그의 깨끗한 입술에서 냉혹한 말이 흘러나왔다.

"그동안 출처를 찾지 못해 애쓰던 사안이 드디어 해결의 길을 찾은 듯합니다."

"출처라 함은 시와 관련된 것인가?"

"그렇습니다. 이른바 '궁류시(宮柳詩)'의 작자가 밝혀질 문서를 발견했습니다."

"그러한가?! 다행스런 일이로다. 그래, 그가 누구인가? 조정의 대신 중 하나가 아닐 터이지? 불행한 일이 아니기를 과인이 바라노니, 어서 말하라."

"전하, 그는 바로 자를 여장이라 하고 호를 석주라 하는 한성부 서강 현석촌 출신의 권필이란 자입니다."

"내 들을 바 없지 않노라. 당대 대 시인이라는 말을 듣는 그자 말인가?"

"사실은 별것이 아니옵는데, 일부 사람들이 그런 말을 하지 않은 것은 아니옵니다."

"소위 목릉문단에서 동악 이안눌과 함께 조선 시의 최고봉으로 꼽히는 인물이라던데?"

"그런 말이 없지 않으나, 이번 일과는 무관합니다. 아니, 도리어 그런 자가 저지른 일이라 더욱 심대한 사건이라 하지 않을 수 없습니다. 즉각 나국하여 추국해야 할 자입니다. 그동안의 통분을 갚을 명쾌한 어명을 내려 주소서, 전하."

"내 뜻과 다르지 않노라. 여봐라, 도승지는 전교를 받들라."

광해는 기탄없이 도승지를 불러 하명했다. 이이첨은 그러는 모양을 보고 소리를 내지 않고 입을 크게 벌려 웃었다. 도승지가 금부당상한데 이를 것이고, 금부당상 판의금은 즉시 행동에 들어갈 것이었다.

다음날 석주 권필은 도리 없이 추국장에 나와 앉아 무릎을 꿇었다. 오랏줄이 묶인 손목에서 벌써 핏물이 돌았다. 꿇린 무릎에 피가 돌지 않아 살이 이미 꺼멓게 죽어가는 듯했다. 임금이 추국장에 높이 나와 앉았다. 연기가 오르고 금부 나졸이 장내를 보위하고, 대신들이 도열한 것은 물론 주립을 쓰고 동개를 매고 큰 칼을 찬 금부도사가 옥졸과 나장과 나졸을 호령하여 추국을 도울 장비를 제 자리에 놓도록 하는 등 어수선하던 추국장은 임금의 행차로 즉시 쥐 죽은 듯이 조용해졌다.

"네가 일찍이 제술관이 되어 교산 허균과 함께 명나라 칙사 주지번을 맞이하고, 벼슬이 동몽교관이었던 그 권필이냐?"

"그러합니다."

"네가 시를 잘하고 낙백(落魄)하여 작은 절조에 구애 받지 아니하고 세상을 더럽게 여겨서 과거를 보지 아니한 바로 그 권필이더냐?"

"시를 잘하지 못합니다만, 과거는 보지 않았습니다."

광해는 자리에서 한 차례 일어났다가 분통을 참으려는 빛이 역력한 얼굴로 다시 자리에 앉았다. 임금은 김상준 내관에게 눈짓을 하여 받은 종이를 마당 아래로 던지며 일갈하길 서슴지 않았다.

"그걸 읽어라!"

포졸이 종이를 주어다가 죄인 권필 눈앞에 펼쳐 놓았다. 권필은 힐긋 한 번 내려다 본 뒤 눈을 돌려 버린다.

"다시 명한다. 그 글을 읽어라!"

"전하, 하오나 소신은."

"말할 것 없느니. 다만 글을 읽어라!"

더 이상 버티지 못하고 권필이 눈을 깔고 시를 읊으니 누구 한 사람 숨소리도 내지 않았다.

대궐 버들 푸르고 어지러이 꽃 날리니	宮柳靑靑花亂飛
성 가득 벼슬아치는 봄볕에 아양을 떠네.	滿城冠蓋媚春輝
조정에선 입 모아 태평세월 하례를 하나	朝家共賀昇平樂
뉘 시켜 포의 입에서 바른 말 하게 했나.	誰遣危言出布衣

이런 시를 읽을 때 한 사람도 숨을 쉬지 않았고, 침을 삼키는 사람

도 없었다. 다만 한 사람 이이첨만이 배시시 웃었을 따름이다. 옆에 서 있던 유희분이 그런 이이첨을 무르춤하게 바라본다. 사실 시의 내용을 음미하느라 놀란 가슴으로 그 순간 모두가 다 무르춤했다.

"너는 사람됨이 소탈하고 고상하여 구속 받지 않는다 하지?"

"소신은 다만 세상에 이름이 드러나길 원치 않을 따름입니다."

"헛된 소리! 너는 젊어서 정철의 풍류를 사모하더니 정철이 강계로 귀양 갈 때에 이안눌과 함께 가서 직접 만나지 않았는가. 그때 정철이 크게 기뻐하여 '이번 길에 하늘의 적선(謫仙, 하늘에서 지상으로 귀양 온 신선)을 얻어 보았다.'고 하지 않았나. 그로부터 너의 명성이 성하여졌거늘 어찌 이름을 드러내지 않으려 한다는 말을 하는가!"

"저는 다만 스승님을 그리워했을 따름입지요."

"왜병이 서울에 이르렀을 때 임금의 몽진을 논하는 중에 너는 구용과 함께 글을 올려 이산해와 유성룡을 참해서 백성에게 사죄하게 하도록 청하기도 하지 않았는가?"

"오직 구국의 일념이었습니다."

"그게 네가 스물한 살 때였으니 강개한 성정이 일찍부터 드러났음이라. 이것은 또한 스스로를 세상에 드러냄이 아니고 무엇인가?!"

"소신은 세상과 능히 구차스럽게 영합하지 못할 것을 스스로 알았고, 더욱이 송강 선생이 죽은 뒤에 죄명을 입은 것을 마음 아프게 여겨서 드디어 다시 과거를 보지 않았을 뿐입니다."

"본디 술을 좋아하였고 호해(湖海)에 방랑하여 놀면서 위태한 말과 과격한 논의를 좋아하는 자가 아니던가?"

"아니라 대답은 못할 듯합니다."

"그게 너의 지병이니라. 너는 나를 시로써 능멸했느니. 그렇지 않느냐?"

"전하, 꼭 그러한 것은 아닙니다. 시는 하나의 은유로서 다양한 해석이 가능한 줄 이미 알고 계시지 아니합니까."

"네 이놈, 구구히 변명하려 하지 말라. 나는 이미 방금 네가 읽은 시의 첫머리에 나오는 '궁류(宮柳)' 라는 두 글자가 유가(柳家)를 지적한 것임을 안다. 지난 번 임숙영의 대책이 외척들이 교만하게 멋대로 구는 것과 정사에 간여하는 것을 공박하는 것이었다면 너의 이 시는 비아냥이거늘! 혹은 '궁류' 가 유 씨인 중전을 지적한 것이던가?!"

"그렇지 않사옵니다. 임숙영이 전시의 대책에서 미치광이 같은 말을 많이 했으므로 신이 이 시를 지은 것인데, 큰 뜻은 '좋은 경치가 이와 같고 사람마다 뜻을 얻어 잘 노닐고 있는데 임숙영이 포의, 곧 선비로서 어찌하여 이런 위험한 말을 한단 말인가.' 라는 것이었습니다. 옛날의 시인들이 시체(詩體)를 가탁하여 풍자한 일이 있었기 때문에 신이 이를 모방하여 지으려 한 것입니다. 임숙영이 포의로서 이처럼 과감하게 말하는데 조정에서는 바른말을 하는 사람이 없었기 때문에 이 시를 지어 여러 대신들을 풍자함으로써 면려되는 것이 있기를 바란 것입니다. '궁류' 두 글자는 당초 송대 문인 왕원지(王元之)가 전시 때에 지은 시 '대궐 버들이 봄 아지랑이 속에 휘휘 늘어졌네(宮柳低垂三月烟).' 라는 한 글귀를 취한 것인데, 시를 보는 사람들은 시에 들어 있는 유(柳) 자를 가지고 고의로 중전의 성 씨들, 곧 외척 유 씨를 가리킨 것이라고 합니다만, 신의 본마음은 그렇지 않습니다. 신은 어려서부터 다른 것은 배운 것이 없고 단지 시를 짓는 것만을 터득했기 때문에 어떤 일을 당하면 번번이 시를 지어 왔습니다. 설혹 어리석고 망령되어 잘못 말을 만들었다고 할지라도 어찌 임금을 무시하는 마음이 있었겠으며 부도한 말을 멋대로 할 수가 있겠습니까.”

광해는 잠시 아무 말을 하지 않았다. 도열한 대신들 역시 침묵했다. 피어 올린 연기가 추국장을 어슴푸레하게 만들었다. 광해의 눈에 꿇어 앉은 권필이 멀게 느껴졌다. 순간 그자가 멀리 달아난다는 환상에 젖었다.

“저놈을 도망가지 못하게 잡아라! 저놈의 의식에 오랏줄을 매어라. 저놈의 정신에 칼을 채우고, 저놈의 시심(詩心)에 인두를 들이대라. 이놈, 진정 ‘궁류’ 가 외척에 관계되지 않는다 하느냐. 진정 그 속 내용을 바른 대로 고해하지 않을 터이냐!”

광해가 소리치자 권필이 공초했다.

“신은 단지 경치에 대해 말했을 뿐입니다. 다른 사람들은 혹 외척을 가리킨 것이라고도 합니다만 실상은 그렇지 않습니다.”

“저놈에게 형신을 가하라!”

권필은 내리치는 수십 대의 곤장을 맞고 한 차례 실신을 했다. 차가운 물을 붓고 정신을 차리면 다시 곤장이 하늘에 솟았다가 내리쳐지므로 권필은 또 다시 혼절하여 정신을 되돌리지 못할 지경이 되었다. 한나절을 그렇게 하자 참고 또 참다가 마침내 좌의정 이항복이 아뢰기를 마다하지 않았다.

“역적의 옥사와 달리 권필은 역적의 유와는 매우 다르고 단지 경박한 자로 시사에 대해 비난한 것에 불과합니다. 그리고 아직 역적의 옥사에 연루된 일이 없으니, 상규에 의거하여 말한다면 의당 금부에서 추문해야 하는 것입니다. 따라서 궐정(闕庭)으로 데려다가 친국(親鞫, 임금이 직접 취조함)하는 것도 미안한 일인데 형추까지 하는 것은 어떨는지 모르겠습니다. 그가 교관을 지낸 적이 있기는 합니다만 실상은 유사(儒士)이니, 성명께서 헤아리시어 서서히 처치하소서."

대사간 최유원이 또한 아뢨다.

"권필의 이 시는 여염에 널리 전파되어 있습니다. 소신도 그것이 망령되이 지은 것인 줄 압니다만, 역적의 차원에서 국문하는 것은 옥사의 체통에 방해되는 점이 있습니다."

그에 광해가 이른다.

"아뢴 내용은 다 알았다. 단 그가 바른 대로 공초하지 않고 있으니 묻지 않을 수 없다."

좌의정 이항복이 임금 앞에 나아가 울면서 절하고 또 간하여 한 나절을 되풀이하였다.

"전하, 권필은 형신을 받더라도 반드시 진달할 만한 다른 정상이 없을 것입니다. 역옥의 만연된 것이 여기에 이르렀으니 상께서도 반드시 후회하실 것입니다."

우의정 이덕형이 어렵게 말문을 열었다.

"전하, 이 사람의 행실이 괴이한 데 가깝지만 시 때문에 형신을 가하는 것은 사체에 있어 미안합니다. 또 국가에서 시안(詩案) 때문에 선비를 죽이는 것은 마땅하지 못합니다."

최유원이 다시 아뢴다.

"선왕조 때 한인이란 자가 임금을 무시한 부도죄(不道罪)로 금부에 내려져 국문을 받았었습니다. 이제 권필이 율을 받는다고 하더라도

금부에 내려야지 역옥의 죄수 차원에서 국문하는 것은 부당합니다."

하니, 임금이 이르기를

"경들이 아뢴 것에 어찌 다른 뜻이 있겠는가. 단지 그의 정상이 가증스러워 기필코 국문하려는 것이다."

하며 형신할 것을 재촉하였다. 이덕형, 이항복, 최유원 등이 재삼 논하여 구원하였으나, 왕이 따르지 않았다. 거듭 권필에게 곤장을 치고 가둔 다음 그날 밤에 임금이 전교하기를

"권필의 부도죄는 엄한 형신을 가하여 철저히 신문해야 하겠으나 대신과 대간의 말이 있고 하여 더 이상의 형벌은 면제하고 먼 곳으로 귀양 보낸다."

하고 경원부에 귀양 보내는 영을 내렸다. 권필은 본디 몸이 부실한 데다가 혹독한 곤장을 맞았기 때문에 들것에 실려 도성문을 나갔는데, 안타깝게도 장독(杖毒)이 치받쳐 죽고 말았다.

죽는 그날 권필이 동대문 밖에 나가서 주점에 들러 보니 벽 위에 한 편의 글이 쓰여 있었다.

그대에게 한 잔 술 나누기를 다시 권하오	勸君更進一盃酒
술이 유령의 무덤 위 흙에 이르지 않으니	酒不到劉伶墳上土
3월은 거의 다 갔고 4월이 오는데	三月將盡四月來
복사꽃 어지러이 떨어져 붉은 비 같구나	桃花亂落如紅雨

권필이 탄식하기를

"이것이 시참(詩讖, 무심코 지은 시가 뒷날의 예언)이다. 내가 죽으

리로다."

하더니 드디어 배소에 가지 못하고 죽었다. 주점 주인이 술로써 대접하였더니 권필이 마시고 취했고 이튿날 죽으므로 주인이 집의 문짝을 떼어서 시상(尸床)을 만들었다. 그때가 3월 그믐께라 주점 담 밖에 복사꽃이 반쯤 떨어져 있었다.

이튿날 광해는 권필의 죽음을 전해 듣고

"그가 정사를 기롱하고 풍자한 것이 많았으므로 그렇게 한 것인데, 하룻밤 사이에 어찌하여 갑자기 죽음에 이르렀는가."

하고 후회하는 기색이 있는 듯하였다. 이는 확인되지 않은 하나의 소문이었다. 권필이 죽자 여러 가지 소문이 저자거리에 나돌아 다녔던 것이다. 그 중 하나는 권필이 족인의 집에 가서 술을 마시고 취해서 누웠을 때 중전의 오라비인 유희분이 마침 찾아와 주인이 권필에게 말하기를

"문창 대감이 왔소."

하니, 권필이 눈을 부릅뜨고 한참 보다가 '네가 유희분인가. 부귀를 누리면서 국사를 이 지경에 이르게 한 자로구나. 나라가 망하면 네 집도 망할 것이니 도끼가 네 목에는 이르지 않겠느냐.' 하였고, 이에 유희분은 말을 못하고 기가 막혀서 가버렸다 한다. 권필이 당시의 국사에 분개하여서 시를 지어 기롱 풍자하였으며, 또 능히 권력 있는 외척을 면대하고 모욕하여 권세가를 이처럼 두려워하지 않으니, 그 기절(氣節)이 천문(天門, 궁궐의 문)에 항소하고 머리를 대궐의 뜰에 부수기에 족하였건마는 도리어 방안의 사소한 일로 화를 당하여 올바른 죽음을 얻지 못했으니 애석하다는 말도 나돌았다.

권필이 하루는 자기가 지은 시고(詩稿)를 작은 보자기에 싸서 생질에게 맡기면서 절구 한 수를 보자기 겉에 썼는데 이러했다.

평생에 우스개 글귀를 즐겨 지어서	平生喜作俳諧句
인간 만 명의 입의 숙덕거림을 끌어 일으켰도다	惹起人間萬口喧
이제부터는 입을 봉하고 내 생을 마칠거나	從此括囊聊卒歲
옛날에 공자께서도 말 없고자 하셨는데	向來宣聖欲無言

그 뒤 사흘 만에 잡혀서 옥에 갇혔다가 드디어 죽었다는 얘기도 세상에 돌아다녔다.

*

석주 권필이 장독을 견디지 못하고 배소에도 가지 못한 채 동대문 밖 한 족인의 주점에서 이생을 떠났다는 소문이 부안에 있는 나에게 전달된 것은 그리 오래지 않았다. 부안 저자에 나갔던 여인 이재영이 저녁 무렵에 우반 정사암에 달려 들어오며

"교산, 그가 죽었다는구먼."

할 때에 툇마루에 앉아 있던 나는 그게 무슨 말인지 알지 못했다.

"누가 말인가?"

"여장이 말이야."

"여장이 죽다니, 그게 무슨 말인가?!"

"'궁류시'에 연루돼 배소에도 가지 못한 채 결국 장독으로 죽고 말

았다는구먼.”

“아, 여장!”

나는 너무나도 놀라고 참담하여 자리에서 일어나다가 그만 넘어지고 말았다. 이재영이 붙잡았지만, 나는 마당가에 퍼져 앉은 채 통곡하기를 그치지 않았다. 눈물 그렁한 눈으로 이재영도 허공을 바라보며 탄식했다. 하늘에 초여름의 흰 구름이 동쪽으로 지나가고 있었고, 바람은 불었으되 그리 심하지 않았다. 복사꽃이 진 나무에서 작은 털복숭아가 주렁주렁 달려 작은 바람에 조금씩 흔들렸다. 나는 복숭아나무를 붙잡고 그렇게 한참을 흐느꼈다.

모두가 다 내 곁을 떠나가는구나.

여장 권필이 가다니!

그의 호방 호쾌함이 이로써 사라졌다 하니 나는 온몸의 힘이 빠져 달아나는 듯 느꼈다. 동시에 그를 죽게 만든 세상이 원망스러웠고, 특히 당대의 권신들에 대한 원한이 하늘을 치솟는 기분을 느꼈다.

“이이첨이 ‘궁류시’의 저자가 권필임을 임금께 알렸다는구먼. 지금 부안 저자에도 권필의 죽음 소식이 파다하네.”

“그건 그의 보이지 않은 힘이 세상을 뒤덮고 있었음이야. 우리는 진정 당대의 위대한 시인을 잃었어. 보게, 이제 세상에 불의가 더욱 횡행할 터이니!”

나는 부엌에 가서 탁주를 바가지 하나로 퍼서 마셔댔다. 얼굴엔 눈물이 하염없이 흘렀고, 눈은 충혈돼 마치 귀신과도 같은 형상이 되었다. 상투는 흐트러지고 저고리는 반쯤 풀어헤쳐졌다. 이재영이 말렸음에도 나는 계속해서 술을 퍼마셔댔다. 그리고 잔뜩 취한 채 우반의 언덕 너머 숲 속으로 뛰어 나갔다. 나는 옷을 벗고 폭포 아래 물속으로 뛰어 들었다. 온몸에 찬 기운이 젖어들었다. 이마가 시원했다. 텅텅텅, 관자노리가 뛰었다. 쿵쿵쿵, 가슴 또한 뛰었다. 온통 세상이 뛰었다. 석주 권필, 여장 권필이 없는 세상은 이제 바야흐로 더럽게 뛰어다닐 것이 분명했다. 나는 그런 생각과 함께 물속에 몸을 집어넣었다. 그러면서 이젠 누구와도 대화하지 않으리라 마음먹는다.

또 석주가 없는 세상에서 시를 짓지 않으리라 결심했다. 그동안 내 모든 시는 권필의 '궁류시'에 이르러 설 자리를 잃었다고 생각했다. 내 모든 시는 다만 음풍 혹은 농월일 따름이거나 시답잖은 삶의 파편일 뿐이라 여겼다. 아무도 관심을 갖지 않는, 그저 그런 모양새의 넋두리 같은. 그랬으므로 나는 앞으로 절대 시를 짓지 않으리라 거듭 결심했다. 찬 폭포수가 머리를 때린다. 얼음 같은 찬 물이 가슴을 친다.

이제야 그걸 깨닫다니!

스스로 대단하다 여겨 그토록 오랜 세월 동안 시를 짓고 자부심을 느끼며 살아왔는데, 그게 권필의 그것에 이르러 아무짝에도 쓸모없는 헛된 짓거리였음이 여실히 증명된 셈이었다. 사람이 시에 의해 죽다니! 시로써 죽음에 이르다니! 그런 인생이 있으니. 아아, 그러므로 그런 시가 아니면 결코 쓰지 말지어늘! 시에 의해 죽음에 이른 석주 권필이 너무나도 위대해 상대적으로 작고, 잔챙이 같고, 보잘것없고, 지리멸렬하고, 소략한 내 인생이 차라리 귀찮아졌다. 그리하여 마침내 죽어야겠다고 생각했다. 촤악, 떨어지는 폭포수를 온몸으로 맞으며 삶이 마치 한 마리의 작은 버러지 같다고 생각한 나는 단호히 죽으리라 결심했다.

폭포수에서 나와 벼랑을 올라갔다. 몇 번 발을 헛딛긴 했으나 아직 정신이 말짱했으므로 나는 차근차근 바위를 밟아 올라 벼랑의 정상, 물이 떨어지는 폭포의 꼭대기에 올라섰다. 그리고 아래를 내려다보았다.

죽자! 이런 인생은 세상에 별 도움이 안 되리. 이런 삶은 차라리 죽느니만 못하리. 이런 따위의 작은 생은 세상에 거추장스럽기만 하리. 이런 인생은, 이런 인생은…. 하여간 일단 죽자. 여하간 삶을 버려야 한다. 삶을 포기해야 옳다. 단호히 그대 목숨을 가차 없이 버릴 것을. 뒤돌아보지 말고 단번에 그대의 몸을 철저히 파괴해야 하리. 미련 없이 그대 작은 우주를 허공에 맡겨야 할 것을.

나는 벼랑 끝에 서서 저 까마득한 아래를 내려다보았다. 폭포의 우렁찬 낙수 소리는 이미 들리지 않았다. 세상의 모든 소리가 들리지 않았다. 나는 무릎을 구부렸다가 몸을 솟구쳤다. 팔을 벌리고 마치 한 마리의 새처럼 허공으로 몸을 던졌다. 훨훨 날아올라 신선이 되어도 좋았다. 그렇다, 신선이 되는 방식엔 여러 가지가 있을 것을. 눈을 감고 고요히 기다리며 죽을 수도 있고, 일순간에 이승을 넘어 저승으로 가는 극적 방법도 있을 것이다. 이렇게 허공을 날면 그게 바로 보이지 않은 차원을 넘어 저쪽 다른 세상, 고요한 세상, 그러면서도 빛나는 세상으로 넘어갈 수 있을 것이다.

공간은 항상 열려 있어 그 한 곳을 찾아 바로 그 길로 저쪽으로 넘어갈 수 있을 것을. 여기 이 한 없는 물의 낙하지점에 그 문이 열려 있을 것을. 나는 처음엔 눈을 뜨고 뛰어 올라 서서히 아래로 떨어져 내렸다. 아래는 바위가 널려 있었다. 이끼가 끼거나 물을 맞아 날카롭게 갈린 깨끗한 바위가 빛을 되받기도 했다. 그 곳을 향해 나는 정확히 내 자신을 날렸다. 떨어지면서 나는 눈을 감았다. 진정 훨훨 날아가는 듯했다. 새로운 공간이 눈앞에 펼쳐진 듯했다. 혹은 어둡고 혹은 밝았다. 가속이 붙어 몸이 빠르게 나아갔다. 구름이 지나가고 달이 다가왔고, 달을 지나자 찬란한 별의 세상이 찾아왔다. 저기는 자미원이고, 저곳은 태미원이며, 이쪽은 천시원일 터였다. 옥황상제가 계시는 북두칠성이 저기다. 칠정 칠요가 쏜 살처럼 다가왔다. 단문과 황도를 지났다. 탐랑성, 거문성, 녹존성, 문곡성, 염정성, 무곡성, 파군성이 차례로 다가오다가 지나간다. 그리고 드디어 삼태성을 지나는데, 타악, 천지를 진동하는 소리가 나고 눈앞에 하얘지다가 까맣게 사그라지면서 내 의식은 마침내 저 건너 세상으로 넘어가고 말았다.

구축 — '홍길동전'을 짓다

　하인 돌한의 넓은 등짝에 실려 정사암으로 돌아왔을 때의 나는 죽은 것이나 다름없었다. 숨을 쉬지 않았고 맥이 잡히지 않았다. 말을 달려 급히 의원을 불러들여 시약과 시침 전까지는 그러했다. 처음에 나는 어깨가 거의 문드러졌고, 이마서부터 왼쪽 얼굴 반쪽의 허물이 거의 다 벗겨진 것 같아 보였다. 왼쪽 귀가 반쯤 떨어져 너덜거렸으며, 팔이 뒤틀려 보였다. 저고리가 어디론가 사라지고 바지도 벗겨졌다. 나는 그런 모양새로 두어 시진 폭포수 자갈밭 곁에 걸쳐져 있었던 모양이다.

　천행이었다. 폭포수에 깎인 바위 바로 위가 아니라 빗겨 떨어지는 바람에 나는 어깨와 얼굴을 심하게 다친 채, 돌아오지 않아 찾아 나선 하인 돌한에게 발견된 것이다. 비명을 지르며 나를 들쳐 업고 돌한은 하염없이 눈물을 흘렸다 한다. 뺨을 때리고 머리를 뒤흔들자 신음소리가 들려 돌한이 피투성이의 나를 들쳐 업고 정사암으로 달렸던 것이다. 30 척쯤 되는 높은 벼랑에서 떨어지고도 살아났으니 실로 하늘이 낸 사람이라 여긴 평소의 생각이 조금도 틀리지 않았음에 돌한은 다행스러움과 만족스러움으로 얼굴을 일그러뜨려 잠시 웃음을 만들어 하늘을 보기도 했다 한다. 나는 분명 심각한 상태 그대로다. 의원이 목숨에는 지장에 없다 하며 구침을 놓고, 탕재를 다려 올리고, 고약을 오려내 붙이는 등 시술을 다한 다음 편안하게 그대로 며칠이 지나면 기신할 수 있으리라 이르고 언덕을 내려갔다.

"정신이 나는가?"

여인 이재영이 그렇게 말했을 때 나는 부끄러워 고개를 돌렸다. "자네의 머리통이 터지지 않은 것이 천행이야. 넓은 가슴으로 보아 그 정도로 어깨가 다친 것 또한 기적이고. 귀는 어찌 완전히 떨어지지 않았는고. 하여간 무엇보다 자네의 고개나 허리가 완전히 꺾이지 않은 것은 진정 부처님의 가피인가, 그 천공의 은혜인가?"

"비웃지 말게."

"비웃다니. 자네가 이렇게 살아 있음에 감동해 하는 말이네. 조금만 더 견뎌내면 곧 일어설 수 있을 것이야."

"앞으로 시를 쓰지 않을 작정이야!"

"말을 많이 하지 말게."

"그래, 말을 많이 하지 않을 것이야."

"말을 말라니."

"그래, 말은 않고 실행을 할 것이지."

"그만 두래두."

"그만 두지 않을 것이고, 이렇게는 살지 않을 작정이야."

"지금처럼 살아도 자네다운 인생이지."

"그렇지 않아. 석주 권필을 보게나."

"그건 그 친구의 인생이지."

"나는 늘 그가 부러웠어. 나는 한갓 작은 벼슬에 연연했으나, 그는 그렇지 않았고, 나는 권력에 다만 관념과 추상으로 대응해 왔으나, 그는 처절히 부딪혀 산화해 갔어. 나는 그에게 부끄럽고 나에게도 부끄럽네."

"지나치게 자책할 일 아니니 입 다물어!"

여인 이재영의 말대로 한 달여를 자고, 깨고, 먹고, 먹지 않고, 생각하고, 생각하지 않고, 말하고, 말을 하지 않는 등 마치 삶의 처음처럼 눕거나 앉았다가 마침내 일어난 내가 그 다음으로 한 일은, 일찍이 마음을 먹었으되 오래 참아온 바의 그 연의를 짓는 것이었다. 전혀 다른 모양새로 필요한 최소한의 말을 하며 글을 쓰는 일에 몰두했다. 그러다가 진행이 잘 되지 않으면 그때 비로소 이재영에게 말붙임을 해 갔다.

"화설, 조선국 세종 때에 한 재상이 있었으니, 성은 홍 씨요 이름은 모라. 대대 명문거족의 후예로서 소년 등과하야 벼슬이 이조판서에까지 이르매 물망이 조야에 으뜸인데다 충효까지 갖추어 그 이름이 일국에 진동하더라. 일찍 두 아들이 있으매, 하나는 이름이 인형으로서 본처 유 씨의 아들이요, 다른 하나는 이름이 길동으로서 시비 춘섬의 소생이라."

이렇게 시작해 놓고 나는 몸이 아파 이틀을 드러누웠다.

"길동이 점점 자라 여덟 살이 되자, 총명하기가 보통이 넘어 하나를 들으면 백 가지를 알 정도라. 그래서 공은 더욱 귀여워하면서도 출생이 천해, 길동이 늘 아버지니 형이니 하고 부르면, 즉시 꾸짖어 그렇게 부르지 못하게 하더라. 길동이 열 살이 넘도록 감히 부형을 부르지 못하고, 종들로부터 천대받는 것을 뼈에 사무치게 한탄하면서 마음 둘 바를 몰랐더라.

'대장부가 세상에 나서 공맹을 본받지 못할 바에야, 차라리 병법이라도 익혀 대장인을 허리춤에 비스듬히 차고 동정서벌하여 나라에 큰 공을 세우고 이름을 만대에 빛내는 것이 장부의 통쾌한 일이 아니겠는가. 나는 어찌하여 일신이 적막하고, 부형이 있는데도 아버지를 아버지라 부르지 못하고 형을 형이라 부르지 못하니 심장이 터질지라, 이 어찌 통탄할 일이 아니겠는가!'

하고, 말을 마치며 뜰에 내려와 검술을 익히고 있더라.

그때 마침 공이 또한 달빛을 구경하다가, 길동이 서성거리는 것을 보고 즉시 불러 물었더라.

'너는 무슨 흥이 있어서 밤이 깊도록 잠을 자지 않느냐?'

길동은 공경하는 자세로 대답하니,

'소인은 마침 달빛을 즐기는 중입니다. 그런데, 만물이 생겨날 때부터 오직 사람이 귀한 존재인 줄 아옵니다만, 소인에게는 귀함이 없사오니, 어찌 사람이라 하겠습니까?'

하더라. 공은 그 말의 뜻을 짐작은 했지만, 일부러 책망하는 체하며

'네 무슨 말이냐?'

하니, 길동이 절하고 말씀드리기를

'소인이 평생 설워하는 바는, 소인이 대감 정기를 받아 당당한 남자로 태어났고, 또 낳아 길러 주신 부모님의 은혜를 입었음에도 불구하고, 아버지를 아버지라 못 하옵고, 형을 형이라 못 하오니, 어찌 사람이라 하오리까?'

하고, 눈물을 흘리며 적삼을 적시더라. 공이 듣고 나자 비록 불쌍하다는 생각은 들었으나, 그 마음을 위로하면 마음이 방자해질까 염려되어, 크게 소리쳐,

'재상 집안에 천한 종의 몸에서 태어난 자식이 너뿐이 아닌데, 네가 어찌 이다지 방자하냐? 앞으로 다시 이런 말을 하면 내 눈앞에 서지도 못하게 하겠다.'

하고 꾸짖으니 길동은 감히 한 마디도 더 하지 못하고, 다만 땅에 엎드려 눈물을 흘릴 뿐이었더라."

나는 '홍길동전'이라 제목을 정하고 그 주인공 홍길동의 출신을 홍판서의 천첩자로 설정했다. 내가 글을 쓰는 동안 내내 여인 이재영이 작품의 되어 가는 양상을 어깨 너머로 살피는데, 그때마다 한 마디씩 덧붙였다. 조금 귀찮기는 했으나 작가인 나는 자신의 글에 대한 관심은 물론 그 진행 방향을 스스로 환기하게 해 주었기에 이재영의 간여를 크게 싫어하지 않았다. 예의 첫 대목에서 이재영은 그 구체적 대안을 물었다.

"진정 홍길동이 천첩의 자식이었나?"

"이건 사실이 아니라 어디까지나 가공의 이야기 곧 연의야. 자네, '수호전'이 사실이라 믿는 것은 아니겠지?"

"물론 나도 연의란 본디 사실이 아닌 이야기로 이해하고 있으니 염려 놓으시게. 다만 '홍길동'이라 표제하였으니, 아무래도 지난 연산군 시절의 실제 홍길동이 연상돼 하는 말이야. 조선의 독자에게 이 연의가 실감 있게 다가들자면 실제와 가공의 중간에서 교묘히 줄타기를 해야 할 것인즉, 그리하여 내가 묻는 것이니 오해 말기 바라네. 실제의 홍길동은 뭐였나?"

"자네 말도 일리가 있으이. 실제의 홍길동은 그의 연루자에 엄귀손(嚴貴孫)이라는 당상무관이 있었던 것으로 미루어 보면 아주 아래 출신은 아니었던 듯하네. 아마 양반가의 서자 내지 얼자일 가능성이 크며, 이 때문에 그토록 심각한 가정적 갈등이 있었던 것이 아닌가도 충분히 생각해 볼 수 있어. 그걸 그대로 원용하는 것이 작품의 주제와 구성에 맞는다고 판단하여 그와 같이 설정했네."

"공감해. 역사상 실재하였던 홍길동이 어느덧 백성 속의 영웅으로 추억되는 현실에서 적절한 선택이라 하지 않을 수 없군. 다음 내용이 벌써부터 궁금해지는구먼."

용기를 북돋워주고 희망을 말한다는 측면에서 이재영의 관여 혹은 간여가 싫지 않았다. 나는 심신을 적절히 조섭해 가면서 다음 이야기를 이어갔다.

"이때 길동이 두 사람을 죽이고 하늘을 살펴보니, 은하수는 서쪽으로 기울어지고 달빛은 희미하여 마음은 더욱 울적해지더라. 분통이 터져 초란마저 죽이고자 하다가, 상공이 사랑하는 여자라는 데 생각이 미치자, 칼을 던지고 달아나 목숨이나 건지기로 마음먹었더라. 바로 상공 침소에 가 하직 인사를 올리고자 하는데, 마침 공도 창밖의 인기척을 듣고서 창문을 열고 살피니, 공은 길동임을 알고 불러 말하길

'밤이 깊었거늘 네 어찌 자지 않고 이렇게 방황하느냐?'

하니, 길동은 땅에 엎드려 아뢰기를

'소인이 일찍 부모님께서 낳아 길러 주신 은혜를 만분의 일이나마 갚을까 하였더니, 집안에 옳지 못한 사람이 있어 상공께 참소하고 소인을 죽이고자 하기에, 겨우 목숨은 건졌으나 상공을 모실 길이 없기로 오늘 상공께 하직을 고하옵니다.'

하기에, 공이 크게 놀라 물었더라.

'너는 무슨 일이 있어서 어린아이가 집을 버리고 어디로 가겠다는 거냐?'

길동이

'날이 밝으면 자연히 아시게 되려니와, 소인의 신세는 뜬 구름과 같사옵니다. 상공의 버린 자식이 어찌 갈 곳이 있겠습니까?'

하며 두 줄기의 눈물을 감당하지 못해 말을 이루지 못하자, 공은 그 모습을 보고 불쌍한 마음이 들어 타일렀으니,

'내가 너의 품은 한을 짐작하겠으니, 오늘부터는 아버지를 아버지라 부르고 형을 형이라 불러도 좋다.'

하기에 길동이 절하고 아뢰었더라.

'소자의 한 가닥 지극한 한을 아버지께서 풀어 주시니 죽어도 한이 없습니다. 엎드려 바라옵건대, 아버지께서는 만수무강하십시오.'

이렇게 말하고 하직하니, 공이 붙잡지 못하고 다만 무사하기만을 당부하더라. 길동이 또 어머니 침소에 가서,

'소자는 지금 슬하를 떠나려 하오나 다시 모실 날이 있을 것이니, 모친은 그 사이 귀체를 아끼십시오.'

하고 작별 인사를 하니, 춘섬이 이 말을 듣고 무슨 까닭이 있음을 짐작하나 굳이 묻지는 않고 하직하는 아들의 손을 잡고 통곡하면서 말하더라.

'네 어디로 가려 하느냐? 한 집에 있어도 거처하는 곳이 멀어 늘 보고 싶었는데, 이제 너를 정처 없이 보내고 어찌 잊으랴. 부디 쉬 돌아와 만나기를 바란다.'

길동이 절하고 문을 나와 멀리 바라보니 첩첩한 산중에 구름만 자욱한데 정처 없이 길을 가니 어찌 가련치 않으랴."

자신을 죽이려 하는 홍 판서의 본처 초란의 수하인 특재와 관상녀를 죽이고 홍길동이 집을 떠나는 대목을 쓰며 나는 고민을 거듭했다. 그 고민의 중앙에 자신의 친구들인 칠서를 놓고 생각하지 않을 수 없었다. 그만큼 분명 시대의 한 화두는 서얼 차별의 문제였다.

허나…. 나는 다시 고민에 빠졌다. 그것이 하나의 전제이긴 하지만 서얼의 문제 하나만으로 연의를 이끌어가기가 쉽지 않을 듯했다. 더 넓은 폭의 주제가 마땅히 있어야 했고, 실제로 당 시대의 문제가 무엇인가에 다시금 깊이 생각하기 시작했다. 그런 중에 이재영이 한 마디 한다.

"농민의 문제를 다루어야 할 것이야."

이렇게 던져 놓고 이재영은 부안 저자로 나가 보겠다고 이르며 횡허니 사라져 버렸다. 서자인 그는 실로 재주 있는 친구였다. 그래, 농민의 문제이지. 농민의 저항 문제야 말로 주된 주제가 돼야 할 것을. 이것이 해결되지 않으면 실제 조선의 앞날이 어두울 것인데. 내 친구 칠서들이 무슨 일을 도모할 경우, 바로 농민 문제를 깨닫고 행동해야 하거늘.

당 시대 조정은 농민을 자작 내지 병작의 방식으로 토지에 묶어두는 한편, 그들을 호적에 의해서 파악하였다. 호적은 거기에 신분이 규정되고, 그에 따라 개인이 국가에 지는 역이 결정되었다. 무릇 수취의 3대 부문인 조세, 공물, 역역이 토지나 호구를 기준으로 부과되어서 국가의 재정을 확보하고, 국가가 필요로 하는 제반 노동력을 직접 징발하였던 것이다.

물론 이러한 국가와 농민과의 관계가 전 시대인 고려와 근본적으로 달랐다고는 볼 수는 없다. 그러나 조선으로 개편되면서 농민의 지위 및 생활이 상대적으로 향상되었다. 대토지 소유를 부정하는 데서 창출된 과전법의 정신은 자영농의 확대 및 전호의 일정한 지위의 보증을 꾀하려는 것이었다. 이들 자영농과 전호를 국가의 공민으로 거느려 그들의 생활을 안정시키고, 그들로부터 공물과 역역을 공급받으려 했던 것이다.

이런 사정을 연의에 어떻게 담을 것인지를 고민하는 중에 해는 서산으로 떨어지고 부안 저자에 간 이재영은 아직 정사암에 도착하지 않았다. 나는 머리를 쉬고 이재영을 마중할 겸하여 언덕을 내려갔다. 다음 장면을 어떻게 이어갈 것인가에 깊이 빠진 나는 시간이 얼마나 지났는지 깨닫지 못했다. 그 순간 다만 '홍길동'의 성격을 어떻게 그려내야 할지 등에 대해서만 생각하는 중이었다.

고개를 두어 개 넘은 듯했다. 멀리서 개짖는 소리가 들려오긴 했지만 민가의 방문에서 흘러나오는 불빛 하나 보이지 않는 어두운 고개였다. 달이 떠오르려 동녘이 불그스름해졌으나 그에 의해 으스스한 기분 또한 들었다. 산록에서 나는 여우 소리도 들은 듯했다. 순간 바위 위로 검은 그림자가 하나가 획 지나갔다. 나는 몸을 굽혔다가 살며시 다시 일어나 정사암 쪽으로 발길을 돌려 잡았다. 그러자 다시 길 앞에서 두 개의 푸른빛이, 아니다, 여섯 개의 푸른빛이 움직이는 것이 목격됐다.

늑대다! 늑대야. 늑대가 분명했다. 나는 머리가 쭈뼛 서는 것을 느꼈다. 어디 돌이 없나. 몽둥이가 없나. 사방을 휘둘러보나 한 무리의 야수를 방어할 도구가 될 만한 물건 하나 보이지 않았다. 자신의 뒤에서 바람이 한 차례 일고 나는 즉시 몇 발자국 앞으로 내디뎠다. 사람 냄새를 맡은 늑대 한 마리가 앞에 섰고, 그 뒤로 파랗게 눈을 뜬 여러 마리의 늑대가 노려본다. 실로 공포스러웠다. 아니, 공포 그 자체였다.

나는 그 순간 저 황해도의 탁 방사를 떠올렸다. 그러면 이 경우 어떻게 할까. 정면으로 승부하면 늑대를 이길 수 없을 것이었다. 순간 나는 몸을 날려 산록을 타고 올라 큰 바위 위에 섰다. 바람이 불어왔다. 산 속의 모든 나무들이 일렁이고 검은 그림자들이 어른거렸다. 그때 비로소 달이 보였는데, 마침 만월이 어두운 천지에 휘영청 밝은 빛을 뿌리기 시작했다. 늑대들이 고개를 주억거릴 때마다 늑대의 눈에서 그 파란 빛이 흘러 떨어지거나 흩뿌려지는 것이 그대로 보였다.

어떻게 한다?! 축지법을 쓸 수 있을지 의문스러웠다. 축지법을 하자면 길을 접어야 하나 산속이라 접을 길이 보이지 않았고, 나무 아래와 그 주위에 어슬렁거리고 그르렁대며 늑대 떼들이 입을 벌리고 있는데, 나이 먹은 자로서는 거의 잃어버린 공력을 제대로 펼 수 있을지 모르겠다. 그랬으므로 다만 바위 위에 서서 몸과 정신의 중심을 잡으려 애쓸 따름이다. 달이 더 높이 떠오르고, 늑대들이 더욱 활발히 움직였다. 실로 난감하기 그지없었다. 다시 바람이 불었다. 바람에 실려 온 사람의 냄새가 늑대들의 입에 침이 고이게 만들었다.

*

교산 허균이 부안의 우반 정사암 옆 폭포에서 스스로 떨어져 자결을 감행하다가 미수에 그쳐 누워 있을 무렵에 서울 쌍리동 관송 이이첨의 집에 한 젊은이가 찾아왔다. 사내는 아직 약관, 세조대를 묶은 중치막을 입고 갓을 썼는데 사대부는 아닌 듯했으며, 실핏줄이 그대로 드러나는 이마를 하고 있었다. 관송은 무슨 일이냐는 눈빛으로 사랑채에서 그를 맞았다.

"관송 대감, 소인은 저 황해도 신천군에 사는 황세복의 아들 황개순(黃介淳)이라 합니다."

"응이? 자네 황세복을 얘기했나? 황해도 황부자의 아들이라?"

"그러하옵니다. 저는 일찍이 집을 떠나 개성에 가서 장사를 배우고 있었는데, 아버지가 어느 날 병들어 누웠다는 소식을 듣고 즉시 고향에 돌아가 그동안 아버지를 보살피고 있었습니다."

"자네 부친은 생존해 계신가?"

"지난달에 돌아가셨습니다."

"응이?! 안 됐구먼. 오랜 병중에 있다더니, 그리 가셨어."

"대감 어른, 드릴 말씀은⋯."

"서슴없이 말하게나. 내가 자네 부친의 신세를 진 게 적지 않으이. 인젠 그것을 갚아야지. 말을 하시게."

"아버지는 돌아가실 때 제게 당부했습니다."

"당부라?"

"원수를 갚아 달라는 것이었습니다."

"아버지의 원수?"

"예, 아버지는 당신의 몸이 그렇게 된 것이 허균 때문이라 하셨습니다. 당시 황해도 도사로 온 허균이란 자에게 당하여 그렇게 반평생 누워 지내게 됐다 일렀습니다. 평생 얘기 않던, 그리고 아무도 알지 못하던 비밀을 그렇게 이르시고 돌아가셨지요. 대감, 제가 선친의 원수를 갚게 해 주십시오."

"어찌하여 나를 찾게 되었나?"

"아버지는 그 일 이후로 대감께 인사 올리지 못했음을 말씀하시면서 찾아보라고 유언을 남기셨습니다. 대감 어른, 다시 절을 올립니다."

황세복의 아들 황개순이 큰절을 올리는 것을 바라보며 이이첨은 그 순간 세상의 인연이란 실로 질긴 것임을 느꼈다.

"고맙네. 살림은 어떻게 되었나?"

"아버지 때의 그대롭니다. 아니, 제가 일찍이 장사에 몰두해 나름 좋은 결과를 얻었습니다. 여기 이렇게 은덩이를 가져 왔으니, 받아주시면 감사하다 여기겠습니다.”

“하하하. 자네, 세상살이를 아는구먼. 아무렴. 장사로 돈을 벌었다?! 자네의 성의가 그만 하니 받아 두겠네만, 무슨 부탁이 있나?”

“앞으로 앞날을 맡길 터이니 대감의 가는 길에 도움이 되도록 써 주십시오.”

“그럴 듯한 말이로고.”

“그리고 특히 부탁 올리는 것은 허균이란 자가 지금 어디에서 무엇을 하는지 알려 주시길…. 벼슬이 떨어져 어디론가 사라져 버렸다는 얘기를 들었습니다만.”

“그렇지.”

“대사헌 대감 어른, 그가 있는 곳을 일러 주시면 아무도 모르게 원수를 갚게 될 것이옵니다. 그리고….”

“그리고?”

“여기 은덩이를 활용하여 부를 축적하는 길이 있을 터이고, 앞으로도 대감을 돕겠습니다.”

“알겠네. 자주 들르게. 허균이 어디로 갔는가 하면….”

황해도 신천에 사는 황세복의 아들 황개순이 이이첨의 집을 떠나 부안으로 내려 간 것은 이후 열흘 정도 지난 무렵이었다. 정사암에서 허균이 온몸에 열을 내며 앓고 있을 때라 황개순과 그의 수하들은 허균을 직접 목격하지는 못하고 우반의 지세와 정사암의 구조를 살피면서 때를 기다리고 있었다. 이재영이 마을로 내려가고, 마침 허균이 외딴 정사암에서 언덕을 내려가는 것을 발견했다. 공교롭게도 그의 하인 돌한이 나무하러 간 산속에서 아직 돌아오지 않았으므로 허균이 홀로 길을 나서는 것이 보였다. 이때라 싶었다. 아버지의 원수를 갚을 때를 기다려 온 지 십여 년. 황개순이 허균의 뒤를 밟았던 것이다.

*

아무 낌새를 차리지 못한 나는 그 순간 세상도 없었고, 번뇌도 없었으며, 몸도 아프지 않는 듯했다. 그것은 차라리 희열이었다. 실행할 수 없는 일을 실감하게 해 주는 일이었다. 연의만 생각하고 길을 걸었는데, 그 속에서 나는 권력을 조롱할 수도, 일그러진 세상에 혁명의 깃발을 내걸며 도전하여 완전히 바꿀 수도 있었다. 세계와 갈등하고 자신과도 갈등하는 나를 거기서는 온전히 건져낼 수 있었다. 그랬기에 나는 홍길동에 몰두하여 글을 구성하고, 인물의 성격을 창조하고, 그것으로써 역사를 바꿀 기대감에 흥분하기도 했다.

그랬으므로 누가 뒤를 밟는지, 무엇이 자신을 노리고 있는지 알 수 없었다. 사람의 냄새를 맡은 굶주린 늑대가 모여들고, 조금 멀리서 원수를 갚으려고 황세복의 아들 황개순이 다가드는지 전혀 알 도리가 없었다. 황개순이 아직 칼을 빼들지는 않았고, 단숨에 그어버리자는 수하들의 의견을 잠재우며 조금씩 가까이 다가가며 때를 기다리는지 나는 그때까지 알지 못했다. 그런데 어느 사이에 늑대 떼들이 다가들고 있지 않는가. 늑대이고 황개순이고 나는 아무 예감을 갖지 못했다. 늑대와 황개순의 거리가 멀어지고 늑대와 내 거리가 가까워졌던 모양이다.

그때 한 목소리가 나의 귀를 후려쳤다.

"늑대들을 일단 쫓아 버려!"

서너 명의 사내들이 칼을 들고 늑대에 다가갔을 때 늑대들은 이미 바위 위에서 버티고 있는 나를 공격하기 시작했다. 한 녀석이 내 목을 향해 몸을 날리는 것이 보였다. 나는 잽싸게 피하며 팔로 바위를 짚고 발로 놈의 주둥이를 걷어찼다. 젊은 시절의 공력이 새삼 나타난 듯했다.

내 담대하기 그지없는 자세는 그러나 그것뿐 나는 이어 공격해 오는 다른 늑대들의 빠른 몸놀림을 당해내기에는 몸이 너무 늙어 버렸다. 그랬기에 헉헉대며 바위 위에서 피하기에 급급한데, 늑대들이 일순간 수풀 사이로 도망을 치는 것이 아닌가. 우두머리 늑대가 그렇게 하자 뒤 따르던 다른 늑대들 역시 공격해 올 때의 모양 그대로 쏜살같이 어둑한 풀숲으로 사라지고 말았다.

나는 바위 위에 우두커니 서서 사라진 늑대들의 잔상을 눈으로 뒤쫓았다. 흔들리는 숲 속에서 나뭇가지들이 다시 스스로 자신의 자리를 잡아갔고, 달은 더욱 높이 올라 사방은 대낮처럼 밝았다. 하지만 나는 순간 엷은 밤안개가 깔린 숲 속에서 문득 건너오는 살기를 느꼈다. 숲 사이에서 빛을 본 듯싶었다. 파란 늑대의 그것이 아닌 섬광. 찰나에 빛을 내다가 어둠 속으로 사라지는 그런 섬광. 그러면서 뒤 끝이 한 가닥 날카로운 선분으로 공간을 가르는 그런 섬광을.

온몸의 신경 줄을 잡아당기고 낮게 앉으며 빛의 끝을 살피자, 거기에 역시 한 움직임이 포착되는데, 움직임은 빠르게 이동해 순식간에 내 눈앞에 진을 치고 쳐다보는 것이 아닌가. 사람이다. 한 무리의 자객들. 그들이 바위를 에워싸는 바람에 나는 두어 걸음 뒷걸음질 치지 않을 수 없었다. 진정 의외의 장면이었으므로 죽립에 검은 철릭 차림으로 칼을 들고 달빛을 차르르 받으며 발아래 공간을 둘러싼 그들에게서 나는 늑대의 그것 이상의 공포를 느꼈다. 위기 속에서 어금니를 사려 물고 소리쳤다.

"너희는 누구냐?!"

두어 번 거듭 묻자 한 사내가 어둠 속에서 자신을 나타내며 큰 소리로 일갈한다.

"죽을 목숨이니 말하건대, 나는 황해도 신천의 갑부 황세복의 아들 황개순이다."

"기억에 없는 이름이로다."

"그럴 것이지. 당신에겐 의미 없는 사람이었을 터. 허나 나로서는 당신이 철천지원수인 것을."

"무슨 말이냐?"

"황해도 도사였던 당신이 내 아비를 불구로 만들어 이후 평생 누워 지내게 했지."

"아, 황해도 신천의 그 황부자 말이냐?"

"당신이 그에게 어떤 짓을 했는지 잊지 않았겠지?"

"네가 그 아들이라?"

"그러므로 당신은 이미 죽은 목숨이야."

"그렇지 않다. 내가 여기 있는 것을 이렇게 알고 찾아왔으니 하는 말이지만, 너는 네 아비와는 다른 삶을 살아야 하거늘."

"그 따위 말을 말라. 당신은 오직 죽음을 기다릴 따름."

"그때 내가 너의 아비를 그렇게 하지 않았으면 조정에서 손을 썼을 것이야."

"무슨 말이냐?"

"자네 아비가 왜란 때 사귄 내명부의 사람들과 뇌물을 주고받으며, 아니 분명히 말하자. 내가 조정에 보내는 치계를 중도에서 네 아비가 가로채는 등 나라의 체제에 위해를 가한 일이 종당엔 탄로되어 멸문지화를 면치 못했을 것이야. 그에 앞서 내가 가벼이 정죄한 것으로 이해해야지. 진실로 말하자면 지역 백성들에게 횡포를 마다 않던 자네 아비가 나로 인해 그 정도에서 멈추게 됐으니 망정이지 더 나아갔다면 마침내 멸문의 화를 면치 못했을 것이란 말이야. 그랬다면 자네가 오늘 여기서 이렇게 복수니 뭐니 할 수도 없었다는 것이지."

"허나 이젠 저 세상을 가야지. 내 아비가 눈을 부릅뜨고 기다리고 계시니 말이야."

황개순이 눈짓하자 사내들이 한 달음에 선뜻 바위 위로 올라섰다. 그리고 즉각 칼을 휘두르는데, 두어 걸음 뒤로 밀리다가 나는 바위 아래로 날았다. 그리고 내달려 썩은 나무 그루터기를 넘고, 다시 낮은 싸리나무 관목 더미를 튀어, 소나무 숲 사이로 내리 빼는데, 언제 따라왔는지 놈들 중 하나가 앞에 딱 버티고 서서 기다리는 것이 아닌가.

그를 보자 나는 앞뒤 가릴 것 없이 옆으로 달려 마침내 허연 줄이 꼬불꼬불 그어진 너른 공간이 나타나는데, 살피니 그것은 사람들이 다니는, 정사암에서 부안에 이르는 큰길이었다. 살았다 싶었다. 길 위에 누군가가 나타날 것이고, 그러면 놈들이 멈칫거릴 것이 분명하니까. 그러나 내 상상일 뿐 놈들이 다시 모여 바짝 쫓는다. 도망가고 쫓기기를 두어 다경(茶經, 차 한 잔을 마실 시간). 같은 자리를 몇 번 반복하여 도망과 추적을 하였는지 익숙한 길이 앞에 놓이고 나는 더 이상 뛰지 못할 정도로 숨이 찼다.

"그만 하자."

"그렇지. 이제 그만, 네 목숨을 내어라!"

"나는 할 일이 많다. 지금부터 할 일이 진정 산더미다. 내가 죽음을 인정한다 하여도 그건 지금이 아니다. 할 일을 한 다음엔 죽어도 좋다. 그럴 시간을 주지 않을 테냐?"

"어림없는 소리. 분명한 것은 당신은 내 아버지의 원수이고, 나는 아버지의 원한을 풀어내야 한다는 것. 그러니 눈을 감고 기다리라."

그리고 황개순과 그의 수하들이 내 목을 향해 칼을 내리 치려는데,

"멈추어라!"

하는 일갈과 함께 나타난 사람은 이재영이었다. 내 등 뒤로 다가선 사람들은 바로 여인 이재영과 그의 친구들이었고, 고개를 돌려 보았을 때 허우대가 산만한 중방이 헤벌쩍 허니 웃으며 나를 바라본다.

"도사 어른, 염려 놓으세요. 네 이놈들, 이 어른이 어떤 분인데 감히 이렇게 얼씬거리느냐! 내 잠시 자리를 비웠더니 이런 일이 생겼구나. 너희는 내가 누군 줄 아느냐?"

"당신이 뉘기에?"

"내가 그 한양서 유명한, 아니 한성부서부터 이쪽 서북까지 이름 난 중방이 아니더냐!"

"뭐?! 중방?"

그러더니 정말 기이한 일이 일어났다. 놈들은, 아니 특히 황개순이

두어 걸음 뒤로 물러나며 신음소리를 내는 것이 아니더냐.

"당신이, 진정 당신이 중방, 중방님이시오?"

"그렇다. 들을 만한 이름이던가?"

"아이고, 중방 형님. 여기서 만날 줄이야."

"내 이름 두 자를 아는 너 또한 그럴 만한 인물인 듯한데, 누구냐?"

"예, 저는 신천의 황부잡니다."

"네가 황부자의 아들 황개순이냐?"

"그렇습니다. 지난번에 개성 주점에서 제가 그만 큰 실례를 하여 용서를 구했습니다만."

"기억에 생생하다. 오늘 또 한 번 실례하였으니, 즉각 무릎을 꿇고 사죄하라."

"예, 중방 형님."

그러고 황개순이 머리를 조아리자 중방은 내게 허리를 굽히고 말했다.

"대감 어른, 오랜만에 뵙습니다. 저놈은 송도에서 제가 손을 봐 준 그 지역 왈짜패의 작은 머리였지요. 그 우두머리가 제 동생 노릇을 하는데, 그걸 모르고 제 앞에서 알짱거리다가 되지게 혼이 났습지요. 눈알을 빼 놓으려다가 참았던 기억이 납니다. 어디 다친 데는 없습니까, 대감 어른."

"자네는 그의 아비 황세복과 나의 일을 현장에서 목격한 사람이 아니던가?"

"그렇습니다. 여인 형님도 그 자리에 계셨지요. 어둑한 밤에 담을 넘어 우리들이 황세복을 깠지요. 들어라 개순아, 너의 아비 일은 안 됐다만 오늘은 아비의 원수를 갚을 날이 아닌 듯하다. 뒷날을 도모하든가, 아니면 당시 정황으로선 그만하길 다행으로 여기며 살든가 하여라. 하여간에 일단 여기서 사라져라. 네 재산을 잘 지키고 말이다. 알겠나?"

"말씀대로 일단 그리하겠습니다. 그러면."

황개순이 일행을 데리고 사라지려 하자 내가 물었다.

"내가 여기 있는 줄 어떻게 알았느냐?"

"…."

"말해라."

하며 중방이 눈을 부라리고 입술을 일그러뜨리자 이내 정신을 가다듬고 황개순이 대답한다.

"관송 이이첨 대감께서…."

"알 만하다. 사라져라."

"예. …그러면."

하고 황부자의 아들 황개순은 일행을 데리고 어둠 속으로 사라졌다. 달빛이 길게 그들을 따라가는 듯 보였다.

황해도 신천 부자 황세복의 아들 개순이 나를 죽이는 데에 실패하고 돌아간 이후 나는 더욱 '홍길동전'을 쓰는 데에 몰두했다. 최근 자해와 자진 행위를 비롯해 몇 가지 일들로 인해 나는 살아 있음이 곧 자신에게 남은 할 일을 다 하라는 등 일종의 덤으로의 삶이라는 의식이 강하게 들었기 때문에서다.

이재영이 부안 저자로 간다는 것이 중방을 비롯해 자신의 친구들을 데리러 간 줄을 알지 못한 나는 이후 이재영에게 또 한 번의 신세를 지는 듯하고 하여, 그에 대한 믿음의 도를 더해가면서 중방과 그들 친구들이 우반 정사암에서 기거하며 변산반도, 선운산, 모악산, 내장산 등지를 다니며 유람하는 동안 나는 다시금 홍길동에 몰입했다.

　"길동은 웃으며,

　'내가 장차 출동할 터이니, 그대들은 내 지휘대로만 하라.'

　하고는, 푸른 도포에 검은 띠를 띠고 나귀 등에 올랐다. 부하 몇 명도 데리고 갔더라.

　'내가 그 절에 가서 동정을 살펴보고 오겠다.'

　고 하며 가는 뒷모습이 완연한 재상가 자제였다. 그 절에 들어가 주지에게 먼저 말하더라.

　'나는 경성 홍 판서 댁 자제다. 이 절에 공부를 하려고 왔는데, 내일 백미 이십 석을 보낼 것이니, 음식을 깨끗이 장만하라. 너희들과 함께 먹겠다.'

　하고는, 절 안을 두루 살펴보며 뒷날을 기약하고 동구를 나오니 모든 중들이 기뻐하더라.

　길동이 돌아와 백미 수십 석을 보내고 부하들을 불러 놓고 말하더라.

　'내가 아무 날 그 절에 가 이리이리 할 것이니, 그대들은 뒤를 따라와 이리이리 하라.'

　그날이 다가와 부하 수십 명을 데리고 해인사에 이르렀더니, 중들이 맞이해 들어갔다. 길동이 노승을 불러,

'내가 보낸 쌀로 음식이 부족하지 않던가?'

하니 노승이,

'어찌 부족하겠습니까. 너무 황감하였습니다.'

고 하더라. 길동이 맨 윗자리에 앉아, 모든 중을 일제히 청해 각기 상을 받게 하고는, 먼저 술을 마시며 차례로 권하니, 모든 중이 황감해 하고, 길동이 상을 받고 먹다가 모래를 슬그머니 입에 넣고 깨무니, 소리가 크게 나므로 중들이 듣고 놀라 사과를 했지만, 길동은 일부러 화를 내어 꾸짖는데,

'너희들이 음식을 어찌 이다지 깨끗하지 않게 했느냐? 이는 반드시 나를 깔보고 업신여기는 짓이다.'

하고, 부하들을 시켜 모든 중을 한 줄에 결박하여 앉히니, 모두가 겁이 나서 어쩔 줄을 몰라 하더라. 이윽고 수백 명이 일시에 달려들어 모든 재물을 제 것 가져가듯 하니, 중들이 보고 다만 입으로 소리만 지를 따름이었더라. 외출했던 불목한이 마침 그때 돌아오다가 이 일을 보고 관가에 알리니, 합천 원이 관군을 뽑아 그 도적을 잡게 하여 장교 수백 명이 도적을 쫓다가 문득 보니 송낙을 쓰고 장삼을 입은 중이 산에 올라가 외치는데,

'도적이 저 북쪽의 작은 길로 가니 빨리 가 잡으시오.'

라고 하자 관군들은 그 절의 중이 가르치는 줄 알고, 풍우같이 북쪽의 작은 길로 찾아 가다가 잡지도 못하고 날이 저문 후에 돌아갔더라. 길동은 부하들을 남쪽의 큰길로 보내고 홀로 중의 차림으로 관군을 속여 무사히 소굴로 돌아오니, 모든 부하들이 이미 재물을 가져다 놓고 있고, 그들이 함께 사례하기에 길동은 웃으며,

'장부가 이만한 재주 없대서야 어찌 여러 사람의 우두머리가 되리오.'

하더라.

그 후, 길동은 스스로 호를 '활빈당(活貧黨)'이라고 하면서 조선 팔도로 다니며 각 읍 수령이 불의로 모은 재물이 있으면 탈취하고, 혹시 가난하고 의지할 데 없는 사람이 있으면 구제하되, 백성은 침범하지 않고 나라의 재산에는 추호도 손을 대지 않았다. 그래서 부하들은 그 뜻에 감복하였더라."

이후 한 달에 걸쳐 나는 전라도 부안현 우반 정사암에서 사상 최초로 당시 사람들이 '암클' 혹은 '언문'이라 비하하던 훈민정음으로 연의를 지어내니, 그것이 바로 '홍길동전'이었다. 작품을 완성하고 난 나는 사흘 동안 길게 잠을 잤다. 만족스러울 리 없었으나 일단 그런 작품을 쓰는 데에 몰두했다는 사실 하나만으로 스스로 할 일을 했다 싶은 기분이 들었다.

며칠 뒤. 친구 여인 이재영이 '홍길동전'을 단숨에 읽어 내려갔다. 그것 또한 유쾌한 일이었다. 보다 많은 백성들이 읽자면 쉽고 재미있어야 하는 것을. 이재영은 때로 흥분하기를 마다 않으며 읽는 듯했다. 이런 모양 모두가 작자인 나를 기분 좋게 만들었다.

"어떠한가?"

"마치 여기 어디에서 일어나는 일 같아. 실감이 난다는 점에서 작품이 성공했다 하여도 좋아."

"고마운 평이로구만."

"교산, 이를 어떻게 하려나? 일단 필사하여 많은 사람들에게 나눠주는 것이 어떨까 싶네만."

"그러지. 뒷날에 판본으로 내지. 서울에서도 내고, 여기 가까운 전주에서도 내고 말이야."

그리하여 이재영은 내 원본을 놓고 필사하기 시작했다. 정사암에 있는 두 명의 중에게도 필사를 맡겼다. 그리고 이를 가져다가 부안으로 내려가 여러 사람을 불러 모아 필사하기를 게을리 하지 않아 며칠 만에 수십 부가 완성되었다. 그리고 이재영은 곧 바로 경기도 여주로 달려갔다. 거기엔 칠서들이 모여 함께 생활하며 모종의 일을 도모하는 중이었다.

족속 — 칠서, 사라지다

*

이재영은 경기도 여주에 도착해 남한강변 남쪽 칠서들의 근거지에 이르러 필사한 '홍길동전'을 건네주었다. 하루 지나 연의를 다 읽은 칠서들은 모두 '수호전'을 의식한 작품임과 동시에 조선의 형국에 맞는 매우 독창적이고 충격적인 내용이라며 감동했다. 몇은 아무 말 없이 하늘만 바라보았다.

이재영은 석선 서양갑이 전과 다른 의태로 자신을 맞고 있음을 느꼈다. 이게 뭐지? 오늘의 서양갑은 전날의 그보다 더 불안정한 분위기를 풍겼다. 저녁이 되자 마치 토굴처럼 생겨먹은 칠서의 거처에서 눈짓을 보내 서양갑을 불러내 함께 둑을 걸으며 물었다.

"무슨 일이 있었나?"

"노심초사야."

"노심초사?"

"모두 나만 바라보는데, 해야 할 일이 많으나 생각대로 되지 않아."

"실제로 무엇 해야 하는데?"

"거사를 위해 자금을 모아야지."

"거사를 감행할 생각인가?"

"그렇지 않다면 우리가 무엇 때문에 가족을 뒤로 하고 여기에 모여 살겠나."

"다음 계획은?"

"일단 자네가 가지고 온 연의 '홍길동전'에 대해 토론해 본 다음 작전을 짜 봐야지."

잠시 뒤

"'홍길동전'을 모두 읽었나?"

하며 서양갑이 장악력을 보이며 논의를 불러일으켰다.

파암 박치의가 먼저 무리 사이를 드렸다.

"저쪽에, 나는 활빈당에 엄청 감동했네. 활빈당은 곧 우리의 무륜당과 같아. 그런 면에서 허균의 연의는 우리에게 희망을 안겨주는 비결서라 해도 좋아!"

"뒷부분에서의 홍길동의 병조 판서 제수 등은 이해하기 어려워. 이는 곧 기존 질서에 홍길동이 편입된다는 것인데, 그러자고 혁명적 사업을 하는 것은 아니잖아. 전혀 다른 세상이 되어야 할 것인즉."

박응서의 의견이었다. 심우영이 의견을 냈다.

"지난번에 말한 허균의 호민론과 연결해 보면 결국 우리가 호민이 되어, 또 우리의 무륜당이 곧 활빈당이 되어 세상을 바꾸어 나아가야 마땅해. 그런 의미에서 '홍길동전'은 우리에게 나아갈 방향 및 방법을 일러 주었다 할 것이지."

"그렇다면 과연 무슨 일을 해야 하나?"

서양갑의 재촉에 그동안 침묵으로 일관하던 김경손이 나섰다.

"역시 자금이 있어야 한다구. 무슨 방법이 없나?"

처음부터 아무 말을 하지 않던 이경준이

"하나 있기는 한데….."

하고 더듬거리자, 모두의 눈이 그에게로 향했다.

"내 인척 중 한 사람이 이이첨의 집안과 가까운데, 그자가 하는 말이 조만간 이이첨이 적지 않은 은덩이를 일본으로 가져간다는구면."

"왜?"

"일본에 팔려는 것이지."

모두가 '은덩이'라는 말에 눈을 크게 뜨고 고개를 내밀며 이경준의 다음 말을 기다렸다.

"요약건대 부산포로 내려가는 은덩이를 중도에 빼돌리자는 얘기야."

"바로 그것!"

이렇게 소리친 사람은 서양갑이었다. 심우영 또한 박수를 치며 일어서서

"그래, 그것이야!"

하고 외친다. 박치의가 결말짓듯 이른다.

"저쪽에, 쌍리동에 사람을 보내 염탐을 해보자구. 저, 저쪽에, 언제 어떻게 은덩이가 부산포로 가는지 알아야 하잖아."

그리하여 곧 칠서 중 서양갑과 허홍인이 이이첨이 사는 쌍리동으로 가는 것으로 결정을 봤다. 이후 다시 이재영과 서양갑이 여주의 넓은

평야가 한눈에 들어오는 낮은 언덕으로 올라가 나란히 지는 해를 바라보았다. 들녘에서 벼들이 익어가는 중이었다.

"자네의 고심이 읽히는구먼."

"이게 운명이라면 나아갈 수밖에."

"운명이라."

"지금은 아무것도 없으니 난감함에 잠을 못 이루겠네. 교산에게서 힘을 구할 수는 없겠지?"

"그는 지금 자신의 일로도 벅차. 벼슬이 끊어지고, 귀양살이를 했고. 여기 오는 도중에 들었는데, 그의 큰형이 사망했다 하니, 그야말로 사면초가야."

"그럼, 우리들 칠서가 은밀히 움직여 은상 습격을 먼저 해내고야 말겠어."

"그렇게 알고 나는 교산을 보러 서울로 가겠네. 좋은 결과를 기다림세."

"잘 가게."

"몸조심해."

그러고 남한강 칠서의 거처를 떠나려다가 이재영은 다시 몸을 돌려 서양갑에게 다가갔다.

"할 말 더 있어."

"뭔가?"

"은덩이라 했나?"

"그래, 자네도 들었다시피 이이첨이 은덩이를 일본에 팔아 부를 챙긴다는 얘기 아닌가."

"그렇다면 묘한 인연인데, 교산이 일찍이 황해도 도사였을 때 신천의 갑부 황세복이라는 자를 만나 지역에서의 그의 횡포를 깨부숴 버리는 힘든 일을 했네. 그가 이후 평생 누워 지내는 신세가 되었고, 그가 죽자 얼마 전에 그의 아들 황개순이 아버지의 원수를 갚겠다며 우반으로 와 허균을 치다가 내 친구들에게 당하고 돌아갔어. 그가 개성 상인이었으므로 이이첨의 은덩이라면 그에게서 나왔을 개연성이 높아. 그렇다면 결국 그 은덩이는 조선의 것으로 정치 세력에 의해 은밀히 일본에 팔아넘겨져 조선의 자원이 빠져나가면서 정치 자금 역할을 하는, 곧 부당한 일에 쓰일 은덩이이거늘 마땅히 빼앗아 요긴하게 써야 할 것이야."

"은상을 칠 당위! 고마운 정보구먼."

"그럼, 가네."

"또 보세."

*

칠서들이 거사를 위한 군자금 마련을 위해 은상을 칠 준비를 할 무렵 나는 광해 4년 임자년(1612) 12월 15일에 왜국의 동정을 명나라에 아뢰는 진주사가 되었다. 지난 2년 동안 벼슬에서 떨어지고, 시험지 채점에 불의가 있었다 하여 잡혀가 42일 동안 곤장 아래서 피를 튀겼으며, 전라도 함열(咸悅)에서 귀양살이를 했을 뿐 아니라, 허봉 작은형과 초희 누님 그리고 친구 권필의 죽음으로 슬픈 가운데 진주사 임명은 그 어느 때보다도 나의 기분을 회복시켜 줬다.

그러나 기쁨도 잠깐. 사간원이 주청사인 나를 갈아치울 것과 나를 추천한 이조 당상을 추고할 것을 요청했다는 소식이 전해졌다. 그리고 곧 벼슬이 갈려버린 것이다. 도대체 이 무슨 짓들이냐! 나는 이를 갈았다. 또 누군가의 방해였음이 분명했기에 일단 이이첨을 떠올리지 않을 수 없었다. 내 언젠간 이에 대해 물으리! 벼슬이 다시 떨어진 나는 곧장 전라도로 갔다. 개떡 같은 세상을 허위허위 다니다가 나는 태인(泰仁)에 이르렀다.

"저기요, 어르신!"

주막에 앉았던 나는 순간 놀랐다. 자라를 본 가슴이었다.

"누구요?"

"교산 어르신 아닙니까?"

"그렇소만."

"아, 맞군요. 정말 반갑습니다."

허름한 중치막 차림의 사내는 연방 손을 비빈다.

"저는…."

뭔가 망설이는 모양새다.

"누구신지?"

불렀음에도 정작 자신이 누군지 밝히길 꺼려하는 의태다.

"말하소."

"아, 예."

"말씀하시래두."

용기를 낸다는 투를 감추지 않으면서 사내가 말 머리를 꺼낸다.

"저는 그러니까…. 아, 제 부친이 바로 그 송, 익자 필자이신 분입니다."

사내가 휴 하고 숨을 내쉰다.

"예?! 그대가 구봉 송익필의 아들이란 말이오?"

"예, 죄송합니다."

"죄송은 무슨. 도대체 어찌된 일이오? 여기 태인서 사시나?"

"그렇게 됐습니다. 왜란 이후에 여기로 와 내처 살고 있습니다. 저는 송 대감의 서자라."

"예? 아, 그러했군요. 하여지간에 반갑소. 고향사람을 만난 듯하구만."

"어인 일로 태인에?"

"그렇게 됐어요."

"그러면 일단 제 집으로 모셔도?"

태인에서 나는 의외의 인물, 곧 송익필의 서자와 만났다. 그리하여 일정도, 갈 길도, 특별히 만날 사람도 없었으므로 나는 일단 구봉 송익필의 서자 집으로 갔다. 송익필이 누구던가? 권필이 존경해 마지않던 송강 정철의 모사였던 사람이다. 정철에겐 한나라 고조 유방의 곁에 있던 장자방과도 같았던 사람. 저 선조대 정여립 반역 모의 사건이 확장되어 기축옥사로 번질 때 그 중심에 섰던 사람. 동인패 수백 명을 죽게 만든 장본인.

그러나 나는 송익필의 시를 늘 높이 평가해 오던 터였다. 그리하여 내 책 '학산초담'에다가 송익필의 시 '산설(山雪)'을 '격이 맑고 뛰어나니 어찌 사람들의 신분, 지체, 문벌을 보고 그 좋고 나쁨을 따질 수 있겠는가.' 하고 평해 놓지 않았나. 그의 서자가 태인에서 찌든 가난으로 살아갈 줄이야.

며칠 송 씨의 집에 머물렀다. 권필 얘기도 하고 송강 선생에 대한 일화도 나누고 하며 술과 시문을 얘기하는데, 나는 술상을 차려 내는 어린 여자 아이에 눈을 주었다. 매우 아름다웠다. 몸매가 작고 말랐지만, 허리에서 둔부로 내려가는 곡선이 치마 속에서도 그대로 드러나 고혹적이라 할 정도였다. 탁주 여러 잔을 거나하게 마신 뒤 묻는다.

"송 형, 저 아이는?"

"제 딸입니다."

"따님이라. 미색이 출중하구만."

"그렇습니까?"

"그대의 집안은 재주가 많아. 나는 늘 구봉 선생의 시를 좋아하여 가끔 홀로 읊곤 했지. …아리따운 아이로다."

그날 밤 내 방에 송익필의 서손녀(庶孫女)가 들어온 것은 전혀 의외라 할 수 없었다. 평상 술상에서 일어나 방으로 가려 하자 송 씨가 한마디 넌지시 일렀음이 분명하다.

"제 딸이 마음에 드신다면…."

이에 나는

"으흠."

하고 대답대신 신음을 토했을 뿐이다.

"가난 때문에 본디 저 아이는 기생으로 갈 처지였습니다. 교산 어른이 들이신다면 이는 그 아이에게 행운입지요."

내가 아무 대꾸 않자, 송 씨가 결단하여 내 방으로 열여섯 살의 딸을 들여보낸 것이다. 이것이 무엇이냐? 나는 그녀를 보자마자 매창을 떠올렸었다. 매창의 품격은 아니로되 그것은 매창의 어린 모양새 그대로였다. 생각건대 매창의 어린 시절의 모습이 그리하리라 예상되는 그 어떤 아련한 모양새를 송익필의 서손녀가 가지고 있다고 내 몸이 느꼈던 것이다.

"이름은?"

"추섬입니다."

"추섬?"

"가을 추(秋)에, 달빛 섬(蟾)을 쓰옵니다."

"가을 달이라. 그렇다면 너는 항아(姮娥)니라."

"항아라시면?"

"달 속에 있다는 전설 속의 선녀 말이다."

"제가 무슨 선녀…."

"진정 선녀 같아 보인다."

"저를 어찌시렵니까?"

그녀가 보기보다 강하다는 걸 그 순간에 느꼈다. 자신의 운명이 어떻게 변할지에 대한 두려움과 설렘이 가득 담긴 눈빛으로 나를 바라보며 다시 한 번 묻는다.

"저를 어찌시려는 겁니까?"

"이후 나와 함께 살게 되겠지."

"내 인생은 시작, 어른의 생은 이제 그 정점을 다했는데, 저를 어찌시려는 겁니까?"

"대수가 있느냐?"

"그렇지 않으니 묻는 것입니다."

"내 인생 또한 비로소 시작이니라."

"어찌 그러한가요?"

"내 지난 20여 년 동안 환로에 들어 여섯 번 파직을 당했다. 이젠 그만해야 하지 않겠느냐. 지금부터 세상이 나를 폄훼치 않도록 전혀 달리해야 할 언행임을 42 일 동안의 옥사로 깨달았다. 이는 곧 너의 생을 책임질 수 있음을 뜻하는 것이니라."

"사랑은 없습니까?"

"사랑이라 하였느냐?"

"네."

나는 추섬을 다시 한 번 바라보았다. 앉아 있는 모양새가 그대로 매창이다.

"너는 나에게서 매창이니라."

"가당치 않습니다."

"무슨 말이냐?"

"저는 추섬입니다. 어찌 매창이라 하오신지요? 매창을 얘기하시면 저는 방을 나가겠습니다."

"아니, 아니다! 내가 매창을 얘기하는 것은 네가 매창의 품격을 지니고 있다는 말이다. 오해 말거라. 너는 매창이로되 매창에게서 내 초희 누님을 뺀 느낌을 주느니라. 그러므로 나는 너를 사랑할 수 있다. 아니다. 내 처음 너를 보았을 때 이미 강한 연정을 느끼지 않았더냐. 그걸 보고 네 애비가 너를 내 방으로 보낸 것이니라. 오해 말라. 너는 내 사랑이니라."

추섬이 나를 지긋이 바라본다. 머리통이 크다. 어깨가 넓고, 눈이 우묵하다. 그늘진 얼굴에 생각이 깊은 이마를 지니고 있다. 이런 사람을 누가 경박하다 하나. 그러나 이상하다. 세상 사람들은 그를 경박자로 폄훼하길 그치지 않으니. 그는 무엇 때문에 세상으로부터 버림받는 신세가 되곤 하는가. 그의 목소리에 진정 힘이 있고 신뢰 또한 없지 아니한데. 이 사람의 의태가 의젓하여 가히 지도자가 될 만하게 보이는데…. 추섬이 마치 이렇게 생각하는 듯 보였다.

바라보는 추섬의 눈빛에서 나는 순간 부끄러움을 느꼈다. 무엇이냐? 이 부끄러움은. 나이 어린 것은 당초에 문제가 되지 않는다. 송익필의 서손녀라는 것 또한 문제될 것이 없다. 매창을 닮았다는 것이 그녀의 아름다움에 도움을 주었지 어찌 흠이 되겠는가. 이승에서 이루지 못한 사랑을 저승에서 함께 누리자고 말한 사이인 매창이 아니던가. 매창의 현신이다. 아니다. 추섬은 사랑스러운 한 어린 여인이다. 사나이 삶을 헌신해도 좋을 만큼의 사랑스런 여자다.

그리고 그날 밤. 그것 그대로 나는 구봉 송익필의 서손녀와 정혼을 한 셈이 되었다. 오랜만의 사랑이라 심장이 터질 듯하였다. 첫날밤을 지내고 전과 다른 밝은 마음이 되어 서울로 올라와 용산방 신창동에 살림집을 마련하였다. 어린 딸을 양반의 첩으로 보내는 송 씨의 얼굴은 안타까움보다도 시원함이었던 것으로 기억한다.

신창동 신접살림집에서 나는 이불 속 알몸의 부드러운 추섬의 허리를 안으며 일렀다.

"누구에게도 네 할애비 송익필을 말하지 말라."

"그래야 합니까?"

"네 할애비 구봉 선생에 대한 기억들이 되살아날까 염려된다. 하여 간 입을 다물라. 누가 물으면 다만 전라도 기생이었다는 것으로 대답을 대신하라."

*

허균이 추섬과 지극한 운우지락을 취할 때, 칠서들이 속속 문경 새 재로 모여 들었다. 박응서는 패랭이를 쓴 노비추쇄인(奴婢推刷人)이 분명했다. 박치인은 중치막을 입고 제법 그럴싸한 유생으로 차림을 차렸다. 김경손은 등짐을 지고 오일장을 찾아 팔도를 오가는 소금장수 차림이었으며, 심우영은 제법 거래가 큰 사상(私商) 모양 초립에 철릭을 껴입고 자신감 가득한 얼굴을 만들어 당나귀를 타고 남쪽으로 내려갔다. 저쪽에 박치의는 괴나리봇짐을 등에 지고 길을 떠난 파립의 빈 털털이 유생 모양을 흉내 냈다. 이경준도 나귀를 타고 내려갔는데, 마치 돈 많은 시골 중인 같아 보였다. 허홍인의 하인인 덕남은 나무꾼으로 변장했다. 이를 언덕 위에서 석선 서양갑이 다 파악하면서 주위를 살펴 친구들을 한 곳으로 모일 것을 지휘할 예정이었다.

그때 한 무리의 상단이 저 멀리 보이는데, 서양갑이 그 순간 휘익, 휘파람을 불었다. 남풍이 소리를 싣고 북쪽으로 달리자 무륜당 패들이 즉시 언덕 위로 모이니, 다행이 따라오는 그 누구도 없어 모두가 안도했다.

"그들이야!"

멀리 보이던 점들이 다가오면서 그들이 은상임이 더욱 분명해졌다.

"내가 이미 거사 자리를 봐 두었지. 자, 나를 따르게나."

무륜당은 서양갑의 지시에 따라 조령관문 가까운 조령천 계곡으로 찾아들어갔다. 여궁폭포와 쌍룡폭포가 나무들과 어우러져 빼어난 자연 경관을 이루는 곳에 이르러 무륜당은 다시 작은 언덕을 올라 계곡 옆으로 난 길을 한눈에 파악할 수 있는 천혜의 공격 지점에 도착해 상단 무리를 기다렸다.

허홍인의 노비 덕남이 조심스럽게 물어왔다.

"다 죽여야 합니까?"

"저항하면 살려둘 수야 없지."

"도망가는 자는?"

"굳이 쫓아갈 필요 또한 없을 것."

"그 다음은 어떻게 하나?"

서양갑이 서슴지 않고 대답했다.

"그 뒤 은덩이를 실은 나귀를 몰아 내려온 길을 되짚어 가는데, 귀로는 내가 그때 따로 말할 터이니, 일단 거사에 성공하길 바라네. 자, 마음속에 다른 세상에 대한 꿈을 그리면서 기다리세."

해가 지면서 횃불을 밝히며 상단이 계곡에 들어와 막 자리를 잡으려는 찰나에 쉬익, 화살 한 대가 바람처럼 날아가 인솔자의 목을 꿰뚫었다.

"성공이닷!"

모두 눈을 박응서에게 보냈다. 박응서는 침착하게 다시 한 발을 장착하여 힘차게 쏘아댔으나 화살은 상단의 말 등에 꽂혔을 따름, 행수는 무사하여 휘잉, 하고 우는 말의 고삐를 바투 잡는다. 그러나 어쩔 수 없이 무륜당 무리는 와아, 천둥 같은 소리를 내지르며 언덕 아래로 내달렸다. 횃불이 여기저기로 날아갔다. 대체로 도망갔지만, 일부는 무륜패를 향해 다가오기도 했다. 호위 무사들이었다. 박치의의 발차기 한 방에 맨 앞의 호위 무사가 쓰러졌다. 그의 등으로 칼을 그으니, 피가 튀고 비명이 계곡을 채웠다. 이어 다른 무륜당이 들이쳐서 호위 무사들과 싸웠다. 상단 사람들은 모두 흩어져 계곡엔 다만 말과 은덩이 자루만이 남았을 따름이다.

시간이 지나면서 애초에 지휘관을 잃은 호위군관들이 하나씩 무너져갔다. 지리에 익숙하지 못할 뿐 아니라 어둠 속에서 공격을 당하니, 우왕좌왕 하는 사이에 칼을 맞아 상처를 안고 도망치기 시작한 것이다. 그러나 오직 한 사람이 자리를 지키고 움직이지 않았다. 아니, 그자가 칼을 높이 들고 다가드는 무륜당에 홀로 저항하는 것이 아닌가.

"너는 누구냐?"

"나는 이 상단의 책임 행수다. 너희는 누구냐? 필요한 것이 있으면 내 모두 줄 터이니 그만 돌아가라."

"먼저 네가 누구인지 말하라."

잠시 머뭇거리더니

"나는 황개순이다. 너는 누구냐?"

하고 떨지도 않고 대거리했다.

"네가 바로 그 황해도 신천의 갑부 황개순이란 자로구나."

"그러면 너희들은 진즉에 나를 알고 있었단 말인가?"

"우린 사실 너를 잡으러 왔다. 너는 평생 남을 괴롭히는 일을 해온 자라 이제 그만 목숨을 내놓아야 하리. 너로 하여금 세상살이에 고통을 겪은 백성이 많으니 그 죄업을 여기서 받아야 할 것이야."

더 이상 견딜 재간이 없다고 판단한 황개순이 칼을 앞세워 박치의에게 다가드니, 박치의는 그의 칼을 옆으로 피하면서 더 생각할 사이 없이 목을 향해 내리쳤는데, 아악, 하는 비명과 함께 황개순은 피를 뿜으며 백길 계곡 아래로 떨어지고 말았다. 그것으로 그의 생은 끝이었다.

"짐을 챙겨라."

"한 칠백 냥쯤 되겠군. 어서 떠나세."

"곧 바로 여강으로 가나?"

"그건 가면서 정황을 살핀 다음 결정하도록 하세. 자, 출발해."

은덩이 자루를 등에 짊어진 말을 이끌고 무륜당은 고개를 넘었다. 날이 새자 산속으로 들어갔다. 그렇게 하길 여러 날 거듭하여 충주를 지나 경기도로 들어서 오갑산을 지날 즈음이었다. 저녁이 오기에 다시 갈 길을 재촉하려는데, 갑자기 말발굽 소리가 나고 병기가 부딪치는 소리가 들렸다. 고개를 넘자 수많은 군졸이 길을 막고 그들을 기다리는 것이 보이지 않는가. 그리하여 즉각 소리친 사람은 서양갑이다.

"도망쳐! 열흘 뒤에 여주 토막에서 만난다!"

그리고 서양갑은 뒤도 돌아보지 않고 산위로 치빼고 말았다. 그의 등에 은덩이 한 자루가 얹혀 있는 것이 보였다. 다른 칠서들 역시 사방으로 도망치기 시작했다. 무리들이 삽시간에 사라진 것을 알아차린 좌변포도대장 한희길이

"그자를 불러오라."

하고 부관에게 이른다. 곧 한 사내가 허리를 구부리고 다가오는데

사내는

"네가 황개순의 노복인 춘상이냐?"

하는 포도대장의 물음에 허리를 여러 번 구부렸다.

"예, 나리."

"네 신고대로 추격하긴 했으나 이렇게 놓치고 말았다. 다른 정보는 없느냐?"

"제가 듣기로 여주로 간다 하였습니다."

"좋아. 그럼 우리도 여주로 간다. 너는 공훈을 세우게 될 것이니라. 나를 따라 오라."

처음 은상이 피격당해 사람들이 희생됐다는 보고를 받았을 때 좌변 포도대장 한희길(韓希吉)은 먼저 이이첨을 떠올렸다. 그 은상들이 이이첨이 보낸 패라는 것을 알고 있기 때문이다. 대사헌 이이첨은 대북파의 수장이 아니던가. 산림 대감 정인홍도 그러하지만 지금이 어느 때인데 이이첨의 심사를 거스를 수 있겠나. 이이첨은 작금 하늘을 치솟는 권력을 휘두르는 중이다. 이이첨은 곧 은상들이 피격됐다는 소식에 펄펄 뛰면서 한희길을 불렀던 것이다.

"영감이 직접 출격하여 놈들을 다 잡아들여야 할 것이오. 이를 그르치면 영감의 목숨을 장담할 수 없소!"

서슬이 퍼런 이이첨이 침을 튀기며 소리치니 한희길은 등골이 서늘하여 오금을 제대로 펴지 못할 지경이었다.

"대감의 명을 받아 조금도 어그러짐 없이 놈들을 모두 잡아들이겠습니다."

이렇게 장담을 하고 내려온 길이었으므로 한희길은 반드시 은상을 노린 놈들을 모두 잡아내야 했다. 그리고 열흘째 여러 곳에 숨어 있다가 여주 남한강 옆 토굴에 찾아든 무륜당 일파 몇 명을 원주와 양주 양쪽에서 쳐들어가 포위하여 잡아들이니, 그건 무륜당이 조정의 체제를 가벼이 여긴 때문이었지만, 이는 이미 물을 엎지른 다음의 깨달음일 뿐이었다.

며칠 뒤 한희길의 장담대로 박응서를 비롯하여 은상 살해범들이 속속 잡혀 무인 장항의 집으로 보내졌다. 해가 기운 무렵이다. 기운 해는 뚫린 문구멍을 통해 방안으로 곧장 들어왔다. 날씨가 차지 않은 계절이라 다행스럽다 여겼다. 박응서는 자신이 포도청에서 형조로, 다시 지금의 장소로 옮겨진 것이 이상하게 생각됐다. 곤장을 맞아 온몸이 쑤셨다. 이젠 죽은 목숨이다. 털컥 자물쇠가 열린다. 누구인가? 웅크린 박응서의 눈에 가죽으로 된 태사혜가 보였다. 코와 뒤끝 부분에 선문(線紋)을 새긴 것으로 보아 고위층이다. 쳐다보았으나 해를 등지고 섰으므로 얼굴이 보이지 않았다. 그 뒤로 몇 사람이 섰는데, 모두 기세가 범상치 않았다.

"박응서냐?"

부드러운 목소리였다. 대답을 않자 뒤에 섰던 자가 앞으로 나서서 발길질을 해 박응서는 두어 바퀴 굴다가 벽에 부딪쳤다.

"대답해라."

"그렇소."

"이놈, 말본새 하곤!"

다시 발길질이 서너 번 가슴을 향했고 박응서는 다시 굴렀다. 의자가 들여오고 태사혜가 앉았는데, 여전히 얼굴을 볼 수가 없다. 발길질이 얼굴에 닿아 어딘가 찢어져 피가 흘렀으므로 눈을 제대로 뜰 수가 없었다.

"네가 박응서냐?"

"예, 제가 박응섭니다."

"고개를 들라."

박응서가 올려다보니 그는 관송 이이첨이었다. 그 언제였던가, 서강 현석촌 권필의 집에서 보았던 사람이다. 박치의가 이 사람에게 덤벼들 때 자신이 나서서 막으려 했던 그 사람. 권필은 진즉에 죽고 자신은 잡혀 들어왔는데, 이자가 무슨 이유로 여기에 찾아왔나.

"너희는 나가 있으라."

다른 사람들이 방 밖으로 사라지자 이이첨이 낮은 소리로 이른다.

"내 말을 잘 들으라. 너는 이미 죽은 목숨이니라. 서얼로 살아온 비참한 날들이었는데, 한 번 제대로 펴보지도 못하고 죽게 되었구나. 권필의 집에서 내가 네 친구 박치의와 싸울 때 나를 도운 너를 늘 고맙게 여긴다. 어떻게 생각하느냐, 살 수 있을 것 같으냐?"

"이미 죽을 것을 각오하고 있소."

"아니다. 살 길이 있느니라."

박응서는 벌떡 고개를 들어 이이첨을 노려보았다. 얼굴이 희다. 높은 벼슬 붙이인 그는 귀인이 아닌가. 지는 햇살을 받아 귀 밑에서 흰 수염이 하늘거려 마치 도인처럼 보이기도 했다. 이이첨이 수염을 쓸어내리며 웃는다. 그에게서 피어나온 온화한 기운이 자신에게 다가오자 박응서의 가슴은 이상하게 설렌다.

"살 길이 있다고 말했다."

"이대로 죽으렵니다."

"그러기에는 억울하지 아니하냐. 사람을 죽인 너희들은 죽음에 이르는 고문을 당하다가, 정말 그대로 거열형이나 화형으로 고통스럽게 죽고 말 것이니라. 다시 말한다. 너는 살 길이 있음이다."

"나는 이대로 죽을 작정을 이미 했소이다."

"그런가."

이이첨이 방에서 나갔다. 털컥, 다시 자물쇠가 잠기고, 두어 시진 아무 기척이 없다. 까무룩 잠이 들어 박응서는 시간이 얼마나 흘렀는지 알 수 없을 지경에서 깜짝 깨어났다. 한 사내가 들어와 몽둥이로 내리쳤기에 놀라 깨어났고, 몽둥이는 이후 쉴 새 없이 온몸에 떨어졌다.

"응서야, 살 길이 있느니라. 너는 다른 자들처럼 우둔하지도 못나지도 어리석지도 않지 않으냐. 그리고 내 자세히 알아보니 너는 은상 살해 사건 이후 몇 명의 무뢰배들과 결탁하여 방랑 생활을 하며 영남의 바닷가를 돌아다니다가 돈을 빼앗으려고 사람을 또 죽였더구나. 열 번 죽어도 부족한 목숨이다. 허지만 너는 반드시 살아야 할 것을. 너는 너의 친구들에게 이를 테면 굳이 매죽헌(梅竹軒)같이 굴 필요는 없느니라."

"영남에서의 일은 제가 아니라 제 친구들이 한 짓입니다. 그리고 매죽헌이라면?"

"수양산을 바라보며 이제를 한하노라…."

"성삼문 말입니까?"

"그렇다. 허나 너는 마땅히 보한재(保閑齋)여야지."

"보한재란 신숙주를 이르는 것 같은데요? 하여간 어느 것이든 지나친 비유요. 우리는 그저 은상에게서 은덩이를 취하려 했을 따름이오. 임금에 대한 절의나 배신 따위를 얘기할 필요는 없소."

"은덩이로 무엇을 하려고?"

"다만 잘 살아보려고…."

순간 박응서는 번쩍 자신의 눈이 빛을 발하는 것을 느꼈다. 이이첨이 박응서의 뺨을 쳤던 것이다.

"내 말을 허수히 듣지 마라! 내 너희들의 내심을 모르지 않으니. 결국 의금부 추국에서 이실직고하여 마침내 죽음에 이를 따름인데. 너만은 살 길이 있음을 내 거듭 말한다. 깊이 생각하라."

그리고 이이첨은 다시 방 밖으로 사라졌다. 이미 쏟아진 물, 처음으로 되돌아갈 수는 없다. 그러나…. 그런데…. 여기까지 생각했을 때 다시 방문이 열리고 이이첨이 들어와서 이른다.

"결심했으리라 믿는다. 내 약조하마. 너를 살릴 것이니라. 이걸 잘 외워두라."

대사헌 관송 이이첨이 누런 봉투를 떨어뜨리고 사라졌다. 그의 뒤로 향긋한 향기가 퍼져와 박응서는 한 차례 기침을 하고 봉투를 열어 보았다.

며칠 뒤. 임금이 대신 및 의금부 당상을 부른 뒤 박응서의 상소문을 보여주며 대신들이 의논하게 하자 이덕형이 회계(回啓, 임금의 물음에 심의하여 상주함)했다.

"삼가 수인 박응서의 상소를 보건대 놀랍기 그지없습니다. 이 사람은 현재 행상인을 죽인 죄로 옥에 갇혀 자복했으니 사형에 해당되는 죄수라 할 것입니다마는, 이번에 상소한 사연이 더욱 놀랍기만 하니, 즉시 국문하여 그 정상을 알아낸 다음 그 공초에 드러난 사람들을 체포하여 철저히 국문하게 하는 것이 마땅합니다."

하니 광해는

"아뢴 대로 하라. 박응서는 의금부로 옮겨 특별 감방에 단단히 가두도록 하라."

고 전교했다. 그리하여 다음날부터 의금부에서 즉각 국문이 시작됐다. 피비린내가 풍겨 나왔다. 주위에 숲이 있었음에도 새소리가 들리지 않았다. 고개를 꺾어 우두둑 소리를 만들던 늙수그레한 문사낭청이 조심스러워하는 듯한 몸짓을 만들며 은근하게 묻는다.

"상께 올린 상소는 네가 쓴 것이냐?"

"그렇소."

"그렇다면 그것을 다시 한 번 말해 보라."

박응서는 임금께 상소한 내용을 그대로 읊어 나아가는데 한 자도 틀리지 않았다. 그러자 국문 자리에 있던 대신들이 수군거렸다.

"이건 변려문이 아니오?"

"그렇소. 어딘가 익숙한 문체요."

"문채(文彩) 또한 어딘가에서 본 듯하오."

"김개(金闓)의 것이 아닌가!"

"그렇구먼! 김개의 것이구먼."

"조용히 해요! 문제는 문체가 아니라 그 내용에 있는 것을!"

대사헌 이이첨의 일갈에 다른 대신들의 입은 곧 다물어지고 말았다. 이번엔 위관이 목소리를 높였다.

"네 이놈! 상소의 내용 그대로 군자금을 비축하고 무사를 모아 사직을 도모하려 하였고, 성사된 뒤에는 영창 대군을 옹립하고 인목 대비로 하여금 수렴청정을 이루려 하였다는 게 사실이냐?"

"그러하오. 우리 서얼의 상소에 임금이 아무 대답이 없었으니, 우리는 분개하지 않을 수 없었소. 따라서 어찌 대사를 도모하지 않을 수 있겠소."

"그리하여 그동안 어찌 하였나?"

"서양갑, 박치의가 주모자가 되어 종성 판관 정협, 전 수문장 박종인, 서얼 심우영과 허홍인 등과 함께 용사들을 사귀어 사직(社稷)을 도모하려고 한 지가 거의 4, 5년에 이르렀지요."

"너는 깊이 모의하지 않았느냐?"

"예, 소인은 그저 듣기만 했을 따름입니다."

"그러면 대질신문을 하여 사실을 확인해 보겠다. 여봐라, 심우영을 대령하라."

잠시 뒤 온몸이 피로 범벅이 된 심우영이 국문 자리에 끌려 나왔다. 박응서는 고개를 돌렸다.

"심우영은 들어라. 박응서가 다 말했다. 지난 무신년(1608)에 너를 비롯한 몇 사람이 조사(詔使)를 쏘아 죽여 변란을 일으킬 계기를 삼으려 하였고, 결탁한 사람들의 숫자가 적기 때문에 그 사람들의 수를 늘린 다음에 계책을 이루려고 하였다 한다, 사실이냐?"

심우영이 온몸에 힘을 다하여 소리 질렀다.

"네 이놈, 배신자 박응서야! 실로 가소롭도다."

이때 광해가 직접 추국장에 이르렀다. 대신들은 반역의 괴변이 이렇게 때때로 일어나니 광해는 실로 불운한 임금이라는 생각을 했다. 그러나 이때 관송 이이첨이 나서며 임금께 아뢰었다.

"전하, 이미 정황이 상세히 드러난 듯합니다. 곧, 이 적들의 흉모는 이미 정해졌지만 아직 병마를 모으지 못했기 때문에 군안(軍案)은 없는 상태입니다. 서양갑, 심우영, 허홍인, 박치의, 박종인, 김평손, 김경손, 이경준, 정협, 김비, 유인발, 서인갑, 유효선 등은 뜻을 같이 하여 의논이 이미 정해진 자들입니다. 박응서는 다만 곁에서 이를 지켜본 것뿐입니다. 어찌 친국까지 하시어야 하겠는가 싶습니다."

어쩔까 하다가 광해가 용상에서 일어나 추국장을 나가고 만다. 쌍리동 집에 돌아온 이이첨은 땀을 흘렸다. 어딘가에서 일이 그릇돼 틀어지기만 하면 자신은 영락을 면치 못할 것이라 생각하니 잠을 이룰 수 없었다. 형신을 통해 거짓 자백을 받았으나 중대 문제는 영창 대군을 업고 대군의 외할아버지 김제남과 함께 거사를 일으켜 왕권을 차지하리란 서얼들의 계획을 박응서가 다 자백했다는 사실을 임금이 그대로 믿어 줘야 할 일이었다. 임금은 지금 스스로 갈등을 하고 있음을 이이첨은 모르지 않았다. 아무리 그러해도 영창 대군은 임금의 형제였다. 이러고 있어선 안 되겠군. 이렇게 중얼거리며 밤을 새다가 다음날 아침 이이첨은 상궁 김개시를 찾았다.

김개시(金介屎)는 얼굴이 예쁘지 아니하다. 진즉에 소문난 사실이다. 그럼에도 불구하고 선왕의 은총을 받았고, 그의 아들 광해의 특별한 애호까지 받는 기이한 여인이다. 미모는 아니나 민첩하고 꾀가 많아 광해군의 총애를 받고 있다는 사실을 모르는 사람이 없다. 광해는 그녀를 연인으로 생각하는가, 아니면 어머니나 누님인 듯 여기나? 임금보다 나이가 많아 연인이 아닐 듯도 싶은데, 그리고 특히 선왕의 총애를 받았으므로 강상대로라면 절대로 아들 광해의 사랑을 받을 수 없는 여자인데, 허나 아무도 그들 사이의 진실을 알 수 없다. 알려진 것은 다만 그가 보통 여자가 아니라 특별한 재능, 예컨대 사람 사이의 관계 맺기, 사람 사이의 다리 놓기 혹은 사람 사이의 이간질시키기에 고수급이라는 점이다. 그걸 활용해야지.

광창 부원군 이이첨에게 온 김개시가 웃는다. 의외로 그런 얼굴에 믿음이 갔다.

"보시게 김 상궁, 자네의 덕으로 성상이 이렇게 보위에 오른 지 5년. 그럼에도 수많은 사건이 일어나네. 선왕 선조의 자제가 여럿이라 그들을 중심으로 일단의 세력이 모여 반란을 도모하고 있으니 한시라도 마음을 놓을 수가 있는가 말이야. 자네가 이번 계축 서자들의 반란 모의에 적극 의견을 내 주어야 할 것이야. 성상을 잃으면 우리의 인생도 그것으로 끝이 아니던가. 자네는 특별히 선왕의 은혜를 입었으니 그야말로 대를 이어 충성을 다해야 할 것인즉."

"그러니 어떻게 하라는 얘기요?"

그녀의 말본새에 광창군 이이첨은 눈썹을 치켜세웠다가 곧 내리고 만다. 그녀의 기세가 보통이 아니다. 두려워하거나 삼가는 기색이 없다. 특별한 반감을 느끼게 하지 않고도 상대를 주눅 들게 하는 기세가 여간이 아니다.

"우리가 일의대수라는 말이지요?"

"그렇다는 얘기지."

"나는 서자들의 반란이 어디까지가 사실인지 잘 모르겠어요. 그들이 영창을 앞세워 대권을 노린다는 얘기를 믿을 수 없어요."

"그럴 일이 아니래도! 영창의 외할애비 김제남이 살아 있으면 언제라도 반란이 일어날 수 있다니까. 자네는 그걸 가벼이 여기지 말게. 내 분명 말하나니 금상을 모시는 지금 우리 모두가 긴장하지 아니하면 반란의 세력에 의해 금상은 제대로의 시기를 보내지 못할지 몰라."

"지금 위험한 말씀을 하시는 줄 아시죠?"

"응?!"

"그러니 말씀 조심하셔야지요. 굳이 말씀하지 아니하여도 사실 사태의 전모를 저는 모르지 않아요. 형신하여 자백을 받았음에도 성상께서 영창 대군이란 육친의 목숨을 빼앗는 데에, 그의 외할애비 김제남의 목숨도 앗으려는 것에 대한 고민을 하게 만들고 있지요? 그렇지요? 제가 관송 어른과 말하자면 한 몸이라는 사실은 굳이 외면하지 않습니다. 동시에 서자들의 무고함 또한 모르지 않아요. 허나…."

이이첨은 침을 삼켰다. 김개시의 다음 말을 기다리지 않을 수 없었다. 김개시는 이이첨을 한참을 바라본 뒤

"대감은 얼굴이 참 하얀네요."

"나 이런!"

"그게 인상적이란 얘깁니다. 그 얼굴이 그토록 욕망에 가득 찬 자신의 어두운 마음을 잘 덮어 준다니, 조화옹은 실수한 걸까요?"

"이봐, 무슨 말을 하려는 거야. 성상의 마음에 결정을 하게 만들란 말이야. 서자들은 죽어 마땅해! 그래야 우리가 살고. 특히 김제남과 영창이 반드시 사라져야 종묘사직이 지켜진단 말이거든. 그걸 잘 알면서 누굴 놀리나?!"

이이첨은 더 참을 수 없어 빽 소리를 질렀다.

"궁궐 깊은 곳이지만 어디서든 사람의 귀와 눈이 있으니 소리를 낮추세요."

김개시는 단호히 말했다. 무서운 여자다. 김개시는 자리에서 일어나 방안을 두어 번 돌아다니다가 갑자기 앉으며 말한다. 치마 속에서부터 묘한 향기가 풍겨 나왔다.

"그러면 하나의 약조를 합시다. 그런즉 대감은 칠서들과 역모를 도모할 개연성이 많은 김제남을 함께 엮어 실제로 광해를 칠 계획을 세웠다고 하자는 뜻이지요? 그리하여 이제 내가 관송 대감을 돕는다면…. 그러면 그들은 저 세상으로 가고 사직은 잘 지켜질 것이며…."

"바로 그거!"

"대감의 출세도 보장될 것인데."

"그건 다음 얘기이고."

"하여간 향후 대감과 저는 한 배를 타는 겁니다. 그렇다면 절대로 배신할 수 없는 약조를 하세요."

"어떻게?"

"대감의 딸이 세자빈이니, 그 빈궁의 이름으로 오늘의 종묘와 사직을 잘 지키려 평생 한 몸 희생한다고요."

"그거야 물론이지. 자네야 말로 배신하지 말게나!"

"으흐흐흐 호호호. 나야 선왕과 금상의 은총을 받은 몸이니 죽어도 말 그대로 한 몸일 터인데요."

"그러면 약조가 됐지? 어떻게 하시겠는가?"

"내일 아침을 기다려 보세요. 상의 마음을 바꿔 결심하도록 할게요.

오늘 밤 편이 주무세요. 여기 오래 계시면 의심 받습니다. 얼른 돈화문 밖으로 나가세요. 관송 대감, 저를 믿으세요, 제가 대감을 믿듯이."

김개시 상궁이 당의 안에 양손을 가지런히 넣고 편전 쪽으로 발길을 돌려 잡는 것을 이이첨은 멀찍이 바라다보았다.

은상 살해 사건을 계기로 심복인 한성부좌윤 김개를 비롯해 포도대장 한희길 등과 모의하여 이이첨은 서얼 출신 화적들이 자금을 모아 인목 대비의 아버지이고 영창 대군의 외할아버지인 김제남이 자신들의 우두머리이며, 인목 대비 또한 영창 대군이 장성하면 살아남기 어렵다고 판단하여 모의에 가담하기로 했다는 등의 자백을 얻어냈다. 그리고 마지막으로 상궁 김개시의 활동으로 성상의 윤허를 얻어내 서자들이 형장의 이슬로 사라지게 만들고 말았다.

이 사건으로 종성 판관 정협을 비롯하여 선조로부터 인목 대비와 영창 대군의 안위를 부탁받은 신흠, 박동량 등의 대신 및 이정구, 김상용, 황신 등의 서인 세력 수십 명을 하옥시켰다. 또한 이 사건의 취조 과정에서 김제남과 인목 대비가 광해군을 양자로 삼았던 의인 왕후의 능에 무당을 보내어 저주했던 일이 발각되기도 했다. 그래서 김제남은 역적의 괴수라는 죄명을 쓰고 서소문 밖에서 사약을 받고, 그의 세 아들도 화를 당했으며, 그의 외손자인 영창 대군은 강화도에 위리 안치되었다가 이듬해 강화 부사 강항에게 살해되었다. 또 이 사건으로 영의정 이덕형, 좌의정 이항복을 비롯한 서인과 남인 세력이 완전히 제거되고 대북파가 정권을 독점하게 되었다.

놀라운 것은 칠서 중 거개가 죽었으나 박응서는 이이첨의 배려로 정말 살아남았다는 점이다. 더욱 놀랍고 이상한 일은 파암 박치의가 어디로 숨었는지 끝내 붙잡히지 않은 것이었다.

박응서는 의금부를 나서며 주위를 살폈다. 혹 박치의가 나타나서 친구들을 배신해 이이첨에 의해 왜곡된 허위의 사실을 마치 진실인양 낱낱이 공초한 자신을 죽이지 않을까 하는 두려움에서였다. 칠서 친구들의 얼굴을 떠올리며 눈알이 찌그러진 박응서는 남쪽으로 발길을 잡아 쩔뚝거리며 걸어갔다. 철물(鐵物) 저자 거리에서 환형(轘刑, 거열형)에 처하여진 서양갑의 비명이 박응서의 귀에 쟁쟁히 들리는 듯하였다. 긴 오월의 찌는 듯한 해가 박응서의 머리에 내려 박혔다.

약동 ― 득의의 시절

문득 겨울이 찾아왔다. 추섬의 집에 머물다가 상곡 본가로 가 외별당의 문을 활짝 열어 보았다. 정치를 논하던 칠서는 사라졌지만, 그들의 호방한 기상과 울분에 찬 목소리가 쟁쟁히 들려오는 것 같다. 눈시울을 적셨다. 손곡 이달 스승이 평양에서 늙은 기생과 산다는 소식만 들려올 따름이다.

다음날 나는 이이첨의 집으로 곧장 들어가 사랑채에서 그가 나타나기를 기다렸다. 방안은 온통 호피(虎皮)였다. 호탄자(호피 무늬로 짠 담요)로 깔린 보료에다가 벽에 그대로 호피가 붙여져 있었다. 권위와 함께 더 할 수 없는 사치가 여기 있구나. 그런 생각을 하는 중에 망건과 탕건 위에 정자관을 쓴 이이첨이 안채로부터 나와 앉는다.

"교산이 내 집을 다 찾다니!"

예문제학 이이첨의 눈은 웃는 듯했으나 그것은 본디 그렇게 생겨 먹은 것이고, 자세히 보면 싸늘한 기운이 감도는 차가운 눈빛이다.

"'회남자'를 보시는군요."

"요즘 그것을 보며 마음을 다스리네. 교산은 별일 없지요?"

"별일이 있겠습니까. 지난 시험관 부정사건 이후 함열에 다녀온 것 외에는."

이이첨의 하얀 얼굴에 홍조가 띤다. 그러나 이이첨은 홀로 죄를 뒤집어쓰고 투옥된 뒤 곤장을 맞고 급기야 귀양살이를 한 나를, 나의 복장 터짐을 느끼지 못하는 듯 실로 무심한 태도로 입정을 놀린다.

"그대 집안에 별일이 있었지. 그대 백형인 악록 허성이 귀천하지 않았나."

"그렇습니다."

"악록이 때마다 교산의 뒤를 봐줘 그나마 환로에 덜 힘들었는데."

"저의 관로야 관송 대감께서 살펴 주셨으니."

"미안한 말이오. 나는 한 일이 없어요."

"아니오, 대감은 때마다 내 앞길을 막았지요!"

"뭣이?!"

"물론 나를 도운 적도 있었지요. 내가 중시를 볼 수 있게 한 것이 대감이었으니까요. 그러나 그 당시 나를 음해하여 사관 자리에서 쫓겨나게 한 것 또한 대감과 기자헌 대감의 짓이 아니었습니까."

"나는 무관해. 그건 자네의 오해! 하여간 우리는 저 성균관 시절 이후 대체로 가까운 터수라 이렇게 내 집에서 만난 게 처음인 것이 이상할 정도가 아니던가. 구원이 있다면 다 잊고 앞으로 자주 만나세나."

"그런다고 옛 일들이 잊힙니까."

"허허, 교산을 보는 나 역시 늘 즐거운 것만은 아닐세."

"그럴 이유라도 있나요?"

"저 성균관에서…. 아니, 그만두지."

"성균관에서 어쨌다는 겁니까. 젊은 시절 성균관에서도 대감은 우두머리 같지 않았습니까. 모든 유생들이 대감을 따랐지요. 그런 힘이 나 또한 대감 주위에서 어정거리게 했고요. 그런데 문제 있습니까?"

"문제는 뭐. 다만 그날 밤 살인이…."

"아, 그 살인 사건요. 그건 우리들 사이의 일이 아니었잖습니까. 살인 장면을 대감과 기자헌 형님과 내가 그저 우연히 본 것뿐이지 않습니까. 무엇이 문제였습니까. 나는 그놈들에게 다가들었고, 대감은 다리 밑에서…."

"하여간 불쾌한 기억이야."

"그 불쾌한 기억과 지금의 나와 무슨 상관이 있지요?"

"더 묻지 말게나. 하여간…."

이이첨의 얼굴이 붉게 물들었다. 지난 시절의 반목적인 여러 일들이 머릿속을 휘젓고 돌아다녔지만 나는 생각을 접고 서안에 놓인 글을 읽었다. '호표불외기조(虎豹不外其爪)하고, 이서불견치(而噬不見齒)니라.' 호랑이와 표범은 그 발톱과 이빨을 겉으로 드러내지 않는다는 말이었다. 곧, 강한 자는 경솔하게 그 위력을 밖으로 나타내지 않는다, 하는 병략훈(兵略訓)이었다.

이이첨은 스스로 자신이 강한 자라 믿고 있구나. 따지고 보면 진정 그러하지. 광해를 보위에 앉히고, 정적 유영경을 몰아냈으며, 영창 대군과 인목 대비를 내치려 하며, 대북 정권을 강하게 이끌어가는 당대 제일의 권력자라 하여 지나치다 않을 인물이다. 발톱과 이빨을 드러내

주위 사람들을 위협하지 않아도 그야말로 무리들이 알아서 벌벌 기는 형국이 아니던가.

문제는 나. 나는 언제나 이이첨에게 두려운 존재일 것이었다. 관송은 저 옛날 성균관 주변에서 일어난 살인 사건 이후 그런 생각을 단 한시도 잊는 적이 없다고 했던가? 그랬던가? 가능하면 영영 보지 않으면 좋은 인물이 나 허균이라고?

"대감, 저 글귀에 호응하는 다른 글귀가 있지요."

"그래요?"

"축지어자(畜池魚者) 필거편달(必去猵獺)이라고."

"연못에 물고기를 기르는 자는 반드시 수달을 경계한다는 말 아닌가?"

"만사에 그 일을 방해하는 자를 제거하고 환해(患害)를 예방하도록 한다는 말이지요."

그 순간 관송은 신음 소리를 냈다.

"그러나 대감, 동시에 '회남자'에는 먼 곳은 알아도 가까운 곳은 모른다는, 지원이부지근(知遠而不知近)이라는 말을 빼놓지 않았어요. 다시 말하면 남의 일은 눈에 잘 띄지만, 자신의 것은 보이지 않는다는 것입니다. 제가 오늘 드릴 말씀을 마치 예견이라도 하듯 대감께선 '회남자'를 펴셨군요."

"내게 할 말이라?"

"대감은 지금 지나치게 몸에 힘을 넣고 있습니다. 그러다간 제풀에 기가 넘어가 버릴 것이오. 좀 유연함을 보여야 하거늘…. 하여 제가 그것을 도울 수 있을 듯도 한데…."

"요컨대 힘을 풀어라! 그런데 정황이 좋지 않아. 영창 대군을 등에 업고 모반을 꿈꾸는 자들이, 저 김직재(金直哉) 모반 사건에 이어 이번 칠서의 옥 사건도 그러한 자들의 소행이니 잠시도 마음 놓을 수 없어요. 사실 교산 말대로 나는 지금 온몸에 힘을 주고 있음이야. 이러다가 내가 실로 어느 날에 갑자기 꺾일까 염려돼."

"제가 드리는 말씀이 바로 그겁니다. 허니…."

"허면?"

"힘을 주실 것이 아니라 몸을 허술하게 풀면서 사람을 잘 쓰시면…."

"사람을 잘 쓰라?"

"대감의 곁에 있는 사람들의 진면목을 파악해 들일 사람은 들이고 내칠 사람은 내치라는 말씀입니다."

"요약건대 사람을 잘 쓰라?"

"그렇습니다."

뭐라 더 말하려는 이이첨을 보고 나는 벌떡 일어섰다.

"즉시 해야 할 일이 방금 생각나 이만 실례해야겠습니다, 대감."

그러고는 방을 나서려는데,

"이렇게 헤어져서야."

하고 막는다.

"아닙니다. 내자가 아파 약을 지어 가야 한다는 걸 잠시 잊었습니다. 뒷날 다시 말씀을 나눠 보지요. 옥체 잘 보존하소서. 그러면."

매화향이 피어나는 관송 이이첨의 집을 나서며 나는 다시 한 번 입술 파닥여 되뇌었다.

"옥체 잘 보존하소서. 옥체를…."

이이첨에게 '옥체' 라 하다니! 스스로를 비웃으며 집으로 돌아와 탁주를 들이키며 홀로 고래고래 소리치다가 밤 이슥하여 지쳐 쓰러져 잠이 들었다.

그리고 며칠 뒤. 좋은 소식이 날아들었다. 그것은 나를 예조 참의(정3품)로 삼는다는 임금의 첩지였다. 하지만 예조 참의가 된 지 이틀 만에 파직되고 말았다. 사람들은 내 사람됨이 경박하여 본디 행신에 검속이 없고 이단을 승봉해서 명교(名敎)에 죄를 지었기 때문에 파직을 당했다고 수군거렸거니와 그게 다 기자헌의 농간이라는 말도 돌았다. 실제로 나는 사간원의 탄핵으로 즉각 벼슬이 갈리고 만 것이다.

그러나 내가 누군가. 나는 곧 다시 다음해인 광해 6년(1614) 갑인년 2월에 호조 참의(정3품)가 되었으며, 3월에 이르러 중국 황제의 생일을 축하하기 위해 보내는 천추사(千秋使)에 임명되었다. 사정 기자헌이 사간원에 들러 나를 비판하여 곧 벼슬에 잘리게 되었을지라도, 세자시강원 설서인 나의 박람함을 어릴 때부터 익히 알고 있던 광해 임금이 나를 기꺼이 천추사로 추천한 것이었다.

4월 21일에 중국 사행 길을 떠났다가 임무를 마치고 특히 그 즈음 우리 집에서 기거하던 서리 현응민과 함께 많은 책을 구입해 그해 12월에 돌아왔는데, 북경에서 구입한 책이 여덟 바리나 되어 갖가지 사정을 한 끝에 겨우 국경을 통과했다. 내 책 사랑은 실로 타의 추종을 불허하는 것이었다. 이어 나는 승문원 부제조(정3품)가 되었다. 또 문신 정시를 치러 1 등으로 차지하니, 곧 동부승지(정3품)가 되었으며, 6월에 이르러 가선대부(종2품)에 올랐다. 그리고 다시 그 1년 뒤 나는 동지 겸 진주부사로 중국으로 다시 갔다가 다음해인 광해군 8년 (1616) 병진년 3월에 압록강을 건너와 의주에서 '을병조천록(乙丙朝天錄)'을 엮는다. 참으로 오랜 기간 동안 중국에 머물며 선진한 문명과 많은 사람과 많은 책을 접하여 내 의식은 전에 비해 또 한 번 변화를 얻었다.

나는 그해 5월 11일에 형조 판서(현재의 법무부 장관, 정2품)가 되었다. 광해는 동지 겸 진주부사의 공을 인정하여 나를 불러 녹비(鹿皮)를 주기까지 했다. 임금의 나에 대한 신뢰와 총애는 가히 당대 제일이라 하여 지나치지 않았다. 이 두 해 동안이 이이첨과 대북파(大北派) 동지들의 지원 아래 내 전 인생에서 가장 화려하게 보낸 시절, 즉 말 그대로 보명득의(保命得意)의 한 시절이었다.

【참고 문헌】

『선조실록』

『광해군일기』

이긍익, 『연려실기술』

허균, 『성소부부고』

『맹자』

허경진, 『허균연보』, 보고사, 2013.

허경진, 『허균평전』, 돌베개, 2002.

이이화, 『허균』, 한길사, 1997.

장정룡, 『허씨 오문장가 한시 국역집』, 강릉시, 2005

장정룡, 『교산허균선생문집』, 강릉시, 2002.

장정룡, 『평전 허균과 허난설헌』, 허균난설헌선양사업회, 1999.

장정룡, 『허균과 홍길동전 연구』, 교산난설헌선양회, 2011.

교산난설헌학회, 『평전 허균과 난설헌 허초희 연구』, 난설헌출판사, 2015.

김풍기 편, 『누추한 내방』, 태학사, 2003.

김탁환, 『허균, 최후의 19일』, 푸른숲, 1999.

이현희, 『한국의 역사』, 학원출판공사, 1988.

허균, 『서울의 고궁 산책』, 효림, 1994.

박충록 편, 『권필 작품집』, 뜻있는 길, 1994.

이성무, 『조선시대 당쟁사 1』, 아름다운날, 2009.

박도식, 「강릉의 동족마을」, 강릉문화원, 2012.

【붕당 계보도】

붕당 전개도

사 림
길재 · 김종직
선조 초에 분당됨

서 인
이이 · 성혼

김 류
이 귀
이 서
이 괄
김자점
최명길
숙종 초에 분당됨

노 론	**소 론**

동 인
이황 · 조식 · 서경덕
선조 말에 분당됨(1591년)

북 인

대 북	**중 북**	**소 북**	**남 인**
정인홍	유몽인	유영경	정경세
이산해	박승종	유희분	류성룡
홍여순	정 은	이효원	김성일
곽재우	정창연	남이공	우성전
한찬남	이경전	김개국	이원익
이 성	이 명	김신묵	고경명
백대형	**기자헌**	유희경	이수광
구의강		이유효	정경세
홍 식		박이서	이성구
이이첨		성준구	김세렴
허 균			김 식

355

소금북 소설선 002

소설 허균, 호피와 장미

ⓒ이광식 장편소설. 2020, printed in seoul, Korea

초판 인쇄 | 2020년 07월 05일
초판 발행 | 2020년 07월 10일

지은이 | 이광식
펴낸이 | 박옥실
책임편집 | 임동윤
디자인 | 유재미 정지은

펴낸곳 | 소금북
등   록 | 2015년 3월 23일 제447호
발   행 | 춘천시 행촌로 11, 109-503 (우-24454)
편   집 | 서울시 중구 퇴계로50길 43-7 (우-04618)

전자주소 | sogeumbook@hanmail.net
구입문의 | ☎ (070)7535-5084, 010-9263-5084

ISBN 979-11-968400-4-4 03810
값 15,000원

*이 책은 강원도 강원문화재단의 후원금으로 제작되었습니다.